Diana ist die Einzige in der Kleinstadt Snow Haven, die nicht in Weihnachtsstimmung ist. Sie streitet sich mit ihrem Verlobten Linus über die Hochzeit. Bevor sie sich mit ihm versöhnen kann, verunglückt er und liegt im Koma. Als Diana sein Weihnachtsgeschenk für sie findet, packt sie es aus. Die Schneekugel ist wunderschön, bringt ihr aber Linus nicht zurück – oder doch? Denn als Diana sie schüttelt, wacht sie am Tag des Unfalls auf, der noch nicht passiert ist. Sie will alles tun, damit dies so bleibt. Vielleicht gelingt es ihr, nicht nur ihr eigenes Weihnachtswunder wahr werden zu lassen, sondern auch die Wünsche von besonderen Menschen in ihrem Umfeld zu erfüllen?

Annie Rains ist eine USA-Today-Bestsellerautorin. Sie lebt mit ihrem Mann, drei Kindern, einer temperamentvollen Katze und einem verspielten Hund in einer Kleinstadt voller liebenswerter Menschen, malerischen Vierteln und atemberaubender Natur – ähnlich wie die Orte, über die sie in ihren Liebesromanen schreibt.

Ira Panic studierte Germanistik, Psychologie und Theaterwissenschaften. Bis zur Jahrtausendwende arbeitete sie als Kulturjournalistin für verschiedene Verlage. Seither ist sie als freie Autorin, Lektorin und Übersetzerin tätig. Ihre Spezialität: Historische Romane, Romances und Fantasy.

Weitere Informationen finden Sie auf www.fischerverlage.de

ANNIE RAINS

Schneekugelwünsche

Roman

Aus dem amerikanischen Englisch von Ira Panic

FISCHER
TASCHENBUCH

MIX
Papier | Fördert gute Waldnutzung
FSC® C083411
FSC
www.fsc.org

Deutsche Erstausgabe
Erschienen bei FISCHER Taschenbuch
Frankfurt am Main, 2024

Die Originalausgabe erschien 2023 unter dem Titel
»Through the Snow Globe« bei Zebra Books, New York

Published by Arrangement with KENSINGTON PUBLISHING CORP.,
NEW YORK, NY 10018 USA

Dieses Werk wurde vermittelt durch die Literarische Agentur
Thomas Schlück GmbH, 30161 Hannover.
Redaktion: Christiane Branscheid
Typografie und Layout: Tobias Wantzen, Bremen
Vignetten: freepik.com
Druck und Bindung: CPI books GmbH, Leck
ISBN 978-3-596-70957-1

Für Sonny, Ralph, Doc und Lydia:
Wenn ich eine Schneekugel zum Schütteln
und eine zweite Chance hätte,
würde ich nicht die kleinste Kleinigkeit
meines Lebens mit euch verändern.

1. Kapitel

In der Nacht vor dem 4. Dezember

»Du findest also auch, dass ich eine Elsa bin?« Diana Merriman lehnte sich zurück, um ihren Verlobten besser anschauen zu können.

Linus hob abwehrend die Hände. Er trug heute seinen lavendelfarbenen, mit winzigen sich jagenden Hunden bedruckten Schlips. Diana hatte ihm das Teil zum Halbjahrestag ihrer Beziehung geschenkt. Es war eher als Witz gedacht gewesen, nicht als künftiger Hauptbestandteil seiner Garderobe, aber der Schlips passte perfekt zu Linus' Persönlichkeit – gleichermaßen lustig und auf unaufdringliche Art attraktiv. »Das habe ich nicht gesagt.«

»Nein, aber du hast auch nicht gesagt, dass ich keine bin.« Die Beleidigung, die ihr heute von ihrer jugendlichen Patientin an den Kopf geworfen worden war, ließ Diana nicht mehr los. Sie hatte zwar nur Teile des berühmten Zeichentrickfilms gesehen, doch immerhin genug, um mitzubekommen, dass die fragliche Disney-Heldin schön und stark war. Dennoch glaubte Diana nicht, dass Addy ihre Bemerkung als Kompliment gemeint hatte. »Elsa ist eine Eiskönigin, stimmt's?«

Linus lachte leise, was den Stachel der Verletzung nur noch tiefer trieb.

Verärgert kniff sie die Augen zusammen und verschränkte die Arme vor der Brust, um Druck auf ihr schmerzendes Herz auszuüben. »Das ist nicht komisch, Linus.«

Sanft berührte er ihre Schulter. »Hey, sei nicht sauer. Ich wollte dich nicht auslachen. Es sieht dir nur überhaupt nicht ähnlich, derart empfindlich auf so was zu reagieren.«

»Was soll das denn heißen?«, zischte Diana, die spürte, wie sie ihm selbst diese an sich harmlose Erwiderung verübelte. Wahrscheinlich war sie einfach gestresst. Hinter ihr lag ein anstrengender Tag mit vielen Hausbesuchen, und morgen stand das Personalgespräch mit ihrem Chef an. Es ging um die fette Beförderung, der sie seit Monaten entgegenfieberte. Das war alles. Sie war müde und gestresst, und sie wollte, dass Linus in der Elsa-Frage auf ihrer Seite stand. Immerhin war er ihr Verlobter.

»Du bist keine Elsa, okay? Vermutlich wollte deine Patientin dir damit einfach nur zu verstehen geben, dass man nicht so leicht an dich rankommt – emotional. Du kannst manchmal ein bisschen …«, Linus neigte den Kopf zur Seite und verzog leicht die Mundwinkel, »… distanziert sein.«

»Ich bin nicht distanziert«, widersprach sie. »Ich stehe direkt vor dir.«

Linus streifte den Hundeschlips ab. »So wörtlich habe ich das nicht gemeint.«

»Wie hast du es denn gemeint? Nenn mir bitte ein Beispiel, wann ich emotional distanziert war.« Erwartungsvoll schaute sie ihm ins Gesicht. Als sie sah, wie seine humorvolle Miene sich verdüsterte, wurde ihr leicht mulmig.

»Nun ja«, antwortete er in plötzlich sehr ernstem Ton. »Wie wär's zum Beispiel mit dauernd, seit ich dir im Sommer den Antrag gemacht habe?«

Als Diana an jenen Abend zurückdachte, wurde ihr unwillkürlich die Kehle eng. Sie hatte damals keine Ahnung gehabt, dass er sie bitten würde, ihn zu heiraten. Seine Frage hatte sie dermaßen überrascht, dass sie zum ersten Mal vor ihm in Tränen ausgebrochen war. Es war der glücklichste Moment ihres Lebens gewesen. »Was soll das heißen?«

»Du hast ja zu immer und ewig gesagt, aber seither immer nur Ausflüchte gemacht, wenn es um ein konkretes Datum für die Hochzeit ging.«

Sie schüttelte den Kopf. »Nein, das stimmt nicht. Ich war einfach nur ...«

»Zu beschäftigt? Oder ...«, Linus faltete die Krawatte zusammen, »... doch eher distanziert? Man kann nämlich durchaus Karriere machen *und* ein Privatleben haben. Das kriegen andere Leute auch hin.«

Ratlos ließ Diana ihren Blick durchs Schlafzimmer schweifen. Wie waren sie bloß von der beleidigenden Äußerung ihrer jugendlichen Patientin auf ihre und Linus' Hochzeitspläne gekommen – beziehungsweise die Nicht-Existenz besagter Pläne? Und wie sollte sie darauf reagieren? Voller Unmut presste sie die Lippen zusammen, während sie nach einem Vorwand suchte, das Thema zu wechseln. Sie war noch nicht bereit dafür, die Kleiderwahl oder Blumenarrangements zu diskutieren und erst recht nicht die Gästeliste.

»Lass uns Weihnachten heiraten«, schlug er vor und lächelte dieses schiefe Grinsen, mit dem er vor neun Monaten, als sie zum ersten Mal in den Spielzeugladen seines Vaters gekommen war, ihr Herz gestohlen hatte. Mittlerweile war Mr. Grant im Ruhestand, und Linus hatte die Leitung des Toy Peddler übernommen.

»Meinst du *dieses* Weihnachten?« Plötzlich fühlte ihre Brust sich an, als ob sie von einem unsichtbaren Seil zusammengeschnürt wurde, und ihr Atem kam in schnellen, flachen Stößen. »Also in drei Wochen?«

Linus grinste. »Das wäre der perfekte Zeitpunkt. Meine Verwandtschaft mütterlicherseits fliegt über die Feiertage ein. Und sämtliche Angehörige meines Dads wohnen höchstens eine Autostunde entfernt. Alle könnten dabei sein.«

Seine Wortwahl implizierte, dass der Begriff »alle« noch mehr Personen beinhaltete als die Heerscharen von Grants, die sich an Thanksgiving in Linus' Elternhaus versammelt hatten. Bei dieser Gelegenheit hatte Diana herausgefunden, dass die Menge an Tanten, Onkeln, Cousinen und Cousins, die zu Linus' Familie gehörte, größer war als ihr gesamter Bekanntenkreis.

»Stell dir das doch mal vor. All die Lichter. Die Christbäume. Die Weihnachtssterne.« Begeistert umfasste er ihre Schultern.

Sie legte den Kopf in den Nacken, um Linus ins Gesicht zu schauen, und unwillkürlich schlug ihr Herz einen kleinen Purzelbaum. Sie liebte diesen Mann, ohne jeden Zweifel. Er war *der Eine* für sie, der Einzige. Ein Teil von ihr wollte so gerne ja sagen. Doch es gab auch diesen anderen Teil, der sich nur allzu gut ausmalen konnte, wie sie auf dem Weg zum Altar kalte Füße bekam. Schließlich war es gemeinhin kein Mangel an Liebe, der Bräute dazu trieb, in letzter Minute das Weite zu suchen. Nein. Diana wusste ganz genau, was Frauen dazu brachte, vor ihrem perfekten Happy End davonzulaufen – Angst.

»Was sagst du? Wenn wir Weihnachten heiraten, brauchen wir fast nichts zu planen, außerdem würde das Ganze erheblich weniger kosten. Wir wären praktisch unter uns.«

Abgesehen von ungefähr fünfzig Mitgliedern der Grant-Familie. Und null Mitgliedern von Dianas Familie. Natürlich hatte sie Freunde, aber längst nicht so viele wie Linus. Die Gästeliste wäre so unausgeglichen, dass die Kirche vermutlich nach einer Seite wegkippen würde.

Sie versuchte zu schlucken, doch ihr Mund fühlte sich staubtrocken an. »Morgen habe ich das Personalgespräch wegen meiner Beförderung«, erwiderte sie schließlich. »Darauf würde ich mich gerne konzentrieren, bevor wir irgendwelche überstürzten Entscheidungen treffen. Danach kümmern wir uns um die Hochzeitsplanung, versprochen.«

»Überstürzt?«, wiederholte Linus leise. Die Enttäuschung, die in seiner Stimme mitschwang, war nicht zu überhören. »Wir sind seit Monaten verlobt, aber du hast so gut wie nie Lust, über die Hochzeitspläne zu reden.« Forschend musterte er sie. »Irgendwie kriege ich langsam das Gefühl, dass du mich überhaupt nicht heiraten willst. Hast du meinen Antrag etwa nur aus Mitleid angenommen?«

»Was? Wie kommst du denn darauf?«

Er hob die Schultern. »Ach, ich weiß auch nicht. Aber so ein Heiratsantrag stellt doch sicher einen gewissen Druck dar. Vielleicht wolltest du einfach meine Gefühle nicht verletzen.«

Schuldgefühle stiegen in Diana auf. Wie furchtbar, dass er auch nur die Möglichkeit in Betracht zog, dass sie nicht aufrichtig gewesen war. »Ich würde niemals ja sagen, wenn ich es nicht so meine, Linus. Es ist nur …« Diana brach ab, weil sie in Wahrheit keine gute Begründung dafür hatte, das Ganze weiter hinauszuzögern. Zumindest keine, die er nachvollziehen könnte. Linus wusste nicht, wie es war, wenn man als Kind von beiden Eltern im Stich gelassen wurde und bei einer Großmutter aufwuchs, die einen auch nicht wirklich haben zu wollen schien. Diana hatte so ihre Probleme, und sie war die Erste, die das zugeben würde. »Warum diese Eile?«, fragte sie schließlich.

Linus presste die Lippen zusammen. »Mein Großvater pflegte zu sagen, dass ›für immer und ewig‹ ein Mythos ist«, sagte er dann. »Alles, was wir haben, ist das Hier und Jetzt.« Eindringlich schaute er ihr in die Augen. »*Darum* die Eile.«

»Nun, wir haben doch bestimmt noch mindestens ein weiteres Morgen«, konterte sie leichthin, um die Stimmung zu heben. Doch es funktionierte nicht, bei keinem von ihnen. Sie war nervös und abwehrend, und Linus wirkte ernüchtert. Dianas Betroffenheit, weil eine junge Patientin sie als Elsa bezeichnet hatte, war plötzlich nicht mehr wichtig, denn sie hatte Linus verletzt, was nun wirklich das Letzte war, was sie jemals tun wollte. Vielleicht war sie wirklich eine Eiskönigin.

Linus ließ ihre Schultern los und trat einen Schritt zurück. »Manchmal bereue ich, dass ich dich gebeten habe, mich zu heiraten«, murmelte er so leise, dass sie ihn fast nicht verstanden hätte.

»Was?« Entsetzt presste sie eine Hand vor ihre Brust, um sich dazu zu zwingen weiterzuatmen. Das hatte er doch gewiss nicht so gemeint. Oder?

»Nicht, weil ich dich nicht liebe.« Er lachte freudlos. »Die Wahrheit ist, ich liebe dich so sehr, dass es mir den Atem raubt, wenn ich nur daran denke. Du bist alles, was ich mir je gewünscht habe. Und mehr. Ich weiß nicht, womit ich dich verdient habe.«

Tränen brannten in ihren Augen. Sie konnte das »Aber«, das hinter seinen Worten lauerte, förmlich mit Händen greifen. Angespannt wartete sie, wappnete sich für das Schlimmste. »Aber?«, hakte sie nach, als er weiter schwieg.

Verzagt schüttelte Linus den Kopf. »Ich weiß nicht. Vielleicht habe ich dich überrumpelt. Vielleicht warst du noch nicht bereit. Vielleicht bist du immer noch nicht bereit.«

Diana weinte nicht vor anderen Leuten. Nicht mal vor Linus. Ihre Großmutter Denny hatte ihr beigebracht, ihre Gefühle unter Kontrolle zu halten, bis sie allein war. Dennys Worte waren weit weniger poetisch gewesen als die von Linus' Großvater, aber es hatte doch für ein paar harsche Wahrheiten gereicht, die Diana helfen sollten, in einer Realität zu bestehen, die von Denny als brutal und gnadenlos geschildert wurde. Natürlich hatte Diana ein paar entsprechende Erfahrungen gemacht, doch ihre Welt war sehr viel schöner geworden, seit Linus ein Teil davon war. Er brachte eine Magie in ihr Leben, die sie zuvor nicht gekannt hatte. »Und das alles, weil ich dich gefragt habe, ob ich eine Elsa bin?«, flüsterte sie.

»Das alles, weil ich seit Wochen versuche, mit dir über die Hochzeit zu sprechen, und offenbar nie der richtige Zeitpunkt ist.« Er seufzte erschöpft. »Und auch jetzt ist er es nicht. Wir sollten morgen weiterreden, nach deinem Personalgespräch, wenn wir beide einen klaren Kopf haben.«

Noch immer kämpfte Diana mit den Tränen. »Über was genau reden?«

»Die Hochzeit. Falls Weihnachten eine stattfindet.«

Das *Falls* ließ sie erstarren, und sie fragte sich, ob er mehr damit meinte als er sagte. Wollte er darüber reden, ob es überhaupt eine Hochzeit geben würde? Vielleicht bereute er wirklich, ihr einen Antrag gemacht zu haben.

Linus bedachte sie mit einem schwachen Lächeln, das seine Augen nicht erreichte, legte den zusammengefalteten Schlips auf die Bettkante und ging hinaus.

Erst jetzt gestattete Diana sich, ihren Gefühlen freien Lauf zu lassen, warf sich auf die Matratze, vergrub ihr Gesicht im Kissen und weinte.

Eine Stunde später lauschte sie Linus' Atemzügen neben sich. Als er ins Schlafzimmer zurückgekommen war, hatte sie sich schlafend gestellt. Sie wusste nicht, was sie zu ihm sagen sollte. Vermutlich wäre eine Entschuldigung angebracht, aber von ihr oder von ihm? Sie hatten beide unbedachte Dinge geäußert. Dieser ganze Abend war ein einziges Desaster gewesen. Der einzige Lichtblick war die Tatsache, dass es morgen nur besser werden konnte.

Sie drehte den mit Diamanten besetzten Verlobungsring an ihrem Finger, während ihre Gedanken sich überschlugen. *Was für ein alberner Streit. Wir lieben uns.* »Linus?«, flüsterte sie schließlich. »Linus, bist du noch wach?«

Er atmete weiter, langsam und regelmäßig.

Sie drehte sich auf die andere Seite und versuchte, ihn in der Dunkelheit zu sehen. Der Umriss seiner Brust hob und senkte sich im Rhythmus seiner Atemzüge. »Linus?«

Keine Antwort. Er war definitiv nicht mehr wach, und wenn Linus erst mal schlief, war er nicht mehr von dieser Welt. Diana blieb nichts anderes übrig als bis morgen zu warten, um die Wogen zu glätten. Sie wollte nicht, dass er glaubte, sie würde bereuen, seinen Antrag angenommen zu haben. Das Einzige, was sie in diesem Moment bereute, war zornig ins Bett gegangen zu sein. Und dass sie Linus gefragt hatte, ob sie wirklich eine Elsa war, wie Addy ihr vorgeworfen hatte. Das bereute sie ebenfalls.

Schlimmer geht immer

4. Dezember

»Aufwachen, Schlafmütze.«

Diana blinzelte in Linus' Gesicht. »Schon?«

»Ich fürchte ja.« Wie üblich war er in aller Herrgottsfrühe bester Laune. Der Mann war putzmunter, sobald er aus dem Bett sprang, um begeistert in jeden neuen Tag zu starten. Das war eine der Eigenschaften, die sie an ihm liebte, die ihr mitunter aber auch auf die Nerven ging.

Diana legte einen Unterarm über ihre Augen, um das Licht abzuschirmen, und Erinnerungen an den vergangenen Abend stiegen in ihr auf.

»Wie wär's, wenn wir heute Abend den Baum schmücken?« Obwohl Linus verärgert schlafen gegangen war, schwang in seiner Frage keinerlei Anflug von Frust mit.

»Den Baum?«, wiederholte sie und raffte ihre ganze Willenskraft zusammen, um die Lider offen zu halten. Im Unterschied zu Linus war sie kein Morgenmensch.

»Du weißt schon, dieses große grüne Ding in der Wohnzimmerecke. Das wir vergangenes Wochenende nach Hause geschleppt haben?«

Herzhaft gähnte sie. »Stimmt.«

»Wir könnten mit Champagner auf deine Beförderung anstoßen und Lichter und Lametta anbringen. Wer weiß, vielleicht behänge ich ja auch dich mit ein bisschen Lametta.«

Diana spähte noch gerade rechtzeitig hinter ihrem Arm hervor, um zu sehen, wie Linus erwartungsvoll mit den Brauen wackelte.

»Beförderung?« Sie setzte sich auf und starrte ihn mit großen Augen an. »Stimmt, heute habe ich mein Gespräch.« Sie hatte die Nacht über so lange wach gelegen, im Kopf immer wieder den Streit mit Linus rekapituliert und den bevorstehenden Termin mit Mr. Powell durchgespielt, dass sie total neben der Spur war.

»Sag nicht, dass du das vergessen hast. Seit Wochen redest du über nichts anderes als diese Beförderung.« Er fügte nicht hinzu, dass das bevorstehende Personalgespräch außerdem als Grund dafür herhalten musste, jeglicher Diskussion über die Hochzeitsplanung auszuweichen. Sie war dankbar, dass er das heute Morgen nicht zur Sprache brachte. Das würde nur erneut zu Spannungen zwischen ihnen führen, und der heutige Tag hatte das vielversprechende Potenzial, ihr Leben zu verändern. Eine Beförderung würde ihre finanzielle Situation deutlich verbessern. Womöglich könnten sie sich dann sogar leisten, dieses Apartment aufzugeben und in ein eigenes Haus zu ziehen.

Rasch stand sie auf und eilte in ihren begehbaren Kleiderschrank. Das Gespräch war erst für den Nachmittag angesetzt. Den Vormittag über hatte sie etliche Hausbesuche zu absolvieren. Sie griff zu einem Arztkittel mit glitzerndem Schneeflockenmuster und begann, sich für den Dienst anzuziehen.

»Tut mir leid, dass ich dich gestern Abend als Elsa bezeichnet habe.« Linus stand in der Tür und beobachtete Diana.

»Addy war diejenige, die mich als Elsa bezeichnet hat. Du hast es nur bestätigt.«

»Ich meinte nur, dass du genauso schön bist.«

»Das hast du nicht gemeint, und das weißt du auch ganz genau«, gab sie gut gelaunt zurück und musterte Linus. Obwohl er sich vermutlich bereits gekämmt hatte, stand sein Haar an einer Seite verwegen ab.

Verschämt grinste er sie an. »Nun ja, du *bist* schön. Viel schöner als jede Eiskönigin. Vergibst du mir?«

Sie schuldete ihm ebenfalls eine Entschuldigung. Denn er hatte ja recht. Sie mied das Thema Hochzeit bewusst. Diana schlüpfte in ihre Hose und machte dann einen Schritt auf Linus zu. »Heute Abend legen wir ein Datum fest«, versprach sie. »Während wir mit Champagner feiern und den festlichsten Weihnachtsbaum erschaffen, den Snow Haven je gesehen hat.«

Linus beugte sich vor und küsste sie. »Darauf freue ich mich.«

»Ich mich auch.« Und das stimmte, obwohl sie die Aussicht, Teil einer Familie zu werden, beängstigend fand. Sie hatte keine Ahnung, wie es war, Verwandte zu haben, denen tatsächlich etwas an ihr lag und die Zeit mit ihr verbringen wollten. Was wäre, wenn sie dieser Situation nicht gewachsen war? Wenn Linus klarwurde, dass er mit seiner Wahl einen Fehler gemacht hatte und sie verließ? Oder, noch schlimmer, wenn er bei ihr blieb und dadurch sein Leben ruinierte?

»Heute Abend also?« Er löste sich von ihr. »Ich muss jetzt in den Laden, ich treffe mich gleich mit einem Lieferanten. Ich liebe dich, für immer und ewig«, rief er ihr im Gehen zu.

Bei seinen letzten Worten geriet Dianas Gehirn ins Stottern. *Für immer und ewig ist ein Mythos. Wir haben nur das Hier und Jetzt.* Lag Linus' Großvater damit richtig? Nun, wenn dem so sein sollte, dann war sie wild entschlossen, das Allerbeste aus diesem Tag herauszuholen. »Ich liebe dich auch!«, rief sie Linus hinterher. »Bis heute Abend!«

Sobald er weg war, lief sie ins Bad, um ihr Gesicht zu waschen. Kurz darauf hörte sie, wie die Wohnungstür geöffnet wurde. Sie drehte sich um, spähte durch die offene Badezimmertür und sah Linus wieder im Flur stehen.

Er machte ein langes Gesicht. »Mein Wagen hat kein Benzin mehr.«

»Du hast so lange gewartet, dass es nicht mal mehr bis zur Tankstelle reicht?«

»Es reicht nicht mal mehr, um das Auto zu starten.« Er seufzte entnervt, die gute Laune von eben verpuffte zusehends.

»Ich brauche noch ein paar Minuten, um mich fertig zu machen, aber dann kann ich dich fahren«, bot Diana an.

Linus schüttelte den Kopf. »Danke, aber ich nehme das Fahrrad, kein Problem. Ich muss los, will nicht zu spät kommen.«

Umso mehr Grund, sich fahren zu lassen, fand sie. Doch Linus würde nicht mit sich reden lassen. Er fuhr immer mit dem Rad zur Arbeit, wenn das Wetter es zuließ, was heute allerdings eher nicht der Fall war. Die Bewegung tat ihm gut, und bis zum Spielzeugladen war es nur eine Meile die Straße entlang.

»Ich liebe dich!«, rief er, während er sein Rad aus dem Apartment in den kalten Dezembermorgen schob. Sie hatte keine Zeit zu antworten, bevor die Tür hinter ihm ins Schloss fiel und er verschwunden war.

Plötzlich hatte Diana ein mulmiges Gefühl im Magen. Vermutlich eine Nachwirkung der Auseinandersetzung von gestern Abend. Auch wenn jetzt wieder alles in Ordnung zu sein schien, kam ihr der Streit irgendwie größer vor als ihre üblichen Kabbeleien wegen der schmutzigen Wäsche, die er auf dem Boden liegen ließ, oder der Zahnpastatube, die sie nicht zuschraubte. Hatte Linus wirklich gesagt, dass er seinen Antrag bereute? Hatte sie sich von ihrer Hysterie wegen dieser Hochzeit so verrückt machen lassen, dass es einen Keil zwischen sie und Linus trieb?

Einen Augenblick lang starrte sie auf die geschlossene Wohnungstür und widerstand nur mühsam dem Drang, nach draußen zu laufen und Linus zu umarmen. Doch dafür war keine Zeit. Sie hatten beide einen anstrengenden Tag vor sich. Heute Nachmittag würde sie die Beförderung bekommen, die sie verdiente, und am Abend würden sie und Linus den Rest ihres gemeinsamen Lebens zu planen. Und welche Probleme auch immer sie mit Familien und ernsthaften Bindungen hatte – würde sie bis dahin überwinden müssen.

Linus' Großvater lag falsch. Für immer und ewig war kein Mythos.

Die Ewigkeit war zum Greifen nah. Sie würde sie sich nehmen.

2. *Kapitel*

»Nun kommen Sie schon, Maria. Es ist saukalt hier draußen«, murmelte Diana, bevor sie zum dritten Mal an der Haustür ihrer Patientin klingelte.

Normalerweise öffnete Maria ihr immer sofort. Allerdings lebte die alte Frau allein, vielleicht war sie ja im Bad. Oder sie besuchte Verwandte und hatte vergessen, ihren Physiotherapietermin abzusagen.

Diana wusste nicht mal, ob Maria überhaupt Familie in Snow Haven, North Carolina hatte. Sie pflegte ein professionelles Verhältnis zu ihrer Patientin. Wenn sie mit ihr arbeitete, konzentrierten sie sich auf Marias Übungen, um der alten Dame etwas von der Kraft und Kondition zurückzugeben, über die sie vor ihrem Schlaganfall vergangenen Monat verfügt hatte.

Unter ihrem leichten Mantel zitterte Diana. Die Temperatur war in der Nacht so stark gesunken, dass der Rasen von Raureif überzogen war. Noch einmal läutete sie, bevor sie sich seufzend zum Gehen wandte. Als sie von drinnen Marias Stimme hörte, blieb sie abrupt stehen, drehte sich wieder um und legte ein Ohr an die Tür. »Maria?«

»Hilfe!«

Erschrocken schnappte Diana nach Luft. Sie drehte den Türknauf, doch die Tür war abgeschlossen. »Maria, ich bin hier«, rief sie, in der Hoffnung, dass die Patientin sie hören konnte. »Halten Sie durch!«

Hektisch suchte sie die Veranda nach einem offensichtlichen Schlüsselversteck ab, schaute unter einem Pflanzkübel nach, unter einem Gartenzwerg, hinter dem Windspiel und einem losen Fensterladen. Nichts. Kurz erwog sie, die Tür einzutreten, kam aber zu dem Schluss, dass es professioneller wäre, den Notruf zu wählen.

Diana hastete zu ihrem Auto, wo sie das Handy zurückgelassen hatte, und tippte die Nummer ein.

»Neun-eins-eins, um welchen Notfall geht es?«

Mit zitternder Hand presste Diana das Telefon an ihr Ohr. »Ja, äh, ich sitze gerade vor dem Haus meiner Patientin. Ihr Name ist Maria Harris. Ich bin ihre Physiotherapeutin. Maria hat mir nicht geöffnet, doch ich kann sie von drinnen um Hilfe rufen hören. Ich weiß nicht, was ich tun soll.«

Nach ein paar weiteren bohrenden Fragen versicherte die Telefonistin, dass Hilfe unterwegs war. Diana blieb nichts anderes übrig als zu warten. Dass Maria rufen konnte, war ein gutes Zeichen, dachte sie. Offensichtlich konnte die alte Dame das Telefon nicht aus eigener Kraft erreichen. War sie gestürzt? Hatte sie einen zweiten Schlaganfall erlitten? Die möglichen Szenarien überschlugen sich in Dianas Kopf, bis der erste Streifenwagen mit heulenden Sirenen, dicht gefolgt von einem Rettungswagen, am Bordstein hielt. Das Blaulicht der Einsatzfahrzeuge konkurrierte mit den glitzernden Weihnachtsdekorationen der Nachbarhäuser.

Hilflos verfolgte Diana das Geschehen und fragte sich, wie ihr Morgen bereits so ereignisreich hatte werden können. Die meisten Tage waren das glatte Gegenteil. Ihr Alltag verlief recht gleichförmig. Sie besuchte einen Patienten nach dem anderen, die Abende verbrachte sie mit Linus. Sie mochte ihr Leben so, wie es war, auch wenn sie sich in letzter Zeit nach ein bisschen mehr Abwechslung sehnte. Die Beförderung im Job könnte dabei helfen. Und die Ehe mit Linus. Mit Sicherheit würde ihr Leben sich ändern, wenn sie in die Familie Grant einheiratete, eine Perspektive, die sie gleichermaßen aufregend und beängstigend fand.

An ihr Auto gelehnt, beobachtete Diana, wie ein Mann versuchte, die Haustür zu öffnen. Als ihm das endlich gelang, verschwand ein Team aus Polizisten und Rettungssanitätern im Haus. Kurz darauf brachten zwei Sanitäter Maria auf einer Trage nach draußen. Diana eilte an ihre Seite.

»Maria! Maria, geht es Ihnen gut?«

Maria drehte den Kopf und ließ ihren Blick suchend über die kleine Gruppe von uniformierten Männern und Frauen schweifen, die sich in ihrem Vorgarten versammelt hatte. Als sie Diana entdeckte, lächelte sie ihr herzlich zu. »Oh, Diana. Machen Sie sich keine Sorgen. Mir geht es gut, meine Liebe. Ich bin nur hingefallen. Ich glaube, mein Knöchel ist gebrochen.« Sie versuchte, ihren Fuß zu bewegen, und verzog schmerzerfüllt das Gesicht.

»Gebrochen?« Marias rechtes Bein war nach dem Schlaganfall geschwächt. »Was ist passiert?«

»Es ist mir ziemlich peinlich.« Verschämt schaute Maria zu den beiden Sanitätern, die stehen geblieben waren, damit sie mit Diana reden konnte. »Ich habe versucht, auf den

Dachboden zu steigen, um meine Weihnachtsdekoration herunterzuholen.«

Diana starrte sie entsetzt an. »Ich habe Ihnen doch gesagt, dass Sie damit warten sollen.«

»Aber worauf denn? Und auf wen? Es musste erledigt werden, und ich fühlte mich heute morgen recht gut, also habe ich beschlossen, mich darum zu kümmern.«

»Das war viel zu riskant«, bemerkte Diana kopfschüttelnd. »Sie haben sich für ein bisschen Festtagsschmuck verletzt?«

Einen kurzen Moment lang wirkte Maria beleidigt. »Weihnachtsstimmung ist wichtig.«

Der Sanitäter auf der rechten Seite der Trage räusperte sich. »Wir bringen sie ins East Medical«, sagte er zu Diana.

East Medical war das örtliche Krankenhaus. Diana kannte es gut. Sie hatte es während Grandma Dennys Krankheit oft besucht, um ihrer Großmutter zur Seite zu stehen, in der Hoffnung, damit wiedergutzumachen, dass sie sie aufgenommen hatte. Zwar konnte Denny ihrer heranwachsenden Enkelin nicht viel emotionale Unterstützung geben, doch ansonsten hatte es Diana an nichts gefehlt. Sie bekam ihr eigenes Zimmer, drei warme Mahlzeiten am Tag und mit sechzehn eine alte Klapperkiste von Auto, mit dem sie erst zu ihren diversen Schülerjobs und später zur Physiotherapieschule gefahren war.

Die Sanitäter machten Anstalten, die Trage weiterzurollen, und Diana trat einen Schritt zurück. »Passen Sie auf sich auf, Maria. Wenn Sie bereit sind, die Physiotherapie wieder aufzunehmen, bin ich für Sie da.« Sie beobachtete, wie Maria in den Rettungswagen geschoben wurde, und ging dann zurück zu ihrem Auto. Noch immer schlug ihr das Herz bis zum Hals nach diesem Schock am Morgen. Warum um alles in der Welt hatte Maria versucht, auf den Dachboden zu steigen? Sie konnte kaum laufen, was einer der Gründe für ihre Physiotherapie war.

Diana ließ sich auf den Fahrersitz fallen und zog die Tür zu, um die eisige Luft auszusperren. Sie griff zu ihrem Handy, in der Hoffnung, eine Nachricht von Linus vorzufinden. Normalerweise schickte er ihr über den Tag verteilt verschiedene Nachrichten, von witzigen GIFs bis hin zu spontanen Überlegungen und Mitteilungen, die sie Linusismen getauft hatte. Doch diesmal wartete nichts auf sie. Er war wohl noch immer in seinem Meeting mit dem Spielzeuglieferanten.

Sie schrieb ihm eine Nachricht.

Diana: Ich hoffe, dein Vormittag verläuft geordneter als meiner.

Als er nicht sofort reagierte, fuhr sie zu ihrer nächsten Patientin.

Addy war sechzehn Jahre alt und litt unter akuter myeloischer Leukämie, momentan in Remission. Vor ihrer Erkrankung hatte sie aktiv im Basketballteam ihrer Highschool gespielt und war bereits auf der Suche nach dem passenden College gewesen. Der Krebs scherte sich jedoch nicht um irgendwelche Zukunftspläne. Oder darum, wie alt jemand war.

Während der Fahrt spielte Diana am Radio herum. Auf sämtlichen Sendern erklangen Weihnachtslieder, was sie jedoch nicht weiter störte. Sie sang bei Mariah Careys *All I Want for Christmas Is You* mit und dachte ernsthaft über

Linus' Idee einer Weihnachtshochzeit nach. Das Lied könnte eine gute Wahl für die Zeremonie sein. Wie sie Linus kannte, würde er ihr den Song beim Hochzeitsempfang vermutlich als Ständchen bringen. Er war der Meinung, singen zu können, und Diana würde ihm niemals sagen, dass das nicht stimmte, auch wenn der Mann absolut keinen Ton traf.

Vielleicht sollte sie ihm vorschlagen, zusammen durchzubrennen. Aber darauf würde Linus sich wohl kaum einlassen. Er wollte ihren großen Moment bestimmt mit seinen Liebsten teilen. Linus war ein Familienmensch. Und, nun ja, Diana war definitiv keiner, auch wenn sie sich oft ausgemalt hatte, wie es wäre, Teil einer großen Familie zu sein.

Sie parkte am Straßenrand vor dem Haus der Pierces, stieg die Stufen zur Veranda hoch und klingelte. Von drinnen näherten sich schlurfende Schritte, dann öffnete Mrs. Pierce die Tür und lächelte Diana strahlend an.

»Ms. Diana!« Sie bedeutete ihr einzutreten.

Diana kam ohne Umschweife zur Sache. »Guten Morgen. Wie geht es Addy heute?«

Cecilia Pierce hob die Schultern, ein wenig ratlos. »Sie ist kaum aus ihrem Zimmer gekommen, um hallo zu sagen. Soweit ich weiß, hört sie Musik.«

»Hat sie Schmerzen?«

»Sie kennen doch Addy. Sie würde sich nie beklagen. Aber ich glaube, sie fühlt sich recht wohl.«

»Gut. Dann schaue ich jetzt nach ihr, wenn das in Ordnung ist.«

»Natürlich. Vielen Dank.«

Addys Zimmer lag am Ende des dämmrigen Flurs. Diana

klopfte und wartete auf Antwort, sich innerlich wappnend für das, was sie erwartete.

Jedes Mal, wenn sie Addy sah, war das Mädchen dünner als zuvor. Ihre Leukämie war aggressiv gewesen, doch sie hatte dagegen angekämpft, und sie hatte gewonnen. Nun war ihr Körper durch die Behandlung geschwächt, daher hatte der Arzt ihr eine Physiotherapie verordnet.

»Herein«, rief Addy.

Diana öffnete die Tür und trat ein. Die hellvioletten Wände waren mit Boybandpostern und Basketballfanartikeln geschmückt. Auf dem Nachttisch und in einem Bücherregal verteilt, standen Dutzende Fotos von Angehörigen und Freunden.

Addy entfernte ihre Ohrhörer. »Hi.«

»Hey. Wie geht's?«, fragte Diana.

Addy war blass, doch ihre blauen Augen blickten klar und heiter. Das war ein gutes Zeichen. »Okay.«

»Deine Mom sagt, dass du dich den ganzen Tag hier verkriechst.«

Addy rollte mit den Augen, wie eine ganz normale Teenagerin. Auch das war ein gutes Zeichen. »Wenn ich diesen Raum verlasse, gluckt meine Mom um mich herum, als wäre ich eine Porzellanpuppe, die jeden Moment in eine Million Stücke zerbrechen kann.«

Diana stellte ihre Tasche auf dem Boden neben dem Nachttisch ab. »Sie liebt dich.«

»Nun ja, sie erdrückt mich aber auch, also …« Addy beendete den Satz nicht. Ihr Blick fiel auf Dianas Diamantring. »Wann heiraten Sie denn nun eigentlich?«

Seufzend zog Diana sich einen Stuhl heran. »Ich stelle hier die Fragen, nicht du.«

Addy schob die Unterlippe vor. Das gehörte zu ihrer Routine. Addy steckte ihre Nase in Dianas persönliche Angelegenheiten, Diana rief sie zur Ordnung, und Addy schmollte. Oder warf Diana wie gestern an den Kopf, sie sei eine Elsa. »Sie sind eine Spielverderberin.«

»Das höre ich öfter. Zum Beispiel jede Woche von dir.« Diana holte den Firmenlaptop aus ihrer Tasche. Sie musste dem Mädchen jede Woche eine Reihe gesundheitsbezogener Fragen stellen. Bevor sie beginnen konnte, leierte Addy schon die Antworten herunter.

»Ich bin eine Fünf auf der Schmerzskala. Ich war heute morgen schon auf der Toilette. Nummer eins, nicht zwei. Zum Frühstück hatte ich Orangensaft und eine Scheibe Toast. Keine Übelkeit, kein Erbrechen.«

Diana lächelte leicht. »Schon klar, Klugscheißerin. Aber du musst mir das alles noch mal sagen, wenn ich meinen Rechner hochgefahren habe.«

Addy grinste stolz, doch die Heiterkeit erreichte ihre Augen nicht ganz.

Diana füllte den Wochenbericht für Addy aus. »Eine Fünf auf der Schmerzskala, sagtest du?«

Addy zuckte beiläufig mit den Schultern. »Oder noch nicht mal das, wenn man das Herz nicht mitzählt.«

Besorgt schaute Diana von ihrem Keyboard auf. »Du hast Brustschmerzen?«

Addy rollte mit den Augen. »Nein. Mein Herz-Herz. Sie wissen schon, das, wo all die Gefühle wohnen.«

»Ach.« Diana zögerte. Wollte sie wirklich in das Wespennest stechen, die Emotionen einer Teenagerin aufzudröseln? Das war eher der Bereich ihrer besten Freundin Rochelle, die Kinderpsychologin war. Rochelle diskutierte liebend gern über Gefühle. Während Diana es vorzog, sich mit physischen Problemen und körperlichen Schmerzen zu beschäftigen. »Los, wir gehen jetzt mal zusammen ins Badezimmer, okay?«

Addy stieß einen tiefen Seufzer aus. »Es ist so seltsam, dass ein Gang zum Waschbecken plötzlich Bewegungstraining für mich ist. Ich bin früher eine Stunde am Stück übers Spielfeld geflitzt.«

»Und das wirst du auch wieder tun«, versprach Diana. »Aber im Moment müssen wir kleine Schritte machen, um zum Ziel zu gelangen. Dein Körper muss erst wieder aufbauen, was er während der Chemotherapie verloren hat. Komm, lass uns loslegen.« Diana gab sich Mühe, so auffordernd in die Hände zu klatschen wie ein Basketballtrainer.

Es funktionierte. Langsam setzte Addy sich auf. Als sie ihre Beine über die Bettkante schob, zuckte sie zusammen und sah aus, als ob sie mehr als eine Fünf auf der Schmerzskala empfand. Dann erhob sie sich, atmete tief durch, und ging Richtung Badezimmer. Diana blieb dicht hinter ihr, für den Fall, dass Addys Beine nachgaben.

Vor dem Waschbecken blieb Addy stehen und starrte ihr Spiegelbild an, als hätte sie sich seit Tagen nicht mehr angeschaut. Unwillkürlich fragte Diana sich, was das Mädchen dachte.

»Bin ich immer noch hübsch?«, wollte Addy schließlich wissen.

»Natürlich bist du das, Addy. Es sind nur Haare. Sie wachsen nach.«

Im Spiegel suchte Addy ihren Blick. Ihre Augen funkelten zornig. »Das kann nur jemand sagen, der so viele Haare hat, wie er sich nur wünschen kann. Würden Sie auch jemanden, der eine Amputation hatte, so trösten, nach dem Motto: Es ist ja nur ein Bein?«

Konsterniert hob Diana die Brauen. »Ein Bein kann nicht nachwachsen. Dein Haar schon.«

Plötzlich schwammen Addys Augen in Tränen. *Nein, nein, nein. Bitte nicht weinen.* »Dann finden Sie wohl auch, dass es keine große Sache ist, meinen Freund und meine beste Freundin zu verlieren? Schließlich kann ich mir ja neue suchen, nicht wahr?«

Verzweifelt suchte Diana nach den richtigen Worten, in der sicheren Gewissheit, dass ihr bei der falschen Antwort diese Therapiesitzung um die Ohren fliegen würde. »Ich wusste nicht, dass du einen Freund hast«, erwiderte sie.

»Nun, ich habe ja auch keinen. Nicht mehr.« Wütend wischte sich Addy eine Träne aus dem Gesicht.

»Hör zu, was immer ich gesagt habe, um dich so aufzuwühlen, tut mir leid. Ich wollte deine Gefühle nicht verletzen, Addy.«

»Es sind nicht *nur* Haare«, stieß Addy zwischen zusammengebissenen Zähnen hervor. Sie lehnte am Waschbecken, die dünnen Arme um den Oberkörper geschlungen. »Es ist nicht mal nur Krebs. Es ist mein Leben, verstehen Sie das nicht? Und es fühlt sich für mich gerade so an, als ob es vorbei ist. Meine größte Leistung heute wird sein, dass ich zum Waschbecken gelaufen bin und fünf Minuten davor gestanden habe. Das ist einfach nur Scheiße!« Ihre Stimme zitterte, ihre erhitzten Wangen waren tränenüberströmt. »Niemand versteht, wie es mir geht, deshalb fühle ich mich umso mehr allein. Abgesehen davon, dass ich hier in diesem Moment in der Tat vollkommen allein bin.«

»Das stimmt nicht«, sagte Diana. »Ich bin auch hier.«

Wieder trafen sich ihre Blicke im Spiegel. »Ich kenne Sie ja nicht mal richtig. Sie sind nur eine Fremde mit einem vertrauten Gesicht.«

Diana wand sich innerlich. Gestern hatte Addy sie als Elsa beschimpft, heute erklärte sie sie zur vertraut aussehenden Fremden. Teenager konnten wirklich grausam sein. »Addy, ich …«

»Egal.« Addy drehte sich vom Becken weg und machte einen wackeligen Schritt auf Diana zu. »Entschuldigen Sie bitte. Ich will einfach nur ins Bett zurück. Ich muss mit meinen Kräften haushalten. Das ist es doch, worauf Sie immer herumreiten, oder? Dass ich mich nicht verausgaben darf.«

»Ja.« Müde seufzend trat Diana zur Seite, um das Mädchen vorbeizulassen. Zurück ins Bett zu gehen, klang auch für sie gerade nach einer sehr verlockenden Idee.

3. Kapitel

Geistesabwesend drehte Diana ihren Perlohrring und versuchte, sich auf ihr Gespräch mit Mr. Powell zu konzentrieren, statt daran zu denken, wie Maria heute Morgen mit einem Rettungswagen abtransportiert worden war und Addy sie in hohem Bogen aus ihrem Zimmer geworfen hatte. Auch die Tatsache, dass Linus immer noch nicht auf ihre Textnachricht geantwortet hatte, obwohl es inzwischen vierzehn Uhr war, beschäftigte sie. Bei seinem Aufbruch schien er guter Dinge gewesen zu sein, aber vielleicht hatte ihm der Streit von gestern Abend doch mehr zugesetzt, als er durchblicken ließ.

Nun, sie würde heute Abend alles in Ordnung bringen. Wenn dieses Gespräch hinter ihr lag. Vorigen Monat hatte Diana sich beim Powell Rehabilitation Center um eine Beförderung beworben, und sie ging davon aus, dass ihr Chef sie deshalb heute zu sich gebeten hatte. Diana arbeitete seit sieben Jahren für das Rehazentrum, hatte kaum Fehlzeiten, und es gab keine einzige Beschwerde gegen sie. Es war höchste Zeit für etwas Neues, und die ausgeschriebene Position schien ihr genau das Richtige zu sein.

»Sie müssen heute Morgen einen ganz schönen Schreck bekommen haben«, bemerkte Mr. Powell.

Diana rang sich ein souveränes Lächeln ab. Ihr Tag hatte nicht gerade optimal begonnen, trotzdem war sie bezüglich dieses Gesprächs zuversichtlich. Von jetzt an würde sich alles zum Besseren wenden, das spürte sie in ihren Knochen.

»Ich musste bislang noch nie den Notruf wählen. Das war definitiv eine neue Erfahrung.« Sie schüttelte seufzend den Kopf. »Und keine, die ich so schnell wiederholen möchte.« Sie saß sehr aufrecht auf ihrem Stuhl, mit gestrafften Schultern, genau wie der Mann ihr gegenüber. Von Natur aus war Diana nicht unbedingt der selbstsichere Typ, konnte sich bei Bedarf aber so präsentieren.

Mr. Powell nickte. »Zum Glück hatten Sie Ihren Termin mit Ms. Harris. Wer weiß, wie lange sie sonst da gelegen und um Hilfe gerufen hätte.«

Das wollte Diana sich nicht mal vorstellen. »Maria ist eine sehr willensstarke Frau. Als sie erwähnte, dass sie ihren Weihnachtsschmuck vom Dachboden holen muss, sagte ich ihr, dass sie das auf keinen Fall allein tun sollte. Schließlich macht sie nicht ohne Grund diese Physiotherapie. Aber ich habe wohl ihren Dickschädel unterschätzt.«

»Sturheit ist eine gute Eigenschaft bei Patienten. Meiner Erfahrung nach arbeiten diese Leute bei einer Therapie am besten mit.« Mr. Powell lachte leise. »Und für Weihnachtsfans ist Dekoration sehr wichtig. Meine Mutter hat das Zeug immer schon am Tag nach Thanksgiving hervorgeholt.«

Diana war zwar nicht sicher, was Maria und der Weihnachtsschmuck mit ihrer Beförderung zu tun hatten, lächelte aber tapfer weiter, auch wenn ihre Handflächen langsam feucht wurden. Sie schlug die Beine übereinander und lehnte sich im Stuhl zurück. »Jedenfalls hat der Rettungswagen Ms. Harris ins East Medical gebracht. Ich bin sicher, dass es ihr schon viel besser geht. Zumindest hoffe ich das.«

»Sie haben nicht nachgefragt?« Hinter seiner Brille runzelte Mr. Powell die Stirn.

Der vorwurfsvolle Ton erwischte Diana kalt. »Nein, noch nicht. Ich hatte gleich danach eine andere Patientin.« Es wäre doch gewiss nicht in Mr. Powells Sinn gewesen, wenn Diana den nächsten Termin abgesagt hätte. »Ich rufe sie gleich nach diesem Gespräch auf ihrem Handy an, vielleicht schaue ich auch direkt im Krankenhaus vorbei.«

Das brachte ihr ein Lächeln ein. »Gute Idee. Und wenn Sie das tun, sagen Sie Ms. Harris doch, dass es uns ein Vergnügen wäre, ihre Weihnachtsdekoration anzubringen. Wir machen das gern für sie, schließlich wollen wir ja nicht, dass sie sich noch mal verletzt.«

Verblüfft starrte Diana ihn an. »Wir?«

»Das Personal hier bei Powell Rehabilitation. Wie Sie wissen, sind wir ein familiengeführtes Unternehmen, und unsere Patienten sind für uns wie Familienmitglieder. Wenn Ms. Harris ein festlich geschmücktes Haus möchte, dann ist es ein Klacks für uns, ihr das zu ermöglichen. Tatsächlich hat William bereits seine Hilfe angeboten.«

»William«, wiederholte Diana. William Davis war einer ihrer Kollegen. Er war jung, Single und energiegeladen. Und er behandelte alle Leute, als wären sie beste Freunde, was Diana aus irgendeinem Grund auf die Nerven ging. Beste Freunde musste man sich erarbeiten, man bekam sie nicht einfach so binnen dreißig Minuten auf dem Silbertablett serviert. Ihre beste Freundin Rochelle kannte Diana seit zwei Jahrzehnten. Sie waren sich in der Mittelstufe über den Weg gelaufen und hatten nach einer Phase heftiger gegenseitiger Abneigung etliche Gemeinsamkeiten entdeckt, aus denen sich im Laufe der Zeit eine Freundschaft entwickelt hatte. »Das ist … nett von ihm.«

»Das stimmt. William schmeißt sich für seine Patienten wirklich ins Zeug, nicht wahr?«

Er sagte das so, als wäre es eine gute Sache, eine Einschätzung, die Diana nicht zwingend teilte. »Aber Maria ist nicht *seine* Patientin.« Sie lächelte zittrig, um zu überspielen, dass sie sich plötzlich in einer Verteidigungsposition wahrnahm. Diana konnte förmlich spüren, wie ihr Selbstvertrauen dahinschmolz, zusammen mit ihrem komplett nutzlosen Deodorant.

Mr. Powell breitete die Arme aus, als wolle er die Welt umarmen. »Wie gesagt, wir sind hier bei Powell Rehabilitation eine große Familie. Eine große glückliche Familie.«

»Natürlich.« Diana hatte zwar nicht viel Ahnung von Familien, glaubte aber nicht, dass ihr Arbeitsplatz unter den Begriff fiel. Arbeit zählte zum professionellen Teil des Lebens, Familie und Freunde waren etwas Persönliches. Man sollte diese beiden Dinge nicht vermischen.

»Deshalb habe ich Sie heute hergebeten, Diana«, fuhr Mr. Powell fort.

Diese Bemerkung war das erste Warnsignal für sie. Diana hatte ganz selbstverständlich angenommen, dass ihr Chef bei diesem Treffen über die Beförderung sprechen wollte, für die sie sich beworben hatte. Und sie war hundertprozentig davon ausgegangen, dass sie sie auch bekommen würde. Doch die neue Position hatte nichts mit William oder Maria zu tun.

Mr. Powell musterte sie über den Rand seiner Brille hinweg. »Ich bin gern offen mit meinen Angestellten. Sie sind eine der besten Therapeutinnen, die ich habe, Diana, ich hoffe, das wissen Sie.«

»Vielen Dank, Sir.« Ihr Selbstvertrauen erholte sich wieder. Womöglich ging es ja doch um die Beförderung. Vielleicht würden sie und Linus in ein paar Stunden auf ihre neue Rolle in der Firma anstoßen.

»Aber …« Mr. Powell zögerte.

Und das war das zweite Warnsignal.

»… ich sehe Sie momentan nicht in einer Führungsposition.« Er klang beinahe entschuldigend.

Diana schluckte, während seine Worte langsam in ihren Verstand sickerten. Ein Wirbel aus Emotionen kochte in ihr hoch. Enttäuschung. Verwirrung. Demütigung. Sie wusste nicht, was sie sagen sollte, also sagte sie nichts, saß einfach nur wie betäubt da und starrte ihren Chef an. Sie hob eine Hand, um an ihrem Perlohrring zu spielen, eine nervöse Angewohnheit, die ihr dabei half weiterzuatmen. Drehen – einatmen. Drehen – ausatmen. Drehen. Drehen. *Fang bloß nicht an, in Mr. Powells Büro zu hyperventilieren.*

»Eine Führungskraft benötigt eine komplexe Kombination aus Können, Erfahrung und Herz«, fügte Mr. Powell hinzu. »Daher habe ich vor, William zu befördern. Ich bin sicher, Sie verstehen das und gratulieren ihm zu seiner neuen Position.« Er lächelte freundlich, als wäre diese Information keine große Sache.

»*William?*« Ihre Stimme klang schrill, und sie drehte ihren

Ohrring in Rekordgeschwindigkeit. »Aber William arbeitet noch nicht so lange hier wie ich.« *Sie* war dienstälter. Diese Beförderung stand nach Fug und Recht ihr zu.

»Zeit ist relativ. William mit seiner Leidenschaft für Patientenversorgung und seinem guten Verhältnis zum Personal wird einen exzellenten Vorgesetzten abgeben.«

Wie konnte das passieren? Träumte sie? Hatte sie einen Albtraum? William würde ihr Vorgesetzter sein? *Sie* war diejenige, die *ihn* eingearbeitet hatte. Lag es daran, dass er ein Mann war? Diana hatte Mr. Powell nie für sexistisch gehalten, aber welchen anderen Grund konnte er haben, sie zu übergehen, um William zu befördern?

»Praktisch jeder Patient, mit dem William arbeitet, reicht eine begeisterte Glow Card ein«, fuhr Mr. Powell fort, ohne auf ihre aufgewühlten Gefühle zu achten.

Diese sogenannten Glow Cards, mit denen Patienten ihren jeweiligen Therapeuten bewerten konnten, lagen der Informationsbroschüre bei, die jeder Patient vor Beginn seiner Behandlung erhielt. Man konnte sie direkt oder online ausfüllen. Nach Dianas Erfahrung verzichteten die meisten Patienten darauf, es war optional und machte Extramühe. Vermutlich drängte William seine Patienten dazu, diese Karten auszufüllen. Womöglich bestach er sie sogar oder schrieb sich selbst glühende Glow Cards.

»Ein guter Vorgesetzter muss mehr können als Papierkram erledigen«, bemerkte Mr. Powell beiläufig.

»Wie bitte?« Entgeistert starrte Diana ihn an. »Ich pflege ein gutes Verhältnis zu meinen Kollegen und meinen Patienten.«

»Selbstverständlich tun Sie das. Ich wollte damit nur sagen, dass Management nicht einfach ist.« Er nickte ihr zu. »Tatsächlich habe ich in den vergangenen zwei Wochen eine Glow Card für Sie erhalten.«

Obwohl Diana drauf und dran war, entweder in Tränen auszubrechen oder mit irgendwas um sich zu werfen, zum Beispiel mit dem Kristallbilderrahmen auf Mr. Powells Schreibtisch, hellte diese Neuigkeit ihre Stimmung etwas auf. Noch nie hatte sie eine Glow Card erhalten, während ihre Kollegen jedes Jahr mehrere bekamen. Was machten die bloß anders als sie?

»Einer meiner Patienten hat eine Karte eingereicht?«

Mr. Powell lächelte nicht, wirkte stattdessen zum ersten Mal während ihres Gesprächs leicht nervös, als er zu einem Blatt Papier griff, das vor ihm auf dem Tisch lag. Er blinzelte ein paarmal, bevor er begann, die Bewertung vorzulesen. »Diana Merriman ist eine qualifizierte Physiotherapeutin. Sie schien zu wissen, was sie tat, auch wenn ich ihren Umgang oft reichlich kurz angebunden fand.«

»Kurz angebunden?« *Und das soll ein Kompliment sein?* »Wer hat das geschrieben?«, wollte sie wissen.

Mr. Powell schüttelte den Kopf. »Das spielt keine Rolle. Allein die Tatsache, dass sich ein Patient die Zeit genommen hat, Sie zu bewerten, ist ein Fortschritt.« Er legte das Blatt Papier wieder auf den Tisch. »Und Fortschritt ist immer willkommen. Das wird sich in ein paar Monaten gut auf Ihrem Jahresbericht machen«, fügte er hinzu, als ob ihr das jetzt ein Trost sein könnte. »Diana, ich möchte, dass Sie wissen, wie sehr man Sie hier respektiert. Wie ich vorhin bereits sagte, kann Powell Rehabilitation sich glücklich schätzen, Sie an

Bord zu haben. Ich kann mich immer darauf verlassen, dass Sie neue Kollegen bestens einarbeiten.«

»Was im Grunde zur Rolle einer Führungskraft gehört«, merkte Diana an. Ihr gezwungenes Lächeln fühlte sich inzwischen mehr wie ein unbehagliches Zucken an. »Ich bin nicht kurz angebunden. Ich bin professionell«, betonte sie matt.

»Dem widerspreche ich nicht. Seien Sie versichert, dass William sehr viel von Ihnen hält. Bei ihm als Vorgesetzten sind Sie in guten Händen. Und er kann Ihnen gewiss ein paar Tipps geben, was den Umgang mit Patienten betrifft.«

»Mein Umgang mit Patienten ist völlig in Ordnung«, gab Diana zurück. »Ich weiß nicht, wer diese Bewertung geschrieben hat, aber meine Patienten wirken immer sehr zufrieden mit mir, Sir. Vielleicht stecke ich meine Nase nicht in ihre Privatangelegenheiten, aber ich bin bestimmt nicht kurz angebunden.«

»Gewiss nicht.« Mr. Powell stand auf und streckte ihr die rechte Hand hin. Das Meeting war offensichtlich vorbei. Es war gar kein echtes Personalgespräch gewesen. Mr. Powell hatte sich nur nach Marias Unfall erkundigt und ihr netterweise direkt mitgeteilt, dass sie sich die Beförderung abschminken konnte. Und dass sie eine Glow Card bekommen hatte, in der sie als »kurz angebunden« beschrieben wurde.

Auf zitternden Beinen erhob sich Diana, um ihrem Chef über den Schreibtisch hinweg die Hand zu schütteln. Dabei stieß ihr Arm gegen eben jenen Bilderrahmen aus Kristallglas, den sie vorhin erwogen hatte, an die Wand zu werfen. Noch immer halb erstarrt vor Ungläubigkeit und Enttäuschung schaute sie zu, wie er erst langsam hin und her wackelte und dann vor ihren Füßen auf den Boden fiel, wo er in winzige Stücke zerbrach, die wie Eissplitter glitzerten.

Vielleicht bin ich ja tatsächlich Elsa, die Eiskönigin.

Entsetzt schnappte Diana nach Luft. »Es tut mir so leid.«

Mr. Powell senkte den Arm, und sein Lächeln erstarb. Dann räusperte er sich. »Machen Sie sich keinen Kopf, Diana. Ich rufe jemanden, der das saubermacht. Bilderrahmen kann man ersetzen, gute Mitarbeitende nicht. Wir wissen Ihren unermüdlichen Einsatz für diese Firma wirklich sehr zu schätzen.«

Aber offenbar nicht genug. Sie war eine gute Mitarbeiterin, während William ihre Beförderung abstaubte. Die Anzahl seiner Patienten würde um ein Viertel reduziert werden, damit er sich darauf konzentrieren konnte, das Personal einzuteilen, neue Kollegen anzuheuern und innerbetriebliche Angelegenheiten zu managen. Das alles konnte Diana genauso gut leisten. Sie tat es bereits.

Wie benommen trat sie aus dem Gebäude auf den Fußweg. Sie atmete zittrig durch, und die kalte Luft prickelte in ihrer Lunge.

Nicht weinen.

Sie hastete über den Parkplatz. Wenn sie doch bloß einen Mantel angezogen hätte. Es war wirklich eisig. Snow Haven lag mitten in den Blue Ridge Mountains. Im Winter wurde es oft so kalt, dass es in den Bergen schneite, allerdings erreichten die weißen Flocken nur selten das Tal, in dem die Stadt lag. Als hier das letzte Mal Schnee gelegen hatte, war Diana achtzehn gewesen. Ihre Großmutter war gerade gestorben, und auf ihrer Beerdigung hatte Diana dicke Fellstiefel zum langen schwarzen Kleid getragen. Grandma Denny hätte das gebilligt.

Sie war eine sehr praktisch veranlagte alte Dame gewesen. Manche Leute hätte sie womöglich als »kurz angebunden« bezeichnet. Vermutlich sogar die meisten.

Als Diana ihr Auto aufschloss, zog sich ihr Magen schmerzlich zusammen. Hatte sie sich womöglich ohne es zu wollen in ihre Großmutter verwandelt?

Mühsam die Tränen zurückhaltend, ließ sie sich auf den Fahrersitz fallen, zog die Tür zu und drehte den Schlüssel im Zündschloss. Während der Motor summend zum Leben erwachte, überschlugen sich ihre Gedanken. Seit einem Monat hatte sie sich mental auf das Personalgespräch vorbereitet, hatte extra viel Einsatz mit Patienten und neuen Kollegen gezeigt, um zu beweisen, dass sie das Zeug zur Managerin hatte. Sie war die erfahrenste Mitarbeiterin, verantwortungsbewusst und verfügte, ihrer bescheidenen Meinung nach, über alle Qualitäten, die ein Chef sich für eine Führungsposition nur wünschen konnte.

Doch offenbar hatte sie sich geirrt.

Diana umklammerte das Lenkrad und fragte sich verzweifelt, ob sie während des Gesprächs irgendetwas hätte besser machen können, um Mr. Powell davon zu überzeugen, dass sie die richtige Kandidatin für den Job war. Aber spielte das überhaupt noch eine Rolle? Es war zu spät. Mr. Powell hatte seine Entscheidung bereits getroffen, bevor sie in sein Büro gekommen war, und das Leben gewährte keine zweiten Chancen.

Nach ein paar tiefen, beruhigenden Atemzügen fuhr sie vom Parkplatz des Rehazentrums. Sie hatte sich bereits vorab den Rest des Nachmittags frei genommen, für den Fall, dass Mr. Powell ihr gleich das neue Büro zeigen wollte, in das nun der Kaugummi schmatzende, dröhnend lachende William einziehen würde.

Diana wusste nicht, was sie jetzt mit sich anfangen sollte. Sie könnte im Toy Peddler vorbeischauen, um Linus zu treffen, aber der war bei der Arbeit und hatte immer wieder erwähnt, dass der Dezember ein anstrengender Monat für ihn war. Vielleicht sollte sie ihn einfach in Ruhe lassen und direkt in die Wohnung fahren. Sie könnte ein Glas Wein trinken, ein heißes Bad nehmen und online ein paar Geschenke für die Leute auf ihrer Weihnachtsliste shoppen. Und so tun, als hätte dieser Tag nie stattgefunden. O ja, das klang nach einem super Plan.

In diesem Moment piepte ihr Handy, das auf der Mittelkonsole lag. Sie tippte auf die Taste der Freisprechanlage am Lenkrad, um den Anruf anzunehmen.

»Treffen wir uns gleich?«, fragte Rochelle.

O Mist. Heute war Rochelles dreißigster Geburtstag, und Diana war mit ihr im Sparky's auf den traditionellen Glückwunschdrink verabredet.

»Ich, äh, fühle mich nicht so gut«, erwiderte Diana. Das war nicht mal komplett gelogen. Sie fühlte sich tatsächlich ziemlich furchtbar nach den Ereignissen des heutigen Tages, der den gestrigen mittlerweile sogar noch an Schrecklichkeit überholt hatte.

»Was? Du sagst ab? Was ist los?« Rochelle klang besorgt. Als Psychologin wollte sie immer wissen, was im Argen lag, und sie reagierte genauso frustriert wie Linus, wenn Diana beteuerte, das absolut überhaupt nichts im Argen lag.

»Alles ist gut«, erwiderte sie.

»G-Wort-Alarm.« Rochelle hatte Diana vorgeworfen, in

letzter Zeit allzu oft zu betonen, wie »gut« alles war. »Und wenn alles gut ist, gibt es keinen Grund, warum du dich nicht mit mir auf einen Drink treffen kannst. Nun komm schon, Diana. Ich bin Single und brauche jemanden, der mit mir auf die nächsten Jahrzehnte Geburtstagseinsamkeit anstößt.«

»Du wirst nicht mehr jahrzehntelang einsam bleiben«, versicherte Diana Augen rollend. Sie rollte vor einem Stoppschild aus, schaute nach rechts und links, um sich zu vergewissern, dass alles frei war, und fuhr dann weiter. »Tut mir leid, Rochelle. Nächstes Mal wieder.«

Am anderen Ende der Leitung herrschte Stille. Diana hasste es, die Menschen in ihrem Leben zu enttäuschen. Gestern Abend Linus und jetzt Rochelle. Frohnatur William hatte dieses Problem vermutlich nicht. Der brauchte wahrscheinlich niemals einen Moment für sich allein mit einem Glas Wein.

»Na schön«, sagte Rochelle schließlich leise. »Gute Besserung.«

»Danke. Alles Gute zum Geburtstag, Ro.«

»Keine Ahnung, wie gut der wird, da ich allein an der Bar sitzen und trinken werde. Wir reden Morgen weiter, Di.« Ohne auf eine Antwort zu warten, beendete Rochelle das Gespräch.

Tief durchatmend bog Diana in den Oakwood Drive ein und hielt vor einer roten Ampel an. Gedanken an Linus, Rochelle, Mr. Powell und ihre Patienten, von denen eine sie als Elsa bezeichnete und ein anderer als kurz angebunden, wirbelten durch ihren Kopf, während sie stumpf vor sich hinstarrte. Offenbar musste sie einigen Problemzonen in ihrem Leben zu Leibe rücken, angefangen bei ihrer Beziehung zu Linus. Sie waren verlobt, was bedeutete, dass sie einen Hochzeitstermin festsetzen mussten. Vielleicht konnte sie das Ganze bis nächstes Jahr Weihnachten hinausschieben, um länger Zeit zu haben, sich mental darauf einzustellen. Immerhin war dies hier erst ihr erstes gemeinsames Weihnachtsfest, und auch wenn sie alle bisherigen Schritte ihrer Beziehung im Rekordtempo hinter sich gebracht hatten, hieß das ja nicht, dass das auch beim Heiraten so sein musste. Sie könnten es langsam angehen lassen, damit Diana sich an Linus' Welt gewöhnen konnte, die so ganz anders war als ihre eigene.

Das Auto hinter ihr hupte. Sie schaute auf und sah, dass die Ampel mittlerweile auf Grün gesprungen war. »Entschuldigung«, sagte sie, auch wenn der andere Fahrer sie nicht hören konnte, und war gerade losgefahren, als plötzlich ein Junge auf einem Fahrrad vor ihr auftauchte. Sie riss das Lenkrad nach links, um ihn nicht anzufahren, und dann wieder nach rechts, um einem Lieferwagen auszuweichen, dem sie in die Quere gekommen war. Der Zwischenfall dauerte nur Sekunden, dann war sie wieder in ihrer eigenen Fahrspur.

Das war knapp! Angestrengt starrte sie in den Rückspiegel, um sich zu vergewissern, dass dem kleinen Jungen nichts passiert war, und sah, wie er hart in die Pedale trat und in Richtung von Linus' Spielwarenladen davonstrampelte. Aufatmend trat sie fester aufs Gas. Sie wollte nur noch nach Hause. Diesem ganzen Tag haftete etwas Unheilvolles an. Für ihren Geschmack konnte er gar nicht schnell genug vorbei sein.

Noch immer am ganzen Leibe zitternd betrat sie das kleine Apartment im Erdgeschoss, das sie und Linus sich teilten. Sie schlug die Tür hinter sich zu, zog die Jacke aus und streifte ihre Stiefel ab. Dann ging sie direkt in die Küche, um sich ein Glas Wein einzuschenken. Doch dann zögerte sie. Es war erst vier Uhr nachmittags. Ein Geburtstagsdrink mit Rochelle wäre akzeptabel gewesen, aber allein zu trinken war wahrscheinlich etwas anderes.

Dianas Mutter hatte rund um die Uhr zur Flasche gegriffen. Das war einer der Gründe gewesen, warum Diana bei ihrer Großmutter aufgewachsen war. Ihre Mom trank zu viel und erinnerte sich nur an Weihnachten daran, dass sie eine Tochter hatte. Alle Jahre wieder tauchte Jackie Merriman bei ihnen auf, mit einem einzigen, in buntes Papier gewickelten Geschenk und dem leeren Versprechen, sich im nächsten Jahr mehr um ihre Mutterpflichten zu kümmern. So wollte Diana nicht werden. Und auch nicht wie Grandma Denny, auch wenn die so anständig gewesen war, Diana bei sich aufzunehmen. Sie wollte herzlicher und wärmer zu den Menschen sein, die sie liebte. Sie wollte nicht ständig auf der Hut sein und ihre Emotionen verbergen. Das war allerdings leichter gesagt als getan.

Sie entschied sich gegen das Glas Wein und legte sich auf die Couch. Nur für einen Moment, sagte sie sich, um den Stress der vergangenen Stunden abzubauen. Dabei hätte sie im Grunde nichts dagegen, den Rest dieses grässlichen Tages einfach zu verschlafen. Seufzend schloss Diana die Augen und wartete darauf, dass ihre Gedanken zur Ruhe kamen. Irgendwann dämmerte sie weg.

Sie wachte davon auf, dass jemand an ihre Wohnungstür klopfte. Blinzelnd setzte sie sich auf. Durchs Fenster fiel kein Tageslicht mehr ins Zimmer. Hatte sie das Klingeln überhört?

Wie spät war es denn? Sie musste länger geschlafen haben als beabsichtigt.

Wieder klopfte es. Wahrscheinlich Linus. Er hatte wohl seinen Schlüssel vergessen, als er heute Morgen losgeradelt war.

»Ich komme«, rief sie. Langsam erhob sie sich vom Sofa und ging zur Tür. Heute Abend wollte sie nicht mit Linus streiten. Vielleicht würde sie irgendwas kochen. Sie könnten dennoch ein Glas Champagner trinken, auch wenn es mit der Beförderung nichts geworden war. Und danach würden sie einen Hochzeitstermin festlegen. Nicht dieses Weihnachten, aber vielleicht nächstes. Oder übernächstes.

Linus klopfte erneut, diesmal klang es ungeduldiger. Aber schließlich war es draußen auch eiskalt. Diana beschleunigte ihre Schritte, freute sich darauf, gleich Linus' Arme um sich zu spüren. Nach einem Tag wie diesem könnte sie für Stunden in seiner Umarmung abtauchen.

Sie erreichte die Tür, drehte den Knauf und zog daran, um genau das zu tun.

Doch es war nicht Linus. Stattdessen standen zwei Polizeibeamte auf dem Treppenaufgang. Diana erkannte den älteren, Officer Crane. Sie hatte voriges Jahr seine Mutter behandelt, nachdem Mrs. Crane sich die Hüfte gebrochen hatte. Warum hatte die alte Dame keine Glow Card für Diana ausgefüllt? Sie hatte sie ausgezeichnet behandelt. Diana war kein bisschen kurz angebunden oder distanziert gewesen. An ihrem Umgang mit der Patientin war nicht das Geringste auszusetzen gewesen.

Diana schaute zwischen den beiden Männern mit den

grimmigen Mienen hin und her. Was machten sie vor ihrer Wohnung? Warum wirkten sie so betroffen?

Plötzlich wurden ihr die Knie weich. Ein eisiges Gefühl breitete sich in ihrem Inneren aus. Irgendwas stimmte nicht, das konnte sie spüren. Und was immer es war, konnte nicht dadurch behoben werden, dass sie beteuerte, alles wäre gut, egal, wie oft sie es sagte. »Was ist passiert?« Sie stützte sich am Türrahmen ab. Die kalte Luft, die von draußen hereindrang, brannte auf ihren Wangen.

»Hallo, Diana«, sagte Officer Crane. Warum klang er so ernst? »Ich bin wegen Linus hier.« Er zögerte, und Dianas Herz überschlug sich. *Nein, nicht er.* Sie brauchte Linus. Sie brauchte ihn jetzt.

»Bitte«, wisperte sie.

Noch immer zögerte Officer Crane, presste seine Lippen zu einem dünnen Strich zusammen. »Es tut mir leid, Ihnen mitteilen zu müssen«, sagte er dann, »dass Linus heute Abend einen Unfall hatte.«

4. Kapitel

Fröhliche Vor-Vor-Weihnachten

Drei Wochen später

Bitterkalte Winterluft biss in Dianas Wangen, als sie nach dem letzten Hausbesuch des Tages zu ihrem am Bordstein geparkten Auto ging. Morgen war Heiligabend, übermorgen Weihnachten, und der Wetterbericht prophezeite seit mehr als einer Woche Schnee, doch momentan war es zu kalt und trocken für Niederschlag. Die Bedingungen waren jedoch perfekt für Blitzeis auf den Straßen, daher musste Diana ihren Besuch bei Linus kurz halten, um es möglichst vor Einbruch der Dunkelheit nach Hause zu schaffen. Er wurde im New Hope betreut, einer Einrichtung für Langzeitpflege.

Kaum war sie eingestiegen, brummte ihr Handy, ein Geräusch, das sie jedes Mal zusammenfahren ließ. Seit dem Unfall träumte sie davon, dass jemand aus dem Heim anrufen und ihr mitteilen würde: »Gute Nachrichten, Ms. Merriman! Er ist aufgewacht. Es ist ein Wunder!« Doch sie hatte Linus' Krankenakte gelesen. Ihr war klar, wie gering die

Wahrscheinlichkeit war, dass er jemals wieder aufwachen würde. Seit drei langen Wochen lag er leblos im Bett, und mit jedem Tag, der verging, wurde die Prognose düsterer.

Sie zog das Telefon aus ihrer Handtasche und schaute aufs Display. Linus' Mutter, schon wieder. Diana ließ den Anruf auf die Mailbox gehen, startete den Wagen und fuhr los.

Mrs. Grant hatte nach dem Unfall sehr oft angerufen, um ihr zu sagen, dass sie während dieser »*schwierigen Zeit*« für Diana »*da sein*« wollte. Diana war davon überzeugt, dass sie es gut meinte, und hatte ein schlechtes Gewissen, weil sie das freundliche Angebot nicht annahm. Schließlich war es auch für Mrs. Grant eine schwierige Zeit. Linus war ihr einziges Kind, und soweit Diana das beurteilen konnte, liebte sie ihn heiß und innig.

Linus würde wollen, dass Diana seiner Mom entgegenkam, das wusste sie – und sie hatte es auch fest vor. Nur nicht heute Abend. Sie war zu aufgewühlt und nicht daran gewöhnt, dass sich jemand Sorgen um sie machte. Ja, sie hatte Rochelle, aber Ro kannte sie gut genug, um sich ihr nicht aufzudrängen oder zumindest nicht allzu sehr. Mrs. Grant verstand das noch nicht.

Nein, heute Abend wollte Diana vor Einbruch der Dunkelheit bei ihrem Verlobten sein, seine Hand halten und mit ihm reden, auch wenn er ihr nicht antworten würde.

Während sie ungeduldig, aber unter Einhaltung der 45-Meilen-Geschwindigkeitsbegrenzung zur Pflegeeinrichtung fuhr, wirbelten ihre Gedanken umher wie betrunkene Schneeflocken. Sie vermisste Linus mehr als sie sich je hätte vorstellen können. Wie war es ihm bloß gelungen, ihr Herz in weniger als einem Jahr so vollkommen gefangen zu nehmen?

Ihr Leben war nicht mehr dasselbe, seit sie ihn kannte, und es würde auch nie mehr dasselbe sein, falls er nicht aufwachte.

Hör auf, so zu denken, Diana. Er schafft das. Er muss es schaffen.

Wenn die Situation umgekehrt wäre, würde Linus für sie kämpfen, also würde sie ihn ebenfalls nicht aufgeben. Auch wenn es nicht oft vorkam, gab es doch diese seltenen Fälle, in denen Patienten nach Jahrzehnten aus dem Koma erwachten. Linus schlief erst seit drei Wochen – auch wenn es die längsten drei Wochen ihres Lebens gewesen waren.

Als sie endlich am Ziel war, parkte sie neben einem SUV mit einer roten Rentier-Rudolph-Nase über der Kühlerfigur und je einer Geweihhälfte an den Seitenfenstern. Diana ließ den Anblick kurz auf sich wirken. Sie hatte die Weihnachtszeit eigentlich immer gemocht, doch in diesem Jahr wollte sich aus nachvollziehbaren Gründen keine fröhliche Feststimmung einstellen. Am liebsten hätte sie die Feiertage einfach ausfallen lassen, doch dann würde Rochelle vermutlich eine Intervention starten.

Wer würde dabei wohl mitmachen, überlegte Diana auf dem Weg zu dem großen Backsteinbau mit dem blauen Metalldach. Mrs. Grant? Vielleicht William Davis? Oder Dianas exzentrische Nachbarin Mrs. Guzman, die immer zu den unpassendsten Zeiten bei ihr klingelte?

Es war warm im Foyer. Ein paar Sekunden lang stand Diana einfach da und sog die Hitze in sich auf, bis die Kälte aus ihren Gliedern weggetaut war. In einer Ecke des Raums stand ein absurd großer und reich geschmückter Baum, der es schwer machte, die Vorweihnachtszeit zu verdrängen. Der Baumschmuck war von den Patienten gebastelt worden. Sogar

Linus hatte einen winzigen Stern aus mit Glitzer beklebten Eisstielen am Baum hängen, aber Diana wusste, dass seine Hände ihn nicht berührt und seine Augen ihn nicht gesehen hatten. Wahrscheinlich war er das Werk einer Pflegehelferin.

»Guten Abend«, begrüßte sie ein Pfleger im Grinch-Kittel.

»Hi, Ernest.« Inzwischen kannte Diana jeden im New Hope beim Namen, auch wenn sie erst seit zwei Wochen herkam. In der ersten Woche nach dem Unfall hatte Linus noch im Krankenhaus gelegen, und sie war in jeder freien Minute an seiner Seite gewesen, hatte dort geschlafen, gegessen und sich, so gut es ging, in der kleinen Dusche in seinem Raum gewaschen. Doch nachdem Linus' Zustand sich nicht besserte, und die Verantwortlichen befanden, dass allenfalls minimale Hoffnung für ihn bestand, war er ins New Hope verlegt worden. Neue Hoffnung – was für ein ironischer Name für eine Einrichtung, in die Patienten geschickt wurden, deren Situation so gut wie aussichtslos war.

»Fröhliche Vor-Vor-Weihnachten! Übermorgen kommt Santa Claus«, rief Meeka Jamison vergnügt über den Flur. Die Oberschwester trug heute Arbeitskleidung mit Frosty, dem Schneemann.

»Ho, ho, ho«, bemerkte Dr. Romani im Vorbeigehen. Auf seiner Arztkluft prangten zwar keine Zeichentrickfiguren, dafür war sein Kittel rot und seine Hose grün.

»Frohe Feiertage«, wünschte Diana höflich. Nach fröhlichen Weihnachten (oder Vor-Vor-Weihnachten) war ihr wirklich nicht zumute. Sie beschleunigte ihre Schritte, bis sie vor Zimmer vierzehn stand, trat hastig ein und zog die Tür hinter sich zu, um der allüberall vorherrschenden heiteren Besinnlichkeit zu entkommen. Von Linus' Bett her begrüßte sie ein stetes Piepen. Ihr eigenes Herz schien sich dem Rhythmus anzupassen.

Piep, piep, piep. Klopf, klopf, klopf.

Sie holte tief Luft und setzte sich auf den Stuhl neben dem Bett. Dann schaute sie Linus einen langen Moment an. Sein mittelbraunes Haar war heute ordentlich gekämmt, was im wirklichen Leben so gut wie nie vorkam, weil er sich ständig mit den Fingern durch die widerspenstigen Wellen fuhr. Außerdem war er frisch rasiert. Der dafür zuständige Pflegehelfer hatte gute Arbeit geleistet. Sie konnte keine blutigen Schnittstellen erkennen, was bei der wachen Version von Linus ebenfalls nicht oft vorkam.

»Hey, ich bin's, Di.« Sie ergriff seine Hand. Sie fühlte sich fremd an, gar nicht wie die Hand, die sie während der vergangenen neun Monate so oft gehalten hatte. Die Muskeln waren schlaff, nachdem er sie drei Wochen lang nicht benutzt hatte, und die Schwielen an seinen Handflächen vom Fahrradlenker waren verschwunden.

Diana beugte sich vor, um sein Gesicht zu berühren, zu mustern, nach irgendeinem Hinweis zu suchen, dass er um ihre Gegenwart wusste. Immer wieder malte sie sich aus, wie Linus eines Tages einfach die Augen aufschlagen und ihren Blick erwidern würde. Wie lange war es her, seit sie in seine blaugrauen Augen geschaut hatte? Würde sie es jemals wieder tun?

Seine Lippen bildeten eine gerade Linie. Keine Spur des schiefen Lächelns, das immer seine witzigen Bemerkungen begleitete. Er sah aus, als ob er schlafen würde. Nein, nicht mal das. Linus war kein friedlicher Schläfer. Er wälzte sich normalerweise im Bett, bis seine Haare nach allen Seiten abstanden, und er auf jeder Seite des Gesichts Kissenabdrücke hatte. Sie liebte diese Dinge an ihm. Sie liebte alles an ihm.

Wach auf, Linus.

Nachdem sie sich einmal mehr damit abgefunden hatte, dass seine Augen sich an diesem Abend nicht für sie öffnen würden, griff sie in die große Leinentasche, die sie mitgebracht hatte, und zog einen kleinen Weihnachtsbaum heraus, den sie eigens für dieses Krankenzimmer besorgt hatte. Linus war bekennender Weihnachtsfan. Keinen Baum zu haben, würde ihn sehr viel schneller umbringen als der Lieferwagen, der ihn vor drei Wochen vom Fahrrad geschleudert hatte.

»Ich habe dir diesen Baum mitgebracht, um dich aufzuheitern«, erklärte sie, als könnte er sie hören. Vielleicht konnte er das ja auch. Meeka hatte beteuert, dass diese Möglichkeit zumindest nicht ausgeschlossen werden konnte. »Ich weiß, ich weiß. Du hättest lieber einen echten Baum«, fuhr sie fort, »aber sie erlauben mir nicht, eine Douglasie hier hereinzuzerren. Ich habe gefragt.«

Sie beugte sich vor, um den kleinen Baum an die Steckdose anzuschließen, richtete sich wieder auf und beobachtete, wie die winzigen bunten Glühbirnen festlich funkelten. »Mehrfarbige Lichter«, bemerkte Diana. »Ich bin nicht ganz sicher, aber ich vermute mal, das wäre deine Präferenz.« Sie holte eine Schachtel mit silberfarbenem Lametta aus der Tasche. »Wenn du nicht die Augen aufmachst, werde ich dich wohl ebenfalls schmücken müssen«, warnte sie, in Anspielung an seine ganz ähnliche Drohung am Morgen vor dem Unfall.

Linus rührte sich nicht. Lächelte nicht. Das unerträgliche Piepen der Maschinen neben seinem Bett war der einzige Hinweis darauf, dass er überhaupt atmete.

Sie riss die Lamettaschachtel auf und verteilte ein paar Fäden auf den Plastikzweigen des Baums. »Draußen ist es kälter geworden«, erzählte sie. »Viel zu kalt, um Fahrrad zu fahren, obwohl du da gewiss widersprechen würdest.« Sie wartete kurz, während sie sorgfältig einen einzelnen Silberfaden nach dem anderen aufhängte. »Maria geht's gut. Ihr Knöchel verheilt prima. Du solltest ihr Haus sehen. Da drinnen sieht es aus wie auf einem Weihnachtsmarkt, dank William.« Unwillkürlich rollte Diana mit den Augen. Es traf sie noch immer, dass William an ihr vorbei befördert worden war und das Zuhause *ihrer* Patientin für die Feiertage geschmückt hatte. Das war nicht sein Job. Wenn überhaupt, dann wäre es Dianas Aufgabe gewesen.

»Ich weiß, was du denkst.« Sie seufzte. »Und ja, es war nett von William, Maria zu helfen, aber eben auch eine Grenzüberschreitung. Ich meine, wir sind doch alle Profis. Wir verbringen unsere Freizeit nicht damit, das Haus einer Fremden zu dekorieren. Ich habe schließlich meine eigene Wohnung zu schmücken.« Nicht, dass sie in dieser Hinsicht auch nur einen Finger gerührt hätte. Aber sie hatte eine gute Ausrede. Ihr Verlobter lag im Koma.

»Und meine Patientin Addy versucht immer noch herauszufinden, wie es um unsere Beziehung steht«, fuhr Diana fort. Sie stellte die Lamettaschachtel hin und begann, die Zweige des Bäumchens aufzufächern, die in der Tasche zusammengequetscht worden waren. »Sie ist sechzehn, aber unglaublich altklug. Und *so* neugierig. In dieser Hinsicht erinnert sie mich an dich.«

Mit dieser Einschätzung wäre Linus gar nicht einverstanden. Er legte großen Wert darauf, seine Nase niemals in anderer Leute Angelegenheiten zu stecken. Das war nicht seine Art. Er war ein echter Gentleman, durch und durch. Vor ihm war Diana immer auf Bad Boys abgefahren. Typen, die Motorrad fuhren statt einem Schwinn-Ten-Speed-Markenrennrad. Doch diese Bad Boys waren nie gut für sie gewesen. Bei ihnen war es immer nur um Sex gegangen, und sie hatte damals selbst geglaubt, nicht mehr zu wollen.

Sich in Linus zu verlieben, war eine angenehme Überraschung gewesen. Sie war in den Spielzeugladen gekommen, um ein Geschenk für das Kind einer Kollegin zu besorgen. Linus hatte sich viel Zeit genommen, sie zu beraten, und ihr erst nur die grässlichsten Optionen vorgeschlagen – Puppen, die »Pipi« oder »Kacka« machten. Oder irgendwas mit widerlichem Schleim. Später hatte er ihr gestanden, dass er auf diese Art versucht hatte, sie näher kennenzulernen, und ihr schließlich eine Puppe präsentiert, die lachen und singen konnte – für die hatte sie sich am Ende entschieden. Dann lud er sie zum Abendessen ein. Natürlich sagte sie zu, und der Rest war, wie es schön heißt, Geschichte.

Linus war alles, von dem sie nie gewusst hatte, dass sie es brauchte: ein guter Kerl mit einem großen Herzen und so viel Liebe, dass sie gar nicht wusste, was sie damit anstellen sollte – buchstäblich.

Seufzend wandte Diana sich von dem winzigen Baum ab. Den restlichen Schmuck würde sie morgen anbringen. Wieder ergriff sie Linus' Hand und drückte sie fest.

»Komm zurück zu mir«, flüsterte sie und beugte sich vor, um einen sanften Kuss auf seinen Handrücken zu drücken. »Bitte.« Sie glaubte nicht an Weihnachtswunder, abgesehen von denen, die im Kino passierten, aber in diesem Jahr brauchte sie eins. Sie brauchte dieses hier.

Als Diana wieder im Auto saß, war es dunkel, und die Straßen waren spiegelglatt. Nervös das Lenkrad umklammernd fuhr sie auf dem gesamten Heimweg zehn Meilen unter der Geschwindigkeitsbegrenzung. Zu Hause angekommen, hängte sie schnell ihren Wintermantel auf und ging dann in die Küche. Sie öffnete den Kühlschrank und inspizierte skeptisch eine Schachtel mit Imbissresten, die vermutlich nicht mehr genießbar waren.

Seufzend starrte sie zum leeren Weinregal auf dem Küchentresen. Auch der Merlot war ihr ausgegangen. Die letzte halbe Flasche hatte sie gestern Abend getrunken, während sie sich den einzigen Adventsfilm reingezogen hatte, den sie in diesem Jahr ertragen konnte: *Verrückte Weihnachten.* Mit der dezidiert unfestlichen Stimmung bei dieser Familie Krank konnte sie sich identifizieren.

Da es keinen Wein gab, schenkte sie sich ein Glas Wasser ein und leerte es mit wenigen Schlucken. Dann ging sie ins Schlafzimmer, um ihre Arbeitskleidung loszuwerden. Heute Abend wollte sie sich Linus nahe fühlen und steuerte seinen Schrank an, um sich ein T-Shirt und eine viel zu große Jogginghose herauszuholen. Wenn das die einzige Nähe war, die sie im Moment zu ihm haben konnte, dann musste sie sich wohl oder übel damit begnügen.

Ihr Blick fiel auf das *Snow-Haven-Highschool*-Shirt, das

noch genau da am Boden lag, wo er es hingeworfen hatte. Linus war nur für sein Abschlussjahr auf der Snow Haven High gewesen. Für Diana war es das erste Jahr dort gewesen, so dass sie nur ein paar Monate lang dieselbe Schule besucht hatten. Diana, die anfangs große Probleme gehabt hatte, konnte sich kaum an irgendwelche Einzelheiten aus dieser Phase erinnern, schon gar nicht an einen unbeholfenen Jungen mit zerzausten Haaren und Brille. Doch er erinnerte sich offenbar an sie, sagte, er hätte sie sofort erkannt, als sie an jenem ersten Tag in den Spielzeugladen kam. Er wusste genau, wer sie war, und wollte sie besser kennenlernen.

Diana hob das *Snow-Haven-High*-Shirt auf, hielt es sich vor die Nase und atmete tief ein. Anscheinend wurde sie zu einem dieser Menschen, die an allem möglichen schnupperten, in der Hoffnung, nostalgische Gefühle zu wecken. Während sie sich das Shirt über den Kopf zog, drehte sie sich zum Schrank und stolperte gegen seinen Krawattenhalter. Einen langen Moment starrte sie auf seine albernen Schlipse. Welcher dreißigjährige Mann besaß bitte eine derart lächerliche Sammlung? Nun ja, vermutlich einer, der in einem Spielzeugladen arbeitet, dachte Diana. Linus hatte etwas unglaublich Liebenswertes an sich. Er war gleichzeitig nerdig und sexy, wie Clark Kent. Und sie war seine Lois Lane.

Sie schaute auf den Schlips mit den kleinen Hunden. Er hatte ihn so oft getragen, sogar am Tag seines Unfalls. In der Woche darauf hatte sie die Krawatte zur Reinigung gebracht, um die Blutflecke und den Dreck entfernen zu lassen. Es war Linus' Lieblingsschlips – er vergötterte ihn geradezu –, und sie wollte, dass er ihn sauber vorfand, wenn er aufwachte.

Als sie sanft über den seidigen Stoff strich, merkte sie,

dass die Krawatten nicht gerade am Halter hingen, sondern mit einer Art Ausbuchtung. Es fühlte sich an, als ob etwas dahinter versteckt worden war.

Sie schob eine Hand durch den Vorhang an Schlipsen und ertastete eine Schachtel. *Was ist das denn?* Als sie die Krawatten zur Seite schob, sah sie eine würfelförmige, in schimmerndes Geschenkpapier verpackte und mit einer großen roten Schleife verzierte Box. Außerdem hing ein Schildchen daran, auf das in sauberen Blockbuchstaben ihr Name gedruckt war.

Ein paar Sekunden lang vergaß Diana zu atmen. Er hatte ihr ein Geschenk gekauft? Sie nahm die Schachtel, ging damit zum Bett und legte sie behutsam vor sich ab. Kurz erwog sie, das Päckchen zu schütteln, bevor sie es öffnete, doch das war schon mal nach hinten losgegangen – eine winzige Porzellanfigur hatte dadurch einen Arm verloren –, und Grandma Denny hatte es ihr lange nachgetragen. Mit zitternden Fingern löste Diana die Klebestreifen auf beiden Seiten der Schachtel und entfaltete dann langsam das Papier. Wer hätte gedacht, dass Linus seine Geschenke derart akkurat einpackte?

Sie atmete tief durch, bevor sie den Deckel der Schachtel entfernte, und schnappte überrascht nach Luft.

»Eine Schneekugel!«

Diana nahm die Kugel aus der Box und schaute durch das Glas. Im Inneren befand sich eine winzige Nachbildung der Innenstadt von Snow Haven. Unwillkürlich musste Diana lächeln. Sie drehte die Kugel um und richtete sie dann wieder auf. Glitzernde silberne und blaue Schneeflocken rieselten auf die Gebäude und Bäume. Sogar ein kleiner

Weihnachtsmann stand auf dem Bürgersteig, genau wie im richtigen Leben in ihrer Straße. Das Wohnhaus, in dem sich das Apartment befand, grenzte ans Stadtzentrum, und der lebensgroße Weihnachtsmann unten auf dem Gehweg schien seiner Glocke keine Sekunde Ruhe zu gönnen.

»Ich liebe es«, flüsterte sie und fragte sich, ob Linus sie wohl hören konnte. Doch dann rollte sie verärgert mit den Augen. *Er ist kein Geist, Diana. Er lebt noch.*

In diesem Moment klingelte es an der Wohnungstür. Vor Schreck fuhr Diana so heftig zusammen, dass sie fast die Schneekugel hätte fallen lassen. Das wäre eine Tragödie gewesen. Zwar keine ganz so große Tragödie wie die Tatsache, dass ihr Verlobter von einem Lieferwagen überfahren worden war, aber trotzdem tragisch. Sie drückte die Schneekugel an ihre Brust und ging aus dem Schlafzimmer. Bevor sie die Eingangstür öffnete, stellte sie Linus' Geschenk im Vorbeigehen vorsichtig auf dem Esstisch ab. Diana war beinahe sicher, dass es sich bei dem späten Besuch um Linus' Mutter handeln musste. Doch stattdessen stand ihre etwas exzentrische, aber liebenswürdige Nachbarin vor ihr und lächelte sie an. Henrietta Guzman war wirklich nett, blieb niemals sehr lange und brachte oft ihre eigenen Snacks mit.

»Hallo, Mrs. Guzman. Wie geht es Ihnen?«

»Bestens. Und Ihnen?« Mrs. Guzman hatte langes, silberblondes Haar und auffallend grüne Augen, die sich strahlend von ihrem faltigen Gesicht abhoben. Sie war gerade mal einen Meter fünfzig groß und trug immer lange Kleider, in denen es wirkte, als hätte sie keine Füße. Die Muster waren stets ungewöhnlich bunt und schillernd, genau wie Mrs. Guzmans lebhaftes Temperament.

»Mir geht's gut«, log Diana. *G-Wort-Alarm.* »Kommen Sie rein. Es ist kalt hier draußen.«

»Brrr, ja. Vielen Dank, Schätzchen.« Mrs. Guzman trat ein. Der Saum ihres langen Kleids wischte beim Gehen über den Boden. »Ich wollte Ihnen nur rasch ein Weihnachtsgeschenk vorbeibringen.« Sie hielt eine Flasche Rotwein hoch.

»Oh, das hätten Sie nicht tun sollen«, entgegnete Diana verlegen. Schuldgefühle stiegen in ihr hoch. »Ich habe dieses Jahr überhaupt keine Weihnachtsbesorgungen gemacht.«

Mrs. Guzman wedelte abwehrend mit ihrer freien Hand. An jedem Finger funkelten Ringe, und an ihrem Handgelenk klirrten mindestens ein Dutzend Goldreifen. »Natürlich nicht, meine Liebe. Sie hatten anderes im Kopf. Außerdem darf ein Geschenk niemals erwidert werden. Das zerstört die ganze Wirkung.«

Lächelnd nahm Diana die Flasche entgegen. »Nun, dann vielen Dank. Das ist sehr nett von Ihnen.« *Woher wusste Mrs. Guzman, dass sie keinen Wein mehr hatte?* »Ich bringe das schnell mal weg.« Sie ging in die Küche und schob die Flasche ins leere Weinregal auf dem Tresen. Später würde sie sie gut gebrauchen können.

»Sie sollten sich heute Abend ein Glas gönnen«, schlug Mrs. Guzman vor, als hätte sie Dianas Gedanken gelesen. »Es sei denn, Sie bevorzugen etwas Stärkeres, hmmm?«.

Diana wandte sich wieder ihrer Besucherin zu. »Oh, ich habe keinen Schnaps im Haus.«

»Davon habe ich nicht geredet, meine Liebe.« Mrs. Guzman zwinkerte ihr zu.

Was soll das bedeuten? Diana hatte Gerüchte gehört, dass die alte Dame aus dem Kaffeesatz las und alle möglichen

Tränke zusammenbraute. Man munkelte, sie hätte vor ein paar Wochen für Mr. Zitnik in Apartment zwölf einen Liebestrank zubereitet. Unwillkürlich fragte Diana sich, ob das Gebräu dem Buchhalter mittleren Alters weitergeholfen hatte.

Mrs. Guzman war vor dem Esstisch stehen geblieben und bewunderte jetzt die Schneekugel. »Oh, wie wunderschön! Woher haben Sie die denn?« Sie beugte sich so weit vor, dass sie beinahe mit der Nase an das gewölbte Glas stieß.

»Tatsächlich von Linus. Oder vielmehr, wollte er sie mir schenken. Ich habe sie in seinem Schrank gefunden. Wahrscheinlich hat er sie bis zum Großen Tag dort versteckt.«

»Sie ist wirklich entzückend«, schwärmte Mrs. Guzman. »Sie wissen doch um die Magie einer Schneekugel, nicht wahr?«

Verwirrt runzelte Diana die Stirn. »Magie?«

Mrs. Guzman summte bejahend. »Da drin steckt eine ganze Welt.«

Diana stieß ein nervöses Lachen aus. »Oder zumindest ein Modell unserer Stadt.«

»Ja, das auch.« Mrs. Guzman legte eine Hand auf die Oberseite der Kugel und schloss die Augen, so dass ihr glitzernder violetter Lidschatten sichtbar wurde.

»Äh, alles in Ordnung, Mrs. Guzman?« So langsam begann Diana, sich Sorgen um den mentalen Zustand ihrer Nachbarin zu machen. Oder vielleicht war die alte Dame ja auch drauf und dran, ohnmächtig zu werden. Diana wollte nicht, dass sie das letzte Geschenk, das sie vielleicht jemals von Linus bekommen würde, fallen ließ und streckte bereits eine Hand aus, um Mrs. Guzman die Schneekugel abzunehmen, als die alte Frau begann, etwas zu flüstern.

»Ein Tag mehr, um das Verlorene zu lieben. Ein Tag mehr zu leben. Wenn rundherum der Schnee fällt, äußere einen Wunsch. Liebe ist grenzenlos.« Sie riss abrupt die Augen auf und drückte Diana die Schneekugel in die Hände, so hastig wie eine heiße Kartoffel.

Diana, die erschrocken zurückgewichen war, presste die Kugel an ihren Bauch. »Was war das denn?«

»Ein Zauber.« Mrs. Guzman lächelte stolz.

Offensichtlich hatte ihre Nachbarin sich heute Abend bereits das ein oder andere Schlückchen »Stärkeres« zu Gemüte geführt.

»Sie haben meine Schneekugel verhext?«

»Ich hexe nicht, meine Liebe. Ich zaubere. Das ist ein Unterschied. Und wenn Sie dazu bereit sind, dann schütteln Sie die Schneekugel, denken an den Menschen, den Sie geliebt und verloren haben, und verbringen einen letzten gemeinsamen Tag mit ihm. Das ist mein wahres Geschenk für Sie.«

Diana war nicht sicher, wie sie reagieren sollte. Sie hatte gewusst, dass Mrs. Guzman ein bisschen seltsam sein konnte, ihr war jedoch nicht klar gewesen, wie labil die alte Frau tatsächlich war. Vielleicht sollte sie jemanden für sie anrufen. War sie überhaupt noch in der Lage, allein in ihrem Apartment zu leben? »Verstehe.«

»Nein, das tun Sie nicht. Aber Sie werden es noch verstehen.« Mrs. Guzmans Augen glitzerten regelrecht. Sie hob einen Finger mit festlich rot lackiertem Nagel. »Aber seien Sie gewarnt. Was immer an jenem Tag passiert, den Sie mit Ihrer großen Liebe wiederaufleben lassen, ändert nichts an der Zukunft. Es wird keinen Unterschied geben, der Ausgang wird immer derselbe sein.«

»Ist vermerkt.« Diana glaubte nicht eine Sekunde, dass die Schneekugel von Linus in irgendeiner Form magische Kräfte besaß. Das einzig Besondere daran war, dass Linus sie für sie ausgesucht hatte. »Vielen Dank noch mal für den Wein. Und den, äh, Zauber.«

»Gern geschehen, meine Liebe. Fröhliche Weihnachten.« Mrs. Guzman tätschelte ihr die Hand, wobei die Goldreifen an ihrem Arm leise klirrten, und wandte sich zum Gehen.

»Fröhliche Weihnachten«, rief Diana ihr nach. Die alte Frau schwankte nicht, also konnte sie nicht allzu beschwipst sein. Diana schloss die Wohnungstür hinter ihr, um die eisige Luft auszusperren. Dann starrte sie auf die Schneekugel, die sie noch immer in der Hand hielt. Sie glaubte genauso wenig an verzauberte Schneekugeln wie an den Weihnachtsmann.

Ihr Handy auf dem Esstisch klingelte. Diana zuckte zusammen und hätte zum zweiten Mal an diesem Abend fast die Schneekugel fallen gelassen. Rasch stellte sie sie aufs Kaminsims neben eine Reihe von Fotos, die sie und Linus zeigten. Dann griff sie nach ihrem Telefon. Auf dem Display leuchtete der Name Joann Grant auf. Irgendwann musste sie wohl mit Linus' Mutter reden. Da konnte sie es genauso gut jetzt hinter sich bringen.

Sie nahm das Gespräch an. »Hallo?«

»Diana. Du bist rangegangen.« Linus' Mutter klang überrascht.

»Nun ja, du hast angerufen.« Diana lachte verlegen, in der Hoffnung, nicht kurz angebunden zu wirken. Das wollte sie auf keinen Fall. »Tut mir leid, dass ich die letzten Tage nicht erreichbar war«, fügte sie hinzu. Sie bemühte sich um einen wärmeren Tonfall. Schließlich war sie wirklich kein kalter

Mensch. Sie fühlte sich nur unbehaglich und nervös. Wann immer etwas Schlimmes passierte, war ihr erster Impuls, sich abzuschotten. Bei Linus' Mutter schien eher das Gegenteil der Fall zu sein. »Ich hatte viel zu tun bei der Arbeit.«

»Dafür habe ich vollstes Verständnis«, erwiderte Mrs. Grant. »Aber wie ich höre, besuchst du Linus trotzdem jeden Tag. Ich bin sicher, dass er das zu schätzen weiß.«

Diana räusperte sich. »Ich hoffe, er spürt es, wenn ich bei ihm bin.«

»Oh, das tut er ganz bestimmt«, sagte Mrs. Grant mit einer Überzeugung, um die Diana sie beneidete. »Und wenn es irgendwen gibt, der ihn aus diesem Koma holen kann, dann bist du das.«

Wie konnte Mrs. Grant bloß so viel Vertrauen in Diana setzen, wenn sie sie kaum kannte?

»Der Mann vergöttert dich«, fuhr Linus' Mutter fort. »Er hat sich so darauf gefreut, dich zu heiraten.« Ihre Stimme brach. »Ich habe ihn nie so glücklich gesehen wie in der Zeit, seit du in sein Leben getreten bist. Es war, als ob in ihm ein Licht entzündet wurde.«

Schuldgefühle schnürten Diana die Brust ein. Sie hätte mit Linus einen Hochzeitstermin festlegen müssen. Stattdessen hatte sie zugelassen, dass ihre Ängste eine Mauer um ihr Herz bildeten, Linus weggestoßen und ihrer Arbeit den Vorrang eingeräumt. Sie war so sehr auf Distanz gegangen, dass Linus sich sogar laut gefragt hatte, ob sie mittlerweile bereute, seinen Antrag angenommen zu haben. Er hatte sogar gesagt, dass er es bereute, ihr den Antrag gemacht zu haben. »Wie geht es Ihnen, Mrs. Grant?«

»Bitte nenn mich Joann. Wir sind doch praktisch eine

Familie, nicht wahr?« Sie lachte, aber es klang eher nach Schluchzen. »Es geht schon irgendwie.«

»Gut. Das freut mich zu hören.«

»Ich streite nicht ab, dass es hart ist. Ich vermisse ihn. Weihnachten ist einfach nicht Weihnachten ohne meinen Linus. Nichts wird mehr so sein, wie es war.« Sie holte zittrig Luft. »Aber er wird aufwachen. Das weiß ich. Linus ist genauso stur, wie er clever ist. Er schafft das, und wenn die Chancen noch so schlecht stehen.«

Diana fragte sich, worauf sich Joanns letzte Äußerung bezog. Hatten die Ärzte ihr womöglich mehr Informationen gegeben, als sie bereit waren, mit Diana zu teilen? Schließlich gehörte sie offiziell nicht zur Familie. Die Grants hatten sogar ihre schriftliche Einwilligung geben müssen, damit Diana ebenfalls medizinische Auskünfte über Linus' Zustand bekam.

»Ich wollte nur mal hören, wie es dir geht«, fuhr Joann fort. »Gibt es irgendwas, das ich für dich tun kann, Liebes?«

»Nein, vielen Dank. Ich komme zurecht. Tatsächlich lege ich gerade letzte Hand an meine Christbaumdeko«, log Diana. Sie hatte noch nicht mal angefangen, den Baum zu schmücken. Warum sie das Bedürfnis spürte, so unehrlich zu sein, wusste sie selbst nicht. Vielleicht ja, um allen, die sich Sorgen machten, zu beweisen, dass sie solches Gewese um ihre Person nicht brauchte. Aufmerksamkeit auf sich zu ziehen, war etwas, worüber Grandma Denny stets die Nase gerümpft hatte.

»Ein Weihnachtsbaum? Oh, du hast dir also einen besorgt?« Joann klang erleichtert. »Ich hatte solche Angst, dass du keinen hast.«

Diana schaute zu dem Baum, den sie und Linus Anfang des Monats in die Wohnung geschleppt hatten, und der noch immer unbeschnitten, ungeschmückt und ohne Kerzen in der Wohnzimmerecke stand. Zumindest goss sie ihn jeden Morgen, während sie darauf wartete, dass ihr Kaffee durchlief.

Joanns Räuspern leitete einen Themenwechsel ein. »Hast du über meine Einladung zum Weihnachtsessen nachgedacht?«

»Äh …«, entgegnete Diana ausweichend.

»Linus würde nicht wollen, dass du an dem Tag allein bist. Er würde darauf bestehen, dass du ein ordentliches Dinner mit Truthahn und Schinken und allem Drum und Dran kriegst. Und natürlich Eggnog.«

Diana war nicht sicher, ob sie ertragen könnte, ohne Linus zu den Grants zu gehen. Sogar, als er noch bei ihr gewesen war, hatte sie stets alles darangesetzt, den Einladungen seiner Familie zu besonderen Anlässen zu entkommen. »Also, äh, ich arbeite Weihnachten.«

»Linus hat immer erzählt, wie engagiert du im Job bist. Er war so stolz auf dich, Diana … Aber du kannst dich doch bestimmt für eine Stunde ausklinken, um zu essen und Geschenke auszupacken, oder? Oder wie wär's, wenn ich dir die Geschenke vorbeibringe, wenn deine Schicht zu Ende ist? Dann kann ich mir auch deinen Baum anschauen.«

Wieder starrte Diana ihre schmucklose Tanne an. Sie hegte nicht die geringste Absicht, sie bis übermorgen zu stutzen und zu dekorieren.

»Nein, nicht nötig«, wiegelte sie ab. »Ich könnte vielleicht nach meinem letzten Hausbesuch zu euch kommen.«

»Oh, wundervoll. Das wird nett. Ich mache dein Lieblingsdessert, Pecan Pie.«

»Woher …?«

»Linus hat es uns erzählt. Er hat von nichts anderem geredet als von dir, Diana. Bis übermorgen. Wir freuen uns auf dich.«

Diana hatte »vielleicht« gesagt, was in ihrer Welt so gut wie »nein« bedeutete. Nun, dann würde sie sich einfach eine Entschuldigung überlegen müssen, um dieses Essen zu schwänzen. Kopfschmerzen zum Beispiel. »Okay.«

»Gute Nacht, mein Schatz. Wir lieben dich.«

Diana erstarrte, unsicher, was sie darauf antworten sollte. »Ich euch auch«, sagte sie schließlich unbehaglich. »Bye.« Sie beendete das Gespräch und legte ihr Handy zurück auf den Esstisch. Diana wünschte sich, sie hätte die Situation etwas eleganter gehandhabt. Wahrscheinlich wäre es besser gewesen, gar nicht erst ranzugehen.

Doch leider ließ die Zeit sich nicht zurückdrehen. Wäre das möglich, würde Diana diese Schneekugel schütteln, die Mrs. Guzman behauptete, verzaubert zu haben, sich in die Vergangenheit zurückwünschen und sämtliche Fehler bereinigen, die sie mit Linus gemacht hatte. In dieser neuen Zeit hätte sie einen Heiratstermin festgelegt, statt dem Thema ständig auszuweichen. Sie hätte härter daran gearbeitet, sich in seine Welt zu integrieren, statt darauf zu beharren, sich nur am äußersten Rand davon aufzuhalten. Sie wäre eine Anna gewesen statt einer Elsa.

Diana schluckte heftig an dem Klumpen, der sich in ihrer Kehle gebildet hatte und ihr das Atmen erschwerte. Eine magische Schneekugel war reine Phantasie. Ihr Verlobter lag im Koma und würde vielleicht nie wieder aufwachen. *Das* war die Realität.

5. Kapitel

Alles, was ich mir zu Weihnachten wünsche …

Heiligabend

Diana reckte sich und streckte einen Arm nach Linus aus. Sie strich neben sich über die Matratze, die Lider noch immer geschlossen, und griff ins Leere. Mit einem Schlag holte die Gegenwart sie ein. Linus war nicht hier. Er würde vielleicht nie wieder neben ihr im Bett liegen. Seit dem Unfall begann jeder Tag so. Die Erinnerung überrollte sie wie ein Lkw, fuhr wieder und wieder über ihr Herz, bis es zersprang und Diana sich taub, klamm und atemlos fühlte. Das passierte jeden einzelnen Morgen.

Von draußen drang Schellengeläut herein. Diana setzte sich auf und öffnete die Augen. Ihr erster Blick fiel auf Linus' leere Bettseite.

Das Schellengeläut ging munter weiter. Es kam vom Weihnachtsmann an der Straßenecke vor dem Apartmentgebäude. Diana hatte ihm in diesem Monat bereits ihr ganzes Kleingeld gegeben. Er sammelte für Kinder in Not, das war ein guter

Zweck, mit dem sich Diana voll und ganz identifizieren konnte. Sie würde alles tun, was in ihre Macht stand, um dabei mitzuhelfen, dass Kinder mehr bekamen, als sie selbst als Heranwachsende gehabt hatte. Nicht, dass Grandma Denny besonders arm oder geizig gewesen wäre. Jedenfalls nicht, wenn es um materielle Dinge ging.

Diana stand auf und stolperte Richtung Küche. Sie sehnte sich nach einem Koffeinkick, gerade so viel, um während der Arbeit die Kopfschmerzen zu vertreiben. Heiligabend oder nicht, jemand musste sich um ihre Patienten kümmern. Deren Beschwerden richteten sich nicht nach dem Kalender.

Nachdem sie eine Tasse Kaffee heruntergestürzt hatte, duschte sie rasch und zog sich an. Heute war Arbeitskleidung mit weihnachtlichen Motiven angesagt. Sie hatte die Wahl zwischen Christbäumen, Lebkuchenhäusern, dem Grinch und einem hawaiianischen Santa Claus. Da es entgegen der Versprechungen der Meteorologen nicht nach weißen Weihnachten aussah, entschied sie sich für den Hawaii-Santa mit Schweißperlen auf der sonnengebräunten Stirn. Um den Look zu vervollständigen, öffnete Diana ihre Kiste mit Weihnachtsaccessoires, setzte die traditionellen Elfenohren auf und legte sich eine bunte Lichterkette um den Hals.

Sie kam sich vollkommen lächerlich vor, als sie das Haus verließ, hoffte aber, den Patienten mit ihrer Kostümierung ein Lächeln zu entlocken. Wenn das gelang, war es die kleine Peinlichkeit wert. Sie zog die Wohnungstür hinter sich zu und ging mit betont schnellen Schritten zum Parkplatz, für den Fall, dass sie Mrs. Guzman über den Weg lief. Unterwegs kam sie an dem Weihnachtsmann vorbei, der auffordernd die Spendendose schwang. Diana kramte in ihrem Portemonnaie und stellte fest, dass sie im Laufe der Woche bereits sämtliche Ein-Dollar-Noten weggegeben hatte. Sie fand nur noch einen Zehn-Dollar-Schein, den sie zusammenfaltete und in Santas Dose steckte.

»Fröhliche Weihnachten!«, schmetterte er.

Diana musste sich förmlich gegen die heitere Druckwelle stemmen, die ihr entgegenkam. »Nicht für jeden«, murmelte sie.

Bordstein-Santa runzelte die Stirn. »Wie bitte?«

Ups! Die Worte waren ihr unwillentlich rausgerutscht. *Reiß dich zusammen, Di.* »Gott segne uns alle!«, zitierte sie Tiny Tim aus der *Weihnachtsgeschichte*.

Die Antwort schien Bordstein-Santa zufriedenzustellen – sein Lächeln erreichte wieder die erwünschte feiertägliche Wattzahl. *Was ist bloß verkehrt mit mir?* Sie hatte wirklich nichts gegen Weihnachten, auch wenn es nie ihr Lieblingsfest gewesen war, hauptsächlich deshalb, weil es Diana an all das erinnerte, was sie nicht hatte, wonach sie sich aber sehnte. Zum Beispiel eine große, liebevolle Familie. Ein Grinch war sie deshalb aber noch lange nicht.

Sie eilte weiter zu ihrem Auto, stieg ein, startete den Motor, wartete ein paar Sekunden, bis das Wageninnere sich etwas erwärmt hatte, und bog dann auf den Oakwood Drive ein. Da Maria Harris ihren Heiligabendtermin abgesagt hatte, war Addy heute ihre erste Patientin.

Im Radio liefen nur Weihnachtslieder, also schaltete Diana es aus und lauschte stattdessen während der gesamten Fahrt ihren dröhnenden Gedanken. Als sie mit ihren Elfenohren und der leuchtenden Halskette vor der Haustür der Pierces wartete, kam sie sich reichlich albern vor. Hoffentlich würde ihr Outfit Addy aufheitern. Diana konnte zwar nicht so gut mit Kindern umgehen wie Linus, aber sie mochte sie. Wobei Addy mit ihren sechzehn Jahren im Grunde kein Kind mehr war. Sondern schon beinah erwachsen.

Mrs. Pierce öffnete die Tür und lächelte strahlend. »Fröhliche Weihnachten, Ms. Diana. Addy wartet schon den ganzen Morgen auf sie. Sie wird ihre Accessoires lieben.« Sie bedeutete Diana einzutreten. Im Haus duftete es nach Zimt und anderen Gewürzen.

»Wie geht es ihr heute?«, fragte Diana.

»Gut, glaube ich. Sie schaut sich sämtliche *Kevin-allein-zu-Haus*-Filme an, das war immer ihr Liebstes an Heiligabend, seit sie ein kleines Mädchen war.«

»Wie ist ihr Schmerzlevel?«

»Sie hat keinerlei Schmerzen erwähnt.«

»Gut.« Sie schaute zu Addys Zimmertür. »Dann beginne ich jetzt mit unserer Therapie, wenn das okay ist.«

»Natürlich, natürlich. Ich habe neun verschiedene Sachen auf dem Herd und im Ofen, die muss ich im Blick behalten. Morgen kommt die ganze Familie zum Weihnachtsessen, damit Addy nicht reisen muss.«

»Wow. Dann haben Sie ja alle Hände voll zu tun.«

Mrs. Pierce' Lächeln verblasste. »Sich zu beschäftigen hilft.«

»Ich verstehe.« Nur allzu gut sogar, aber die meisten ihrer Klienten ahnten nichts von Dianas Verbindung zu Linus. Über seinen Unfall wussten natürlich alle Bescheid. Das hier war eine kleine Stadt, und die Nachricht, dass der Inhaber von Snow Havens einzigem Spielwarenladen im Koma lag, hatte sich wie ein Lauffeuer verbreitet. Doch seine Beziehung mit

Diana war vergleichsweise frisch, deshalb hatten viele noch nicht verinnerlicht, dass sie ein Paar waren. Und das war auch besser so. Schließlich war es ihre Aufgabe, sich um die Bedürfnisse ihrer Patienten zu kümmern, nicht umgekehrt.

Diana nickte Mrs. Pierce kurz zu, um sich zu verabschieden, ging den Flur hinunter und klopfte an Addys Tür.

»Herein!«, rief das Mädchen.

Diana drückte die angelehnte Tür auf. »Hey, Addy. Wie geht's dir heute?«

Addy entfernte ihre Ohrhörer. Sie war blass, lächelte aber, was Diana als gutes Zeichen deutete. »Prima. Schließlich ist Heiligabend.«

»Stimmt, das hat sich auch zu mir herumgesprochen.« Diana trat ein und machte die Tür hinter sich zu.

»Ich mag Ihre Elfenohren.« Addy lachte leise.

Mission erfüllt. Lachen war bekanntlich die beste Medizin. »Vielen Dank. Und ich mag dein Geweih.«

Addy trug ein Rentiergeweih über dem Bandana, das ihr ausgedünntes Haar bedeckte. Sie verdrehte leicht die Augen.

»Mom besteht darauf, dass ich die Dinger aufsetze. Vermutlich muss ich sie morgen zu irgendeinem hässlichen Weihnachtspullover kombinieren.« Sie warf Diana einen verschwörerischen Blick zu. »Es sei denn, Sie erklären meiner Mutter, dass ich in einem hässlichen Weihnachtspulli und mit Geweih Gefahr laufe zu überhitzen. Darauf muss sie hören und mich was Cooleres tragen lassen.«

Diana tippte sich mit einem Finger ans Kinn und setzte eine nachdenkliche Miene auf. »Ja, ich glaube, das stimmt tatsächlich. Und je hässlicher der Pullover, desto heißer würde dir, während du ihn trägst. Das ist nicht gesund.«

»Genau.« Addy grinste breit. »Und wenn Sie schon so cool sind, sollten Sie meiner Mom vielleicht auch noch sagen, dass ich morgen Abend direkt zum Nachtisch übergehen sollte, weil ich jetzt immer so schnell satt bin. Und es wäre schrecklich, wenn ich Tante Beckys zehnschichtigen Schokoladenkuchen nicht mehr schaffe, weil ich dazu gezwungen wurde, vorher Grandma Anns Rosenkohlauflauf zu essen.« Sie rümpfte die Nase. »Der schmeckt mir gar nicht.«

Diana lachte. »Nun ja, vielleicht kannst du ja wenigstens einen oder zwei Bissen von der eigentlichen Mahlzeit zu dir nehmen, bevor du zum Dessert übergehst.« Sie zog das Blutdruckmessgerät aus ihrer Tasche. Sie musste Addys Werte überprüfen und ein paar Fragen stellen, bevor sie mit der Behandlung beginnen konnte.

Unaufgefordert streckte Addy ihren linken Arm aus. Sie kannte das schon. »Haben Sie *Kevin allein zu Haus* gesehen?«

»Na klar. Weißt du, dass Macaulay Culkin fast 15 Jahre älter ist als ich?«

»Wow. Dabei sind Sie ja schon ganz schön alt!«, erwiderte Addy grinsend.

»Hey!« Diana schaute kurz von ihrem Laptop auf. »Erstens bin ich erst neunundzwanzig, und zweitens ist man immer so alt, wie man sich fühlt.« In dem Fall wäre sie allerdings derzeit eher eine Greisin. Sie ging jeden Abend um neun ins Bett und stand am nächsten Tag mit den Vögeln auf, genau wie Grandma Denny ihrerzeit.

»Mit wem haben Sie sich den Film denn zuletzt angeschaut?«, wollte Addy wissen.

»Mit meinem, äh, Verlobten.«

»Den Sie jetzt noch nicht heiraten wollen?«

»Ich habe nur einen Verlobten.« Diana hoffte, dass ihr Sarkasmus die neugierige Teenagerin abschrecken würde. Leider Fehlanzeige.

»Nun kommen Sie schon. Rücken Sie mit irgendeiner Information raus. Wann ist die Hochzeit? Bin ich eingeladen? Darf ich das kahlköpfige Blumenmädchen sein?«

Diana ignorierte die selbstironische Bemerkung und konzentrierte sich auf das Blutdruckmessgerät, das offenkundig Schwierigkeiten hatte, Addys Puls zu finden.

»Wir haben noch keinen Termin festgelegt.« Und das war allein ihre Schuld. Womöglich war ja ihre ablehnende Haltung der eigentliche Grund, warum Linus jetzt im Koma lag. Vermutlich ein irrationaler Gedanke, aber Trauer brachte Menschen oft dazu, sich in Dinge hineinzusteigern, die nichts mit der Wirklichkeit zu tun hatten. Zumindest behauptete Rochelle das. Aber wenn Diana und Linus am Abend vor seinem Unfall nicht gestritten hätten, dann hätte er ihr an dem Morgen vielleicht erlaubt, ihn zum Spielzeugladen zu fahren. Und dann hätte sie ihn später wieder dort abgeholt, und er wäre nicht von einem Lieferwagen überfahren worden.

»Ist Ihr Verlobter einer dieser Typen, die einem erst einen Antrag machen und dann kalte Füße kriegen, weil sie heimlich Angst vor Bindungen haben?«, bohrte Addy nach.

Diana schüttelte den Kopf. Diese Beschreibung traf eher auf sie zu als auf Linus. »Nein. So ist er ganz und gar nicht. Wir hatten bloß beide ziemlich viel um die Ohren. Und woher weißt du überhaupt von solchen Typen?«

Addy zuckte mit den Schultern, was die Schlüsselbeinknochen über dem U-Ausschnitt ihres T-Shirts noch stärker hervortreten ließ. »Mein Dad. Der drehte zwar nicht wegen der Hochzeit durch, aber dann später, als ich kam. Das ist der Grund, warum ich bei einer alleinerziehenden Mutter aufwachse.«

Verblüfft starrte Diana sie an. Das war praktisch auch ihre Geschichte. Ihr Dad hatte das Weite gesucht, als sie noch ein Baby war. Woraufhin ihre Mutter zu dem Schluss kam, dass die Pflichten einer Single-Mom sie zu sehr in ihren Trinkgewohnheiten behinderten, und ihr Kind an Grandma Denny weiterreichte, die selbst kaum über die Runden kam.

»Es ist kompliziert«, sagte Diana. Addys Blutdruckwerte waren endlich ablesbar und konnten eingetragen werden.

Als die Manschette des Messgeräts um ihren dünnen Oberarm erschlaffte, seufzte Addy. »Zu kompliziert für einen Teenager?«, fragte sie dann. »Meine Mom sagte früher immer, dass ich all diese verbotenen Dinge wissen und tun kann, wenn ich erwachsen bin. Und sie meinte, ich solle so lange wie möglich Kind bleiben. Aber ich glaube, Chemo- und Strahlentherapie haben mir ein paar zusätzliche Erwachsenenpunkte eingetragen, oder nicht?« Noch immer musterte sie Diana aus forschend zusammengekniffenen Augen, unwillig, sich mit irgendwelchen Ausflüchten abspeisen zu lassen. Dieses Mädchen war geradezu prädestiniert für den Job einer investigativen Journalistin.

»Ja, ich finde, dass du erwachsen für dein Alter bist.« Diana zog die luftleere Manschette ab und verstaute das Messgerät wieder in ihrer Tasche. »Aber ich möchte mich trotzdem lieber auf dich konzentrieren, wenn ich hier bin. Das ist mein Job.«

»Oh.« Addys Lächeln verblasste, und sie senkte den Blick. »Das ist wohl mein Problem, schätze ich. Alle konzentrieren sich ständig auf mich. Aber so sollte das Leben nicht sein. Ich meine, ich liege nicht mehr im Sterben. Ich lebe doch noch, oder?«

»Und wie.« Diana lächelte beschwichtigend.

Addy stieß einen übertriebenen Seufzer aus. »Nun, sagen Sie das mal meinem *Ex*-Freund und meiner *ex*-besten Freundin Sierra.«

Diana erinnerte sich nur zu gut, wie Addy vor ein paar Wochen ihren früheren Freund und ihre beste Freundin erwähnt hatte. An jenem Tag war ihre Patientin in Tränen ausgebrochen, seither hatten sie nicht mehr über das Thema gesprochen. Das Letzte, was Diana wollte, war Addy wieder zum Weinen zu bringen. Vielleicht würde dem Mädchen eine Sitzung mit Rochelle guttun. Sie könnte es Mrs. Pierce später vorschlagen.

»Egal«, murmelte Addy. »Vergessen Sie's.«

Diana war versucht, genau das zu tun, aber sie spürte auch, wie verletzt ihre junge Patientin war, und soweit sie wusste, hatte Addy nicht gerade viele Leute, mit denen sie reden konnte. Sicher, sie hatte ihre Mom, aber welche Teenagerin wollte schon mit der eigenen Mutter über das reden, was in ihrem Leben vorging? »Weißt du, ich bin eine gute Zuhörerin.«

Addy zögerte und inspizierte einen Moment lang ihre Fingernägel, während sie zu überlegen schien, ob sie sich Diana anvertrauen sollte. »Als ich krank wurde, haben die beiden komplett vergessen, dass ich existiere.«

»Warum sind sie so sang- und klanglos aus deinem Leben verschwunden?«

»Keine Ahnung, vielleicht weil ich ein Freak bin, der in

ihrer Welt nichts mehr verloren hat.« Sie zuckte mit den Schultern, als wäre das keine große Sache, doch die Schatten unter ihren Augen wirkten plötzlich dunkler.

»Das tut mir leid für dich«, sagte Diana. »Aber in Wahrheit ist es ihr Pech. Möchtest du darüber reden?«

»Möchten Sie Informationen über *Ihr* Privatleben preisgeben?«, fragte Addy hoffnungsvoll.

»Nein«, erklärte Diana kategorisch.

»Schön. Ich auch nicht.« Addy starrte erneut auf ihren abgesplitterten Nagellack.

»Okay, dann machen wir jetzt einfach mit deiner Physiotherapie weiter.« Diana wandte sich wieder ihrem Laptop zu. Bevor sie ihre Fragen stellen konnte, leierte Addy wie gewohnt die Antworten herunter.

»Ich bin eine Fünf auf der Schmerzskala. Ich war heute morgen schon auf der Toilette. Nummer eins, nicht zwei. Ich hatte Wasser und ein weichgekochtes Ei zum Frühstück. Keine Übelkeit, kein Erbrechen.« Sie grinste, doch Diana spürte, dass das, was mit ihrem Freund und ihrer besten Freundin passiert war, Addy nach wie vor heftig zu schaffen machte. »Glauben Sie, die beiden haben jetzt Angst vor mir? Weil ich Krebs hatte?«, fragte sie unvermittelt.

Diana schaute von der Tastatur auf. »Nein, natürlich nicht. Vielleicht fühlen sie sich einfach unbehaglich, weil sie nicht begreifen, was du durchmachst. Manchmal fällt es schwer, mit jemandem zu reden, wenn man nicht weiß, was man sagen soll.«

Addy spielte mit ihren Fingern. »Es spielt keine Rolle, was sie sagen, wenn sie nur irgendwas sagen. Ihr Schweigen ist brutal.«

Plötzlich verspürte Diana den Drang, das Mädchen zu umarmen. Sie unterdrückte ihn, weil das wohl kaum professionell gewesen wäre, oder? Therapeuten umarmten ihre Patienten nicht. »Du musst dir immer wieder vor Augen halten, dass dieser ganze Mist nicht ewig dauert«, erwiderte sie stattdessen. »Und im Moment muss dein Fokus voll und ganz darauf liegen, kräftiger zu werden, damit du in die Schule und deinen Alltag zurückkehren kannst. Deine wahren Freunde werden auf dich warten.«

Tränen glitzerten in Addys Augen. »Klar«, murmelte sie verzagt. »Ich fokussiere mich aufs Gesundwerden.« Sie rang sich ein Lächeln ab. »Also, was steht heute auf dem Programm? Fangen wir an.«

Nach zwanzig Minuten Übungen und anderen therapeutischen Aktivitäten ließ Diana ihre Patientin allein und ging in die Küche, um mit Mrs. Pierce zu reden. Die lud sie prompt zum Weihnachtsessen am nächsten Tag ein, was Diana höflich ablehnte. Sie war weder mit den Pierces befreundet, noch gehörte sie zur Familie. William hätte vermutlich keine Probleme damit, diese Grenze verschwimmen zu lassen, aber sie war nicht William. Außerdem war ihr dieses Jahr wirklich nicht zum Feiern zumute.

»Ich kann leider nicht, vielen Dank. Ich bin bei meiner künftigen Schwiegermutter zum Essen«, erklärte sie, obwohl sie nicht vorhatte, zu den Grants zu gehen.

»Das verstehe ich gut«, versicherte Mrs. Pierce. »Man sollte an Weihnachten bei seiner Familie sein.«

Linus war Dianas Familie. Und sie würde den Weihnachtstag bei ihm im New Hope verbringen. Zumindest für ein paar Stunden.

Sie verabschiedete sich und ging zu ihrem Auto. Es kam ihr so vor, als wäre die Temperatur noch mal um etliche Grad gesunken.

Nach drei weiteren Patientenbesuchen fuhr Diana gegen Abend auf den Parkplatz des Pflegeheims. Bevor sie aussteigen konnte, piepte ihr Handy. Eine Nachricht von Rochelle.

Rochelle: Du wirst dich nicht um unseren traditionellen Heiligabenddrink drücken! Es wird dir guttun. Außerdem vermisse ich meine Freundin.

Das war ihre Reaktion auf die Absage, die Diana ihr gestern geschickt hatte. Rasch tippte Diana ihre Antwort.

Diana: Du fehlst mir auch. Ich schätze, ich kann auf einen Drink vorbeischauen.
Rochelle: Gut.
Diana: Treffen wir uns dort in einer halben Stunde?

Das würde ihr Zeit genug lassen, nach Linus zu schauen.

Rochelle: Ich bringe mich schon mal in Stellung!

Diana steckte das Handy ein, stieg aus und lief mit angehaltenem Atem durch die eisige Luft ins beheizte Foyer, wo sie erst mal tief durchatmete.

»Fröhliche Weihnachten!«, begrüßte sie Ernest. »Ich mag Ihre Elfenohren!«

»Oh. Danke.« Sie hatte ganz vergessen, dass sie die Dinger noch trug. Und auch die Lichterkette. Ihre Schützlinge waren durch die Bank begeistert gewesen, so, wie es sein sollte. *Seht ihr? An meinem Umgang mit Patienten ist nichts auszusetzen.* Auf dem Weg zu Zimmer vierzehn legte sie die weihnachtlichen Accessoires ab. Diana kam am Schwesternzimmer vorbei, wo das Personal sich um irgendwelche Süßigkeiten versammelt hatte, wahrscheinlich eine Aufmerksamkeit von Angehörigen der Patienten. Auch etliche ihrer eigenen Schützlinge hatten ihr Kekse und anderes festliches Backwerk zukommen lassen. Backwerk, aber keine Glow Cards, die das waren, was sie sich dieses Jahr wirklich wünschte. Glow Cards und dass Linus aufwachte.

Sie betrat Zimmer vierzehn, machte behutsam die Tür zu und drehte sich zum Bett um. Linus' Augen waren geschlossen, und er lag in derselben Position wie gestern.

»Hey, Schlafmütze«, sagte sie und dachte wehmütig daran, wie er sie jeden Morgen mit exakt diesen Worten geweckt hatte. »Fröhliche Weihnachten.« Sie beugte sich vor und schob ihm vorsichtig den Reif mit den Elfenohren ins zerzauste und zu lange Haar. »Die stehen dir besser als mir.« Dann griff sie in die Leinentasche, die sie gestern mitgebracht hatte, holte die Lamettaschachtel und ein paar kleine Christbaumkugeln hervor und legte letzte Hand an das Bäumchen neben seinem Bett. »Dein Baum sieht gut aus«, bemerkte sie. »Du solltest die Augen öffnen und ihn dir anschauen.«

Einen Moment lang wartete sie, ob er ihrer Aufforderung folgte. Dann ging sie zum Fußende des Bettes, griff nach seinem Bein, hob es vorsichtig hoch und beugte es am Knie, um die Muskeln zu strecken. Dann war das andere Bein dran.

Sie wiederholte die Übung mehrfach, so, wie sie es auch bei den physiotherapeutischen Behandlungen ihrer Patienten machte. Dabei plauderte sie weiter.

»Nachher treffe ich Rochelle auf ein paar Drinks. Oder vielmehr auf einen Drink«, verbesserte sie sich. »Mir ist nicht wirklich nach Ausgehen bei dieser Kälte, aber du kennst ja Rochelle. Die akzeptiert kein ›Nein‹ als Antwort.« So ähnlich wie Joann Grant. Aber Diana bezweifelte, dass Linus sich im Moment Beschwerden über seine Mutter anhören wollte. Er wäre auch nicht erfreut darüber, dass Diana die meisten Anrufe von Joann ignoriert hatte.

Sie beendete die Streckübungen für seine Beine und ging wieder ans Kopfende des Bettes, um sich seinen Armen zu widmen, so, wie sie es jeden Tag seit seiner Ankunft hier getan hatte. Die Bewegung war gut für ihn, auch wenn es nicht seine Muskeln waren, die die Hauptarbeit erledigten. Sie wollte nicht, dass er nach dem Aufwachen vollkommen steif war. Schließlich würde er als Erstes wieder aufs Fahrrad steigen wollen. Kein Tag verging, an dem er sich nicht in den Sattel schwang. Während sie ihn streckte, beobachtete sie sein Gesicht, suchte nach irgendeinem Anzeichen, dass er um ihre Anwesenheit wusste. Sie fand nichts.

Piep. Piep.

Die Geräusche aus dem Monitor neben ihm waren zumindest der Beweis, dass sein Herz noch schlug. Und der dumpfe, quälende Schmerz tief in ihrer Brust war der Beweis, dass ihres es ebenfalls tat.

Um Punkt achtzehn Uhr fuhr Diana auf den Parkplatz von Sparky's Tavern. Sie tastete noch nach Schal und Handtasche, als jemand auf der Fahrerseite ans Fenster klopfte. Erschrocken zuckte sie zusammen.

Von draußen hörte sie Rochelles gedämpftes Lachen. »Jetzt komm schon!«, rief sie. »Es ist so saukalt, dass mir gleich die Brüste abfrieren!«

Diana rollte mit den Augen ob der Ausdrucksweise ihrer Freundin, schnappte sich ihre Sachen und stieg aus. *Puuh*, Rochelle hatte nicht übertrieben. Die Temperatur war noch weiter gefallen.

Rochelle zog Diana in eine rasche Umarmung. »Los, lass uns reingehen und was trinken.«

Sie betraten das winzige Lokal, das von einer Frau namens Sparky geführt wurde. Diana und Rochelle waren mit ihr zur Schule gegangen. Schon als junges Mädchen war Sparky eine Art Kunst-Nerd gewesen, beliebt, aber ungesellig, jetzt war ihre Bar ein angesagter Treffpunkt für die ganze Stadt. Die Fassade war von kunstvollen Graffiti bedeckt, drinnen waren die Wände mit Zeichnungen und Gemälden von lokalen Künstlern bestückt.

Sie waren nicht die Einzigen, die sich hier auf einen Heiligabenddrink trafen. Vor der Bar drängten sich die Gäste, doch zum Glück standen zwei Männer in dem Moment auf, in dem Diana und Rochelle hereinkamen. Sofort sicherten sie sich die frei gewordenen Stühle. Sparky winkte ihnen fröhlich zu.

»Was trinkst du?«, fragte Rochelle. »Ich lade dich ein.«

»Das ist nicht nötig«, protestierte Diana, während Rochelle bereits den Kopf schüttelte.

»Das ist mein Weihnachtsgeschenk.«

»Aber ich habe nichts für dich«, erwiderte Diana, wie schon gestern Abend bei Mrs. Guzman. Langsam kam sie sich vor wie eine Spielverderberin.

Rochelle wedelte abwehrend mit den Händen. »Du bist hergekommen. Das reicht für mich als Geschenk.«

Diana hatte noch kein einziges Heiligabenddate mit Rochelle ausgelassen. Sie trafen sich am Tag vor Weihnachten auf ein Getränk, seit sie sechzehn waren. Die ersten Jahre hatten sie noch mit heißer Schokolade statt mit Alkohol angestoßen.

Sparky kam zu ihnen und schaute sie erwartungsvoll an. »Hey, Ladys. Was darf ich euch bringen?«

»Zwei Mal deinen festlichsten Cocktail, bitte.« Rochelle trug winzige Santa-Ohrringe und ein rotes langärmeliges Shirt, das unter der Akzentbeleuchtung der Bar weihnachtlich schimmerte.

»Drink des Tages ist unser Jingle Bell Hopper«, erwiderte Sparky.

»Klingt super.« Rochelle schaute Diana fragend an. »Ja?«

Diana nickte. »Für mich auch.«

»Kommt sofort«, versprach Sparky. »Schön euch zu sehen, Mädels.«

»Ebenso. Danke.« Sobald Sparky verschwunden war, um sich um die Drinks zu kümmern, wandte Rochelle sich Diana zu. »Also, wie geht's, wie steht's?«

Diana warf ihrer Freundin einen ungläubigen Blick zu. »Im Ernst jetzt?«

Rochelle lächelte zerknirscht. »Ja, ich weiß natürlich das

Offensichtliche, aber was ist mit dem Job? Wie ist dein neuer Vorgesetzter?«

Diana seufzte. Noch so ein bitteres Thema. »William ist auf einem Mega-Powertrip. Ständig beordert er mich zu sich ins Büro, um nachzufragen. Als ob er sich auch nur einen Pfifferling um mich schert.«

»Vielleicht tut er das ja.«

»Nein, tut er nicht. Denn als Nächstes halst er mir Arbeit auf, die er eigentlich selbst erledigen müsste.«

Rochelle zog die Brauen hoch. »Was? Warum das denn?«

Hilflos zuckte Diana mit den Schultern. »Er behauptet, dass er zu viele andere wichtige Dinge zu tun hat, aber ich glaube, er ist einfach überfordert. Es ist ziemlich klar, dass er den Job nur wegen seiner sozialen Kompetenz bekommen hat. Die mir augenscheinlich fehlt.«

»Das stimmt nicht. Du machst dir mehr Gedanken um Menschen als jeder andere, den ich kenne. Du gibst den Leuten bloß keine Chance, dich gernzuhaben. Du bist zu verschlossen.«

»Verschlossen?«, wiederholte Diana pikiert. Sie wusste nicht, ob das besser oder schlechter war, als auf ihrer ersten Glow Card überhaupt als kurz angebunden bezeichnet zu werden. »Du meinst also, ich bin kalt, wie Elsa?«

»Ich kann immer noch nicht fassen, dass deine Patientin dir das vorgeworfen hat.« Rochelle schüttelte übertrieben ungläubig den Kopf. »Und dann hat Linus ihr auch noch recht gegeben!«

»Er war frustriert, aus gutem Grund. Dieser ganze Streit war meine Schuld. Er wollte einen Hochzeitstermin festlegen, freute sich so darauf zu heiraten, und ich habe ihn praktisch zurückgestoßen.«

»Tut mir leid«, murmelte Rochelle in entschuldigendem Ton.

»Nun ja, ich schätze mal, es ist letztlich ganz gut, dass ich diese Beförderung nicht bekommen habe. Nach Linus' Unfall kann ich keine weiteren Aufgaben gebrauchen. Auch wenn ich diese weiteren Aufgaben gerade ohnehin für William übernehme.« Sie trommelte mit den Fingern auf den Tresen. »Ich mag nicht mehr über mich reden. Wie läuft es bei dir so? Zum Beispiel an der Männerfront?«

Rochelle schnaubte abfällig. »Der Typ, auf den ich vorige Woche so abgefahren bin, hat sich als kompletter Mistkerl entpuppt.«

»Welcher Typ?«

Rochelle schaute sie vielsagend an. »Oha. Ich hatte gar keine Gelegenheit, dir von ihm zu erzählen.«

Diana ließ die Schultern hängen. »Stimmt, ich war ein bisschen …«

»Abgelenkt. Das ist vollkommen verständlich. Mein nicht vorhandenes Liebesleben ist unwichtig, verglichen damit, dass dein Verlobter im Koma liegt.«

Unvermittelt verspürte Diana das Bedürfnis, sich zu entschuldigen. »Dein Liebesleben ist mir wichtig. Ich war in den letzten Wochen eine schreckliche Freundin, stimmt's?«

Bevor Rochelle das abstreiten oder bestätigen konnte, stellte Sparky zwei Drinks vor ihnen ab.

»Zum Wohl!«

»Danke«, entgegneten Diana und Rochelle wie aus einem Mund.

»Keine Ursache.« Sparky zwinkerte ihnen zu und widmete sich dem nächsten Gast. Das Lokal brummte heute Abend, und die Luft waberte geradezu vor Vorfreude auf den morgigen Weihnachtstag.

»Ich habe nicht eine Sekunde gedacht, dass du eine schreckliche Freundin bist«, sagte Rochelle leise. Sie griff nach dem hellgrünen Cocktail.

»Nein?« Diana legte die Lippen um den Zuckerstangenstrohhalm.

»Natürlich nicht. Ich dachte, dass du in diesem Monat durch die Hölle gegangen bist. Ich mag mir nicht mal ausmalen, wie entsetzlich das alles für dich ist, und ich finde wirklich, du solltest dir professionelle Hilfe suchen, Diana. Ich kann dir einen meiner Kollegen empfehlen.«

Diana schaute sie von der Seite an. »Einen Psychologen?«

»Oder einen Berater. Völlig egal. Hauptsache, du sprichst mit jemandem. Irgendwem. Ich kann das nicht übernehmen, ich bin zu parteiisch, außerdem hörst du sowieso nicht auf mich.«

Diana seufzte. Ihre aufgesetzte Fröhlichkeit mochte flüchtige Bekannte überzeugen, doch Rochelle durchschaute jedes erzwungene Lächeln. »Oder«, murmelte sie, »ich könnte einfach eine Schneekugel schütteln und in eine Phantasiewelt abtauchen, in der ich einen ganzen perfekten Tag mit Linus habe.«

Verdutzt runzelte Rochelle die Stirn. »Was?«

»Meine Nachbarin hat mich gestern Abend besucht. Sie hat eine Schneekugel, die auf dem Tisch stand, in die Hand genommen und dann hat sie sie ›verzaubert‹«, Diana zeichnete mit den Fingern Anführungszeichen in die Luft. »Sie sagte, dass ich, wenn ich die Kugel schüttele, einen letzten Tag mit jemanden verbringen darf, den ich verloren habe.«

»Klingt ziemlich pervers.« Rochelle wackelte anzüglich mit den Brauen.

Diana lachte trocken auf. »Vermutlich ist Mrs. Guzman eher ein Fall für den Psychologen als ich.«

Rochelle summte zustimmend. »Ich kann euch beide unterbringen. Es gibt genug Ohren, die zuhören können. Und dann natürlich auch noch Elfenohren.«

»Von denen besitze ich bereits ein Paar, vielen Dank auch. Ich habe sie Linus aufgesetzt, bevor ich hierhergekommen bin.«

Rochelle grinste. »Dann sitzt er jetzt bestimmt irgendwo im Koma-Universum und verflucht dich dafür.«

»Das bezweifle ich. Der Mann liebt solchen geschmacklosen Kram. Du solltest seine Krawattensammlung sehen.« Sie musste an das Geschenk denken, das er für sie besorgt hatte. »Die Schneekugel ist von ihm. Er hat sie mir für Weihnachten gekauft und in seinem Schrank versteckt. Da habe ich sie gestern Abend gefunden.«

Rochelle trank einen großen Schluck von ihrem grünen Drink. »Wow. Das ist so süß.«

»Und wie«, bekräftigte Diana. Linus war immer so aufmerksam. Das war eine der Eigenschaften, die sie so an ihm liebte. Er bemühte sich immer um sie, brachte ihr ständig irgendwelchen niedlichen Nippes mit. »Im Inneren ist eine winzige Nachbildung unserer Stadt.«

»Snow Haven? In einer Schneekugel?« Rochelle prustete vor Lachen. »Wie ironisch, wenn man bedenkt, dass das hier die Stadt ist, in der es niemals schneit.«

»Es heißt, dass es dieses Jahr passieren könnte.«

»Wer sagt das?«, fragte Rochelle skeptisch. »Etwa der Typ, der die ganze letzte Woche Regen vorhergesagt hat, während jeden Tag die Sonne strahlend vom wolkenlosen Himmel schien?«

Diana nahm noch einen Schluck von ihrem Cocktail. »Da hast du wohl recht ... Das schmeckt wirklich gut.«

»Willst du noch einen? Meine Einladung steht.«

»Nein, einer reicht. Ich möchte heil nach Hause kommen.«

»Das ist die richtige weihnachtliche Einstellung.« Rochelle lächelte. »Bist du morgen bei Linus' Eltern?«

Diana beobachtete, wie Sparky hinter der Bar von einem Gast zum nächsten flitzte. Ihre einstige Schulkameradin war ein echtes Energiebündel. Darin erinnerte sie Diana an Linus. Wenn der in seinem Spielzeugladen stand, mutierte er zum großen Kind. Es war sein Wohlfühlort. Und nun war er ans Bett gefesselt, in irgendeinem spärlich beleuchteten Raum, tagein, tagaus. »Ich habe Mrs. Grant gesagt, dass ich vielleicht zum Dinner vorbeikomme.«

»Warum habe ich bloß das Gefühl, dass du nicht hingehen wirst?« Rochelle leerte ihr Glas. »Ich weiß, dass du meine Einladung ebenfalls ablehnst, spreche sie hiermit aber trotzdem aus. Du kannst sehr gern Weihnachten mit mir und meiner Familie verbringen.«

»Danke. Aber ich würde den Tag am liebsten komplett überspringen.«

Rochelle griff nach Dianas Hand und drückte sie kurz.

Diana schluckte ihre aufwallenden Emotionen herunter, drehte an ihrem Perlenohrring und konzentrierte sich auf ihre Atmung. »Ich bin okay. Wirklich.«

»Wenn dem nicht so wäre, wäre das auch okay, das weißt du, oder?« Rochelle musterte sie abwägend.

»Es geht mir gut.«

»G-Wort-Alarm«, sagte Rochelle leise und stieß sie mit dem Ellbogen an. »Du bist sturer als ein betrunkener Matrose.«

Diana lachte, nahm einen letzten Schluck von ihrem Drink und stand auf. »Höchste Zeit, nach Hause zu fahren.«

»Um dort was zu tun?« Noch immer wirkte Rochelle besorgt.

Diana schulterte ihre Tasche und zuckte die Achseln. »Keine Ahnung. Vielleicht schüttele ich doch noch diese Schneekugel und gucke, was passiert.«

6. Kapitel

Zu Hause wartete ein Weihnachtsgeschenk vor ihrer Tür. Eine weitere besondere Aufmerksamkeit von Mrs. Guzman? Etwa noch ein Zauber? Womöglich diesmal einer, der Diana direkt in die Schneekugel hineinsaugen würde.

Sie hob das Paket hoch und schloss die Tür auf. Auf dem Weg zum Schlafzimmer legte sie das Geschenk auf den Esstisch. Das dringendste Bedürfnis des Tages war, ihre Santa-auf-Hawaii-Arbeitskluft gegen irgendwas Frisches und Sauberes auszutauschen.

Diana griff sich das erstbeste T-Shirt und irgendeine Jogginghose und hastete ins Badezimmer. Nachdem sie sich umgezogen hatte, blieb sie vor dem Waschbecken stehen und starrte prüfend auf ihr Spiegelbild. Ihre Haut war fahl, und die vielen schlaflosen Nächte hatten tiefe Schatten unter ihren Augen hinterlassen. Selbst ihr blondes Haar sah stumpf aus. Kein Wunder, dass Rochelle so besorgt gewirkt hatte.

Seufzend ging sie ins Wohnzimmer. Es gab keine Kerzen oder andere Weihnachtsdekorationen, abgesehen von dem kahlen Baum in der Ecke. Allein das Päckchen, das sie vor ihrer Tür gefunden hatte, verbreitete einen Hauch von Feststimmung.

Das Geschenkpapier war mit tanzenden, Spielzeug schwenkenden Elfen bedruckt. Eine Karte oder einen Anhänger konnte Diana nicht entdecken. Nach kurzem Zögern riss sie das Papier auf und ließ es zu Boden fallen. Zum Vorschein kam eine goldfarbene Schachtel. Diana hob den Deckel ab und starrte auf einen silbernen Bilderrahmen. Darin befand sich ein Foto von ihr und Linus, das vergangenen Monat an Thanksgiving aufgenommen worden war, als sie bei den Grants gewesen waren.

Offenbar hatte Linus' Mutter ihr das Päckchen vor die Tür gelegt. Auf dem Bild standen Diana und Linus unter einem Mistelzweig, und Linus machte Anstalten, ihre Wange zu küssen.

Was für eine Art Geschenk sollte das sein? Diana brauchte keine Erinnerung an all das, was sie verloren hatte. Sie atmete tief ein, dann wieder aus, um ihre aufwallenden Gefühle in den Griff zu bekommen. *Keine Tränen, keine Tränen, keine Tränen.* Wenn sie jetzt anfing zu weinen, würde sie nie mehr damit aufhören können.

Schließlich rollte doch eine Träne über ihre Wange. Dann noch eine. Auf zittrigen Beinen ging sie zum Kaminsims und stellte den silbernen Bilderrahmen vorsichtig darauf ab, gleich neben der Schneekugel. Eine endlose Minute lang starrte sie auf das Geschenk, das Linus ihr nicht persönlich hatte überreichen können, und immer mehr Tränen stiegen in ihr auf. Sie schien sie nicht mehr zurückhalten zu können. Der Damm war gebrochen, die Flut unvermeidlich.

Alles, was sie wollte, war ein weiterer Tag mit Linus. Okay, natürlich wollte sie mehr als einen Tag, aber wenn die Option war, nur vierundzwanzig Stunden mit dem Menschen verbringen zu dürfen, den sie geliebt und verloren hatte, dann wollte sie diese Zeit mit Linus verbringen. Wenn Diana in diesem Jahr einen speziellen Weihnachtswunsch frei hätte, dann wäre es genau dieser.

Sie nahm die Schneekugel in die Hand und schaute hinein, auf das winzige Snow Haven, während sie an ihren lieben, süßen, unglaublich nerdigen Verlobten dachte. Sie vermisste ihn so sehr, er fehlte ihr wie die Luft zum Atmen.

Und sie war auch wütend auf ihn. *Unbeschreiblich* wütend. Weil er sie distanziert genannt und gesagt hatte, dass er es beinahe bereue, ihr einen Antrag gemacht zu haben. Weil er sie zu Dingen drängte, für die sie sich noch nicht hundertprozentig bereit fühlte. Für die sie vielleicht niemals bereit sein würde. Weil er jetzt nicht für sie da war, obwohl er ihr versprochen hatte, sie niemals zu verlassen. Und weil er vor drei Wochen beim Fahrradfahren nicht besser aufgepasst hatte. Wie schwierig konnte es sein, einem Lieferwagen auszuweichen, der direkt auf einen zukam?

Sie holte tief Luft, dachte ganz fest an Linus und schüttelte die Schneekugel, alles genau so, wie Mrs. Guzman es ihr erklärt hatte. Glitzernde silberblaue Flocken wirbelten über dem kleinen Modell ihrer Stadt auf, bevor sie langsam von oben nach unten rieselten.

Nichts passierte. *Natürlich* passierte nichts. Es war nur eine alberne kleine Schneekugel, ohne irgendwelche magischen Eigenschaften.

Trotzdem schüttelte sie sie erneut, diesmal stärker, während qualvolle Schluchzer ihren ganzen Körper erbeben ließen.

»Nur einen Tag!«, rief sie weinend, schwenkte die Kugel so heftig sie konnte und wünschte mit aller Kraft. Die Schneekugel rutschte ihr aus der Hand, fiel zu Boden und zersprang in eine Million Scherben, genau wie ihr Herz.

»Verdammt!« Das Wasser aus der Kugel spritzte auf Dianas nackte Füße, Tränen strömten über ihr Gesicht. Wie von Ferne nahm sie einen herzzerreißenden Laut war, den sie nie zuvor gehört hatte. Erst nach Sekunden wurde ihr klar, dass sie selbst ihn ausstieß. Sie vermisste ihren Verlobten. Ihren besten Freund. Den Mann ihrer Träume, den Menschen, der dazu bestimmt gewesen war, mit ihr alt zu werden.

Sie schaute auf das gerahmte Thanksgiving-Foto. Er lächelte. »Du hast es versprochen«, sagte sie. »Du hast mir für immer und ewig versprochen.« Diana wich ein paar Schritte zurück und fiel auf die Knie.

Auf dem Boden kauernd weinte sie, bis keine Tränen mehr übrig waren. Dann rappelte sie sich auf, atmete ein paarmal tief durch und holte einen Besen und eine Kehrschaufel aus der Abstellkammer. Wie benommen fegte sie die Glasscherben zusammen und warf sie in den Abfalleimer. Dann griff sie zu einem Geschirrtuch und wischte die glitzernde Flüssigkeit auf. Anschließend ging sie ins Schlafzimmer und ließ sich bäuchlings aufs Bett fallen, zu erschöpft und ausgelaugt, um ihren Pyjama anzuziehen.

Es war Heiligabend und ihr Leben ein freudloses Elend.

Am nächsten Morgen schien die Sonne durch die Lamellen der Jalousien, die Diana am Abend zu schließen vergessen hatte. Sie streckte sich unter der Decke, öffnete ein Auge, stöhnte ob der grellen Helligkeit im Raum, und schloss es wieder. Dann begann sie, einen Arm nach Linus auszustrecken, hielt aber mitten in der Bewegung inne. *Ach ja*. Er war nicht hier. Gähnend setzte sie sich auf und schwang die Beine aus dem Bett. Noch immer brachte sie es nicht über sich, die Lider zu öffnen.

Fröhliche Weihnachten, Diana.

Einen Moment lang blieb sie auf der Bettkante sitzen und überlegte, wie sie den heutigen Tag verbringen wollte. Sie hatte zwei Optionen: sich allein zu Hause verkriechen und so tun, als ob nicht Weihnachten wäre, oder ins New Hope gehen, um Linus zu sehen.

Sie würde Linus besuchen. Diana öffnete die Augen, stand auf und schlurfte Richtung Badezimmer. Merkwürdig, die Tür war geschlossen. Warum hätte sie sie gestern Abend zumachen sollen? Sie drehte den Knauf und drückte dagegen, bis sie an ein solides Hindernis stieß, das ein leises Ächzen ausstieß.

Diana taumelte zurück. »Wer ist da?«, schrie sie. Das Herz schlug ihr bis zum Hals. Jemand war in ihre Wohnung eingedrungen und hielt sich jetzt in ihrem Bad auf! Ausgerechnet an Weihnachten. Und da sie nicht mehr an den Weihnachtsmann glaubte, konnte es sich nur um einen Einbrecher handeln.

Instinktiv griff sie erneut nach dem Knauf und lehnte sich mit ihrem ganzen Gewicht nach hinten, um die Tür geschlossen zu halten. Wer immer sich in ihrem Badezimmer versteckte, würde da nicht rauskommen, bevor sie die Polizei verständigt hatte. Andererseits lag ihr Handy am anderen Ende des Zimmers. Wie sollte sie es zu fassen kriegen?

Denk nach, Diana, denk nach.

Während ihre Gedanken sich überschlugen, spürte sie, dass die Person auf der anderen Seite versuchte herauszukommen. Unter Einsatz ihrer gesamten Muskelkraft, einschließlich der ihrer Augenlider, hängte Diana sich an den Knauf, um die hart gegen den Holzrahmen knallende Tür geschlossen zu halten.

»Was soll das, Di?« Die Stimme des Mannes klang tief und vertraut.

Nach Luft schnappend ließ Diana den Türknauf los, so abrupt, dass sie fast auf ihrem Hinterteil gelandet wäre. Sie kannte diese Stimme. Sie liebte diese Stimme. »L... Linus?« Sie presste eine Hand an ihre Brust. Ihr Herz hämmerte so wild, dass sie es praktisch unter ihren Fingern spüren konnte. Die Badezimmertür wurde geöffnet. Und da stand er, leibhaftig und in mit Schneeflocken bedruckten Boxershorts.

»W... was machst du hier?« Sie blinzelte ein paarmal, um sich zu vergewissern, dass sie nicht halluzinierte. Hatte Rochelle nicht was davon erwähnt, dass Trauer einen manchmal dazu brachte, sich Dinge vorzustellen, die nicht der Realität entsprachen?

Linus schaute sie an, als wäre sie nicht ganz zurechnungsfähig, ein Blick, mit dem er sie des Öfteren bedachte. »Ich wohne hier.«

Diana krallte die Finger in ihr T-Shirt und rang nach Luft. »Bist du ... bist du heute Nacht aufgewacht? Haben sie dich entlassen?«

Linus' dunkelbraune Haare standen in alle Richtungen ab. Sie waren zu lang und müssten dringend gestutzt werden. Die Elfenohren, die sie ihm gestern aufgesetzt hatte, waren verschwunden. Er musste sie abgenommen haben, als er aufgestanden war. Wieso konnte er überhaupt stehen? Und gehen? Er hatte seine Beinmuskeln seit Wochen nicht mehr benutzt. Sie hatte zwar regelmäßig Streckübungen mit ihm gemacht, aber es war ausgeschlossen, dass er sich so lange aufrecht halten konnte, ohne an seine körperlichen Grenzen zu stoßen.

»Du solltest dich wieder hinlegen. Was ist, wenn du hinfällst und dir noch mal den Kopf anschlägst?« Sie könnte ihn gleich wieder verlieren.

»Noch mal? Wie meinst du das? Was ist überhaupt los mit dir? Hattest du einen schlimmen Traum oder so?«

Die vergangenen drei Wochen hatten sich wie ein einziger Albtraum angefühlt. Aber alles war real gewesen.

»Haben sie es dir nicht gesagt? Linus, du hast im Koma gelegen.« Sie machte einen Schritt auf ihn zu. »Warum hat das New Hope nicht angerufen, um mich zu informieren, dass du wach bist? Wissen deine Eltern Bescheid? Fühlst du dich gut?« Sie torpedierte ihn förmlich mit Fragen.

»Im Koma?« Linus lächelte schief, musterte sie aber immer noch, als ob sie völligen Schwachsinn von sich gab. »Wow, das muss echt ein Wahnsinnstraum gewesen sein. Vielleicht hast du ja geträumt, dass mir was passiert, weil ich gestern Abend in gewisser Weise dieser Patientin recht gegeben habe, die dich als eine Elsa bezeichnet hat.«

»Eine Elsa?«

Zerknirscht verzog Linus das Gesicht. »Vergibst du mir?«

»Dir vergeben?«

»Warum wiederholst du alles, was ich sage?« Er schüttelte den Kopf. Es kam ihr unwirklich vor zu sehen, wie er sich bewegte, seine Stimme zu hören. »Ich mache mir ein bisschen Sorgen um dich. Vielleicht bist *du* diejenige, die sich den Kopf gestoßen hat.« Er kam näher und schaute sie forschend an. Es war drei Wochen her, seit sie in diese blaugrauen Augen geblickt hatte, Augen von der Farbe eines Ozeans unter Gewitterwolken.

Diana streckte die Arme nach ihm aus, nahm seinen Körper zwischen ihre Hände. »Nein. Du hast dir den Kopf angeschlagen. Bei einem Unfall. Du bist vom Fahrrad gefallen.« Sie starrte auf die Seite seines Kopfes, wo eine hässliche Narbe sein müsste. Doch da war keine. Die Haut an der fraglichen Stelle war glatt und makellos.

Um Linus' Mundwinkel zuckte ein feines, leicht belustigtes Lächeln. »Ich bin nicht mehr vom Rad gefallen, seit ich sechs war. Als ich gestern Abend nach Hause kam, haben wir uns ein bisschen gekabbelt«, erklärte er. Sein Ton war ruhig. Geduldig. »Ich meine, kein richtiger Streit, das geht mit dir ja gar nicht, stimmt's? Du hast einfach dichtgemacht und bist ins Bett gegangen. Vielleicht hättest du besser geschlafen, wenn du dir einen Moment Zeit genommen hättest, mich anzubrüllen.«

Diana erinnerte sich an den Abend, auf den er anspielte. Wie hätte sie ihn vergessen können? Schließlich ließ sie ihn seither immer wieder vor ihrem geistigen Auge ablaufen, um sich zu martern. »Du hast vorgeschlagen, dass wir dieses Weihnachten heiraten«, sagte sie leise.

Linus nickte. »Das war nur so ein Gedanke. Ich versuche

nicht, das Ganze zu überstürzen. Ich freue mich nur so darauf, dich zu heiraten. Ich wünschte, du würdest dich genauso freuen.«

Schuldgefühle nagten an ihr. »Diese Diskussion liegt … Wochen zurück. Ist das hier so eine Art Weihnachtswunder?«, fragte sie ratlos. Nichts von alldem hier schien Sinn zu ergeben.

»Ein bisschen früh für Weihnachtswunder, findest du nicht?«

»Wie bitte?«

»Nun, bis zum großen Tag dauert es noch etwas.«

Linus war drei Wochen lang bewusstlos gewesen. Kein Wunder, dass er nicht wusste, welches Datum sie hatten. »Heute ist der fünfundzwanzigste Dezember.«

Er schaute sie seltsam an und ging dann an ihr vorbei zu seinem Nachttisch.

Wie kann er so gut sein Gleichgewicht halten, nachdem er fast einen Monat lang bewegungslos im Bett gelegen hat?

Er schnappte sein Handy, kam wieder zu ihr und hielt ihr sein Display entgegen. Vor ihrem Foto als Bildschirmhintergrund waren Datum und Uhrzeit zu sehen. »Siehst du? Wir haben den vierten Dezember.«

Diana zuckte zurück. »Was? Es kann nicht der vierte Dezember sein.« Das war so lange her. Seither waren Wochen verstrichen. Sie hatte sich wie betäubt von Tag zu Tag geschleppt, krampfhaft an die rasch schwindende Hoffnung geklammert, dass Linus' Zustand sich bessern würde. »Der vierte Dezember«, sagte sie noch einmal. »Das ist der Tag …«

»Welcher Tag?« Langsam wurde er unruhig.

»Der Tag, an dem du von einem Lieferwagen angefahren wurdest.«

Linus lachte laut auf. »Meine Gute, Diana. Ich weiß, dass du wütend auf mich bist, aber zu träumen, dass ich von einem Lastwagen angefahren werde?«

Sie schüttelte den Kopf. »Es war kein Traum.«

»Soll ich Rochelle anrufen?«

Diana starrte ihren Verlobten an, der in diesem Moment gar nicht hier sein sollte. Sondern in seinem Bett in Zimmer vierzehn der New-Hope-Langzeitpflegeeinrichtung. In einem Koma, aus dem er niemals erwachen würde. Das war kein Traum. *Dies hier* war der Traum. Es musste so sein. Das war die einzige Erklärung. Es sei denn ...

Diana schlug eine Hand vor ihren Mund. »Oh.«

»Was?«, fragte er stirnrunzelnd.

»Die Schneekugel. Mrs. Guzman hat sie verzaubert.«

Pikiert starrte Linus sie an. »Warst du an meinem Schrank? Hast du mein Geschenk für dich gefunden?«

Sie schüttelte den Kopf. »Nein. Ich meine, ja, aber ich konnte nicht anders. Du warst nicht hier. Du warst ...«

»Komatös?« Linus drehte sich zu seinem Kleiderschrank um. »Ich würde ja liebend gern mit dir ausdiskutieren, was mit ungeduldigen Leuten passiert, die vorzeitig ihre Geschenke erschnüffeln.« Er räusperte sich. »Aber ich muss mich jetzt wirklich fertig machen.«

»Nein! Geh heute nicht zur Arbeit. Bleib zu Hause. Mit mir.« Sie drückte ihn regelrecht in den Schrank hinein.

»Das geht nicht. Im Toy Peddler ist jetzt Hochbetrieb. Außerdem treffe ich mich gleich mit einem neuen Zulieferer, hast du das vergessen? Und du solltest dich auch anziehen, sonst kommst du zu spät zur Arbeit, was ganz und gar nicht deine Art ist.« Er schaute sie über seine Schulter prüfend an.

Verzweifelt packte sie ihn am Arm. »Dann arbeite heute wenigstens nicht so lange, okay? Komm direkt nach Hause. Und fahr nicht mit dem Fahrrad. Nimm stattdessen den Pick-up. Es könnte Glatteis geben.« Sie redete so schnell, dass ihre Worte sich überschlugen. Noch immer war sie nicht sicher, was hier vor sich ging, aber wenn dies tatsächlich der vierte Dezember war, dann würde Linus heute Abend verunglücken. An jenem Tag war Dianas komplette Welt um sie herum zusammengebrochen.

Linus nahm ein langärmeliges lavendelfarbenes Hemd und eine Hose aus dem Schrank und drehte sich um. Im Vorbeigehen deutete er mit einem Finger auf Diana. »Ich durchschaue dich. Du willst nur deshalb nicht, dass ich das Fahrrad nehme, weil du mir heute mein Weihnachtsgeschenk besorgen willst. Wahrscheinlich irgendein Zubehör fürs Fahrrad.« Er grinste. »Du kennst ja unsere Regel – höchstens zwanzig Dollar. Und nicht schummeln, Diana.«

»Aber *du* hast geschummelt.«

»Stimmt nicht. Ich habe diese Schneekugel gegen etwas eingetauscht.«

Nachdem er sich angezogen hatte, folgte Diana ihm in den Flur. »Ich kann dich heute zum Laden fahren.«

Er schaute sie skeptisch an. »Warum?«

»Ich will einfach noch etwas länger mit dir zusammen sein. Wie wär's, wenn wir uns zum Mittagessen treffen? Nur für eine Stunde?« Das gäbe ihm ausreichend Zeit, seinen Lieferanten zu treffen. Und sie könnte irgendeinen Vorwand finden, auch den Rest des Tages mit ihm zu verbringen. Sie wollte keine Sekunde der Zeit, die ihnen gegeben worden war, verschwenden.

Linus zögerte. »Wir müssten im Geschäft essen. Es war kein Scherz, als ich sagte, dass momentan Hochbetrieb herrscht. Stressiger kann es auch für den Weihnachtsmann nicht sein.«

»Das ist mir recht«, erwiderte Diana rasch. Sie würde jede Minute mit ihm nehmen, egal, wo. Noch immer wusste sie nicht, was hier passierte, aber sie war wild entschlossen, es herauszufinden. Und der nächste Mensch, mit dem sie an diesem Morgen reden würde, hatte hoffentlich die Antworten, nach denen sie suchte.

Einen langen Moment schaute sie Linus hinterher. Natürlich hatte er ihr Angebot, ihn zu fahren, abgelehnt. Der Mann hing fast so sehr an seinem Schwinn wie an ihr. Aber vielleicht würde es ja nicht zu dem Unfall kommen, wenn er das Rad heute Abend im Geschäft stehen ließ.

Mehr als erpicht auf Antworten ging Diana, nachdem sie die Wohnungstür hinter sich abgeschlossen hatte, nicht direkt Richtung Parkplatz, sondern machte einen Umweg durch den Innenhof der Apartmentanlage, um bei Mrs. Guzman vorbeizusehen. Ihre alte Nachbarin war die Einzige, die irgendeine Ahnung haben könnte, was vor sich ging. Denn die Vergangenheit sprang nicht wie eine alte schrammige Schallplatte plötzlich auf einen Tag zurück, der längst vorbei war. So funktionierte das Leben nicht. Zeit bewegte sich nur in eine Richtung – vorwärts. Sie schaute nicht mal über die Schulter zurück auf das, was hinter ihr lag. Zeit war gnadenlos und machte keine Gefangenen. Zumindest nach Dianas Erfahrung.

Vor Henrietta Guzmans Wohnungstür blieb sie stehen, holte tief Luft und klopfte. Während sie wartete, verspürte sie nervöse Aufregung, aber auch tiefe Freude, denn Linus war in diesem Augenblick auf dem Weg zu seinem Spielzeuggeschäft. Er lag nicht komatös in einem Krankenhausbett. Das war eine gute Neuigkeit.

Sie klopfte noch einmal, fester diesmal. Mrs. Guzman war im Ruhestand und hatte, soweit Diana wusste, keine Familie hier im Ort. Ihr ein und alles war ein kleiner Chihuahua namens Leonardo.

Lächelnd öffnete Mrs. Guzman die Tür. »Diana! Was für eine nette Überraschung. Kommen Sie rein, kommen Sie rein.«

Diana folgte ihrer Nachbarin ins Wohnzimmer. Der Raum war vollgestopft mit zwei Sofas und diversen Lehnstühlen. In jeder Ecke stapelten sich Bücher. »Heute ist der vierte Dezember«, sagte Diana.

Mrs. Guzman zog die dichten silberfarbenen Brauen zusammen. »Ja, das stimmt wohl.«

»Aber eigentlich müsste heute Weihnachten sein. Sie sind kurz vor Heiligabend zu mir gekommen und haben seltsame Worte über einem Geschenk gemurmelt, das mir jemand gegeben hatte. Und jetzt ist plötzlich wieder der vierte Dezember.«

Mrs. Guzman wirkte verwirrt. »Habe ich das getan?«

»Erinnern Sie sich nicht?« Diana bekam kaum noch Luft

und fühlte sich, als hätte sie völlig die Kontrolle verloren. Um tiefer durchatmen zu können, presste sie eine Hand an ihre Brust. »Sie haben meine Schneekugel verhext.«

Leise lachend schüttelte Mrs. Guzman den Kopf. »Nein, ich verhexe nichts, meine Liebe«, korrigierte sie. Um ihre fuchsienfarben geschminkten Lippen spielte ein Lächeln. »Ich verzaubere Dinge.«

»Okay, Sie haben meine Schneekugel *verzaubert*, um mir einen Extratag mit dem Menschen zu gewähren, den ich liebe. Mit Linus.«

Mrs. Guzman schaute sie fragend an. »Warum brauchen Sie noch einen Extratag mit Linus?«

Offenbar wusste die alte Dame wirklich nicht, was los war. Sie erinnerte sich nicht an die Sache mit der Schneekugel, weil die vergangenen drei Wochen noch gar nicht stattgefunden hatten. Auf irgendeine Art war Diana in der Zeit zurückgeglitten und am schlimmstmöglichen aller Tage gelandet. Warum hatte der Zauber aus all den vielen Tagen, die er hätte wiederholen können, ausgerechnet diesen gewählt?

»Weil Linus im Koma liegt. Oder gelegen hat. Jetzt gerade radelt er zum Spielzeugladen, als ob dieser Unfall nie passiert wäre. Aber er ist passiert – er wird passieren, heute. Linus könnte sterben, zumindest sagen die Ärzte das. Und dann haben Sie diese Worte über meiner Schneekugel geflüstert und mir gesagt, dass ich sie schütteln soll.«

Mrs. Guzman rieb sich die Hände. »Nun, wenn das stimmt, dann ist der heutige Tag ein Geschenk, meine Liebe. Warum um alles in der Welt stehen Sie dann bei mir im Wohnzimmer herum? Machen Sie das Beste aus dieser geschenkten Zeit.«

»Aber wie?« Ratlos hob Diana die Arme. Sie brauchte Antworten, und zwar jetzt.

»Das kann ich nicht für Sie entscheiden. Was würden Sie Linus sagen, wenn Sie wüssten, dass es die letzte Gelegenheit ist, mit ihm zu reden? Was würden Sie für ihn tun? Mit ihm? Wir bekommen nicht oft im Leben eine zweite Chance.« Mrs. Guzman lächelte strahlend. »Und wenn doch, dann gelingt es uns meistens, sie gründlich zu vermasseln. Das liegt in der Natur des Menschen.«

Diana ließ sich ihre Optionen einen Moment lang durch den Kopf gehen. »Ich würde diesen Tag nutzen, um dafür zu sorgen, dass Linus nicht mit dem Fahrrad verunglückt.«

Warnend hob Mrs. Guzman einen Finger. »Nein. Ich erinnere mich zwar nicht an das, wovon Sie sprechen, aber ich weiß, dass man die Vergangenheit nicht verändern kann, ganz egal, welche Art Zauber ich über Ihre Schneekugel gelegt habe. Verschwenden Sie Ihre Zeit nicht damit, es zu versuchen.«

»Woher wollen Sie denn wissen, dass die Vergangenheit sich nicht verändern lässt? Haben Sie so etwas schon mal gemacht?«

Mrs. Guzman schüttelte langsam den Kopf. »Nun, nicht direkt, aber …«

»Dann ist es vielleicht ja doch möglich. Dieser ganze Tag war ein einziges Durcheinander, irgendwie ging alles schief. Mit Linus und meinem Chef. Und sogar Rochelle.« Die Worte sprudelten nur so aus Diana heraus, während sich die Ereignisse jenes Tages vor ihrem inneren Auge abspulten. »Wenn das der Tag ist, an den ich zurückgekehrt bin, dann muss es einen Grund geben, oder? Ich bekomme einen zweiten Versuch. Ich kann alles in Ordnung bringen.«

»Oh, ich glaube nicht, dass das eine gute Idee ist«, widersprach Mrs. Guzman. »Alles, was passiert, hat seinen Grund, meine Liebe. Immer. Wenn Sie eine Sache ändern, dann verändert sich auch alles andere. Verbringen Sie den Tag einfach mit dem Menschen, den Sie lieben.« Sie bückte sich, um den winselnden Leonardo aufzuheben.

»Linus arbeitet. In der Vorweihnachtszeit herrscht Hochbetrieb bei ihm im Laden, und ich habe Termine mit Patienten.« Diana redete mehr mit sich selbst als mit der alten Dame. »Und heute Nachmittag steht ein Gespräch mit meinem Chef an. Es geht um eine Beförderung, die mir zusteht.« Wenn sie den Ausgang des Treffens mit Mr. Powell ändern könnte, müsste sie sich nicht mit William als ihrem Vorgesetzten herumschlagen. Dieser ganze verkorkste Tag könnte völlig anders verlaufen und ihr Leben wieder in Ordnung bringen – so, wie es sein sollte.

Mrs. Guzman lächelte ihr ermutigend zu. »Ich bin sicher, dass Sie das Richtige tun werden, meine Liebe. Und dann werden wir wohl morgen früh aufwachen, und es ist Weihnachten. Daher sollte ich mich besser daran machen, meinen Baum zu schmücken. Was habe ich Ihnen denn zu Weihnachten geschenkt?«

»Eine Flasche Wein.«

»Hmm. Immer eine gute Wahl.« Sie begleitete Diana in den Flur und öffnete die Eingangstür. »Viel Glück. Jeder Augenblick ist wie eine zarte Schneeflocke. Keine gleicht der anderen, aber sobald sie den Boden erreichen, tun sie das, wofür sie immer bestimmt waren. Sie werden Teil eines größeren Ganzen.«

Diana konnte der schrulligen Sprache ihrer Nachbarin

nicht folgen. Die Worte der alten Dame ergaben nicht den Hauch eines Sinns, und Diana war nach ihrem Besuch hier genauso schlau wie vorher. Sie sollte jetzt aufbrechen. Dieser Tag war zu kostbar, um auch nur eine weitere Minute zu verschwenden.

»Vielen Dank, Mrs. Guzman. Ich muss los.«

»Ja, das müssen Sie. Viel Glück.«

Das würde sie definitiv brauchen. Auf dem Weg zu ihrem Auto kam Diana an dem Glocken läutenden Weihnachtsmann vorbei. Sie zog eine Fünf-Dollar-Note aus ihrer Tasche und steckte sie in die Spendendose. »Fröhliche Weihnachten«, rief sie, heiterer gestimmt als seit Wochen.

»Gleichfalls!« Santa schüttelte seine Glocke noch etwas stärker.

Nach dem Einsteigen wartete Diana einen Moment, um den Motor warmlaufen zu lassen. Im Wagen war es fast genauso eisig wie draußen. Beim Ausatmen bildeten sich weiße Wölkchen vor ihrem Mund. Plötzlich klatschte etwas gegen die Windschutzscheibe. Zunächst dachte sie, dass es Regentropfen waren, doch das Geräusch hörte sich anders an. Es klang irgendwie schwerer als Wasser. *Graupel?* Es graupelte? In diesem Jahr hatte es noch keinen Graupelschauer gegeben. Dessen war Diana ganz sicher.

Ein weiterer Tropfen Schneeregen klatschte an die Scheibe. Und noch einer. Das war neu, und vielleicht ja, auf die Gefahr hin, dass sie sich in Wunschdenken erging, ein Zeichen dafür, dass der Tag als solcher sich zwar wiederholen mochte, die Ereignisse dieses Tages das aber nicht zwangsläufig auch tun mussten. Möglicherweise konnte Diana den Verlauf der

Vergangenheit doch noch ändern. Sie musste es jedenfalls versuchen.

7. Kapitel

Um fünf nach neun brummte Dianas Handy. Ohne nachzudenken, pulte sie es aus ihrer Handtasche und schaute aufs Display. Die Anruferin war Maria Harris, ihre erste Patientin heute. Für die sie, wenn man der angezeigten Uhrzeit trauen konnte, bereits fünf Minuten zu spät dran war. Dabei war sie noch nicht mal losgefahren.

Hastig nahm sie das Gespräch an. »Hallo, Ms. Harris.«

»Diana? Alles in Ordnung?«, fragte die alte Dame. »Sie haben sich verspätet, und ich fing langsam an, mir Sorgen zu machen.«

»Nicht nötig. Entschuldigen Sie bitte, ich bin in ein paar Minuten bei Ihnen.« Plötzlich fiel ihr wieder ein, was am ursprünglichen vierten Dezember passiert war. »Oh, einen Moment noch, Ms. Harris.«

»Ja?«

»Bitte versuchen Sie nicht, Ihren Weihnachtsschmuck vom Dachboden zu holen, bevor ich da bin.«

Maria lachte leise. »Woher wissen Sie, dass ich genau das vorhatte?«

»Zufallstreffer. Aber Sie sollten das nicht allein machen. Sie könnten sich etwas brechen, zum Beispiel Ihren Knöchel.«

Noch während sie sprach, bog Diana vom Parkplatz auf die Straße. Am liebsten würde sie sofort zum Spielzeugladen fahren, um Linus zu sehen. Doch der musste zu einem wichtigen Meeting, und sie hatte ebenfalls Verpflichtungen. Ihre Patienten verließen sich auf sie, und Diana war niemand, der Verantwortung auf die leichte Schulter nahm, vor allem jetzt, da ihre Beförderung anstand. Letztes Mal war sie ihr entgangen, doch heute würde das nicht passieren. Daher konnte sie sich keine Fehler erlauben, was bedeutete, dass sie auf schnellstem Weg zu Maria fahren musste, um zu verhindern, dass die alte Dame sich den Knöchel brach.

»Ich bin absolut dazu in der Lage, den Baum und die Schachteln mit dem Schmuck vom Dachboden zu holen«, versicherte Maria. »Der Schlaganfall hat mich langsamer gemacht, aber nicht komplett kaputt.«

»Ich verstehe, dass Sie unabhängig sein wollen, aber bitte tun Sie es nicht auf eigene Faust, Ms. Harris«, flehte Diana. »Ich helfe Ihnen gleich, wenn ich da bin. Warten Sie einfach auf mich, in Ordnung?«

Maria zögerte. »Sie wollen mir helfen?«

»Selbstverständlich. Es wird nicht lange dauern.« Und es würde Maria in Zukunft eine Menge Quälerei mit ihrem gebrochenen Knöchel ersparen.

»Na gut. Das ist sehr nett von Ihnen«, erwiderte Maria. »Bis gleich.«

Diana atmete erleichtert aus und beendete das Gespräch. So schnell es die Geschwindigkeitsbegrenzung erlaubte, fuhr sie Richtung Westen und hielt zehn Minuten später vor Marias Einfahrt. Es graupelte nicht mehr, aber der Schneeregen hatte einen weichen Matsch auf dem Boden hinterlassen, in den Dianas Stiefel bei jedem Schritt einsanken, als sie über den Rasen zur Haustür ging.

Maria begrüßte sie mit einem schwachen Lächeln. »Da sind Sie ja. Ich wollte die Hoffnung gerade aufgeben und auf den Dachboden steigen.«

»Ich bin froh, dass Sie gewartet haben.« Diana ging ins Haus. »Tut mir leid, dass ich so spät dran bin. Ich hatte einen etwas ungewöhnlichen Start in den Tag.« Das war die Untertreibung des Jahrhunderts. Sie zog die Tür hinter sich zu und folgte Maria ins Wohnzimmer, wo die Behandlung normalerweise stattfand.

Die alte Dame bewegte sich langsam. Der Schlaganfall hatte die ganze rechte Seite ihres Körpers in Mitleidenschaft gezogen, mit der Folge, dass der rechte Arm schlaff an ihrer Seite hing und sie das Bein beim Gehen leicht nachzog. Diana hatte ihrer Patientin beigebracht, den rechten Arm beim Gehen mit dem beweglichen linken abzustützen, was sie dankenswerterweise auch tat.

»Kein Problem, das passiert uns allen mal«, erwiderte Maria. Beim Sprechen lallte sie etwas, ebenfalls eine Nachwirkung ihres Schlaganfalls.

Bei Dianas letztem Besuch vor ein paar Tagen hatte man fast nichts mehr von diesem Lallen bemerkt. Doch jetzt, da die Zeit um drei Wochen zurückgedreht worden war, hörte sie es wieder deutlich.

»Wie geht es Ihnen heute, Ms. Harris?« Dianas Blick fiel auf eine Schachtel mit Christbaumschmuck, die in einer Ecke am Boden stand. »Ich hatte Sie doch gebeten, auf mich zu warten.«

»Das habe ich auch«, beteuerte Maria. »Als wir telefonierten, hatte ich diese kleine Schachtel schon hergebracht. Oben sind noch drei weitere Kisten, die ich gern hier unten hätte. Aber ich habe damit gewartet, weil Sie am Telefon so streng mit mir waren.«

Diana wand sich innerlich. Keine fünf Minuten hatten gefehlt, bis Maria sich erneut den Knöchel gebrochen hätte. Doch das war nicht geschehen. Es war Diana gelungen, dem Schicksal eine andere Wendung zu geben, und wenn sie das für Maria tun konnte, dann galt das auch für jeden weiteren schrecklichen Aspekt dieses Tages, eingeschlossen Linus' Unfall.

»Gut so. Danke, dass Sie gewartet haben. Ich hole die Schachteln, sobald wir mit der Behandlung durch sind.« Denn die Therapie ging immer vor. Das war Dianas Job, und den erledigte sie gut. Sie war eine überaus qualifizierte Physiotherapeutin und kein bisschen kurz angebunden, entgegen der Einschätzung, die ein anonymer Patient ihr auf die Glow Card geschrieben hatte.

Maria fasste sich an die rechte Schulter und verzog das Gesicht. »Au. Dieser Arm ist heute so steif. Muss am Wetter liegen. Es ist seit Tagen so kalt draußen. Ich bin heute Morgen kaum aus den Federn gekommen.«

»Ich habe gehört, dass es vielleicht Schnee gibt«, sagte Diana, wohl wissend, dass es nicht schneien würde, egal, was der Wetterfrosch im Fernsehen ankündigte. Sie bedeutete Maria, sich auf das Einzelbett zu legen, das seit vorigem Monat an der hinteren Wand des Wohnzimmers stand. Unmittelbar nach ihrem Schlaganfall war Maria nicht in der Lage gewesen, ihr Schlafzimmer im oberen Stockwerk zu erreichen, daher war alles Nötige ins Erdgeschoss verlegt worden. Inzwischen konnte sie besser Treppen steigen, doch das würde sich wieder ändern, wenn sie sich den Knöchel brach, während sie Kisten mit Weihnachtsdekoration von ihrem Dachboden holte.

Diana zog sich einen Stuhl heran, nahm Marias rechten Arm und hob ihn behutsam an, bis er sich nicht mehr leicht bewegen ließ. Dann hielt sie die Position für eine intensive Dehnung, legte den Arm wieder ab und half ihrer Patientin durch mehrere Wiederholungen der Übung. Dann massierte sie die durch die eingeschränkte Bewegungsfähigkeit angeschwollenen Gelenke des steifen Arms, einschließlich Schulter, Ellbogen, Handgelenk und Finger.

Sie behandelte schon so viele Jahre lang Schlaganfallpatienten wie Maria, dass sie diese Art der Physiotherapie praktisch im Schlaf durchführen konnte. Diana würde jede Wette eingehen, dass William das nicht von sich behaupten konnte. Nachdem er in der Praxis angefangen hatte, begleitete er sie zu mehreren Hausbesuchen, um die Grundlagen der Patientenbetreuung vor Ort zu lernen. Allerdings hatte er sich mehr darauf konzentriert, mit den Patienten zu plaudern, als ihr zuzuhören. Später hatte er erklärt, dass es ihm um ein harmonisches Verhältnis zu seinen Schützlingen ginge, aber Diana hegte den Verdacht, dass er durch diese übertriebene persönliche Zuwendung einfach nur sein fehlendes Fachwissen ausgleichen wollte.

Natürlich war mangelnde Erfahrung kein Verbrechen. Alle Therapeuten fingen mal klein an. Aber nichts rechtfertigte, dass William ihr Vorgesetzter war. Was er nach dem heutigen Tag auch nicht sein würde. Heute Nachmittag würde Diana Mr. Powells Büro als frisch beförderte Führungskraft der Therapieeinrichtung verlassen.

Nachdem sie Marias Arm gedehnt hatte, half Diana ihrer Patientin, sich auf die Bettkante zu setzen. Sie absolvierten die wesentlichen Kräftigungsübungen in dieser Position, weil Marias Gleichgewichtssinn beeinträchtigt war – ein Grund mehr, dass die alte Dame mit schweren Kartons im Arm keine Leiter erklimmen sollte.

»So, und jetzt hole ich diese Kartons für Sie«, verkündete Diana schließlich. »Vom Dachboden, stimmt's?«

Maria nickte. »Ja, genau. Vielen Dank für Ihre Hilfe. Ehrlich gesagt, war ich schon ein bisschen besorgt, dass ich mir weh tun könnte.«

»Warum haben Sie dann niemanden angerufen, um sich helfen zu lassen?«

Die alte Dame senkte kurz den Blick. »Weil ich niemanden habe, den ich anrufen könnte.«

Diana erinnerte sich, gerahmte Fotos auf dem Kaminsims gesehen zu haben. »Keine Familie?«

»Nur eine Tochter, aber die spricht nicht mit mir. Wir haben uns vor vielen Jahren zerstritten.«

»Oh, das tut mir leid.« Diana wusste nur zu gut, wie verletzend es war, wenn Angehörige nichts mit einem zu tun haben wollten.

Maria rang sich ein zittriges Lächeln ab, aber die Traurigkeit in ihren Augen entging Diana nicht. »Schon gut. Es war meine Schuld, und ich verstehe, dass sie nicht mehr mit mir redet. Ehrlich gesagt, war mein Schlaganfall in gewisser Weise sogar gut für mich, weil er Sie zu mir bringt. Man könnte wohl sagen, dass ich mich hier in meinem Haus ein bisschen einschließe. Früher hatte ich viele Bekannte in der Stadt, aber inzwischen habe ich, fürchte ich, nicht mehr viel Kontakt zu den Leuten hier.«

Einen Moment lang verschlug es Diana die Sprache. Sie war Marias einzige Besucherin? In all den Wochen, die sie nun schon herkam, hatte sie sich kein einziges Mal die Zeit genommen herauszufinden, dass Maria keine Verwandten hatte, die sie besuchen kamen, sondern professionelle Distanz gewahrt. Immerhin war sie hier, um Marias Symptome zu behandeln, und nicht, um die Nase in ihre Privatangelegenheiten zu stecken.

»Ich möchte mich bei Ihnen entschuldigen, Maria«, sagte sie schließlich.

»Wofür denn?« Maria lachte leise. »Weil Sie so ein Engel für mich sind?«

Toller Engel.

»Ich hole jetzt diese Kartons.« Rasch lief Diana die Treppe zum Flur im Obergeschoss hoch, wo die Leiter zur Dachluke bereits ausgezogen war. »Wann immer Sie sich fragen, ob Sie sich bei etwas weh tun könnten, ist das ein Zeichen, dass Sie Hilfe anfordern sollten«, rief sie nach unten. »Sie können mich jederzeit anrufen.«

»Oh, Sie sind wirklich eine ganz Liebe«, antwortete Maria gerührt.

Diana kletterte ein paar schmale Sprossen hoch und steckte den Kopf durch die Luke. Sie erspähte drei Kartons, auf die jemand mit schwarzem Filzstift »Weihnachtsschmuck« geschrieben hatte.

»Gefunden!«, meldete sie. Es waren große Kartons. Auf keinen Fall hätte Ms. Harris sie unfallfrei ins Erdgeschoss bekommen.

Ächzend zog Diana eine der Kisten zu sich heran und hätte sie auf dem Weg nach unten fast fallen gelassen. Sobald sie ihre erste Bürde sicher im Erdgeschoss abgeliefert hatte, erklomm sie erneut die Treppe, um nacheinander die nächsten Kisten zu holen. Als alle drei im Wohnzimmer auf dem Fußboden standen, atmete sie schwer, und ihre Arbeitskluft war staubig, aber zumindest würde ihre Patientin sich heute nicht den Knöchel brechen. Dafür hatte Diana gesorgt.

»Vielen, vielen Dank.« Maria strahlte sie an. »Ich brauche den ganzen Tag, um die Sachen auszupacken. Würden Sie vielleicht bleiben und mir dabei ebenfalls zur Hand gehen?«, fragte sie hoffnungsvoll. »Ich habe Tee und Kekse.«

Es widerstrebte Diana, die alte Dame zu enttäuschen, aber sie hatte andere Pläne für ihren Tag der zweiten Chancen. »Das würde ich wirklich gern, aber ich habe jetzt leider noch eine Patientin.« Sie wandte sich zum Gehen.

»Das junge Mädchen?«, erkundigte sich Maria.

Aus Datenschutzgründen hatte Diana ihr nicht erzählt, wer das Mädchen war oder mit welchen Schwierigkeiten Addy zu kämpfen hatte. Maria wusste nur, dass Diana an den meisten Tagen nach ihrem Termin bei ihr eine sechzehnjährige Teenagerin behandelte. »Ja, genau.«

»Bitte grüßen Sie sie von mir.« Maria schlurfte hinter Diana her zur Haustür.

»Mache ich.«

Auf einem Beistelltisch neben der Tür lagen mehrere in Zellophan verpackte Scheiben Früchtebrot. Maria ergriff zwei davon. »Hier, das ist für Sie. Und auch ein Stück für Ihren Verlobten. Zum Nachtisch heute Abend.«

Diana nahm das Früchtebrot entgegen, überrascht, wie schwer die Scheiben waren. Was war da bloß alles drin? »Vielen Dank. Linus mag Süßes. Er wird sich da sehr darüber freuen.« *Falls er es heute Abend nach Hause schafft ...*

Nein, tadelte sie sich stumm. Sie durfte keine Zweifel aufkommen lassen. Das Wetter hatte sich geändert, Marias Knöchel war nicht gebrochen. Und Linus würde heute Abend nicht verunglücken – koste es, was es wolle, sein Schicksal abzuwenden.

8. Kapitel

Diana trat hinaus in den eisigen Morgen. Nach dem Graupelschauer fühlte die Luft sich kalt und nass an. Als sie fünfzehn Minuten später an Addys Haustür klingelte, öffnete ihr eine besorgt wirkende Cecilia Pierce.

»Hallo, Diana, ich bin so froh, dass Sie da sind.«

»Warum? Ist etwas nicht in Ordnung?« Wieder kam Diana bereits im Flur der Duft nach Zimt und anderen Gewürzen entgegen. Wenn Zuhause einen bestimmten Geruch hatte, dann stellte sie ihn sich so vor. Grandma Dennys Haus hatte nach Putzmittel und Zigarettenrauch gerochen, was nicht zwangsweise schlecht war. Manchmal, wenn Diana bei einem Patientenbesuch eine ähnliche Kombination in die Nase stieg, wurde sie sogar von einer Welle der Nostalgie überrollt.

»Oh, Addy hat nur wieder eine ihrer Teenagerlaunen.« Mrs. Pierce zog die Haustür zu. »Es gibt da wohl irgendein Drama, aber ich bin ihre Mutter, daher erzählt sie mir nichts.«

»Das stimmt wohl«, bemerkte Diana wissend.

»Wie bitte?«, fragte Mrs. Pierce verdutzt.

Ups. Hatte Diana das etwa laut gesagt? Sie erinnerte sich, dass Addy an jenem Tag wegen eines Jungen und ihrer besten Freundin traurig gewesen war. Da ihr Immunsystem geschwächt war, durfte sie nicht zur Schule gehen und lernte online.

»Ach, nichts«, erwiderte sie rasch, während sie sich aus ihrem Wintermantel schälte und ihn an die Garderobe neben der Haustür hängte. Auch ihre Stiefel zog sie aus und stellte sie auf die Fußmatte. »Ich meinte nur, dass sechzehnjährige Mädchen ständig irgendwelche Teenagertragödien erleben. Vielleicht spricht sie ja mit mir darüber.«

Mrs. Pierce' angestrengte Miene entspannte sich. »Ich fände es toll, wenn Sie mit ihr reden könnten. Vielen Dank. Ich gehe jetzt in die Küche, um das Abendessen vorzubereiten. Es ist mehr als genug da, falls Sie später wiederkommen wollen.« Mrs. Pierce bot Diana jedes Mal eine Mahlzeit an, und Diana fand jedes Mal einen höflichen Vorwand, das Angebot abzulehnen. Höflich, aber niemals kurz angebunden.

»Danke für die Einladung, aber ich fürchte, ich kann heute nicht. Meine beste Freundin hat Geburtstag. Wir treffen uns heute Nachmittag zu einer kleinen Feier.« Zumindest war das der ursprüngliche Plan gewesen, aber Diana konnte unmöglich mit Rochelle in Sparky's Tavern anstoßen, wenn Linus sie so viel dringender brauchte. Sie musste in seiner Nähe bleiben und ihn daran hindern, mit dem Fahrrad nach Hause zu fahren.

»Dann ein anderes Mal.« Mrs. Pierce deutete auf einen Flur, der vom Wohnzimmer wegführte. »Addy ist in ihrem Zimmer. Ich drücke die Daumen, dass Ihre Magie bei ihr wirkt.«

»Ich tue, was ich kann«, versprach Diana und machte sich auf den Weg zur letzten Tür auf der linken Seite des Korridors. Sie wusste bereits, dass Addy eine Zeitlang schwer genervt von ihrem Exfreund und ihrer früheren besten Freundin gewesen war. Das Mädchen hatte viel durchgemacht und alles Recht der Welt auf schlechte Laune.

Diana klopfte an Addys Tür und wartete.

»Kommen Sie rein!«

Die junge Patientin schaute nicht mal hin, als Diana eintrat. Sie lag auf ihrem Bett und starrte an die Decke, die dünnen Arme hinter dem Kopf verschränkt.

»Hey, Addy. Alles klar?«

Die Teenagerin schnaubte. »Nein. Mein Leben ist vorbei.«

Diana zog die Tür hinter sich zu, ging zum Bett und setzte sich auf die Kante. »Jungs kommen und gehen. Alles wird gut.«

Jetzt bedachte Addy sie mit einem interessierten Blick. »Woher wissen Sie, dass es um einen Typen geht?«

»Ach, na ja ... Geht es nicht immer darum?« Sogar Dianas eigene Probleme hatten dieser Tage mit einem Mann zu tun. Nicht, dass Linus ihr jemals absichtlich das Herz brechen würde. Er war der freundlichste, süßeste Mann, den Diana je kennengelernt hatte. Sie war diejenige, die sein Herz brach, indem sie allen Hochzeitsgesprächen auswich und ihn glauben ließ, dass sie es bereute, seinen Antrag angenommen zu haben.

»Was wissen Sie denn schon von Problemen mit Jungs? Ich wette, Ihr Leben ist perfekt. So perfekt, dass Sie niemals irgendwelche Probleme haben.« In Addys Ton schwang mehr als nur ein Anflug von Sarkasmus mit. Sie setzte sich auf, stieß einen Seufzer aus, zog die Beine an und umklammerte ihre Knie.

Einen langen Moment musterte Diana das Mädchen nachdenklich. Addy hatte sie vom ersten Tag an über ihr Privatleben ausgefragt. Es machte Diana nichts aus, die simplen Dinge des Alltags mit ihrer neugierigen Patientin zu teilen, etwa ihre Lieblingssendungen im Fernsehen oder ihre Leibgerichte, aber Addy war wie eine hartnäckige Journalistin, die einem Hinweis folgte. Sie stellte gern aufdringliche Fragen, wollte wissen, wie Diana und Linus sich kennengelernt hatten. Ob es Liebe auf den ersten Blick gewesen war. Wie es um ihre Hochzeitsplanung stand. Wo Dianas Familie war, und warum sie nie über ihre Angehörigen sprach.

»Okay«, sagte Diana. »Wenn du über das reden willst, was dich gerade umtreibt, dann können wir das tun, aber *während* deiner Übungen. Deswegen bin ich schließlich hier.« Addy war nach ihrer letzten Chemotherapie so geschwächt, dass sie sich kaum fünf Minuten am Waschbecken aufrecht halten konnte, um ihre ausgedünnten Haare zu richten und das bisschen Make-up aufzulegen, das sie trug. Diana arbeitete mit ihr daran, Kondition aufzubauen und Techniken zu entwickeln, mit denen sie Energie sparen konnte, um nicht so schnell zu ermüden.

Nach einem weiteren theatralischen Seufzer setzte Addy sich auf die Bettkante. »Na schön. Wir reden, während ich mich im Bad fertig mache. Oder Sie können reden, denn das bedeutet, dass ich weniger Energie verbrauche, stimmt's?«

»Gut zu wissen, dass du mir wenigstens ein bisschen zugehört hast.«

»Wir können Erfahrungen austauschen. Wie echte Freundinnen.«

Auf keinen Fall würde Diana einem sechzehnjährigen Teenager von der Schneekugel erzählen oder von dem Tag, der sich gerade wiederholte. Dabei war Addy vermutlich die Einzige, die ihr diese Geschichte glauben könnte.

Sie drehte sich zu ihrer Patientin. »Dann steh auf. Ich gehe mit dir.«

Addy rollte mit den Augen. »Sie brauchen keine Angst zu haben, dass ich hinfalle. Ich schaffe es schon bis zum Badezimmer.«

»Dann los«, erwiderte Diana herausfordernd.

Addy stand auf und ging auf ihr direkt angrenzendes privates Bad zu. Dabei redete sie weiter mit Diana, die hinter ihr Position bezog. Vielleicht wusste sie, wie sie mit ihrer Energie haushalten konnte, aber sie hielt sich nicht daran. »Keiner meiner Freunde ruft mehr an. Es ist, als hätten sie mich komplett vergessen. Sie sind praktisch die Einzige, die ich noch habe.« Vor dem Waschbecken blieb sie stehen und schaute Diana im Spiegel an. Sie atmete bereits jetzt so schwer, dass ihre Brust sich schnell hob und senkte.

Diana schob ihr den Stuhl hin, den sie eigens für Addy im Badezimmer platziert hatte. »Setz dich.«

»Ich bin keine alte Frau«, protestierte Addy. »Ich brauche keinen Stuhl, um mir die Haare zu bürsten.«

»Nein, du bist ein sturer Teenager.« Diana schob Addy zum Stuhl und drückte auf ihre Schultern, bis sie sich setzte. »Das gehört zum Energiesparprogramm.«

Wieder verdrehte Addy die Augen, nahm aber die Bürste, die Diana ihr reichte und hob sie zögernd an eine Seite ihres Kopfes.

Diana entging nicht der verwundbare Ausdruck, der sich unvermittelt über die Züge des Mädchens legte.

Addy starrte ihr Spiegelbild an. Mit zitternder Hand senkte

sie die Bürste und ließ sie ins Waschbecken fallen. »Meine Haare sind in Ordnung so. Ich muss sie nicht bürsten.«

Diana holte die Bürste aus dem Becken und hielt sie Addy hin. »Das gehört zu deiner Therapie. Wir heben die Bürste, statt im Gym Gewichte zu stemmen«, scherzte sie, um dem Mädchen ein Lächeln zu entlocken.

Doch Addy lächelte nicht. Stattdessen schimmerten dicke Tränen in ihren blauen Augen.

Mist. Plötzlich erinnerte Diana sich wieder an diesen Besuch. Wie hatte sie nur vergessen können, dass sie Addy unabsichtlich zum Weinen gebracht hatte, als sie diesen Tag das erste Mal durchlebte? Und nun war sie so gedankenlos gewesen, es wieder zu tun.

Verärgert riss Addy ihr die Bürste aus der Hand und fuhr sich damit durch ihre dünnen Haare. Tränen strömten über ihre Wangen, als sie Diana die ausgefallenen Strähnen vors Gesicht hielt.

»Deshalb wollen meine Freundinnen nichts mehr mit mir zu tun haben. Und deshalb interessiert Jay sich inzwischen mehr für Sierra als für mich.« Mit lautem Knall landete die Bürste erneut im Waschbecken.

Diana stutzte. »Das tut mir so leid, Addy«, sagte sie dann. Addy hatte ihr erst gestern, also an Heiligabend, von Sierra erzählt. Doch in dieser neuen Zeitrechnung war sie aus irgendeinem Grund schon früher bereit, darüber zu reden. Ein weiteres Detail, das nicht so geblieben war wie beim ersten Mal.

Mrs. Guzman irrte sich. Diana konnte diesen Tag sehr wohl nutzen, um den weiteren Ablauf zu verändern, allerdings machte sie im Moment alles nur noch schlimmer.

»Sierra ist angeblich meine beste Freundin, aber sie stielt mir meinen Freund, während ich in meinem Schlafzimmergefängnis hocke und eine Glatze kriege. Ich hasse mein Leben!« Addy vergrub das Gesicht in den Händen und schluchzte so heftig, dass ihr ganzer Körper bebte.

Diana legte eine Hand an den Rücken des Mädchens. »Das stimmt nicht. Dein Leben ist besser, als du denkst, und bevor du dich versiehst, gehst du wieder zur Schule.«

»Darum geht es nicht.« Addy schaute zu ihr hoch. Ihre Wangen waren jetzt gerötet. »Alte Leute reden immer über die Zukunft. Verstehen Sie nicht, dass ich im Heute feststecke, und dass heute einfach nur beschissen ist?«

»Doch. Das verstehe ich.« Ein paar Sekunden lang schwieg Diana, aus Angst mehr zu sagen und die Situation weiter zu verschärfen.

»Dann beweisen Sie's.« Addy schniefte. »Erzählen Sie mir eine Sache aus Ihrem Leben, die beschissen ist.«

Die Liste, aus der Diana auswählen könnte, war mindestens eine Meile lang. Ihr Verlobter lag im Koma. Vor seinem Unfall hatten sie gestritten, weil Diana noch nicht bereit war, ihn zu heiraten. Sie hatte die Terminplanung hinausgezögert, wegen einer erhofften Beförderung, zu der es dann nicht mal gekommen war. Stattdessen hatte man ihr den unerfahrensten und unausstehlichsten Kollegen des ganzen Betriebs vor die Nase gesetzt. Oh, und einer ihrer Patienten hatte sie auf der einzigen Glow Card, die sie je erhalten hatte, als kurz angebunden bezeichnet.

Sie suchte Addys Blick im Spiegel. »Die Heizung in meinem Apartment ist kaputt.« Das entsprach zumindest der

Wahrheit. Egal, wie hoch Diana das Thermostat aufdrehte, es zeigte nie mehr an als sechzehn Grad.

»Oh.« Addy sank sichtlich in sich zusammen. »Einen Moment lang dachte ich schon, dass Sie tatsächlich ehrlich zu mir sind. Egal.«

Diana klappte die Kinnlade runter. »Was soll das denn heißen?«, fragte sie dann.

»Ach, ich dachte halt, Sie würden dieses Eisköniginnengehabe mal sein lassen.«

»Ich bin deine Physiotherapeutin, Addy. Nicht deine Freundin.«

Addy verzog das Gesicht. »Schon wieder 'ne Abfuhr«, murmelte sie gequält.

»So habe ich das nicht gemeint, okay?« Diana hoffte inständig, dass Addy nicht wieder anfing zu weinen.

»Klar haben Sie das. Niemand will mit mir befreundet sein, weil mir die Haare ausfallen, und bald bin ich komplett kahl, und meine frühere beste Freundin datet meinen Ex-Freund.« Sie erhob sich mit zitternden Beinen, stieß Diana ihren Stuhl in die Magengegend, drehte sich um und ging zurück zu ihrem Bett.

Diana folgte ihr, um sie im Falle eines Falles auffangen zu können. »Es tut mir leid, Addy. Ich meinte nur, dass ich nicht hier bin, um meine Lebensgeschichte mit dir zu teilen. Ich bin für dich hier, nicht für mich. Das wäre unprofessionell.«

Addy ließ sich bäuchlings aufs Bett fallen. »Lassen Sie Ihre blöde Heizung reparieren, aber ich bezweifle, dass Sie das auftauen wird. Man braucht ein Herz, um Wärme zu zeigen, *Elsa*.«

»Addy …« Diana setzte sich neben das Mädchen aufs Bett.

Die Teenagerjahre waren schon ohne zusätzlichen Stress einer Krebsdiagnose und Chemotherapie schwierig genug. In Addys Alter hatte Diana das Leben auch beschissen gefunden. Sie hatte bei Grandma Denny gelebt und darauf gewartet, dass ihre Mom über die Feiertage vorbeischaute, der einzigen Zeit, in der Jackie Merriman sich daran zu erinnern schien, dass Diana existierte. In dem Jahr, in dem Diana sechzehn war, war nicht einmal das passiert. Es war hart gewesen, und die einzigen tröstenden Worte, die sie von Grandma Denny zu hören bekommen hatte, waren *nimm dich zusammen* und *hör auf zu heulen.*

»Das mit deinem Haar tut mir leid«, sagte Diana freundlich. »Und auch mit deiner Freundin, die keine besonders tolle Freundin zu sein scheint, wenn sie sich an deinen Schwarm heranmacht.«

Addy drehte sich auf den Rücken und starrte erneut zur Decke. »Jay war mehr als ein Schwarm. Er war mein Freund.«

»Hat er mit dir Schluss gemacht?«, erkundigte Diana sich vorsichtig.

»Nein. Er ghostet mich einfach. Genau wie Sierra. Rebecca hat mir erzählt, dass sie gesehen hat, wie Sierra und Jay zusammen Mittag gegessen haben, also …« Eine Träne rollte über ihre Wange.

Diana widerstand dem Drang, sie abzuwischen. »Was sagt deine Mom dazu?«

Addy verdrehte die Augen, dabei kullerte ihr eine weitere Träne übers Gesicht, die sie hastig mit dem Handrücken wegrieb. »Meine Mom ist dermaßen auf meinen Krebs fixiert. Sie kann an nichts anderes denken. Sie sagt, dass sie nicht hören will, wie ich mich über …«, Addys Stimme wurde tiefer, als sie die Worte ihrer Mutter imitierte, »... etwas so Oberflächliches beschwere wie meine Haare, wenn mein Leben auf der Kippe steht.« Sie schnaubte unglücklich. »Es ist, als ob ich plötzlich nichts anderes mehr bin als das Mädchen mit Krebs.«

Diana strich sanft über Addys Arm. »Du bist mehr als das.«

Addy schniefte leise. »Das sagen Sie jetzt, aber Sie sind doch wie alle anderen. Ich bin nicht mehr für Sie als Ihre Patientin. Deshalb erzählen Sie mir nichts über sich selbst. Wir sind keine Freundinnen. Das hier ist nur ein Job für Sie.«

»Das ist wohl kaum fair«, erwiderte Diana, auch wenn die Wahrheit hinter Addys Worten sie wie ein Faustschlag in den Magen traf. Sie mochte das Mädchen wirklich gern, aber sie zeigte es nicht. Vielleicht war sie tatsächlich eine kurz angebundene, unpersönliche Therapeutin.

Addy blies sich Luft ins Gesicht, um ihre Augen zu trocknen. »Nun, meiner Erfahrung nach ist nichts im Leben fair.«

»Autsch!«, bemerkte Rochelle, nachdem Diana ihr am Telefon von der Auseinandersetzung mit Addy berichtet hatte. »Es ist ganz schön hart, als Eiskönigin bezeichnet zu werden. Aber auch nicht vollkommen unberechtigt.«

»Ich dachte, du wärst auf meiner Seite«, jammerte Diana.

»Bin ich auch. Und ich freue mich auf unsere Geburtstagsdrinks heute Abend, um mein neues Lebensjahr zu feiern.«

»Ja, übrigens.« Schuldgefühle schnürten Diana die Kehle zu. Rochelle war beim ersten Mal, als Diana mit der Geburtstagsdrinktradition gebrochen hatte, alles andere als erfreut gewesen. Aber was blieb ihr anderes übrig? Heute war keine Zeit für alkoholische Belustigungen.

»Übrigens was?« Jetzt klang Rochelle besorgt.

»Nun, zum einen: Herzlichen Glückwunsch«, sagte Diana betont fröhlich. »Das hätten meine ersten Worte an dich sein sollen.«

»Normalerweise schickst du mir eine Textnachricht, sobald du aufgewacht bist, aber heute Morgen hast du es vergessen. Ich versuche, das nicht allzu persönlich zu nehmen. Mir ist klar, dass du ein Leben hast und im Unterschied zu mir nicht fast jeden Morgen allein aufwachst.«

»Fast jeden Morgen?«, wiederholte Diana fragend.

Rochelle lachte. »Na ja, Shadow liegt manchmal auf meinem Kopf, wenn ich aufwache. Sie zählt als Bettgenossin.«

Shadow war Rochelles schwarze Katze.

Diana kicherte nervös. »Hör mal, ich muss Linus heute Abend zu deiner Geburtstagssause mitbringen.«

»Was?«

»Ich weiß, wir haben diese Ohne-Kerle-Tradition, aber es ist irgendwie notwendig.« Diana hoffte, dass Rochelle das verstehen würde. Es war der einzige Weg, der ihr eingefallen war, um Linus zu retten und gleichzeitig ihre beste Freundin an deren Geburtstag nicht zu enttäuschen. Es war nicht leicht, es jedem recht zu machen.

»Und warum ist es notwendig für dich, deinen Verlobten zu meinem Mädelsgeburtstagsabend mitzuschleifen?« Rochelle war Dauer-Single, und Diana wusste, dass sie es überhaupt nicht leiden konnte, das fünfte Rad am Wagen zu sein. Deshalb traf sie sich normalerweise immer ohne Linus mit ihr.

»Es ist kompliziert.«

»Das Leben ist für jeden kompliziert, Diana.« Rochelle

machte sich nicht die Mühe, ihren Unmut zu verbergen. »Ich bin Psychologin. Ich weiß das aus erster Hand. Aber nur, weil das Leben kompliziert ist, kannst du die Leute, mit oder zu denen du eine Beziehung hast, nicht im Stich lassen. Plural, weil ich vermute, dass du nicht nur mich im Stich lässt.«

Diana zuckte kurz zurück. Dann legte sie das Telefon wieder an ihr Ohr. »Was soll das denn bitte heißen?«

»Das spielt keine Rolle. Was hingegen eine Rolle spielt, ist mein Geburtstag, und wir haben eine Regel.«

»Linus kann einfach dabei sitzen und nichts sagen«, versicherte Diana. »Oder ich sage ihm, dass er sich an die andere Seite der Bar setzen soll.«

»Worin liegt dann der Sinn, ihn überhaupt mitzubringen?«, fragte Rochelle irritiert. »Außer, meinen Geburtstag zu ruinieren. Du weißt, dass ich Linus heiß und innig liebe, aber ich wir beide verbringen nie mehr wirklich Zeit miteinander. Nenn mich eifersüchtig oder besitzergreifend oder was auch immer, aber du fehlst mir.«

»Ich mache es wieder gut«, versprach Diana. »Wir können nächste Woche einen Mädelsabend machen. Nur wir beide. Oder sogar morgen.« Nachdem sie Linus davor bewahrt hatte, von einem Lieferwagen angefahren zu werden. Nachdem sie das Schicksal neu justiert hatte.

»Weißt du was? Vergiss es«, zischte Rochelle.

»Was? Nein. Ich will dich sehen. Wir stoßen immer auf deinen Geburtstag an.«

»Heute Abend nicht. Mach irgendwas mit deinem Verlobten.« Rochelle klang angespannt, frustriert, vielleicht sogar verärgert. Sie hatte niemals Hemmungen, ihre Gefühle mit ihren Mitmenschen zu teilen und war beruflich wie privat der Ansicht, dass Emotionen niemals unterdrückt werden sollten, so wie Diana das tat. »Ich suche mir wen anders zum Feiern.«

Diana presste das Telefon fester ans Ohr und wollte sich gerade entschuldigen, als die Leitung unterbrochen wurde und sie nur noch ein leises Surren vernahm. Verdutzt starrte sie aufs Display. Das Gespräch war beendet.

Rochelle war wütend auf sie, womit die Vergangenheit sich soeben erneut wiederholt hatte. Aber immerhin war es Diana gelungen zu verhindern, dass Maria sich den Knöchel brach. Das war der Beweis, dass es Hoffnung für Linus gab.

Sie schaute auf die Uhr des Armaturenbretts. Der halbe Tag war schon vorbei, und das kleine Stück davon, das sie Linus heute Morgen abringen konnte, zum Greifen nah. Höchste Zeit, zu seinem Spielzeugladen zu fahren. Sie wollte ihm in die Augen blicken und ihm all die Dinge sagen, die sie ihm in den vergangenen drei Wochen nicht hatte sagen können. Und komme, was da wolle, sie musste ihn dazu überreden, das Fahrrad heute Abend stehen zu lassen.

9. Kapitel

Auf dem Weg zu Linus' Laden hielt Diana bei Buddy's Best Sandwiches, um zwei Mal Bacon-Cheddar auf Roggentoast mit Gurke zu holen. Linus hatte eine Schwäche für diese Kombination, und sie wusste, dass jegliche Anspannung, die vom Vorabend übrig geblieben sein mochte, sich angesichts ihres Friedensangebots in Wohlgefallen auflösen würde.

Beim ersten Durchlauf des vierten Dezembers hatten sie nicht zusammen zu Mittag gegessen. Stattdessen war Diana nach Hause gefahren, um sich für ihr Treffen mit Mr. Powell frisch zu machen. Sie war davon ausgegangen, dass sie und Linus am Abend ausreichend Zeit füreinander haben würden, worin sie sich gründlich geirrt hatte.

›Für immer und ewig‹ ist ein Mythos. Alles, was wir haben, ist das Hier und Jetzt. Linus hatte keine Ahnung gehabt, wie richtig sein Großvater mit dieser Einschätzung lag.

Die Glocke über dem Eingang des Spielzeugladens klingelte, als Diana eintrat und mit einem kleinen Jungen zusammenstieß, der in höchster Eile nach draußen drängte.

»'Tschuldigung«, murmelte er, seine Ärmchen um eine Beule in seinem Mantel geklammert. Im ersten Moment fragte Diana sich, ob der Knirps wohl etwas geklaut hatte, aber er war noch so jung. Und kam ihr irgendwie bekannt vor. Wo hatte sie ihn bloß schon mal gesehen? Bevor es ihr einfiel, war er verschwunden. Diana ließ die Tür hinter sich ins Schloss fallen. Laute Weihnachtsmusik klang ihr entgegen, allerdings nicht in Form der klassischen, angenehm stimmungsvollen Melodien. Nein, aus den Lautsprechern krähten krumm und schief Alvin und die Chipmunks. Wussten die Kids heutzutage überhaupt noch, wer die Chipmunks waren?

Sie entdeckte Linus im hinteren Teil des Ladens, wo er einem kleinen Kind half, in einem alten Arcade-Spiel *Pac-Man* zu schlagen. Der Toy Peddler hatte zuvor Linus' Vater gehört, Linus hatte ihn erst in diesem Jahr übernommen. Diana hätte nie vermutet, dass die Führung eines Spielzeugladens übermäßigen Stress verursachen konnte, aber Mr. Grant hatte vor einigen Monaten einen Herzinfarkt erlitten, nach dem er sich aus dem Geschäft zurückzog.

Linus drehte sich vom Spiel weg und sah Diana neben der Tür stehen. Er winkte sie zu sich. »Hey«, begrüßte er sie, als sie vor ihm stand. »Ich hatte schon fast damit gerechnet, dass du mich versetzt.«

»Warum das denn?«, fragte Diana verblüfft.

»Na ja, heute ist schließlich der große Tag des Gesprächs mit deinem Chef, oder? Ich dachte, du würdest vorher nach Hause fahren wollen, um dich zu kämmen oder so.«

Sie hob pikiert die Brauen. »Du findest, ich sollte mich kämmen?«

»Nein, deine Haare sitzen perfekt.« Er strich glättend erst über eine widerspenstige Strähne, dann über eine zweite.

»Ich kann mich auch im Auto kämmen. Und sogar Lippenstift auflegen.«

Linus runzelte die Stirn. »Warum legst du Lippenstift auf? Hast du vor, deinen Chef zu küssen?«

Begleitet von einem Augenrollen, das Addy Ehre gemacht hätte, hielt Diana die Tüte von Buddy's Best Sandwiches hoch.

Linus lächelte strahlend. »Eine Frau nach meinem Herzen. Ist das etwa …?«

»Bacon-Cheddar mit saurer Gurke? Na klar, was sonst«, bestätigte Diana stolz.

»Mmm. Wenn wir nicht schon verlobt wären, würde ich jetzt auf der Stelle um deine Hand anhalten.« Er nickte einem Mann grüßend zu, der in der Nähe stand und bei dem es sich zweifellos um den Vater des *Pac-Man*-Spielers handelte. Dann führte er Diana hinter den Verkaufstresen und zog einen Stuhl für sie heran. »Tut mir leid, wir müssen hier essen. Jean hat sich krankgemeldet, wegen Kreislaufproblemen. Ich bin also allein.« Er ließ einen suchenden Blick durch den Laden schweifen. »Ich glaube, momentan sind der Vater mit seinem Sohn hier, und irgendwo schwirrt noch ein weiterer Kunde herum. Ein kleiner Junge.«

»Nein, ich glaube, der ist weg. Er ging raus, als ich reinkam. Hatte es ziemlich eilig. Aber müsste er nicht eigentlich jetzt in der Schule sein?«

Linus lachte. »Das ist Dustin. Er schwänzt regelmäßig den Unterricht und borgt sich Sachen aus dem Laden.«

»Borgt?«, wiederholte Diana skeptisch.

Linus seufzte. »Das ist freundlich ausgedrückt. Seine Pflegemutter ist keine besonders nette Person, daher lasse ich bei dem Kleinen etwas Nachsicht walten und gebe ihm

Gelegenheitsjobs, um abzuarbeiten, was er klaut. Sofern ich ihn tatsächlich dabei erwische.«

Diana setzte sich und legte ihr verpacktes Sandwich vor sich auf den Tresen. »Du kannst so gut mit Kindern umgehen. Während meine jungen Patienten mich als Elsa beschimpfen.«

Linus ließ sich auf den Stuhl neben ihr sinken, beugte sich zu ihr und küsste sie kurz auf die Wange. »Di, es tut mir wirklich leid wegen gestern Abend.«

Sie lachte leise.

»Was?«, fragte er.

»Irgendwie kommt es mir jetzt total albern vor. Wir haben uns wegen einer Trickfilmfigur gestritten.«

»So hat es vielleicht angefangen, aber dann wurde mehr daraus«, widersprach er ruhig. »Ich hätte dich nicht wegen der Hochzeit drängen sollen.«

»Nein, du hattest recht. Ich habe das immer weiter vor mir hergeschoben. Und ich verspreche, dass wir uns, sobald diese Sache mit der Beförderung ausgestanden ist, auf die Hochzeitsplanung konzentrieren. Ich meinte, was ich heute Morgen gesagt habe. Wir können heute Abend einen Termin festlegen.« Einen Termin, der etwas weiter in der Zukunft lag als das bevorstehende Weihnachtsfest.

Linus schaute sie ernst an. »Du weißt, dass du es mir ruhig sagen kannst, wenn du bereust, meinen Antrag angenommen zu haben. Lass dich nicht von dem lavendelfarbenen Hemd und dem Hundeschlips täuschen. Ich bin stärker, als ich aussehe.«

Diana hasste die Vorstellung, dass sie ihn an ihrer Liebe

hatte zweifeln lassen. »Wie kommst du darauf, dass ich bereue, deinen Antrag angenommen zu haben?«

»Na ja, ich habe dich im Sommer gefragt. Das ist Monate her, und du wolltest bislang keine weiteren diesbezüglichen Pläne machen. Nicht mal einen einzigen Plan. Da könnte man schon vermuten, dass du in Wahrheit gar keinen Typen wie mich heiraten willst.«

Sprachlos starrte Diana ihn an. »Nein«, versicherte sie dann hastig. »Das ist es nicht. Ich liebe dich.«

»Daran zweifele ich auch gar nicht. Ich bezweifle nur, dass du dich fürs ganze Leben an mich binden willst. Vielleicht ist die Ehe mit einem Kerl, der einen Spielzeugladen betreibt, ja nicht die Zukunft, von der du träumst.« Plötzlich trat ein ungewohnt verletzlicher Ausdruck in seine Augen.

Diana schluckte an dem Kloß, der sich bei seinen Worten in ihrer Kehle gebildet hatte. »Du bist nicht nur ein Kerl, der einen Spielzeugladen betreibt, Linus. Du bist sexy, und du hast ein Herz aus Gold. Du bringst mich öfter zum Lachen als jeder andere das je getan hat. Du bist gut für mich. Richtig, richtig gut.«

Linus wackelte anzüglich mit den Brauen. »Du findest mich also sexy, was?«

»War ja klar, dass du auf *das* Detail anspringst.« Sie versetzte ihm einen sanften Klaps auf den Arm. »Ja, du bist sexy und trotzdem nicht eingebildet.« Sie deutete mit dem Kopf auf seinen Mittagssnack. »Ich habe dir dein Lieblingssandwich mitgebracht, weil es mir leidtut, dass ich so distanziert war und unsere Hochzeitspläne so lange hinausgezögert habe.«

»Sprich nicht weiter. Wir können uns jetzt noch nicht versöhnen.« Er begann, sein Essen auszuwickeln.

Diana rührte ihres noch nicht an. »Warum nicht?«

»Weil wir uns das für heute Abend aufheben sollten.« Er biss herzhaft in sein Sandwich.

Diana beobachtete, wie er kaute. »Du willst das noch weiter ausdiskutieren?«

Er nahm seine Serviette und wischte sich damit über die Lippen.

»Nein, ich will nicht reden. Ich meine, im Prinzip schon, aber …« Er grinste, und seine graublauen Augen funkelten vielsagend.

»Oh.« Jetzt verstand Diana. »Du willst dich eher mit Taten als mit Worten versöhnen?«

»Ich hab gehört, dass es nach einem Streit noch besser ist. Wir haben uns zwar nicht besonders intensiv gestritten, aber wir könnten es ja vielleicht noch mal versuchen. Ich könnte dich als Elsa beschimpfen und du mich als Biest.«

Sie stupste ihn scherzhaft mit der Schulter an. »Du vermischst deine Disney-Filme.«

»Auch darüber könnten wir uns streiten.« Linus gab ihr einen Kuss. »Und uns dann noch mehr versöhnen.«

Sie erwiderte seinen Kuss, in der Hoffnung, dass ihnen gerade keine Kinder zuschauten. »Ein ausgezeichneter Vorschlag, Mr. Grant. Das Date ist eingetütet.«

Er setzte sich wieder aufrecht hin und griff erneut zu seinem Sandwich. »Bist du aufgeregt wegen des Gesprächs mit Mr. Powell?«

Diana holte tief Luft. »Ja, schon. Ich will diese Beförderung wirklich.« Sie war sogar noch versessener darauf, seit sie beim letzten Mal William gegenüber den Kürzeren gezogen hatte.

»Aber die Position ist doch praktisch auf dich zugeschnitten, oder?«

»Das dachte ich bisher auch.« Diana knabberte an ihrem Sandwich. »Ich bin die dienstälteste Mitarbeiterin bei Powell Rehabilitaion. Und ich arbeite die längsten Schichten.«

»Siehst du? Die Beförderung hast du so gut wie in der Tasche.«

»Keine Ahnung. Vielleicht sucht Mr. Powell ja mehr als nur eine verlässliche Angestellte. Vielleicht will er jemanden mit Charisma.«

»Du hast Charisma«, versicherte Linus. Dafür liebte sie ihn umso mehr.

Sie biss noch einmal von ihrem Sandwich ab, schmeckte aber kaum etwas. »Vielleicht will Mr. Powell ja jemanden, über den die Patienten schwärmen.«

»Deine Patienten mögen dich.«

»Sie mögen mich, und ich leiste gute Arbeit, wenn es darum geht, sie auf den Weg der Besserung zu bringen. Aber vielleicht erwecke ich nicht den Eindruck, jemand zu sein, mit dem sie reden können. Vielleicht bin ich zu kurz angebunden.«

Linus schaute sie ermutigend an. »Du *bist* jemand, mit dem die Menschen reden können. Das musst du Mr. Powell nur unmissverständlich klarmachen, wenn du ihm gegenübersitzt. Lass erst gar keinen Zweifel bei ihm aufkommen, dass du die perfekte Frau für den Job bist.«

Diana versuchte durchzuatmen, schien aber nicht genug Luft in ihre Lunge saugen zu können. Sie nickte verzagt und schaute auf ihre Armbanduhr. »Oh, verflixt. Mr. Powell wird mich wohl kaum für eine würdige Kandidatin halten, wenn ich zu spät komme.«

Linus musterte ihr nahezu unberührtes Sandwich. »Du hast noch nicht mal aufgegessen.«

»Ich esse danach weiter. Jetzt muss ich los.« Doch sie rührte sich nicht vom Fleck. »Lass mich dich nach der Arbeit abholen«, bat sie. »Fahr nicht mit dem Fahrrad nach Hause.«

»Warum denn nicht?«

»Weil es heute Abend eisig und glatt sein wird. Es ist nicht sicher.«

»Es ist absolut sicher. Die Bewegung tut mir gut.«

»Bitte.« Sie griff nach ihrer Sandwichtüte und schaute Linus flehend an.

»Mach dir keine Sorgen um mich. Geh jetzt zu diesem Gespräch und hau Mr. Powell aus den Socken. Wohlgemerkt, nur aus den Socken. Und keine Küsse. Da ziehe ich dann doch eine Grenze.«

Trotz ihrer Nervosität musste Diana lachen. »Danke für die aufmunternden Worte.«

»Gern geschehen.«

»Soll ich dich danach anrufen?«

»Unbedingt.«

Und dann würde sie Linus davon überzeugen, sich von ihr abholen zu lassen.

Diana fuhr aufs Gelände des Powell Rehabilitation Centers und fand einen Parkplatz direkt am Gebäude. Das war wohl die bislang glücklichste Entwicklung des Tages, abgesehen von Linus' unverhofftem Auftauchen heute Morgen.

Sie schnappte ihre Handtasche, holte tief Luft und stieg aus. Mr. Powell legte Wert auf Pünktlichkeit. Er schätzte Ordnung und harte Arbeit. All das konnte Diana ihm bieten, wenn sie in Topform war. Was am ersten vierten Dezember definitiv nicht der Fall gewesen war. Doch diesmal würde es anders laufen. Es konnte nur besser werden.

Sie ging durch den Haupteingang zur Rezeption, wo Leann Dixon hinter einem riesigen Tresen in der Mitte des Raums residierte.

»Hi, ich habe um zwei Uhr einen Termin mit Mr. Powell.«

Leann ließ ihre schmalen Brillengläser ein Stück nach unten gleiten. »Es ist jetzt zwei Uhr«, bemerkte sie nachdrücklich und zog die Brauen übertrieben weit hoch. Dabei bildete sich keine einzige Falte auf ihrer Stirn. Leann war die personifizierte Botox-Reklame. Nur ihre Zorneslinien über der Nase schienen allen Glättungsversuchen zu widerstehen.

»Tut mir leid. Das Wetter ist furchtbar«, erklärte Diana. »Aber ich bin noch pünktlich.« Kaum hatte sie das gesagt, sprang die digitale Uhr an der Wand hinter Leann auf eine Minute nach zwei.

»Hmm. Ich gebe Mr. Powell Bescheid, dass Sie da sind.« Leann rang sich ein offensichtlich falsches Lächeln ab und griff zum Telefonhörer.

Diana setzte sich auf einen der gepolsterten Stühle im Wartezimmer, zog ihr Handy hervor und versuchte, Linus durch Willenskraft dazu zu bewegen, ihr eine Nachricht zu schicken. Nun, da er wach war, konnte sie nicht genug von ihm kriegen. Eigentlich wollte sie jeden Moment ihres geschenkten Tages mit ihm verbringen, aber dieses Gespräch jetzt war ebenfalls wichtig. Es würde ihnen eine stabilere finanzielle Basis geben, wenn sie schließlich heirateten. Das Eheleben war schwierig genug, auch ohne zusätzliche Geldprobleme. Dianas Eltern hatten es nicht geschafft. Ihre Großeltern ebenso wenig. Daher war eine gesunde wirtschaftliche Grundlage, bevor man vor den Traualtar trat, unbedingt sinnvoll, nicht wahr?

»Ms. Merriman?«, rief Leann von der Rezeption aus.

Diana schaute von ihrem Telefon auf. »Ja?«

»Mr. Powell erwartet Sie.«

Diana erhob sich, mit einem mulmigen Gefühl in der Brust. »Danke.« Während sie Leann folgte, erinnerte Diana sich, wie sie vor drei Wochen denselben Weg gegangen war. Damals mit gebürsteten Haaren, Lippenstift und Puder auf den Wangen. Immerhin ging es um ihre Beförderung. Da wollte man den bestmöglichen Eindruck machen.

Diesmal hingegen musste sie furchtbar aussehen nach dem Schneeregen und allem, was heute sonst noch los gewesen war. Statt sich zurechtzumachen, hatte sie Linus getroffen, was ihr kein bisschen leidtat. William musste sich schließlich auch nicht die Haare richten oder schminken, um Mr. Powells Anerkennung zu erringen, warum sollte das bei ihr anders sein?

Als sie in sein Büro trat, schaute Mr. Powell von seinem Laptop auf. »Hallo, Diana«, sagte er mit dieser tiefen Stimme, die den ganzen Raum auszufüllen schien.

»Guten Tag, Mr. Powell.« Diana streckte ihm ihre Rechte entgegen. Sein Griff war fest, sein Blick direkt. Sie hatte den Firmenchef immer gemocht. Vor ihm hatte Mr. Powells Vater die Einrichtung geführt, die sich um jede Art medizinische

Rehabilitation kümmerte, einschließlich Physio-, Ergo- und Sprachtherapie.

»Bitte nennen Sie mich doch Todd. Ich glaube, das sage ich Ihnen schon seit Jahren, stimmt's?«

»Ja. Todd.« Obwohl Todd nur ein paar Jahre älter war als sie, fiel es Diana schwer, ihren Chef so zwanglos anzusprechen. William Davis hatte damit gewiss keine Probleme. Sie ließ Todds Hand los und nickte nervös. Rochelle hatte ihr ein paar Hinweise gegeben, wie sie ihre Nerven in Situationen wie dieser kontrollieren konnte, doch Diana ließ sie immer auflaufen, wenn sie ihr professionelle Ratschläge erteilen wollte. Rochelle war ihre Freundin, nicht ihre Psychotherapeutin. Trotzdem wünschte Diana sich jetzt, sie hätte zugehört, als Rochelle ihr Tipps gegeben hatte, wie man am besten durch wichtige Personalgespräche navigierte. Sie wünschte sich diese Beförderung so sehnlich, dass sie es praktisch schmecken konnte.

»Schreckliches Wetter da draußen, was?« Mr. Powells Blick wanderte zu ihrem Haar.

»Ja. Das stimmt. Deshalb sehe ich gerade auch so zerrupft aus. Frisurdebakel sind ein Berufsrisiko, wenn man Patienten zu Hause betreut.« Sie kicherte und spürte, wie ihre Wangen zu glühen begannen, weil kichern total unprofessionell war. Sie versuchte, nahbarer zu wirken, wie sich Mr. Powell das offensichtlich wünschte, aber sie kam sich einfach nur dämlich vor. *Selbstvertrauen, Diana. Du verdienst diese Beförderung. Sie steht dir ohne jeden Zweifel zu.*

»Bitte, nehmen Sie doch Platz. Möchten Sie einen Kaffee?« Er deutete auf eine Kapselmaschine, die auf einem winzigen Tisch an der hinteren Wand bereitstand.

Diana schüttelte den Kopf und setzte sich. Sie wollte Mr. Powell keine Umstände machen.

Mr. Powell ließ sich wieder hinter seinem Schreibtisch nieder. »Okay, dann lassen Sie uns …«

»Oder doch«, platzte sie heraus, ihrem Chef ins Wort fallend. Vielleicht würde es das Meeting ja auflockern, wenn sie zusammen eine Tasse Kaffee tranken. Freunde tranken doch zusammen Kaffee, oder? Und Mr. Powell legte Wert auf eine freundschaftliche und familiäre Arbeitsatmosphäre. »Kaffee klingt wirklich großartig.«

»Kein Problem«, erwiderte Mr. Powell höflich, stand auf und ging zur Kaffeemaschine.

»Ich bin heute morgen kaum dazu gekommen, an meiner ersten Tasse zu nippen«, erklärte Diana. »Es war einfach einer dieser Tage.« Sie fühlte sich immer unbehaglicher. Als sie zum ersten Mal in dieses Meeting kam, war sie so selbstsicher gewesen. Zumindest so lange, bis das Gespräch in die falsche Richtung gelaufen war.

»Verstehe«, erwiderte Mr. Powell über seine Schulter hinweg. Er nahm einen der kopfüber auf der Tischfläche aufgereihten Kaffeebecher und stellte ihn unter die Maschine. »Das gehört zu den Dingen, die mir an Ihnen gefallen. Egal, was für eine Art Tag Sie haben, Sie sind immer da. Manche Leute würden sich krankmelden, wenn sie nur einen Nagel abgebrochen haben. Männer eingeschlossen.« Er griff nach einer Kapsel und steckte sie in das obere Fach der Maschine.

Nervös hörte Diana zu, wie das Gerät auf seinen Fingerdruck hin hochdrehte. »Ich liebe meinen Beruf, Mr. Powell – äh, Todd.«

»Nun, das merkt man, Diana.« Er brachte ihr den Kaffee.

Diana wich seinem Blick aus, ergriff die Tasse und umklammerte sie fest. Sie erinnerte sich, wie dieses Gespräch beim ersten Mal verlaufen war. Mr. Powell hatte sich bereits entschieden gehabt, William auf die betreffende Position zu befördern, und ihr die Neuigkeit einfach nur persönlich mitteilen wollen. Sie musste seine Meinung ändern. Aber wie?

»Weißer? Zucker?« Mr. Powell hielt ihr zwei Tütchen hin.

»Nein danke. Ich trinke meinen Kaffee schwarz«, erwiderte sie geistesabwesend. Ihre Gedanken überschlugen sich, und sie atmete zu schnell. Außerdem wurden ihre Handflächen feucht.

»So trinke ich meinen auch.« Er legte die Tütchen zur Seite und ließ sich, statt wieder auf seinen Platz zu gehen, neben Diana auf der Schreibtischkante nieder. Es war eine ziemlich intime Position, und die erzwungene Nähe schürte ihr Unbehagen nur noch weiter.

»Also, reden wir darüber, warum Sie hier sind.« Mr. Powell verschränkte die Hände vor seinem Körper.

Diana lächelte ihm über den Rand ihrer Tasse hinweg zu und trank einen Schluck. »Okay.«

»Sie sind eine wertvolle Mitarbeiterin hier bei Powell Rehabilitation, Diana. Sie fehlen so gut wie nie, und Ihre Patientenberichte sind überaus präzise. Kurz gesagt, Sie machen einen tollen Job, und das wissen wir auch.« Er zögerte einen Moment, als müsste er sich seine folgenden Worte noch mal durch den Kopf gehen lassen. »Allerdings muss ich gestehen, dass ich doch etwas erstaunt über Ihre Bewerbung für die Führungsposition war.«

»Danke, Sir. Todd. Nun, ich liebe die Arbeit mit meinen

Patienten, aber ich würde meine Erfahrung und mein Wissen auch sehr gerne an die Kollegen hier weitergeben. Im Grunde tue ich das sogar schon jetzt«, betonte sie, eine Eingebung, für die sie sich im Geiste anerkennend auf die Schultern klopfte. »Schließlich habe ich viele der neuen Mitarbeiter eingearbeitet, darunter auch William Davis.«

Kaum war ihr der Name über die Lippen gekommen, wand sie sich innerlich. Dass sie William speziell erwähnte, war doch sicher verdächtig. Andererseits würde Mr. Powell wohl kaum vermuten, dass sie in der Zeit zurückgereist war, nachdem er die Stelle bereits William gegeben hatte.

»Das stimmt in der Tat«, bestätigte Mr. Powell. »Offenbar war mir das entfallen.«

Diana nickte. »Als William hier anfing, hatte er keine Ahnung, was er tat. Alles, was er kann, habe ich ihm beigebracht, und trotzdem reichen seine Fähigkeiten längst noch nicht an die der erfahreneren Mitarbeiter heran.« Sie konnte nicht fassen, was sie da von sich gab. Ja, Diana war wütend über Williams Beförderung vom ursprünglichen vierten Dezember, aber normalerweise würde sie niemals auf diese Weise über einen Kollegen herziehen. Das war unprofessionell. Es passte überhaupt nicht zu ihr. *Was ist bloß in mich gefahren?*

Mr. Powells Lächeln begann zu verrutschen.

»Natürlich lernen wir alle mit der Zeit«, ruderte sie hastig zurück. »Ich will damit nur sagen, dass ich Freude daran habe, andere von meiner Erfahrung profitieren zu lassen. Die Übernahme einer Führungsposition wäre daher wirklich keine zu große Herausforderung für mich.« Sie versuchte zu lächeln, doch es fühlte sich zittrig und nervös an.

»Sie haben kürzlich eine Patientin verloren, nicht wahr?«, fragte Mr. Powell unvermittelt. »Betty Krick?«

Diana schluckte. Diesen Fall hatte ihr Chef beim letzten Mal nicht angesprochen. Betty Krick war eine ältere Patientin gewesen, die im November im Schlaf gestorben war. Zu dem Zeitpunkt hatte Diana sie bereits seit zwei Monaten in Behandlung gehabt, und Bettys Zustand begann, sich zu bessern. »Das ist richtig.«

»Bewerben Sie sich vielleicht deswegen auf die Stelle? Es ist immer schwierig, jemanden zu verlieren, mit dem man intensiv gearbeitet hat. Wenn man in der häuslichen Betreuung tätig ist, gehört es leider zu den Berufsrisiken, Patienten zu verlieren, das ließe sich mit der Flucht auf eine sicherere Position umgehen.«

Verblüfft öffnete Diana den Mund und schüttelte heftig den Kopf, hörte allerdings damit auf, als ihr Kaffee über den Rand des Bechers auf ihren Schoß schwappte, wo er einen äußerst ungünstig positionierten Fleck hinterließ. *Mist.* Sie packte die Tasse fester.

»Ich versichere Ihnen, Mr. Powell – Todd –, dass ich zu all meinen Patienten eine professionelle Beziehung pflege. Es tat mir leid, dass Betty gestorben ist, aber ihr Tod hat meine Rolle in dieser Firma in keinster Weise berührt.«

Nachdenklich runzelte Mr. Powell die Stirn. »Einen Patienten zu verlieren, *sollte* uns aber berühren, finden Sie nicht?«

Diana erstarrte. »Wie bitte?«

»Ich meine, wir sind keine Roboter. Wir haben ein Herz und Gefühle. Falls Sie hoffen, dass ein Schreibtischjob Sie von diesen beiden Dingen abschirmt, dann bewerben Sie sich aus den falschen Gründen.«

Wie kam er denn darauf? »Das ist es nicht, was ich mir erhoffe, Todd.« Wieder schüttelte sie den Kopf, woraufhin noch mehr Kaffee aus der Tasse schwappte. *Verflixt!*

»Ich habe ein Herz und Gefühle, aber meine Aufgabe ist es, den Patienten dabei zu helfen, Fortschritte in ihrer Therapie zu machen. Um das zu erreichen, muss ich meine Gefühle manchmal hintenanstellen.« Sie seufzte frustriert. »Meiner Meinung nach überschreitet William diese Grenze. Wenn Sie mich fragen, ist er *zu* emotional involviert.«

Mr. Powell schaute sie verwirrt an. »Diana, warum erwähnen Sie ständig William?«

»Weil wir beide wissen, dass er derjenige ist, den Sie befördern wollen. Weil ich zu professionell bin und zu wenig Nähe zu meinen Patienten aufbaue, stimmt's? Wenn ich allerdings zu emotional wäre, dann würden Sie mir das auch ankreiden, weil ich meinen weiblichen Gefühlen zu viel Raum gebe. Während William augenscheinlich nichts falsch machen kann. Seine Patienten lieben ihn und schreiben ihm überschwängliche Glow Cards, bei denen er ihnen höchstwahrscheinlich zur Hand geht.«

Einen Moment lang starrte Mr. Powell sie wortlos an. Dann räusperte er sich. »Nun, vielen Dank für das Gespräch, Diana. Seien Sie versichert, dass Sie ebenso wie all die anderen Bewerber für die Position in Erwägung gezogen werden.«

Diana biss auf die Innenseite ihrer Wange, um ihre Gefühle unter Kontrolle zu halten. »Ich habe hart gearbeitet, Todd. Und ich liebe meine Arbeit.« Als sie sich hastig von ihrem Stuhl erhob, schwappte der Kaffee in ihrer Tasse ein letztes Mal über den Rand und spritzte auf Todds Hemd. Entsetzt schlug Diana eine Hand vor den Mund. »O mein Gott! Tut mir schrecklich leid!«

Mr. Powell streckte die Arme seitlich aus und schaute auf sein frisches, weißes und nun beflecktes Hemd herab.

»Das wollte ich nicht.« Heiße Tränen brannten in ihren Augen. Sie schluckte sie hinunter. *Nicht weinen. Versuch zu lächeln.*

»Schon gut. Ich habe immer ein sauberes Hemd in der Schreibtischschublade.« Endlich hob er den Blick. »Um auf Angestellte vorbereitet zu sein, die mich mit Kaffee überschütten«, fügte er neckend hinzu.

Diana stellte die verhängnisvolle Tasse auf dem Schreibtisch ab, atmete durch und rang sich ein schwaches Lächeln ab. »Danke für Ihre Zeit, Mr. Powell … ähm Ted, *äh* Todd. Auf Wiedersehen.« Sie drehte sich um und marschierte schnellen Schrittes aus seinem Büro. Ihre Beine zitterten, als sie an Leanns Rezeptionstresen vorbei auf den Parkplatz rauschte. Sie holte erst wieder Luft, als sie hinterm Lenkrad saß. Und erst dann ließ sie ihren Tränen freien Lauf.

Nie hätte sie es für möglich gehalten, dass ihr Meeting noch schlechter laufen könnte als am ersten vierten Dezember. Aber genau das war passiert. Und nun hatte sie das Gefühl, als müsste sie William anrufen und sich gründlich für das entschuldigen, was sie gerade über ihn zu Mr. Powell gesagt hatte. Neid und Missgunst verleiteten zu grässlichen Dingen. Und, *o nein*, hatte sie ihren Chef eben tatsächlich aus Versehen *Ted* genannt?

Sie wollte gerade losfahren, als ihr Handy klingelte.

Bitte, lass es nicht Todd sein, der mir sagt, dass ich gefeuert bin. Sie brauchte ihren Job. Aber nach diesem Debakel war es höchst unwahrscheinlich, dass sie ihn noch hatte.

Doch auf dem Display poppte der Name Joann Grant auf.

Diana zögerte. Sie könnte zwar dringend jemanden zum Reden gebrauchen, aber ihre künftige Schwiegermutter war die Letzte, mit der sie jetzt eine Unterhaltung führen wollte. Dass ihr Verhältnis nicht besonders eng war, lag hauptsächlich an Diana. Nein, der Mensch, den sie in diesem Moment am meisten brauchte, war Linus.

Sie schaute auf die Uhr. Kurz nach drei. Jean hatte sich krankgemeldet, er war also allein im Laden. Da Diana vermutlich gefeuert war, sollte sie ihn dort aufsuchen. Dann könnte sie ihn nach Feierabend nach Hause fahren. Oder im Hinterzimmer des Geschäfts festhalten, wo sie sich die ganze Nacht lieben und am nächsten Morgen zusammen aufwachen würden. Sicher. Gesund. Glücklich. Und verliebt. Auch wenn sie voraussichtlich arbeitslos wäre.

10. Kapitel

Nachdem sie vor dem Toy Peddler geparkt hatte, holte Diana einen Schirm aus dem Handschuhfach, bevor sie sich in den nieselnden Schneeregen hinauswagte, der den ganzen Tag über immer wieder eingesetzt hatte. Ihr Herz flatterte vor Nervosität. Sie konnte es nicht erwarten, in den Laden zu gehen und ihren Verlobten zu sehen, wach und lebendig. Noch immer fiel es ihr schwer zu glauben, dass dieser Tag tatsächlich erneut stattfand. Sie hatte eine zweite Chance. Sie *und* Linus hatten eine zweite Chance. Und sie mochte vielleicht ein Desaster in Mr. Powells Büro angerichtet haben, aber hier würde ihr das nicht passieren.

Beim Aussteigen spannte sie ihren Schirm auf. Von oben hörte sie das perlende Prasseln winziger Eiskörner. Diana wich einer Pfütze aus, sprang auf den Bürgersteig und rettete sich unter die kleine Markise des Spielzeugladens. Sie schloss den Schirm, stellte ihn neben dem Eingang ab und zog die Tür auf.

Wieder wurde sie von vorweihnachtlichen Klängen begrüßt. Dankenswerterweise waren es diesmal nicht Alvin und die Chipmunks. Mehrere Kunden waren im Laden, von

Linus war zunächst nichts zu sehen. Doch dann kam er aus dem Hinterzimmer und blieb abrupt stehen, als er Diana entdeckte, und seine Miene erhellte sich. Diana konnte sich nicht helfen. Sie rannte auf ihn zu, schlang ihm die Arme um den Hals und drückte ihre Wange gegen seine Brust. Sie wünschte, sie könnte trotz der Musik, die aus den Lautsprechern strömte, sein Herz schlagen hören.

Linus umfasste ihre Schultern und schob Diana sanft von sich weg. »Was machst du denn hier?«

»Ich wollte dich schon wieder sehen.« Ihr Herz hüpfte, als sie ihm in die Augen schaute. In die geöffneten, klaren Augen.

»Aber wir haben uns doch erst vor zwei Stunden getroffen. Musst du nicht arbeiten?« Seine Miene war nicht direkt heiter. Stattdessen runzelte er besorgt die Stirn. »Wie ist das Gespräch mit deinem Chef gelaufen?«

Die Erinnerung an Mr. Powells kaffeegetränkte Hemdbrust entlockte ihr eine Grimasse. »Nicht sehr gut.« Sie starrte auf ihre Schuhe, die nach der Begegnung mit einer unausweichlichen Pfütze schmutzig und durchweicht waren. »Genau genommen sogar entsetzlich.« Sie hob den Blick und rang sich ein Lächeln ab. »Aber ich bin nicht deshalb hier. Ich wollte dich sehen. Und ich dachte, da Jean ja krank ist, könnte ich dir im Laden helfen.«

Linus schaute sie forschend an. Das machte er oft, als ob er sie lesen wollte wie eins der Bücher, die er neben seinem Bett stapelte. »Und was ist mit deinen Patienten?«

Sie folgte mit ihrem Blick zwei Kunden, die in den Regalen stöberten. »Ich habe die restlichen Nachmittagstermine abgesagt. Ich wollte mich ganz auf mein Treffen mit Mr. Powell konzentrieren. Und nachdem das dermaßen in die Hose gegangen ist, glaube ich nicht, dass ich künftig noch Patienten haben werde. Ich bin ziemlich sicher, dass ich gefeuert werde. Oder zumindest degradiert statt befördert.«

»Was?« Die Falte zwischen seinen Brauen wurde noch tiefer. »Was ist passiert? Wie kann das Ergebnis eines Gesprächs über eine Beförderung sein, dass du keinen Job mehr hast?«

Diana wich ein Stück zurück. Sie hatte bemerkt, dass eine der Kundinnen sie und Linus anstarrte. »Ich will jetzt wirklich nicht über dieses Meeting reden«, sagte sie mit gesenkter Stimme.

Linus fuhr sich durch die zu langen Haare und stieß einen übertriebenen Seufzer aus. »Natürlich nicht. Schon klar.«

»Was?«

Linus sollte sich eigentlich freuen, dass sie hergekommen war und ihm Hilfe anbot. Er vergötterte seinen Laden und wollte ständig davon erzählen. Und er wünschte sich immer, dass sie mehr Zeit hätte vorbeizukommen, um sich irgendein Spielzeug anzuschauen, das er gebaut hatte, oder eine neue Schaufensterauslage. Nun, jetzt war sie hier.

»Das ist mal wieder typisch für dich, Di«, fuhr er leise fort.

»Was ist typisch für mich?«

»Du willst immer nur reden, wenn *du* dazu bereit bist. Und dann auch nur über Dinge, die *du* diskutieren willst. Egal, was andere Leute wollen.«

»Das stimmt nicht.« *Oder doch?*

»Diese Beförderung ist der einzige Grund, warum du der Hochzeitsplanung immer wieder ausgewichen bist. Zumindest hast du das behauptet. Heute ist ein wichtiger Tag, nicht nur für dich, sondern für uns beide. Denn du hast versprochen, dass du nach diesem Tag bereit bist, unsere Ehe zu planen. Wir wollten heute Abend einen Termin für die Trauung festlegen.«

»Ich weiß.« Wieder schaute Diana verstohlen zu den Kunden. Schuldgefühle stiegen in ihr auf. Er hatte recht.

»Fast könnte man glauben, dein Job war nur ein Vorwand.« Linus schien regelrecht in sich zusammenzusinken. »Weißt du was? Ich liebe dich und ich bin liebend gern mit dir zusammen, aber jetzt ist nicht der richtige Zeitpunkt für diese Diskussion. Du bist hier, weil du aufgewühlt und wütend bist. Aber du lässt dich nicht von mir trösten. Du erzählst mir nicht mal, was passiert ist, was soll das Ganze also? Geh nach Hause, Di. Wir reden heute Abend weiter. Oder nicht. Wie immer liegt die Entscheidung bei dir.«

»Das ist nicht fair, Linus.«

Er lachte freudlos. »Nein, das ist es nicht. Wir sehen uns nach deinem Geburtstagstreffen mit Rochelle.«

Diana wand sich unbehaglich. »Ich habe Rochelle abgesagt. Ich wollte lieber mit dir zusammen sein. Ich dachte, wir brauchen etwas Zeit zusammen.«

Er presste missbilligend die Lippen zusammen. »Siehst du? Alles wird immer durch dich und deine Gefühle gefiltert. Und du tust, was du kannst, um sie nicht fühlen zu müssen.«

Diana wollte dagegen argumentieren, als ein Kunde die Glocke neben der Kasse betätigte.

Linus ergriff Dianas rechte Hand und drückte sie. »Triff dich mit Rochelle. Ich arbeite heute ohnehin länger.« Er zog seine Hand weg, und Diana spürte den nahezu überwältigenden Drang, sie festzuhalten und nie wieder loszulassen. Doch stattdessen schaute sie ihm nach, als er sich umdrehte und sie mit Maria Careys »All I Want for Christmas Is You« stehen ließ. Diana wollte nicht gehen, aber sie konnte auch nicht bleiben, wo sie unerwünscht war. Erst recht nicht, nachdem Linus ihr gerade vorgeworfen hatte, immer nur zu tun, was *sie* wollte.

Schweren Herzens trat sie auf den Bürgersteig. Auf dem Weg zum Auto schnappte sie ihren Schirm, machte sich aber trotz des Graupels nicht die Mühe, ihn zu öffnen. Als sie an den Ständer mit Linus' Fahrrad vorbeikam, stutzte sie, drehte sich um und starrte es an.

Ohne sein Rad kann er nicht nach Hause radeln, nicht wahr?

Ohne sich die Gelegenheit zu geben, ihr Vorhaben zu hinterfragen, hob sie das Rad aus dem Ständer und rollte es zu ihrem Auto. Mit wenigen Handgriffen hievte sie es auf das Gestell, das sie dort installiert hatte, für den Fall, dass sie und Linus längere Fahrten unternahmen. Er verließ die Stadt niemals ohne sein kostbares Fahrrad.

So! Heute Abend würde Linus nicht von einem Lieferwagen angefahren werden. Und auch nicht ins Koma fallen. *Problem gelöst.*

Rasch schnallte Diana das Fahrrad fest und rannte zur Fahrertür. Als sie hinter dem Lenkrad saß, atmete sie ein paarmal tief durch und überlegte, was sie jetzt tun sollte.

Sie hatte keine Patiententermine, und Linus wollte ihre Hilfe im Laden nicht.

Das Telefon in ihrer Handtasche brummte. Sie zog es heraus und schaute aufs Display. Linus' Mom. Schon wieder. Diana wollte das Handy gerade wieder in die Tasche werfen, doch in letzter Sekunde brachte ihr schlechtes Gewissen sie dazu, den Anruf anzunehmen.

»Diana?«, sagte Joann. »Da bist du ja. Ich fing schon an, mir Sorgen zu machen, weil du nie zurückrufst.«

»Tut mir leid. Ich hatte viel zu tun.«

»Nun ja, so ist das wohl vor den Feiertagen. Ich weiß, dass du gerade bei der Arbeit bist, daher hatte ich eigentlich mit deiner Mailbox gerechnet. Ich wollte nur fragen, ob du und Linus am Wochenende herkommen wollt. Ich könnte was kochen, und dann schmieden wir Pläne für eure Hochzeit, wie wäre das?«

Diana beobachtete, wie ein Auto neben ihr zum Stehen kam. Ein Paar stieg aus und ging in Linus' Laden. Zweifellos spielten die beiden in diesem Monat Weihnachtsmann für ihr Kind. Sie wirkten freudig erregt, als sie Händchen haltend durch den eisigen Schneeregen liefen. Einen Moment lang malte Diana sich aus, wie es wäre, eine eigene Familie zu haben. Linus wäre natürlich ein Naturtalent mit Kids. Diana wäre gern Mutter, fürchtete aber, dass Grandma Denny sie zu sehr beeinflusst haben könnte. Was wäre, wenn sie zu einer dieser kalten, reservierten, schulmeisterlichen Erziehungsberechtigten würde?

Joann räusperte sich. »Ihr besprecht also, ob ihr an diesem Wochenende ein oder zwei Stunden erübrigen könnt, okay?«

»Ja, ich rede mit ihm.« Warum hatte Joann nicht einfach Linus angerufen? »Bei ihm herrscht allerdings gerade Hochbetrieb.«

»Wem sagst du das. Als Linus' Vater den Laden führte, habe ich ihn im Dezember kaum zu Gesicht gekriegt. Ich habe ihm unsere Mahlzeiten immer ins Geschäft gebracht.« Sie lachte leise. »Wenn Linus es nicht schafft, könntest du ja vielleicht kommen. Dann machen wir uns ein paar schöne

Mädelsstunden. Weißt du, ich habe mir immer ein Mädchen gewünscht.«

Diana wollte nichts versprechen. Sie war nicht mal sicher, wie sie mit Joanns Freundlichkeit umgehen sollte. »Ich sage noch Bescheid«, erwiderte sie unverbindlich.

»Ja, bitte mach das. Okay, ich weiß, du hast zu tun, ich will dich nicht länger aufhalten. Ruf mich an.«

»Mhhm-hmm.«

Diana beendete das Gespräch und starrte durch die Windschutzscheibe. Immer mehr Kunden drängten in den Spielzeugladen. Seit Thanksgiving schien Joann sich noch stärker als zuvor um Diana zu bemühen. Aus irgendeinem Grund glaubte sie, durch diese Verlobung eine Tochter zu gewinnen, doch Diana sah das anders. Sie wusste ja dank der desaströsen Vernachlässigung durch Jackie Merriman nicht mal, wie man eine Tochter war.

Seufzend schaltete sie die Scheibenwischer ein und warf einen letzten Blick auf den Toy Peddler. Solange Linus da drinnen Spielzeug verkaufte, brauchte sie sich keine Sorgen zu machen, dass er in unmittelbarer Gefahr war. Und da Rochelle heute Geburtstag hatte, wusste sie, dass ihre beste Freundin sich einen ausgiebigen Lunch gönnen würde. Das machte sie immer an diesem Tag.

Sie rief Rochelles Kontaktdaten auf und begann zu tippen.

Diana: Wo bist du?
Rochelle: Reden wir wieder miteinander?
Diana: Es tut mir leid. Ich brauche dich.

Rochelle textete ein Augen rollendes Emoji.

Rochelle: Ich bin in der Tavern, was essen.
Diana: Allein?
Rochelle: Ja, ich besitze genug Selbstvertrauen, um in der Öffentlichkeit allein zu essen.

Es folgte ein weiteres Augen rollendes Emoji.

Diana: Klasse. Ich bin in fünf Minuten da.
Rochelle: Na schön. Aber dass du's weißt, ich bin immer noch sauer.
Diana: Ich weiß. Zur Wiedergutmachung lade ich dich zu deinem Essen ein.

Diana entdeckte Rochelle an einem der Tische im hinteren Bereich von Sparky's Tavern. »Hey.« Sie zog sich einen Stuhl heran und ließ sich darauf fallen.

Rochelle zog eine Pommes durch den Klecks Ketchup auf ihrem Teller, bevor sie aufschaute. »Hey.« Sie ließ ihren Blick kritisch von Dianas feuchten Haaren über ihr durchweichtes, am Körper klebendes Oberteil gleiten. Zum Glück verbarg der Tisch den unteren Teil von Dianas Outfit, auf dem ein ungünstig platzierter Kaffeefleck prangte.

»Hast du schon mal was von Schirmen gehört?«, fragte Rochelle schließlich.

Aus dem Augenwinkel konnte Diana ihre regenkrausen Strähnen erkennen. Doch sie hatte jetzt größere Probleme als zerrupfte Frisuren. »Herzlichen Glückwunsch zum Geburtstag. Tut mir leid. Ich bin eine schreckliche Freundin«, ratterte sie in schneller Abfolge herunter.

Rochelle nickte zustimmend zu allem. »Danke. Entschuldigung in Betracht gezogen, aber noch nicht angenommen. Und deine Freundinnenqualität ist relativ.« Ihre Miene wurde sanfter. »Was ist los? Es sieht dir nicht ähnlich zu sagen, dass du mich brauchst.«

Diana griff sich eine von Rochelles Pommes und biss hinein. »Na ja, ich wünschte, ich hätte vor dem Gespräch mit Mr. Powell deine Nervenberuhigungstipps befolgt. Ich hab's schon wieder vermurkst.«

»Schon wieder?« Rochelle hob fragend die Brauen.

»Nein. Nicht schon wieder. Ich hab's nur einmal vermurkst.« Verlegen biss Diana erneut in ihre Pommes. Ständig vergaß sie, dass niemand außer ihr diesen grässlichen Tag ein zweites Mal durchlebte.

»Komm schon. So schlecht kann es doch gar nicht gelaufen sein. Was ist passiert?«

Diana nagte an ihrer Unterlippe. »Nun, ich habe Mr. Powell auf den Kopf zugesagt, dass er William an mir vorbei befördern wird, weil der ein Mann ist.«

Fassungslos starrte Rochelle sie an. »Du hast deinem Boss vorgeworfen, dass er sexistisch ist?«

»Ich meinte es nicht so. Aber es stimmt, er *wird* die Stelle mit William besetzen statt mit mir. Mit William, der nicht mal halb so viele Dienstjahre auf dem Buckel hat wie ich.«

»Und woher willst du wissen, dass er William befördert?« Rochelle griff nach ihrem Getränk.

»Das weiß ich halt. Bauchgefühl. Trotzdem war ich wild entschlossen, Mr. Powell während unseres Gesprächs dazu zu bringen, seine Meinung zu ändern. Aber dann hat er Ms. Krick erwähnt …«

»Deine Patientin, die vorigen Monat gestorben ist?«, fragte Rochelle mit einem Anflug von Mitgefühl.

Diana schluckte. »Er schien zu erwarten, dass mich das emotional aus der Kurve geworfen haben muss, weil ich eine Frau bin, während William ein Mann ist.«

»Hmm.« Rochelle aß eine weitere Pommes.

Diana kannte diesen Laut. Er bedeutete, dass Rochelle bewusst vermied, das zu äußern, was ihr gerade durch den Kopf ging. »Sag doch einfach, was du denkst.«

Rochelle schaute sie ernst an. »Womöglich ging er ja nicht deshalb davon aus, dass dich Ms. Kricks Tod emotional mitgenommen hat, weil du eine Frau bist. Sondern weil sie deine Patientin war. Jeder wäre in einer solchen Situation angefasst, Diana. Ich habe schon mal einen Patienten verloren. Danach konnte ich zwei volle Tage das Bett nicht verlassen. Ich war völlig am Boden zerstört.«

Diana konzentrierte sich auf die angebissene Pommes in ihrer Hand. »Natürlich bin ich traurig, und ich vermisse sie. Aber ich werde deshalb nicht mitten in einem Meeting mit Mr. Powell zusammenbrechen. Das Leben geht weiter.« Auch wenn Diana nach Bettys Tod durchaus danach gewesen wäre, sich zwei Tage im Bett zu verkriechen.

»Was hast du also gemacht, als dein Boss den Fall angesprochen hat?«

»Erst mich mit Kaffee bespritzt und dann ihn. Aus Versehen.«

»Hmm«, machte Rochelle erneut.

Diesmal wollte Diana lieber nicht wissen, mit welchen Gedanken Rochelle hinterm Berg hielt. »Dass ich diese Stelle nicht bekomme, versteht sich wohl von selbst«, fuhr sie fort. »Vermutlich will Mr. Powell mich nie wieder sehen. Möglicherweise muss ich mir in naher Zukunft einen neuen Job suchen. Vielleicht braucht Sparky hier in der Kneipe ja Unterstützung.«

Rochelle musste lachen. »Du wärst jedenfalls eine perfekte Barkeeperin. Die Leute könnten dir ihre traurigen Lebensgeschichten vorschluchzen, und es würde dich nicht weiter tangieren. Während ich, nachdem ich mir den ganzen Tag über die Geschichten meiner Patienten angehört habe, jeden Abend sonst was unternehmen muss, um überhaupt noch schlafen zu können.« Sie hob eine Braue. »Wie schläfst du denn so?«

»Hör auf, mich zu therapieren. Du bist meine beste Freundin.«

»Ja, bin ich. Und heute ist zufällig der Geburtstag deiner besten Freundin«, bemerkte Rochelle vielsagend.

Diana stand auf, ging zu ihr und umarmte sie. »Alles Gute. Ich liebe dich.«

»Und ich hasse dich noch immer, weil du mich an unserem Mädelsabend sitzen lässt. Aber ich liebe dich auch. Und da Liebe nun mal etwas Bedingungsloses ist, können wir immer noch Freundinnen sein.«

Lächelnd setzte Diana sich wieder. »Da bin ich aber froh.«

»Da du ja partout nicht von mir therapiert werden willst, kannst du morgen in meiner Praxis anrufen und dir von der Rezeptionistin einen Termin bei einem meiner Kollegen geben lassen.«

Diana ignorierte den Vorschlag. Sie brauchte keine professionelle Therapie, sie versuchte einfach nur verzweifelt, ihr Leben wieder in die richtige Spur zu lenken. Die Chance, ihre Karriere zu reparieren, hatte sie zwar verbockt, aber den Rest dieses Tages würde sie nicht vermasseln. Sie griff nach einer weiteren Pommes, doch Rochelle schlug ihre Hand weg.

»Wir sind immer noch Freundinnen, aber diese Freundin hier ist nicht mehr willens, ihre Geburtstagsfritten mit dir zu teilen.«

11. Kapitel

Es war schon dunkel, als Diana erneut vor Linus' Geschäft parkte. Merkwürdigerweise hatte sie das Gefühl, etwas Kriminelles zu tun, obwohl sie doch nur ganz brav auf ihren Verlobten wartete. Sein Fahrrad hatte sie zu Hause abgestellt, um sicherzugehen, dass er ihr Angebot, ihn mitzunehmen, ablehnte und sich stattdessen doch noch auf den Sattel schwang. Das wäre typisch für ihn, um noch ein paar Extrameilen Strecke zu machen. *Aber nicht heute Abend. Tut mir leid, Linus.*

Als sie ihn aus dem Laden kommen sah, versteifte sich Diana unwillkürlich. Er schloss hinter sich ab und ging ein paar Schritte, bevor er sie bemerkte. Er runzelte die Stirn. Wahrscheinlich dachte er, sie hätte den Verstand verloren. Nun war sie heute bereits zum dritten Mal hier, das war öfter als normalerweise in einem Monat.

Linus schaute zum Fahrradständer, wo sein Rad nicht mehr auf ihn wartete. Dann lief er rasch zur Beifahrertür, öffnete sie und ließ sich auf den Sitz fallen.

»Di«, begann er und zog die Tür zu. »Ich weiß nicht mehr, wie oft ich dich das heute schon gefragt habe, aber was ist los mit dir? Warum bist du hier? Und wo ist mein Fahrrad?«

»Überraschung.« Sie lächelte ihn zittrig an. »Es ist kalt und dunkel und eisig. Du solltest an einem Abend wie diesem nicht mit dem Fahrrad unterwegs sein. Daher habe ich als liebende Verlobte beschlossen, dich einzusammeln.«

Linus kniff skeptisch die Augen zusammen. »Bislang hat es dich nie gekümmert, wie kalt, dunkel oder eisig es ist. Genauso wenig wie mich. Ich fahre gerne Rad, egal bei welchem Wetter. Okay, ein Hurrikan könnte mich vielleicht davon abhalten, aber doch nicht das hier.« Er gestikulierte nach draußen.

»Es ist nicht sicher«, beharrte Diana. »Außerdem dachte ich, wir könnten noch ein bisschen Zeit miteinander gebrauchen.«

»Wir brauchen keine zehn Minuten bis nach Hause«, entgegnete Linus tonlos.

»Nicht, wenn wir die längere Strecke fahren.« Sie deutete auf seinen Gurt. »Schnall dich bitte an.«

»Für zehn Minuten?«

»Das ist vorgeschrieben, und Unfälle passieren.« Selbst wenn sie gerade sämtliche Begleitumstände von Linus' letztem Unfall austrickste, konnte es nicht schaden, auf größtmögliche Sicherheit zu achten. Vielleicht hätte sie seinen Fahrradhelm hierbehalten sollen, damit er ihn im Auto tragen konnte. Allerdings hätte er da wohl kaum mitgespielt.

Entnervt schnaubend zog Linus seinen Gurt fest. »Du bist wirklich seltsam drauf. Liegt es an unserem Streit von gestern Abend? Oder an dem Treffen mit deinem Chef?«

Diana manövrierte das Auto zur Ausfahrt des Parkplatzes, wo sie auf eine Lücke im nicht allzu dichten Verkehr wartete und den Blinker nach rechts setzte.

»Wir müssen nach links, wenn wir nach Hause wollen«, bemerkte Linus.

»Ich sagte doch, ich nehme die längere Strecke. Und ja, vielleicht geht es um den Streit von gestern. Ich mag es nicht, wenn wir sauer aufeinander sind.«

»Ich bin nicht sauer auf dich, Di. Ich liebe dich. Es ist nur …« Er seufzte. »Ich wünschte nur, wir wären wieder richtig *wir*.«

»Richtig *wir*?« Einen Moment wandte sie den Blick von der Straße und schrie dann auf, als die Räder auf eine vereiste Stelle trafen und ins Rutschen kamen. Reflexartig umklammerte sie das Lenkrad, während sie den Wagen wieder einfing, und atmete heftig aus.

»Geht es dir gut?«, fragte er.

Diana fühlte sich nicht gut. Sie zitterte am ganzen Leib, und ihre Augen füllten sich mit Tränen. Das sah ihr nicht ähnlich. Sie hatte ihre Emotionen normalerweise unter Kontrolle und weinte nicht. Und doch war sie heute schon mehrfach den Tränen nahe gewesen. »Was meinst du damit, dass du dir wünschst, wir wären wieder *wir*?«

Aus dem Augenwinkel sah sie, wie Linus mit den Schultern zuckte. »Du weißt schon. Richtig zusammen eben, so, wie wir vorher waren, bevor ich dir den Antrag gemacht habe. Da waren wir einfach … *wir*. Wir haben gemeinsam Radtouren unternommen oder stundenlang im Bett gelegen und geredet. Das fehlt mir. Wir schlafen am Wochenende nicht mehr zusammen aus, so wie früher.«

Diana musste einräumen, dass das stimmte. Statt länger zu schlafen, hatte sie Ratgeber für Führungskräfte gelesen, um sich auf ihre neue Position vorzubereiten. »Tut mir leid, Linus. Ehrlich.«

Er griff nach ihrer rechten Hand und drückte sie. »Tut es dir auch leid, dass du mein Fahrrad gestohlen hast?«

Se lachte laut auf. »Nein. Dafür entschuldige ich mich nicht, weil ich eifersüchtig auf Byron bin.« Bis heute war ihr schleierhaft, warum er sein Schwinn Rennrad ausgerechnet nach einem britischen Dichter der Romantik benannte. Zumindest hatte er auf den Zusatz »Lord« verzichtet.

»Mit dir alt zu werden, wird eine echte Herausforderung, was?«, neckte er und schlug sich theatralisch vor die Stirn.

»Vorsichtig«, sagte Diana. »Du schlägst da gerade meinen sehr attraktiven Verlobten. Und ich möchte dieses Gesicht gern ausgiebig küssen, sobald wir zu Hause sind.«

»Ja?« Er senkte die Hand.

»Es sei denn, du denkst, ich verliere den Verstand, und rennst weg, so schnell du kannst, sobald du aus dem Auto steigst.«

»Ich renne nicht. Ich radele«, konterte er, mit dieser heiteren Schlagfertigkeit, die sie in den vergangenen drei Wochen so schmerzlich vermisst hatte. Sie vermisste den Klang seiner Stimme und die Art, mit der er sie immer wieder unerwartet zum Lachen brachte. Mit ihm alt zu werden, wäre mehr, als sie sich je erträumt hatte.

»Sehr witzig«, gab sie lächelnd zurück.

»Ich glaube, zu Weihnachten kaufe ich uns eins dieser Paralleltandems. Was meinst du?«

»Wir haben eine strikte Zwanzig-Dollar-Regel für Geschenke, oder hast du das vergessen?«

»Nun, es wäre ja auch kein Geschenk. Sondern ein Transportmittel. Sogar ein dringend erforderliches, könnte man sagen.«

Wieder lachte sie. *Ah, ja.* Das hatte er also mit *Wir* gemeint. Dieses Geplänkel, das ihr Herz schneller schlagen ließ. Dieses *Wir* wurde von einem unbekümmerten Lächeln begleitet, das ihr den Atem raubte. Von dem überwältigenden, unfassbaren Glück, diesen Mann in ihrem Leben zu haben. Mit Linus zusammen zu sein, eine Einheit, ein *Wir* zu bilden, kam ihr wie Magie vor. Als ob man eine Sternschnuppe entdeckte. Oder die ersten Schneeflocken des Winters durch die frische, kalte Luft wirbeln sah.

»Um auf deine Bemerkung vom Wegrennen zurückzukommen – ich würde dich niemals verlassen, Di«, versicherte Linus. »Und das meine ich ganz ernst.« Wieder drückte er ihre Hand.

Und doch hatte er es getan. Er hatte sie während der zurückliegenden drei Wochen verlassen. Diese Wochen hatten Diana einen Einblick in ein Leben ohne ihn gegeben, und das war ihr vorgekommen, als wäre ihr der Geist der zukünftigen Weihnacht aus Charles Dickens' *Weihnachtsgeschichte* erschienen. Ein Leben ohne Linus, ohne *Wir*, war furchterregend. »Ich würde dich auch niemals verlassen.« Sie erwiderte seinen Händedruck.

»Wir sind gleich zu Hause. Vielleicht können wir dieses Versprechen ja dann mit einem Versöhnungskuss besiegeln. Mindestens«, schlug er vor, mit dieser tiefen Schlafzimmerstimme, die er manchmal benutzte.

Erst jetzt fiel ihr auf, dass er sie schon länger nicht mehr eingesetzt hatte. Das war ihre Schuld. Sie hatte ihn beinahe unmerklich zurückgestoßen, mit der Begründung, dass sie noch Papierkram für die Arbeit erledigen musste. Oder zu müde war. Hatte sie ihn etwa belogen? Und sich selbst auch?

Sie waren nur noch ungefähr drei Minuten von zu Hause entfernt. Sie und Linus hatten es fast geschafft. Und sobald der Wagen heil und unversehrt auf seinem üblichen Parkplatz stand, war Linus in Sicherheit. Sie würden sich bis zum nächsten Morgen lieben. Wäre dann der fünfte Dezember? Oder würde sie direkt zum Weihnachtstag springen, da gestern – Dianas gestern – ja Heiligabend gewesen war? Sie wusste nicht, wie diese Sache mit dem Zauber im Einzelnen funktionierte. Sie wusste nur, dass, solange Linus bei ihr war, das Datum keine Rolle spielte.

Sie schaute zu ihm und lächelte. »Ich liebe dich so sehr.«

»Mit all meinen Fehlern?«

Sie konnte den Blick nicht von ihm losreißen. Er sah so gut aus. Als sie ihn das erste Mal gesehen hatte, hatte sich etwas in ihrem Inneren bewegt – und sie hatte sofort gewusst, dass er etwas Besonderes war. »Du hast zwar möglicherweise ein paar winzige Fehler, aber ja, ich liebe alles an dir.«

Linus beugte sich zu ihr, um sie auf die Wange zu küssen. Diana schaute wieder auf die Straße und schrie auf, als Scheinwerfer sie blendeten. Sie lenkte hektisch nach links, um dem entgegenkommenden Fahrzeug auszuweichen, aber es war zu spät. Metall traf kreischend auf Metall, und Linus' Hand glitt aus ihrer, als der Truck in seine Seite des Autos krachte.

Nein. Lass nicht los. Ich heirate dich.

Bevor ihre Augen sich schlossen und die Welt verschwand, wirbelte ein letzter Gedanke durch ihren Kopf: *Wir haben noch nicht mal den Termin festgelegt.*

12. Kapitel

Spiel's noch einmal, Sam

Blinzelnd öffnete Diana die Augen. Sie befand sich in ihrem Schlafzimmer, und Sonnenlicht strömte durch die Rolläden zu ihrer Rechten.

Nein. *Nein, nein, nein.* Ihr einer Tag mit Linus war vorbei, und heute war Weihnachten. Sie hatte ihre Chance ruiniert, ihn zu retten. Er war weg. Oder vielmehr, wieder in der Langzeitbetreuung des New Hope. Er lag dort leblos im Bett, genau wie in der Zeit, bevor sie diese alberne Schneekugel geschüttelt hatte.

Sie setzte sich auf, Herz und Körper schwer von allen schrecklichen, grauenhaften Emotionen, die jemals existiert hatten. Am liebsten hätte sie sich gleich wieder unter der Decke verkrochen und zurück in den Schlaf geflüchtet, aber ihre Blase drückte. Benommen stand sie auf und schlurfte zum Bad. Als sie hinter der geschlossenen Tür ein Geräusch hörte, blieb sie abrupt stehen. Ihr Atem ging plötzlich schneller.

Warum war die Badezimmertür geschlossen? Außer Diana

war niemand hier. Wenn sie selbst nicht im Bad war, stand die Tür immer offen.

Linus' leises Summen drang an ihr Ohr. Irgendwas Weihnachtliches. Hörte sie Gespenster? Diana lauschte, versuchte, sie zu erkennen. »Rudolph, the Red-Nosed Reindeer«? Linus war der einzige dreiunddreißigjährige Mann, den sie kannte, der ein Lied über ein rotnasiges Rentier summen würde.

Wie erstarrt stand sie da. Ihre Augen brannten. Träumte sie etwa immer noch? In diesem Moment wurde die Badtür geöffnet, und Linus machte einen Schritt ins Schlafzimmer, bevor er Diana in ihrer Nadelstreifenpyjamahose und dem zartrosafarbenen Tanktop bemerkte. Wann hatte sie diese Sachen angezogen? Das letzte Kleidungsstück, an das sie sich erinnerte, war die Hose, über die sie während ihres missglückten Personalgesprächs Kaffee gekippt hatte.

Er hörte auf zu summen. »Hallo, Schlafmütze.«

»Du bist hier.« Sie lachte leise auf. »Wir haben es geschafft! Wir haben es geschafft!« Erleichterung überrollte sie, und sie warf sich regelrecht in seine Arme, atmete seinen minzigen Duft ein. Einen Moment später löste sie sich wieder von ihm und schüttelte ungläubig den Kopf. Trogen ihre Augen sie? »Es ist Weihnachten, und du bist hier! Ich glaub' es nicht! Du bist wach!« Vielleicht war der Unfall, den sie hatten, gar nicht so schlimm gewesen, wie es aussah. Diana war nicht sicher, wie sie hinterher nach Hause gekommen waren, aber es musste irgendeine vernünftige Erklärung geben.

»Weihnachten?« Er zuckte kurz zurück. »Wovon redest du?«

Dianas Herz sank wie ein Anker im Ozean. Sie schluckte. »Es ist nicht Weihnachten?«

Linus' Miene bestätigte, dass sie mit dieser Vermutung richtiglag.

Aber es musste Weihnachten sein. Ein Tag, hatte Mrs. Guzman gesagt. Diana würde nur einen Tag mit dem Menschen verbringen können, den sie geliebt und verloren hatte. »Ist heute der vierte Dezember?«, fragte sie beklommen.

»Genau.« Er runzelte die Stirn. »Warum benimmst du dich so komisch?«

Diana war den Tränen nah »Äh, ich ... ich muss mal«, erwiderte sie rasch.

»Natürlich. Das erklärt alles.« Linus trat zur Seite und bedeutete ihr, ins Bad zu gehen. »Die Toilette steht ganz zu deiner Verfügung«, fügte er übertrieben zuvorkommend hinzu – wie immer, wenn sie sich gestritten hatten. Er war niemand, der zurückschoss. Jedenfalls nicht normalerweise. Stattdessen wurde er ausgesucht höflich.

Diana rührte sich nicht vom Fleck. »Tut mir leid wegen gestern Abend, Linus.« An *ihrem* letzten Abend waren sie gemeinsam nach Hause gefahren, um sich zu lieben. *Linus'* letzter Abend war der dritte Dezember, an dem er vorgeschlagen hatte, dass sie in drei Wochen heiraten sollten. An Weihnachten, wenn seine gesamte Verwandtschaft in der Stadt war – der perfekte Termin für eine Hochzeit. Nachdenklich nagte Diana an ihrer Unterlippe, wog jedes Wort sorgfältig ab. »Vielleicht könnten wir ja den Tag zusammen verbringen«, sagte sie. »Wir könnten uns beide krankmelden und so wie früher zusammen im Bett liegen. Wir könnten wieder *wir* sein«, fügte sie hinzu, in Erinnerung an die gestrige Heimfahrt im Auto.

»Wir?« Linus schien nicht zu verstehen, worauf sie anspielte. Dabei war er doch derjenige, der den Begriff genauso genutzt hatte. »Was meinst du mit *wir*?«

Diana schluckte schwer. »Du weißt schon. Wie es war, als wir gegenseitig unsere Sätze vollendet und Nächte lang geredet haben. Als wir an den Wochenenden morgens länger liegen geblieben sind. Zuletzt waren wir so gestresst. Wir haben kaum noch Zeit miteinander verbracht.«

»*Du* warst gestresst. Und ich habe versucht, Zeit mit dir zu verbringen«, stellte er richtig. »Du bist diejenige, die immer so viel zu tun hatte.« Noch immer benutzte er diesen übertrieben höflichen Tonfall, und Diana wurde klar, dass er ihre Entschuldigung noch nicht angenommen hatte. Gestern hatte er ihre Auseinandersetzung vom Vorabend mehr oder weniger an sich abperlen lassen, doch heute schien er anders drauf zu sein.

»Nun, jetzt habe ich nichts zu tun. Lass uns alle Verpflichtungen für heute abblasen und hierbleiben, wo es warm und sicher ist.«

Das entlockte ihm ein leises Lachen. »Sicher? Wir wohnen in Snow Haven. Sicherer kann man gar nicht sein. Und du hast heute bekanntlich dein wichtiges Meeting mit Mr. Powell, wegen dieser Beförderung, über die du seit einem Monat ununterbrochen redest. Und die du als Vorwand genutzt hast, alle Hochzeitsplanungen abzublocken.«

»Das ist kein Vorwand. Sondern ein Grund.« Und zwar ein guter. Diana wollte diese Beförderung. Sie war das nächste Etappenziel auf ihrem Weg nach oben. Sollte Linus sie nicht eigentlich dabei unterstützen, ihren Träumen zu folgen und Erfolg zu haben?

»Du verdienst die Beförderung, Di«, sagte er. »Du hast

hart dafür gearbeitet. Und du bist eine sichere Kandidatin. Lass uns einfach diesen Tag überstehen, und dann reden wir morgen Abend weiter.«

Wortlos starrte sie ihn an, versuchte, sich jede einzelne Sommersprosse auf seinem Gesicht unauslöschlich einzuprägen. Dann machte sie Anstalten, ihn zu umarmen, doch Linus wich ihr aus. Diana schluckte. »Oh. Okay.«

Geistesabwesend kratzte er sich übers Kinn. »Ich, äh, muss mich jetzt fertig machen. Ich treffe mich gleich mit einem neuen Lieferanten. Und du musstest doch aufs Klo, oder?« Er lächelte etwas gezwungen.

Sie hatte gesagt, dass es ihr leidtat, aber er wirkte immer noch verletzt. »Stimmt«, flüsterte sie, verschwand im Bad und zog die Tür hinter sich zu, den Tränen nah. *Nicht weinen. Nicht weinen.* Welchen Sinn hatte eine zweite – *äh*, dritte – Chance, wenn Linus nicht mit ihr zusammen sein wollte?

Nachdem sie ihr Geschäft erledigt hatte, wusch sie sich die Hände und bürstete ihre Haare. Danach spritzte sie etwas kaltes Wasser in ihr Gesicht. Ihre Gedanken überschlugen sich. Eigentlich hätte sie nur einen Extratag bekommen sollen, doch nun waren es zwei Tage. Warum? Was sollte sie diesmal anders machen?

Diana ging wieder ins Schlafzimmer und beobachtete, wie Linus ein Khakihose anzog und den Gürtel um seine schmale Taille schlang. »Können wir wenigstens zusammen Mittag essen?«

Er schaute auf, mied aber ihren Blick. Offensichtlich schlug er sich noch immer mit verletzten Gefühlen herum. Vielleicht fragte er sich ja erneut, ob sie inzwischen bereute, seinen Antrag angenommen zu haben, so, wie er es am allerersten vierten Dezember getan hatte. »Schon okay, Di. Es ist ja nicht so, als hätten wir uns noch nie gestritten. Wir reden heute Abend, nach deinen Geburtstagsdrinks mit Rochelle.«

»Die sage ich ab.«

Linus hielt mitten in der Bewegung inne und schaute sie nun doch direkt an. »Sie ist deine beste Freundin. Und du hast sie in letzter Zeit ziemlich oft versetzt.«

»Das stimmt nicht«, verteidigte sich Diana. »Wir haben uns gestern getroffen.« Aber das war Heiligabend gewesen, in Dianas echter Realität, nicht jener, in der sie sich gegenwärtig befand.

»Geh zu deinem Meeting mit Mr. Powell. Stoß mit Rochelle auf ihren Geburtstag an. Wir sehen uns heute Abend«, wiederholte er und schloss den obersten Knopf seines lavendelfarbenen Hemdes, das sie erst kurz vor seinem Unfall aus der Reinigung geholt hatte. Linus liebte frisch gebügelte Kleidung, kombiniert mit seinen albernen Krawatten. Der Schlips, den er sich gerade um den Hals schlang, war mit kleinen Hunden bedruckt, genau wie gestern.

Was konnte sie jetzt sagen? Wenn sie Linus erklärte, dass sie lieber mit ihm zusammen wäre als mit ihrer besten Freundin deren Geburtstag zu feiern, käme sie als echtes Miststück rüber. »Es tut mir einfach nur leid, dass ich dir in letzter Zeit das Gefühl gegeben habe, dass du in meinem Leben keine wichtige Rolle spielst. Ich bin eine ganz miese Verlobte gewesen, das ist mir klar. Aber ich liebe dich. Ich will mich bessern.«

Linus kam zu ihr und küsste sie auf die Wange. Es war ein kurzer Kuss, doch sie schloss die Augen und schwelgte in dem

Gefühl seiner Lippen auf ihrer Haut. »Ich liebe dich auch«, murmelte er. »Wir reden heute Abend, okay?«

Wie benommen nickte sie. Sie verspürte den heftigen Drang, ihn an sich zu ziehen und festzuhalten. Was, wenn sie ihn heute Abend nicht mehr sah? Wenn er es nicht nach Hause schaffte? Ein Dutzend Gedanken schossen ihr durch den Kopf, doch bevor sie noch etwas sagen oder tun konnte, wandte Linus sich zur Tür. Im Flur griff er sich im Vorbeigehen seine Schlüssel und weg war er.

Diana zuckte zusammen, als die Tür krachend hinter ihm ins Schloss fiel. Dann beeilte sie sich, ein paar Sachen zum Anziehen für sich herauszusuchen. Gestern war sie nach Linus' Aufbruch zu Mrs. Guzman gegangen. Vermutlich sollte sie ihren Tag heute am besten ebenfalls dort beginnen, auch wenn die alte Dame sich nicht an ihren Besuch am 23. Dezember erinnern konnte. Aber wenigstens glaubte sie, was Diana ihr erzählte – was höchstwahrscheinlich niemand sonst tun würde.

Nachdem sie sich angezogen, die Zähne geputzt und Schuhe angezogen hatte, verließ sie ebenfalls die Wohnung. Es war eiskalt draußen, und sie hastete fröstelnd über den Innenhof zu Mrs. Guzmans Tür, atmete einmal tief durch und klopfte.

Sekunden später öffnete die alte Dame. »Da sind Sie ja, meine Liebe. Kommen Sie schnell rein.« Sie ergriff Dianas Arm und zerrte sie praktisch über die Schwelle.

»Was soll das heißen – ›da sind Sie ja‹? Wussten Sie, dass ich komme?« Hoffnung keimte in Dianas Brust. Vielleicht erinnerte Mrs. Guzman sich ja diesmal an den Zauber?

»Na ja, Sie waren der erste Mensch, an den ich heute

morgen beim Aufwachen gedacht habe, daher ging ich davon aus, dass ich Sie bald sehen werde«, erwiderte Mrs. Guzman so beiläufig, als sei diese Erklärung absolut sinnvoll. »Möchten Sie Tee?«

»Was für Tee?«, erkundigte Diana sich argwöhnisch. Vielleicht verzauberte Mrs. Guzman ihre Heißgetränke ja ebenfalls. Der Zauber, den sie über die Schneekugel gelegt hatte, war ein unglaubliches Geschenk, aber Diana war nicht sicher, ob weitere Magie der ohnehin verwirrenden Situation guttun würde.

»Pfefferminz. Zum Aufwärmen. Es wird schneien. Natürlich nicht heute, es ist noch immer zu kalt für Schnee.« Sie zwinkerte Diana verschwörerisch zu und wandte sich dann zur Küche, wo bereits ein gefüllter Wasserkocher bereitstand – als hätte Mrs. Guzman tatsächlich mit Besuch gerechnet. Die alte Dame schaltete den Wasserkocher ein und holte eine Tasse aus dem Schrank.

»Also …« Diana räusperte sich. »Sie werden sich nicht daran erinnern, aber vorgestern sind Sie zu mir gekommen, um ein Geschenk vorbeizubringen. Das war am dreiundzwanzigsten Dezember. Am Tag vor Heiligabend.« Da Mrs. Guzman nichts sagte, redete Diana weiter. »Ich bat Sie hinein, und Sie bewunderten die Schneekugel, die ich von Linus bekommen habe.« Sie sprach schnell, versuchte, alle Informationen so kompakt wie möglich weiterzugeben, um keine Sekunde dieses neuen Tages zu vergeuden.

Mrs. Guzman nickte. »Eine Schneekugel besitzt Magie.« Sie öffnete eine Dose voller Teebeutel und warf einen davon in die Tasse.

»Das haben Sie auch beim ersten Mal gesagt. Erinnern Sie sich an irgendetwas von damals?«

»Nein.«

Diana spürte, wie sie förmlich in sich zusammensank. Natürlich konnte ihre Nachbarin sich nicht an einen Besuch erinnern, der in der aktuellen Zeitrechnung noch gar nicht stattgefunden hatte. Aber Diana brauchte jemanden, der ihr Geheimnis teilte. Sie war allein und verängstigt in einem Tag, den sie bereits durchlebt hatte – sogar zweimal. »Okay, wenn Sie, rein hypothetisch gesprochen, meine Schneekugel verzaubert hätten, damit ich die Chance bekomme, einen zusätzlichen Tag mit jemandem zu verbringen, den ich verloren habe …«

»Mm-hmm.« Mrs. Guzman goss heißes Wasser über den Teebeutel, fügte etwas Honig hinzu, rührte das Ganze um und reichte Diana die dampfende Tasse.

Diana wartete, bis Mrs. Guzman sie direkt anschaute. »Was würde ich mit diesem neuen Tag anfangen?«

»Ein neuer Tag ist ein Geschenk«, antwortete die alte Dame, genau wie gestern. »Hypothetisch gesprochen, würden Sie ihn nutzen, um bei der Person zu sein, die Sie verloren haben.«

»Aber kann ich diesen Tag auch nutzen, um seinen Ablauf zu verändern? Kann ich etwas verhindern, das beim ersten Mal passiert ist, damit derjenige, den ich vermisse, nicht mehr verloren ist?«

Mrs. Guzman überlegte einen Moment. »Die Magie der Schneekugel kann keine Toten erwecken, falls Ihre Frage darauf hinausläuft.«

»Er ist nicht tot.«

Nachdenklich schürzte Mrs. Guzman die Lippen. »Nun,

wenn er, *rein hypothetisch* gesprochen, nicht tot ist, dann haben Sie ihn auch nicht verloren, oder? In dem Fall würde ich annehmen, dass Sie ihn möglicherweise retten könnten.«

»Aber wie?« Diana trank einen Schluck Tee, den sie vor lauter Nervosität kaum schmeckte. »Ich meine, ich habe es gestern versucht. Ich habe ihm sein Fahrrad weggenommen. Ich habe ihn auf einer anderen Strecke nach Hause gefahren. Der Unfall ist trotzdem passiert.«

»Und jetzt wiederholen Sie denselben Tag noch einmal?«, wollte Mrs. Guzman wissen. Das mit dem *hypothetisch* hatte sich damit offenbar erledigt, aber Diana glaubte ohnehin nicht, dass die alte Dame ihr das Täuschungsmanöver abgekauft hatte. »Das klingt mir ganz danach, als wären Sie in einer sogenannten Zeitschleife, meine Liebe.«

Diana ließ sich diese Idee durch den Kopf gehen. »Eine Zeitschleife? Wie in *Und täglich grüßt das Murmeltier*«?

Verblüfft zog Mrs. Guzman die weißblonden Brauen zusammen. »Was?«

»Das ist ein Film. Die Hauptfigur durchlebt immer wieder den Murmeltiertag.« Diana schüttelte den Kopf. »Aber solche Dinge passieren nicht im echten Leben.«

»Ach nein? Und warum sitzen Sie dann gerade ganz panisch in meiner Küche?« Mrs. Guzman wartete kurz auf eine Antwort und nickte, als keine kam. »Ich würde sagen, das Leben will, dass Sie eine Lektion lernen. Bis dahin stecken Sie fest.«

Solange Linus Teil dieses Tages war, machte es Diana nichts aus, im vierten Dezember gefangen zu sein. Sie wollte bloß sicherstellen, dass er mit ihr zusammen da herauskam. Und zwar heil und ganz. »Welche Lektion? Und wer bringt sie mir bei?«

Mrs. Guzman lachte leise. »Diese Fragen kann ich nicht für Sie beantworten.«

»Könnten Sie nicht in Teeblättern lesen oder so was?« Diana musterte die auf dem Küchentresen aufgereihten Teedosen. »Ich habe keine Zeit, Fehler zu machen. Vielleicht ist heute der letzte Tag in der Zeitschleife. Diesmal muss ich alles richtig machen.« *Für immer und ewig ist ein Mythos. Wir haben nur das Hier und Jetzt.*

Die alte Dame lächelte freundlich. »Für Tee und Fehler ist immer Zeit. Das ist mein Lebensmotto. Nur Sie können den Ausweg aus dieser Zwickmühle finden. Ich wünschte nur, Sie hätten sich einen Sommertag zum Wiederholen ausgesucht statt so einen bitterkalten.«

»Ich habe mir diesen Tag nicht ausgesucht«, beteuerte Diana. Niemals hätte sie einen der schrecklichsten Tage ihres Lebens gewählt.

Mrs. Guzman kniff ihre großen grünen Augen zusammen. »O doch, das haben Sie.«

Diana trank ihren Pfefferminztee aus, verabschiedete sich von ihrer Nachbarin und marschierte zum Parkplatz. Als sie am Glocken läutenden Weihnachtsmann vorbeikam, warf sie ein paar Münzen in seine Spendendose.

»Fröhliche Weihnachten!«, rief er ihr nach.

»Danke!«, entgegnete Diana über ihre Schulter und lief

weiter. Sie befand sich auf einer Mission. Das sinnvollste Vorgehen schien ihr zu sein, dem festgelegten Terminplan des Morgens zu folgen. Sollte dieser vierte Dezember der Tag sein, der wieder in die reale Zeitachse einscherte, dann war es wichtig, dass sie ihrem Job gewissenhaft nachging. Sie hatte Patienten zu betreuen und eine Beförderung zu ergattern. Außerdem würde Linus nicht vor heute Abend verunglücken. Ihr bliebe also reichlich Zeit, ihn zu treffen, sich mit ihm zu versöhnen und zu verhindern, dass er mit seinem Fahrrad unter einen Lieferwagen geriet.

Ihr erster Termin heute war Maria Harris. *Mist!* Fast hätte Diana den gebrochenen Knöchel vergessen. Hoffentlich war sie nicht zu spät dran, um die alte Frau vor dem Sturz zu bewahren. Hastig wählte sie Marias Nummer und wartete.

»Hallo?« Maria klang etwas außer Atem.

»Ms. Harris? Sie versuchen doch nicht etwa gerade, Ihren Weihnachtsschmuck vom Dachboden zu holen, oder?«

Maria hustete ein paarmal. »Ja, ich bin tatsächlich dabei, und es ein bisschen staubig da oben.«

»Hören Sie sofort damit auf! Das ist zu gefährlich.« Diana startete den Wagen und ließ ihn warmlaufen. Geistesabwesend beobachtete sie die frostigen Dämpfe, die aus der Motorhaube aufstiegen. »Ich helfe Ihnen, sobald wir mit den Dehnübungen fertig sind. Versprechen Sie mir, dass Sie auf mich warten.«

»Aber ich bin sehr wohl dazu in der Lage …«, begann Maria.

»Das glaube ich Ihnen sofort, aber ich möchte gern helfen.«

Widerstrebend erklärte die Frau sich bereit zu warten. Erleichtert atmete Diana aus. Sie hatte das Gefühl, gerade noch mal davongekommen zu sein.

Eine kurze Autofahrt später klopfte sie an Marias Haustür.

»Ich bin so froh, dass Sie da sind, Diana«, begrüßte die alte Dame sie.

»Hi, Ms. Harris. Wie geht es Ihnen?« Diana folgte ihrer Patientin ins Wohnzimmer, wo bereits der eine Karton stand, den Maria vor Dianas Anruf vom Dachboden gezerrt hatte. Jetzt rieb sie sich den rechten Arm und zuckte leicht zusammen. »Die Schulter ist steif, aber ich bin am Leben, und das ist es, was zählt, nicht wahr?« Sie lächelte strahlend. »Außerdem sind Sie hier bei mir, das ist ebenfalls ein Segen.«

Diana freute sich, dass Maria ihre Besuche schätzte, und sie fühlte sich, auf gute Art, genötigt, ihr Verhältnis zu der alten Dame zu vertiefen. Maria wirkte einsam. »Dann wollen wir mal anfangen, oder?«

Langsam ging Maria zum Bett und legte sich hin, den rechten Arm nach außen. Wie meistens schloss sie während der Dehnübungen die Augen.

»Ihre Tochter verpasst wirklich etwas, dadurch, dass sie keinen Kontakt mit Ihnen haben will«, bemerkte Diana, während sie Marias Arm bis zur Belastungsgrenze anhob und einen Moment in der Position hielt.

Maria öffnete die Augen und schaute Diana forschend an. »Woher wissen Sie, dass ich eine Tochter habe, die in der Nähe lebt?«

Ach ja. Richtig. Gestern hatte nur in Dianas Welt stattgefunden. »Oh, äh, ich glaube, Sie haben sie irgendwann mal erwähnt.«

»Hmm. Das wäre seltsam. Normalerweise rede ich nicht oft über meine Tochter, aber vermutlich muss ich es mal getan haben. Ich glaube allerdings nicht, dass sie findet, sie würde etwas verpassen, weil sie keinen Kontakt zu mir pflegt. Außerdem hat sie bestimmt reichlich zu tun. Sie ist jemand, der ständig herumwuselt.«

»Das kommt mir bekannt vor«, neckte Diana.

Maria lächelte. »Sie hat selbst eine Tochter. Meine Enkelin ist inzwischen ein bildhübscher Teenager. Das weiß ich nur, weil ein netter Nachbar meine Tochter einmal für mich gecyberstalkt hat.« Einen Moment lang wandte Maria den Blick ab. »Aber es fühlte sich falsch an, ihn das für mich tun zu lassen. Wenn mein Mädchen wollte, dass ich weiß, wie es ihm geht, dann würde es es mir selbst erzählen. Also habe ich nie wieder nach Informationen über es gesucht.«

»Es ist doch sicher schmerzlich für Sie, vom Leben Ihrer Tochter ausgeschlossen zu sein.« Diana war mit der Schulter fertig und widmete sich nun Marias Ellbogen und Handgelenk.

»Das ist die Bürde, die ich tragen muss.«

Am Ende der Übungen half Diana der alten Dame, sich auf die Bettkante zu setzen. Maria tätschelte ihr die Hand und schaute sie vielsagend an. »Danke, dass Sie mich über meine Tochter haben reden lassen. Das hilft. Und vielleicht erzählen Sie mir ja eines nicht zu fernen Tages auch etwas über sich. Sie kommen jetzt schon seit Wochen zu mir, aber ich weiß praktisch nichts über Sie.«

»Das liegt daran, dass diese Termine für Sie sind, nicht für mich.« Außerdem legte Diana Wert auf ihre Privatsphäre. »Mein Leben ist ohnehin ziemlich langweilig.«

»Sie sind doch verlobt, nicht wahr? Junge Liebe ist alles andere als langweilig.«

Das stimmte nicht zwangsläufig. Dianas und Linus' Beziehung war in letzter Zeit ziemlich profan gewesen. Was natürlich an Diana lag. Sie würde sich bessern, sobald sie ihn heute Abend vor dem Lieferwagen gerettet hatte.

»So, und jetzt hole ich Ihnen die Weihnachtskisten.« Sie stand auf und ging ins obere Stockwerk, wo die Leiter zur Dachluke bereits ausgefahren war. Wieder begnügte Diana sich nicht damit, die Kartons aus ihrem staubigen Lager zu holen, sie trug sie auch die Treppe hinunter bis ins Wohnzimmer, wo sie sie genau dort abstellte, wo Maria sie benötigte. Dann drehte sie sich zu ihrer Patientin um und deutete auf die größte Kiste. »Lassen Sie den Baum da drin. Ich komme morgen und helfe Ihnen beim Aufstellen und Schmücken.«

Maria machte große Augen. »Aber morgen habe ich gar keinen Termin bei Ihnen.«

»Ich weiß, aber ich möchte gerne helfen.« Und sichergehen, dass die alte Dame sich nicht doch noch verletzte bei dem Versuch, etwas allein zu erledigen, das in ihrer derzeitigen Verfassung ihre Kräfte überstieg. »Versprechen Sie mir, auf mich zu warten?«

»Na schön, einverstanden.« Maria lachte leise. »Ich freue mich darauf, Sie mal nicht als meine Physiotherapeutin zu Besuch zu haben. Das ist wirklich sehr lieb von Ihnen.«

Prompt meldete sich Dianas Gewissen, weil sie in Wahrheit keineswegs vorhatte, am nächsten Tag wiederzukommen. Wenn es nach ihr ging, dann war morgen Weihnachten.

Sie ging zur Haustür. »Ich muss jetzt zu meiner nächsten Patientin«, sagte sie, sich halb umdrehend.

»Das sechzehnjährige Mädchen?«, fragte Maria, die ihr langsam folgte.

»Ja, genau.«

»Hier, geben Sie ihr das von mir.« Maria nahm ein paar in Plastikfolie eingeschweißte Scheiben Früchtebrot von einem kleinen Tisch neben dem Eingang und reichte sie Diana. »Und hier ist auch ein Stück für Sie und eins für Ihren Verlobten.«

»Danke schön. Den naschen wir heute nach dem Dinner.« Diana verspürte einen seltsamen Anflug von Déjà-vu. Gestern Abend war sie nicht mehr dazu gekommen, das Früchtebrot zu essen. Stattdessen hatte sie einen Unfall gehabt, nach dem sie erneut am Morgen des vierten Dezembers aufgewacht war. »Bis morgen, Maria.«

»Ich freue mich.«

Diana hastete durch die Kälte zu ihrem Auto, legte das Früchtebrot auf den Beifahrersitz und checkte ihr Telefon. Das Display zeigte einen verpassten Anruf, von Linus' Mutter. Sie würde später zurückrufen. Vielleicht.

Sie legte das Handy auf die Mittelkonsole und fuhr zu Addys Haus. Nachdem sie den Wagen an der Bordsteinkante geparkt hatte, nahm sie ein Stück Früchtebrot und trotzte ein weiteres Mal der eisigen Winterluft. An der Eingangstür hing ein großer, mit Stechpalmenbeeren geschmückter Zedernkranz. Diana trat fröstelnd von einem Fuß auf den anderen, während sie darauf wartete, dass Mrs. Pierce endlich öffnete.

»Ms. Diana. Addy wartet schon den ganzen Morgen auf Sie.« Mrs. Pierce hielt die Tür einladend auf und bedeutete Diana einzutreten.

»Wie geht es ihr heute?« Wie immer ging Diana gleich zum Geschäftlichen über.

»Ganz gut, denke ich. Es ist in ihrem Alter wohl normal,

Launen zu haben und nicht mit ihrer Mutter reden zu wollen, oder?« Ein Anflug von Sorge schwang in Mrs. Pierce' Ton mit. »Ich glaube, ich war genauso, auch ohne Krebs.«

»Ja, ich denke, das ist normal«, erwiderte Diana, auch wenn sie nicht aus eigener Erfahrung sprechen konnte. Ihre Mutter hatte nicht genug Anteil an ihrem Leben genommen, um ignoriert zu werden.

»Oh, dann ist ja gut. Es ist schon so lange her, seit ich sechzehn war.« Mrs. Pierce lachte, aber es klang ziemlich zittrig und nervös. »Ich bin sicher, Addy freut sich, Sie zu sehen. Jeder außer ihrer Mom steht auf der Einladungsliste für ihr Schlafzimmer.«

Diana reichte ihr das Früchtebrot. »Für Sie und Addy.«

»Das wäre doch nicht nötig gewesen«, sagte Mrs. Pierce lächelnd.

»Es ist nicht von mir. Sondern von meiner vorigen Patientin. Sie ist sehr großzügig.«

»Wie reizend von ihr. Danke, dass Sie es mitgebracht haben.«

Diana gestikulierte Richtung Addys Zimmer. »Dann gehe ich jetzt mal zu Addy, wenn das okay ist.« Sie wandte sich zum Gehen.

»Natürlich. Lassen Sie mich wissen, wenn Sie etwas brauchen«, rief Mrs. Pierce ihr nach.

Diana klopfte und trat auf Addys Aufforderung hin in eine Welt aus violetten Wänden und Postern von umschwärmten Teeniepopstars. »Hey.«

Heute trug Addy einen Batikschal um den Kopf, um ihre ausdünnenden Haare zu verstecken. Sie nahm die Ohrhörer heraus. Ihre Miene war angespannt.

»Gibt es Probleme?« Diana kannte die Antwort bereits.

»Ach, wissen Sie. Das Übliche halt. Ich habe immer noch Krebs, dieses Haus ist noch immer mein steriles Gefängnis, und ich kann nicht mal niesen, ohne dass sämtliche Alarmglocken schrillen und meine Mom hereingestürmt kommt, um zu sehen, ob ich noch atme.«

Diana zog die Zimmertür hinter sich zu. »Klingt ziemlich anstrengend.«

»Das ist die Untertreibung des Jahrhunderts«, gab Addy bissig zurück.

Diana setzte sich auf den Stuhl neben dem Bett. »Du weißt, dass das nicht ewig so bleiben wird, stimmt's?«

Addy rollte entnervt mit den Augen. »Ich komme mir vor, als ob ich in ein und demselben Tag feststecke, wieder und wieder.«

Einen Moment lang fragte Diana sich, ob das Mädchen womöglich auch ein Zeitschleife durchmachte. Aber dem war definitiv nicht so. Diana war die Einzige, die den vierten Dezember wiederholte. »Ja. Das kann ich ein bisschen nachvollziehen.«

Addy beäugte sie abschätzig. »Aber Sie haben dickes, gesundes Haar. Falls Sie also im selben Tag feststecken, dann ist es zumindest ein Good-Hair-Day.«

Diana deutete auf ihren Kopf. »Hast du dieses Vogelnest gesehen? Das Wetter hat bei mir frisurtechnisch wieder mal voll durchgeschlagen.«

Das entlockte Addy ein schwaches Lächeln. »Stimmt auch wieder.«

Wie gestern packte Diana den Stier bei den Hörnern. »Es

geht aber gar nicht um Haare, stimmt's? Sondern um einen Jungen.«

Addy runzelte die Stirn. »Wie kommen Sie darauf?«

»Weil es immer um einen Jungen geht. Warum erzählst du mir nicht davon, während wir deine Übungen machen?«

»Warum sollte ich?«

»Weil es besser ist, mit mir zu reden, als alle Probleme in dir zu verschließen.« Irgendwie kam Diana sich bei diesen Worten wie die weltgrößte Heuchlerin vor. Emotionen zu unterdrücken, war ihre Spezialität, und sie verabscheute es, wenn ihre Mitmenschen, allen voran Linus und Rochelle, versuchten, ihre Gefühle an die Oberfläche zu schubsen.

»Na schön.« Addy stand auf und ging zum angrenzenden Badezimmer.

Diana folgte dicht hinter ihr. Zwar war das Mädchen weder am ersten vierten Dezember hingefallen noch am zweiten, aber sie wollte kein Risiko eingehen. Diesmal setzte sich Addy ohne Protest hin, als Diana einen Stuhl für sie vors Waschbecken schob.

»Ich war schon ein paar Monate mit Jay zusammen, als ich krank wurde«, begann Addy. Sie suchte im Spiegelbild Dianas Blick. »Wir hingen den Sommer über zusammen ab. Und manchmal war auch meine beste Freundin Sierra dabei, aber sie beschwerte sich immer, sie wäre das fünfte Rad am Wagen.«

»Und jetzt?« Heute verzichtete Diana auf die Bürste, da sie sich nur allzu gut an Addys gestrige Reaktion erinnerte. Diese wiederholten Tage hatten durchaus ihre Vorteile. Stattdessen reichte sie ihrer Patientin die Feuchtigkeitscreme aus dem

Kulturbeutel, der auf dem Waschtisch bereitlag. Die würde Addy wohl kaum zum Weinen bringen.

Das Mädchen öffnete die Dose und tauchte zwei Finger hinein. »Und jetzt hängen die beiden immer noch zusammen ab, aber ohne mich. Weil ich krank bin und nicht zur Schule gehen kann.« Sie rieb zwei Cremetupfer über ihre markanten Wangenknochen.

»Sie haben dich geghostet?« Diana spürte so etwas wie Wut auf die abtrünnigen Freunde.

»Nicht direkt. Jay hat eine Zeitlang versucht, mich anzurufen, aber ich habe nicht reagiert. Wer will schon mit einem deprimierten Mädchen reden? Ich bin gerade keine besonders angenehme Gesellschaft, nicht mal per Video.«

»Das stimmt nicht. Ich bin gern mit dir zusammen.«

Im Spiegel rollte Addy mit den Augen. »Sie werden dafür bezahlt, dass Sie mit mir abhängen.«

»Das heißt nicht, dass es mir nicht gefällt. Also bist im Grunde du diejenige, die ihn geghostet hat?« Das war eine neue Information.

Mit beiden Händen verteilte Addy die Creme in ihrem Gesicht. Nach dieser simplen Tätigkeit wirkte sie bereits erschöpft. »Ja, aber Jay hätte diese Gelegenheit nicht nutzen dürfen, um gleich was mit meiner besten Freundin anzufangen. Das ist total uncool.«

Da konnte Diana ihr nicht widersprechen. »Bist du denn sicher, dass es so ist? Woher weißt du, dass er sich nicht einfach nur mit Sierra unterhält?«

»Von meiner Freundin Rebecca. Sie hat die beiden zusammen gesehen.«

»Haben sie sich geküsst?«

Addy warf Dianas Spiegelbild einen vernichtenden Blick zu. Dann stand sie auf und rammte ihr den Stuhl in die Magengegend, genau wie gestern. Dabei schniefte sie leicht, und Diana fragte sich, ob das Mädchen wieder weinte, obwohl sie doch diesmal die Haarbürste weggelassen hatte.

»Sie helfen kein bisschen«, rief Addy ihr über die Schulter zu, bevor sie sich aufs Bett fallen ließ. »Jetzt male ich mir aus, wie mein Freund und meine beste Freundin sich küssen. Vielen Dank auch, Diana.«

Nach dem Termin bei Addy wartete ein weiterer verpasster Anruf von Linus' Mom auf Diana. Joann war eine wirklich nette Frau, doch allein die Tatsache, dass sie auch Mutter war, katapultierte sie in die Kategorie von Menschen, denen man nicht trauen und auf die man sich nicht verlassen konnte. Diana wollte nicht so empfinden, konnte sich aber nicht helfen.

Sie hörte ihre Mailbox ab.

»Hi, Diana, hier ist Joann. Als ich eben in der Stadt an einem Brautgeschäft vorbeikam, musste ich an dich denken. Ich würde wahnsinnig gerne irgendwann demnächst zusammen mit dir nach einem Kleid suchen. Wäre das nicht schön? Abgesehen davon, ruf mich doch einfach mal an, wenn du Zeit hast. Tschüs.«

Damit endete die Sprachnachricht.

Unwillkürlich stieß Diana einen erleichterten Seufzer aus, auch wenn sie nicht genau wusste, warum. Hatte sie etwa damit gerechnet, dass Joann ihr schlimme Neuigkeiten mitteilte? Im Moment hatte Diana keine Zeit, den Anruf zu erwidern. Es gab zu viele andere Dinge, um die sie sich heute kümmern musste. Zum Beispiel Rochelle zu texten, um ihr zum Geburtstag zu gratulieren.

Gestern hatte sie ihre Freundin schwer enttäuscht. Aber wenn das Leben deines Verlobten auf der Kippe stand, hatten Geburtstagsdrinks mit der besten Freundin nun mal keine Priorität. Vielleicht könnte sie Rochelle ja einen Blumenstrauß schicken, um die bittere Pille zu versüßen. *Ja!* Rochelle liebte Blumen, und da sie aktuell niemanden datete, bekam sie nie welche.

Diana wählte die Nummer des örtlichen Blumenladens.

Am anderen Ende der Leitung meldete sich eine fröhliche Stimme. »Hallo, wie kann ich Ihnen behilflich sein?«

»Ja, hallo. Ich würde meiner besten Freundin gerne einen Blumengruß zum Geburtstag schicken.« Diana war stolz auf sich. Heute würde so viel besser werden als gestern, das spürte sie tief in ihrem Inneren. Aller guten Dinge sind drei, das galt offenbar auch für den vierten Dezember.

Zehn Minuten später hatte Diana ihre Bestellung aufgegeben. Und weiter im Programm! Ihr Treffen mit Mr. Powell war erst um zwei. Sie wollte Linus gerne sehen, aber das konnte warten, bis sie ihre Beförderung sicher in der Tasche hatte. Wenn dies hier der Tag war, der Bestand hatte, dann musste sie bei diesem Gespräch mit ihrem Boss absolut brillieren. Gestern war das Meeting rekordverdächtig katastrophal verlaufen, aber heute war ein neuer Tag, und Diana war wild entschlossen, alles richtig zu machen.

Sie fuhr nach Hause, parkte den Wagen und lief hastig am

bimmelnden Santa vorbei zu ihrem Apartment. Sie würde sich in aller Ruhe umziehen, frisieren und schminken. Diesmal würde sie angemessen gestylt in ihr Bewerbungsgespräch gehen.

Sie entschied sich für eine schwarze Hose und ein durchgeknöpftes langärmliges Top. Dazu kombinierte sie eine weiche Strickjacke und ein Paar elegante Schuhe, die sie niemals zu Patientenbesuchen tragen würde. Als sie fertig umgezogen war, ging sie ins Bad, um sich zu kämmen und einen burgunderroten Lippenstift aufzutragen. Es war schon lange her, seit sie sich zuletzt richtig zurechtgemacht hatte. Make-up war für besondere Gelegenheiten oder Dates reserviert.

Ein schmerzliches Ziehen breitete sich in ihrer Brust aus. Wenn sie gewusst hätte, dass ihre Zeit mit Linus begrenzt war, hätte sie sich mehr Mühe gegeben. Sie hätte regelmäßig Lippenstift aufgetragen und wäre öfter mit ihm ausgegangen. Und wenn sie ihn gerettet hatte, *würde* sie all das auch tun. Sobald sie diese Beförderung, für die sie so hart gearbeitet hatte, in trockenen Tüchern wusste, konnte sie sich wieder ein bisschen entspannen. Keine Überstunden mehr. Fortan würde alles genauso sein, wie es sein sollte.

Nach einem letzten Blick in den Spiegel eilte Diana wieder nach draußen – und rannte beinahe Mrs. Guzman über den Haufen, die unerwartet vor der Wohnungstür stand. »Oh, hi, Mrs. Guzman. Was machen Sie denn hier?«

Die alte Dame lächelte sie an. »Nun, ich habe Sie zurückkommen sehen und wollte mich erkundigen, wie es mit Ihrer Zeitschleife so läuft.«

Diana spähte nach rechts und links, um sich zu vergewissern, dass niemand in Hörweite war. In dieser Wohnanlage verbreiteten sich Klatsch und Tratsch in Windeseile. Die Leute redeten bereits über Mr. Zitniks Liebestrank von Mrs. Guzman. Diana hatte keine Lust, zum Gegenstand des nächsten Gerüchts zu werden. »Bislang gut, aber ich habe jetzt keine Zeit zu reden. Ich bin auf dem Weg zu einem Meeting mit meinem Chef. Es geht um eine Beförderung.«

»Oh, wie schön.« Mrs. Guzman zerrte an der Hundeleine, um Leonardo davon abzuhalten, an Dianas schicken Schuhen zu schnüffeln. »Nun, dann will ich Sie nicht lange aufhalten. Ich wollte nur erwähnen, dass ich noch mal über Ihre Zeitschleife nachgedacht habe und darüber, was Sie anders machen sollten.«

»Ja?«

»Prioritäten verschieben sich wie Sand am Meer, wenn man spürt, dass man nicht unbegrenzt Zeit hat. Dann tun sich Momente auf, in denen man mit dem Herzen entscheidet und nicht mit dem Verstand.«

Das klang geradezu poetisch. Legte Mrs. Guzman womöglich einen weiteren Zauber über sie, ohne ihr Wissen? Vielleicht war Diana ja paranoid, aber sie wich vorsichtshalber einen Schritt zurück. »Danke für den Tipp, Mrs. Guzman. Ich muss mich jetzt beeilen. Bis morgen«, rief sie über ihre Schulter und fragte sich unwillkürlich, was dieses Morgen wohl bringen mochte. Einen neuen Tag – oder einmal mehr den alten?

Sie tänzelte förmlich am bimmelnden Weihnachtsmann vorbei, versäumte jedoch nicht, ein paar Münzen in seine Spendendose zu werfen. Sie flitzte zu ihrem Auto, ließ sich auf den Fahrersitz fallen und knallte die Tür zu, um den Winterwind auszusperren. Dann fuhr sie zum Powell Rehabilitation Center.

Beim Aussteigen strich sie sich über die Kleidung, um Sitzfalten zu glätten. Sie wollte einen guten Eindruck auf ihren Chef machen. Normalerweise verhielt sie sich bei Begegnungen mit ihm entweder zu aufgekratzt oder zu ruhig. Das waren definitiv keine Managerqualitäten. Andererseits hatte Diana auch niemals mit dem Gedanken gespielt, eine Führungsposition anzustreben, bevor sie vergangenen Sommer erfuhr, dass ihr Vorgesetzter in den Ruhestand ging, und plötzlich das Gefühl bekam, dass ihr womöglich ein Karrieresprung zum Glück fehlte.

Natürlich war sie mit ihrem neuen Ziel bei Linus nicht auf helle Begeisterung gestoßen. Dabei hätte er es eigentlich verstehen müssen. Schließlich besaß er einen eigenen Spielzeugladen. Er war Geschäftsmann, sein eigener Herr, und sie nur die Angestellte eines fremden Unternehmers.

»Beruflicher Erfolg erkauft dir kein Lebensglück«, hatte Linus einmal gesagt, als Diana länger gearbeitet hatte, um die Fehlzeiten eines Kollegen auszugleichen.

»Nein, aber er ermöglicht einem ein paar schöne Dinge des Lebens«, hatte sie gekontert. »Und eine Hochzeit kostet Geld.«

Dieses Argument wollte er nicht gelten lassen. »Ich brauche keine teuren Sachen und keine aufwendige Hochzeitsfeier. Alles, was ich brauche, bist du.« Und dann hatte er sie liebevoll in die Arme genommen.

Diana wünschte, sie könnte die Umarmung erneut spüren. Gestern Abend war es fast so weit gewesen. Noch immer wusste sie nicht genau, was eigentlich geschehen war. Sie hatten zusammen gelacht und es nicht erwarten können, nach Hause zu kommen. Er hatte sich zu ihr gebeugt, um sie zu küssen. Und im nächsten Moment war alles schwarz geworden.

Heute Abend würde das nicht passieren.

Auf dem Weg ins Hauptgebäude meldete ihr Handy den Eingang einer Textnachricht. Diana blieb stehen und zog das Telefon aus der Tasche, um zu sehen, wer ihr geschrieben hatte.

Rochelle: Du hast mir Blumen geschickt? Warum?
Diana: Weil du Geburtstag hast, du Trine.

Sie steckte das Telefon wieder in die Handtasche, ohne auf eine Antwort zu warten. Sie musste sich mental für das anstehende Gespräch wappnen. Rochelle hatte ihre Blumen, nach dem Meeting mit Mr. Powell würde Diana sie anrufen und sagen, was immer notwendig war, um ihrer besten Freundin zu verklickern, warum sie heute Abend nicht mit ihr anstoßen konnte.

Wenn man nicht unbegrenzt Zeit hatte, verschoben sich die Prioritäten. Das war es, was Mrs. Guzman ihr mit auf den Weg gegeben hatte, und es war richtig. Diana zog die Tür zu Powell Rehabilitation auf und ging zur Rezeption.

Leann schaute von ihrem Computer auf. »Kann ich Ihnen helfen?«

»Ich habe heute Nachmittag einen Termin mit Mr. Powell.« Verstohlen wedelte Diana mit den Händen, um ihre Nerven zu beruhigen. Sie würde das hier hinkriegen und ihren Boss davon überzeugen, dass sie selbstbewusst und umgänglich war. Sie hatte das Zeug zu einer guten Führungskraft. Einer viel besseren als William.

Leann checkte den Kalender auf ihrem Schreibtisch und nickte. »Da haben wir Sie ja. Um zwei Uhr?«

»Genau.« Diana lächelte gezwungen.

»Wunderbar. Setzen Sie sich, und ich rufe Sie, wenn er bereit ist.«

Sie saß noch keine Minute, als Leann sie aufrief. »Ms. Merriman? Mr. Powell erwartet Sie.«

Diana zitterten die Knie, als sie Leann über den Korridor zu Mr. Powells Büro folgte. Sie überlegte, wie sie ihn begrüßen wollte, und entschied, dass sie ihm ihre Rechte zu einem kräftigen Händedruck reichen würde. Und sie würde diesmal auf keinen Fall schlecht über William reden. In diesem Gespräch ging es darum zu beweisen, dass sie eine vielseitige Therapeutin war, die ihre Patienten und Kollegen von Herzen mochte. Was schließlich der Wahrheit entsprach.

Sobald Diana das Büro betrat, blickte Mr. Powell auf und bedachte sie mit seinem gewinnenden Lächeln. Selbst, wenn sie nicht wüsste, wer er war, würde sie definitiv davon ausgehen, dass er irgendwo eine Führungsposition innehatte. Er hatte diese selbstsichere Ausstrahlung, von der in all ihren Managementratgebern die Rede war.

Diana versuchte, diese Präsenz zu imitieren, als sie auf ihn zuging und seine Hand schüttelte. »Hallo, Todd. Danke, dass Sie sich heute Zeit für mich nehmen.« Sie war gerade erst reingekommen, und schon hämmerte ihr das Herz bis zum Hals. Sie hatte noch nie gut mit solchen Situationen umgehen können. Freundliche, lockere Interaktionen mit ihren Patienten und Kollegen waren eher ihre Kragenweite.

Aber ein Wechsel ins Management war der richtige nächste Karriereschritt für sie.

»Selbstverständlich«, erwiderte Mr. Powell. »Bitte setzen Sie sich. Möchten Sie einen Kaffee?«

Diana nickte. »Gerne, das wäre nett. Vielen Dank.«

»Kein Problem.« Mr. Powell ging zu dem Tisch mit der Kapselmaschine, nebst einem Tablett mit Zubehör. »Brauchen Sie Kaffeeweißer oder Zucker?«

»Ich trinke schwarz«, erklärte sie, genau wie gestern.

»Eine Frau nach meinem Herzen.« Mr. Powell brachte ihr den Kaffee zum Schreibtisch. Als Dianas zitternde Finger das warme Porzellan berührten, zuckte sie kurz zurück. Da Mr. Powell die Tasse bereits losgelassen hatte, rutschte sie ihr aus der Hand und fiel auf ihren Schoß.

Die heiße Flüssigkeit verbrannte ihre Haut durch den Stoff der Hose hindurch. Diana sprang kreischend auf und knallte mit dem Kopf direkt unter Mr. Powells Kinn. Sie konnte buchstäblich hören, wie seine Zähne aufeinanderschlugen. »O nein! Sind Sie okay?«

Mr. Powell wirkte etwas benommen. Er presste eine Hand an die attackierte Seite seines Gesichts, und ein Anflug von Verärgerung legte sich über seine professionell-charmante Miene. Doch er blinzelte seinen Unmut rasch weg und rang sich ein erneutes Lächeln ab, das auf Diana allerdings etwas schmerzverzerrt wirkte.

»Alles in Ordnung?« Er starrte auf die dunklen, nassen Kaffeeflecken auf ihren Oberschenkeln.

Ihre Beine brannten wie Feuer, aber das hatte sie verdrängt, als ihr klarwurde, was sie Mr. Powell angetan hatte. Noch keine fünf Minuten im Meeting, und schon hatte sie es vermasselt. Sie trat einen Schritt zurück, um ihrem Chef etwas Raum zu geben, und versuchte, nicht zu hyperventilieren. Welchen Sinn hatte es, einen Tag immer wieder zu durchleben, wenn sie es jedes Mal schlimmer machte?

Mr. Powell räusperte sich. »Soll ich Ihnen einen neuen Kaffee machen?«

Rasch schüttelte Diana den Kopf. »Nein danke.«

»Na schön.« Er zog sich auf die andere Seite des Schreibtischs zurück, wo er vermutlich sicherer war, setzte sich, stützte die Ellbogen auf der Tischplatte ab und schaute Diana an. Dann atmete er entnervt aus. »Also, verraten Sie mir, warum Sie diese Beförderung wollen.«

Diana öffnete den Mund, aber es kamen keine Worte. Sie hatte im Kopf immer wieder durchgespielt, was sie Mr. Powell sagen würde, aber jetzt war sie vollkommen durcheinander, alle Gelassenheit, die sie während der Fahrt hierher aufgebaut hatte, war wie weggeblasen.

»Warum ich diese Beförderung will?«, wiederholte sie schließlich, während sie darauf wartete, dass ihr ihre einstudierten Antworten wieder einfielen. *Warum* wollte sie diese Beförderung eigentlich? Sie hatte sich selbst nie als Führungspersönlichkeit eingeschätzt. Sie kommandierte Leute nicht gerne herum. Ihr Wissen an andere weiterzugeben, war etwas, das ihr tatsächlich Freude machte.

Schuldgefühle stiegen in ihr auf, als sie sah, wie gerötet Mr. Powells Kiefer nach ihrem Zusammenstoß war, kombiniert mit Unbehagen und einem Anflug von Beschämung. »Na ja«, begann sie. »Ich arbeite nun schon fast zehn Jahre lang als Physiotherapeutin mit Patienten, und der Weg ins

Management scheint mir der logische nächste Schritt in meiner beruflichen Laufbahn zu sein.«

Mr. Powell machte sich Notizen. »Aber nicht für jeden ist eine Managementtätigkeit geeignet. Was für den einen der logische nächste Schritt sein mag, ist es für den anderen gerade nicht. Ein bisschen wie mit der Ehe. Manchmal sind Paare zehn Jahre zusammen, bevor sie heiraten. Manchmal nur einen Monat. Und manchmal heiraten sie auch gar nicht.«

Warum redete er übers Heiraten? Das hier war ein Bewerbungsgespräch für einen Job. Und jetzt war Diana in Gedanken plötzlich wieder bei Linus und ihrer Verlobung. Warum hatte sie sich so lange dagegen gewehrt, einen Termin festzulegen? Weil sie ein bisschen Angst hatte, das war die Wahrheit. Nein, mehr als nur ein bisschen. Heiraten war ein wichtiger Schritt. Und wenn sie nun nicht das war, was Linus brauchte? Wenn sie als Ehefrau ein Fehlgriff war und sein Leben ruinierte? Wenn er sie, wie jeder andere in ihrem Leben, verlassen würde?

»Ich weiß.« Sie konzentrierte sich wieder auf das Gespräch. »Aber ich glaube, ich könnte gut ins Management passen.«

»Halten Sie sich für eine Führungspersönlichkeit?«, fragte Mr. Powell.

Nachdenklich schürzte Diana die Lippen. »Ja«, erklärte sie dann.

»Können Sie mir ein paar Beispiele für Gelegenheiten geben, bei denen Sie in Ihrer gegenwärtigen Rolle Führungsqualitäten gezeigt haben?«

Sie holte tief Luft. »Ich leite meine Patienten jeden Tag an. Sie öffnen mir ihre Türen in der Erwartung, dass ich ihnen dabei helfe, wieder gesund zu werden. Sie setzen ihr

Vertrauen in mich. Sie wollen von mir geführt werden, und diesem Anspruch komme ich nach.« *Okay. Das war okay.* Nach dieser Antwort fühlte Diana sich besser. Sie drehte das Gespräch und kam wieder in die Spur. Vielleicht gab es ja doch noch Hoffnung für sie – auch, wenn ihre Hosenbeine von Kaffee durchtränkt waren.

Mr. Powell nickte, und sein Lächeln wirkte wieder echter. Das war ein gutes Zeichen. »Ihre Patienten haben sich noch nie über Sie beschwert.«

Allerdings hatten sie auch keine Glow Cards für sie geschrieben – oder nur die eine, um präzise zu sein. Und Williams Patienten lieferten Glow Cards in rauen Mengen.

»Ich liebe die Arbeit mit meinen Patienten. Aber ich hätte auch große Lust, Berufsanfänger zu betreuen. Damit könnte ich das Beste aus zwei Welten vereinen.« Sie lachte nervös und musterte erneut beklommen Mr. Powells gerötete Kieferpartie. »Die meisten meiner Patienten haben körperliche Beeinträchtigungen, die sie daran hindern, Glow Cards auszufüllen.«

Mr. Powell schaute sie merkwürdig an.

»Ich meine, ich weiß, dass manche Therapeuten haufenweise Glow Cards bekommen. Aber mein Mangel an Glow Cards lässt keine Rückschlüsse auf meine therapeutischen Fähigkeiten zu.«

»Natürlich nicht.« Wieder setzte er dieses gewinnende Lächeln auf. »Nun, Diana, ich werde mir Ihre Personalakte angucken und Sie für die Beförderung in Betracht ziehen«, sagte er unverbindlich. »Allerdings möchte ich offen sein. Es gibt hier im Haus mehrere Interessenten für die Position.«

»Natürlich.« Diana sank innerlich zusammen. Sie würde

diese Stelle nicht bekommen, das spürte sie bis in die Knochen. Die Beförderung würde William abgreifen, der Lieblingskumpel der Kompanie. »Danke, dass Sie sich Zeit genommen haben.« Sie stand auf und reichte ihm die Hand. Dabei stieß sie das Foto vom Tisch. *Schon wieder?* Diana zuckte zusammen, als sie hörte, wie der Kristallrahmen am Boden zerschellte.

Jetzt war Mr. Powells ganzes Gesicht rot angelaufen. Dennoch lächelte er tapfer weiter.

»Oh, das tut mir schrecklich leid«, entschuldigte Diana sich zum zweiten Mal in diesem Meeting. »Ich ersetze Ihnen den Rahmen.« Sie schaute auf das unter Scherben vergrabene Foto. Es zeigte Mr. und Mrs. Powell in jüngeren Jahren. Diana hatte die Frau ihres Chefs schon oft auf Betriebsfeiern getroffen.

»Natasha und ich haben die Ehe-nach-einem-Monat-Route gewählt«, sagte Mr. Powell. »Sie hat mir den Rahmen zum achten Hochzeitstag geschenkt.«

Am liebsten wäre Diana im Boden versunken. Oder hätte sich in Luft aufgelöst. *Puff. Weg.* Sie merkte, dass sie Mr. Powell noch immer die Hand entgegenstreckte. Er machte jedoch keine Anstalten, sie zu ergreifen, daher senkte sie langsam den Arm und machte ein paar zögernde Rückwärtsschritte auf die Tür zu. »Noch mal vielen Dank, dass Sie mich in Betracht ziehen, Todd. Ich, äh, werde jetzt gehen.« Sie drehte sich um und hastete aus dem Büro und durch die Lobby. Sie bemühte sich, nicht zu weinen, als sie an Leanns Rezeption vorbeikam.

Draußen flüchtete sie in ihr Auto und klammerte sich, am ganzen Körper zitternd, ans Lenkrad. Schon wieder? Warum konnte sie bloß dieses Bewerbungsgespräch nicht retten und ihre Beförderung durchdrücken?

In ihrer Handtasche brummte das Telefon. Diana atmete tief durch. Sie wusste, wer anrief.

Diesmal nahm sie das Gespräch an. »Hallo?«

»Diana?«, sagte Joann. »Da bist du ja. Ich fing schon an, mir Sorgen zu machen, weil du nie zurückrufst.«

»Tut mir leid. Ich hatte viel zu tun.«

»Nun ja, so ist das wohl vor den Feiertagen. Ich weiß, dass du gerade bei der Arbeit bist, daher hatte ich eigentlich mit deiner Mailbox gerechnet. Ich wollte nur fragen, ob du und Linus am Wochenende herkommen wollt. Ich könnte was kochen, und dann schmieden wir Pläne für eure Hochzeit. Was meinst du?«

Diana beobachtete den Nieselregen, der auf ihre Windschutzscheibe fiel. Genau diese Konversation hatte sie gestern mit ihrer künftigen Schwiegermutter geführt, allerdings auf dem Parkplatz vor Linus' Laden. Es gab also leichte Varianten im Tagesablauf, aber nicht genug, um wirklich etwas zu verändern.

Joann räusperte sich, was Diana daran erinnerte, dass sie ihr noch nicht geantwortet hatte.

»Entschuldige bitte. Was hast du gefragt?« Diana war mit ihren Nerven am Ende. Aber solange sie heute Abend Linus rettete, würde alles in Ordnung sein, führte sie sich vor Augen.

»Ich fragte, ob du und Linus am Wochenende ein oder zwei Stunden erübrigen könntet, um uns zu besuchen. Besprecht das doch untereinander, in Ordnung?«

»Ja, ich rede mit ihm.« Warum hatte Joann nicht einfach

Linus angerufen? Sie war schließlich *seine* Mutter. »Bei ihm herrscht allerdings gerade Hochbetrieb.«

»Wem sagst du das. Als Linus' Vater den Laden führte, habe ich ihn im Dezember kaum zu Gesicht gekriegt. Ich habe ihm immer unsere Mahlzeiten ins Geschäft gebracht«, sagte sie, genau wie gestern, und lachte leise in sich hinein. »Wenn Linus es nicht schafft, könntest du ja vielleicht kommen. Dann machen wir uns ein paar schöne Mädelsstunden. Weißt du, ich habe mir immer ein Mädchen gewünscht.«

Diana schluckte. Etwas an dieser Bemerkung berührte sie.

»Ich sage noch Bescheid, Joann«, versprach sie. Wenn es ihr heute gelang, Linus zu retten, würden sie am Wochenende die Grants besuchen, das schwor sie sich. Sie würde viele Dinge anders machen. Sie musste nur erst diesen einen Tag überwinden.

»Ja, bitte mach das. Okay, ich weiß, du hast zu tun, ich will dich nicht länger aufhalten. Wir hören uns bald wieder.«

»Okay, tschüs.« Diana legte auf und seufzte. Was stand als Nächstes auf ihrer Wiederholungsliste des Tages? Ach ja. Sparky's Tavern, um auf Rochelles Geburtstag anzustoßen. Wenigstens das konnte Diana heute in Ordnung bringen. Hoffentlich.

13. Kapitel

Rochelle saß am selben Tisch wie gestern.

»Oh-oh«, machte sie, als sie Dianas Miene sah. »Was ist passiert?«

Diana zog einen Stuhl hervor und ließ sich darauf plumpsen. Ihr Körper fühlte sich bleischwer an. »Selbst wenn ich die einzige Bewerberin wäre, würde ich die Stelle nicht kriegen. So unterirdisch ist das Gespräch diesmal gelaufen.«

»Diesmal?« Rochelle hob fragend die Brauen.

Eine Kellnerin stellte zwei Getränke vor ihnen ab.

»Danke«, sagte Diana zu ihr. Dann schaute sie Rochelle an und wechselte das Thema, ihren Ausrutscher von eben ignorierend. »Woher wusstest du, dass ich einen davon wollte?« Sie deutete auf den fruchtigen Cocktail. Immerhin war sie diejenige, die den heutigen Tag wiederholte und daher vorab Zugang zu Informationen hatte, nicht Rochelle.

Ro zuckte mit den Schultern. »Reine Vermutung. Das hier funktioniert zum Feiern – und zum Trösten.« Sie zog einen Schluck der roten Flüssigkeit durch den Strohhalm.

Diana lachte, auch wenn sie keinen Funken Freude verspürte, im Gegenteil, ihr war hundeelend zumute. »Ich muss noch fahren, daher sollte ich nur ein paarmal nippen.«

»Jetzt komm schon«, schalt Rochelle. »Es ist mein Geburtstag. Bis du aufbrichst, ist der Alkohol verflogen.«

So lange wollte Diana nicht bleiben, aber sie wollte ihre Freundin jetzt noch nicht enttäuschen. Das hatte sie während der ersten beiden Durchläufe des Tages gründlich genug erledigt. Aber wenigstens brach sich Maria in dieser Zeitschleife nicht den Knöchel. Das war ein Erfolg, wenn auch keiner, von dem Diana die nächsten fünfzig Jahre zehren konnte. »Nun denn, alles Gute zum Geburtstag«, sagte sie. »Ich hoffe, dein Tag ist besser als meiner.«

Rochelles Wangen röteten sich kaum merklich. »Das ist er tatsächlich. Ich habe jemanden kennengelernt.«

»Du hast jemanden kennengelernt? Einen männlichen Jemand?« Dianas Stimmung erhellte sich. Wieder eine neue Entwicklung. Es war an keinem der ersten beiden vierten Dezember passiert.

»Mm-hmm. Er arbeitet im Büro neben meinem und nimmt immer die Sendungen fürs ganze Haus entgegen und verteilt sie. Aber heute ist er direkt zu mir gekommen und hat mir einen winzigen Blumenstrauß geschenkt. Zum Geburtstag.« Rochelle grinste bis über beide Ohren. »Ich meine, es könnte einfach nur eine nette Geste sein. Er hat die Blumen gesehen, die du mir geschickt hast, als er unsere Post vorbeibrachte. Übrigens vielen Dank. Danach ist er dann zum Floristen unten an der Straße gegangen und hat mir noch mehr Blumen besorgt.«

»Das ist doch großartig, Rochelle.« In diesem Moment war Diana wirklich glücklich. Und neugierig. Der wiederholte Tag entwickelte sich offenbar auch für Rochelle zum Besten. Bei den beiden vorigen Malen hatte sie sich noch darüber beklagt, ewiger Single zu sein.

»Die Geburtstagsgötter waren mir wohl gewogen«, sagte Rochelle. »Ein attraktiver Anwalt ist genau das, was ich mir zum Wiegenfest gewünscht hätte, wenn mir klar gewesen wäre, dass diese Option besteht.«

»Was stand denn auf der Karte zu den Blumen?«

»›Danke, dass du bist, wie du bist.‹« Rochelle saugte versonnen an ihrem Strohhalm.

»Ooh. Wie süß.«

»Nicht wahr?« Rochelle lächelte in sich hinein.

»Vielleicht hätte ich Linus heute ebenfalls Blumen schicken sollen«, murmelte Diana.

»*Er* sollte *dir* Blumen schenken. Warum solltest du ihm welche schicken?«

Noch immer hatte Diana ihren Drink nicht angerührt. Sie wollte schon, brauchte aber für den Rest des Tages einen klaren Kopf. Vielleicht würde sich ja auch für sie noch alles zum Besseren wenden. »Wir haben uns ein bisschen gestritten.«

»Tut mir leid.« Rochelle senkte die Stimme und beugte sich ein Stück vor. »Willst du darüber reden?«

»Kommt drauf an. Bist du gerade Psychologin oder Freundin?«

Rochelle hob die Schultern. »Was immer du brauchst.«

Diana trank einen winzigen Schluck. Sie würde Rochelle nicht erzählen, was es wirklich mit diesem Tag auf sich hatte – sonst dachte ihre beste Freundin noch, sie hätte komplett den Verstand verloren. »Linus denkt, dass meine Arbeit mir wichtiger ist als er. Er sagt, ich habe in letzter Zeit immer so viel zu tun, und er ist sauer, weil ich bislang keinen Termin für die Hochzeit festlegen wollte. Und er macht sich Sorgen, ich könnte bereuen, seinen Antrag angenommen zu haben.«

»Und? Tust du das?«

»Natürlich nicht. Er ist der Eine für mich. Ich habe mich einfach nur um diesen Managementjob bemüht.«

»Der noch mehr Arbeit und noch längere Arbeitszeiten mit sich bringen würde. Bist du sicher, dass du das wirklich willst?«,

Diana gefiel es gar nicht, dass ihre Freundin Zweifel äußerte. »Ich arbeite seit knapp einem Jahrzehnt direkt mit Patienten. Es ist langsam an der Zeit, weiter die Karriereleiter hochzuklettern.«

»Sagt wer?«

Diana kniff verärgert die Augen zusammen. »Ich sage das.«

Rochelle lehnte sich in ihrem Stuhl zurück. Diana konnte praktisch sehen, wie sich die Rädchen in ihrem Kopf drehten.

»Wenn Menschen Angst vor etwas haben, dann fokussieren sie sich manchmal auf irgendwas anderes, dem sie dann ihre ganze Energie und Aufmerksamkeit widmen. Um die Beschäftigung mit den Dingen zu vermeiden, vor denen sie sich am meisten fürchten.«

Diana konnte nicht widerstehen. Wenn sie hier schon therapiert wurde, dann brauchte sie einen weiteren Schluck von ihrem Drink. »Ich habe keine Angst.«

»Linus hat dir im Sommer den Antrag gemacht. Da ist es keine überzogene Erwartung, jetzt einen Hochzeitstermin festzusetzen. Deine Eltern sind geschieden. Deine Großmutter war eine alleinerziehende Mom. Da würde es durchaus Sinn ergeben, wenn du Bindungsängste hättest.«

Diana rutschte unbehaglich auf ihrem Stuhl herum. »Keine Therapie mehr. Ich will meine beste Freundin zurückhaben.«

Rochelle beugte sich ein Stück vor. »Ich *bin* gerade deine beste Freundin, und ich stelle die Sachlage so dar, wie ich sie sehe. Also …« Sie unterbrach sich und nagte nachdenklich an ihrer Unterlippe.

»Was?« Diana verspürte einen Anflug von Besorgnis.

»Vielleicht willst du diese Beförderung gar nicht wirklich.«

»Natürlich will ich sie!« Diana schrie beinahe. »Warum sollte ich sie nicht wollen?«

»Du bist mit Leib und Seele Therapeutin. Du liebst die direkte Arbeit mit deinen Patienten. Ich kann mir dich nicht vorstellen, wie du in irgendeinem Büro sitzt und anderen Leuten Anweisungen gibst. Das ist einfach nicht dein Stil.«

»Ich wäre eine super Managerin«, widersprach Diana.

»Keine Einwände. Aber würde dich das glücklich machen? Mehr will ich doch gar nicht wissen. Ich frage mich …« Sie zögerte.

»Nur weiter.«

»Ich frage mich einfach, ob du plötzlich so viel Kraft und Energie in deine Arbeit investierst, weil du vermeiden willst, den nächsten Schritt mit Linus zu gehen. Er will etwas mit dir zusammen aufbauen, und, nun ja, ich frage mich halt, ob dir das eine Heidenangst macht.«

»Ich habe keine Angst«, wiederholte Diana. »Und ich stoße Linus nicht weg.«

»Ich will doch nur, dass du glücklich bist, Diana. Aber das kannst du nicht, wenn du alle Menschen ausschließt. Die

Beförderung auf eine Managementposition wird die Leere in dir nicht ausfüllen.«

Diana schob ihren Stuhl zurück und sprang auf. »Danke für was immer das hier war. Schick mir eine Rechnung.«

»Diana?«, rief Rochelle ihr nach.

Kurz vor der Tür drehte Diana sich noch einmal zu ihrer Freundin um. Sie konnte nicht länger sitzen bleiben und Rochelles Ausführungen zuhören. Trafen deren Einschätzungen etwa zu? Wenn dem so war, dann hatte Diana dieses Jahr so viel Zeit vergeudet, die sie mit Linus hätte verbringen können. »Was?«

»Was würde denn passieren, wenn du aufhören würdest, so zu tun, als wäre alles in Ordnung? Wenn du Linus einfach ganz genau schilderst, was du empfindest. Oder mir? Oder dir selbst?«

Abwehrend schüttelte Diana den Kopf. »Du willst wissen, wie ich mich fühle? Im Moment fühle ich mich ziemlich bedrängt.«

Verärgert stürmte sie aus der Bar und lief zitternd zu ihrem Auto. Heute fiel kein Schneeregen, aber eine Art klebrige Feuchtigkeit hing in der Luft. Nach dem Einsteigen atmete Diana einen Augenblick konzentriert ein und aus. *Was war das denn eben?* Sie rannte nicht ängstlich vor ihrem Leben davon. Sie lebte ihr Leben, bemühte sich um beruflichen Erfolg, indem sie die Führungsposition anstrebte. Warum wollte das bloß niemand verstehen?

Sie schaute auf die Uhr. Es war schon später Nachmittag. In eineinhalb Stunden würde Linus das Geschäft schließen. Der Rest des Tagesprogramms lag klar vor ihr. Nichts würde Diana davon abhalten, jetzt den Toy Peddler anzusteuern und so viel Zeit wie möglich mit Linus zu verbringen, bevor sie ihn heil und in einem Stück nach Hause brachte.

Sie fuhr los. Unterwegs merkte sie, dass die Stadt bereits voll im Weihnachtsfieber war. An allen Straßenlaternen hingen kleine Kränze, und auf dem Marktplatz stand ein riesiger Christbaum. Diana parkte vor Linus' Laden. Als sie ausstieg, erschien es ihr noch kälter als zuvor. Die Sonne war vollständig hinter dicken, tiefhängenden Wolken verschwunden, die baldigen Schneefall zu versprechen schienen. Doch Diana hatte bereits den größten Teil dieses Monats durchlebt. Sie wusste, dass es nicht schneien würde. Keine Chance auf weiße Weihnacht in Snow Haven.

Die kleine Glocke über der Tür klingelte, als Diana den Laden betrat. Linus schaute von der Kasse auf, an der er gerade einen Kunden bediente, und runzelte verblüfft die Stirn.

Zweifellos fragte er sich, was Diana hier wollte. Während er selbst sich leidenschaftlich für Kinder und Spielzeug interessierte, hatte Diana Orte wie diesen bislang meist gemieden, abgesehen von dem einen Mal, als sie nach einem Geschenk für das Kind ihrer Kollegin gesucht hatte. Als kleines Mädchen wäre sie liebend gern in Spielzeuggeschäfte gegangen, aber Grandma Denny hatte ihr erklärt, dass die Sachen, die es dort gab, viel zu teuer waren. Dianas Spielzeug kam entweder aus zweiter Hand oder von irgendwelchen Flohmärkten. Das war einer der Gründe, warum sie stets etwas in die Spendendose des bimmelnden Weihnachtsmanns steckte. Jedes Kind verdiente an Weihnachten etwas Neues zum Spielen. Außerdem sollte jedes Kind ein liebevolles Zuhause haben.

Sie zog sich in einen der Gänge zurück. Diana wusste, dass Linus zu ihr kommen würde, sobald er mit seinen Kunden fertig war. Die Regale, an denen sie vorbeikam, waren voller Babypuppen, die wahlweise weinten, pinkelten, aßen und Bäuerchen machten. Etliche der Exemplare mit weniger appetitlichen Eigenschaften hatte Linus ihr damals anzudrehen versucht, als sie zum ersten Mal im Laden gewesen war. Natürlich mit Hintergedanken, wie er ihr später gestand. Die Erinnerung brachte sie zum Lächeln, während sie weiterstöberte. Es gab Kleidung und Schuhe für Puppen, Kinderwagen und sogar Windeln. Diana fand die Auswahl faszinierend. Ein Stück weiter den Gang entlang entspann sich ein Wortwechsel zwischen einer Frau und einem Jungen.

»Du musst bis Weihnachten warten«, sagte die Frau.

»Aber wenn der Weihnachtsmann mir diesmal gar nichts bringt?«, fragte der Kleine, den Tränen nah. »Wenn ich nicht brav genug war?«

Diana bezweifelte, dass ein derart süßes Kind so unartig gewesen sein konnte, dass die Geschenke ausblieben. Andererseits war sie selbst nie besonders unartig gewesen und hatte trotzdem so manchen kargen Gabentisch erlebt.

Sie hörte auf, so zu tun, als ob sie die Puppen begutachtete, und betrat den nächsten Gang, um zu sehen, was es dort gab. Lego vielleicht?

»Hi«, sagte ein dünnes Stimmchen.

Diana drehte sich zu dem kleinen Jungen um, der plötzlich neben ihr aufgetaucht war. Sie erkannte ihn jetzt, es war dasselbe Kind, das an ihr vorbeigeflitzt war, als sie Linus das Sandwich gebracht hatte. An jenem Tag – für Diana war es gestern gewesen – schien er etwas unter seinem Mantel versteckt zu haben. Nun, da sie ihn aus der Nähe betrachten konnte, stellte sie fest, dass er struppige rote Haare und jede Menge Sommersprossen hatte. »Hallo«, erwiderte sie den Gruß.

»Wie heißen Sie?«, wollte er wissen.

»Diana. Und du?«

Der Junge mochte ungefähr acht sein. Unter seinem aufgeknöpften Mantel trug er ein T-Shirt mit irgendwelchen Superhelden, die Diana nicht kannte. Sie wusste nicht, für welche Comicfiguren Kinder schwärmten. Sie wusste praktisch nichts über Kinder. Ihre jüngsten Patienten waren normalerweise im Teenageralter, so wie Addy.

»Dustin.« Er enthüllte breit lächelnd eine Zahnlücke.

Diana streckte ihm die Hand hin. »Schön, dich kennenzulernen, Dustin.«

Er ergriff ihre Hand und schüttelte sie so energisch, dass Diana unwillkürlich lachen musste.

Der Junge beugte sich ein Stück nach vorn und senkte verschwörerisch die Stimme. »Hey, Sie wissen doch, dass morgen eigentlich Weihnachten ist, oder?«

»Was?«, fragte Diana perplex. »Wie meinst du das?«

»Eigentlich ist morgen Weihnachten«, bekräftigte er flüsternd. »Aber niemand glaubt mir. Ich hab' es meiner Pflegemutter immer wieder gesagt, aber sie denkt, ich lüge.« Einen Moment lang starrte er zu Boden.

Diana kauerte sich neben ihn, um ihn besser zu hören. »Wiederholst du auch einen Tag?«

Die Miene des Jungen erhellte sich. »Sie glauben mir?«

»Dustin?« Die Frau von eben bog um die Ecke und musterte

Diana im Näherkommen argwöhnisch. »Mit wem redest du da, Dustin?«, fragte sie in scharfem Ton.

»Das ist Diana. Sie glaubt mir, dass morgen Weihnachten ist.«

Die Frau funkelte jetzt auch Diana missbilligend an. Vielleicht war sie von der ganzen Welt frustriert. Aber mit welcher Begründung? Hatte sie ebenfalls einen Verlobten, der im Koma lag? »Ich habe dir doch schon mehrfach gesagt, dass das nicht stimmt«, zischte sie. »Bis Weihnachten sind es noch ein paar Wochen. Du wirst beim Aufwachen morgen sehr enttäuscht sein, wenn du glaubst, dass dann bereits der große Tag ist.« Sie packte Dustin am Arm und zerrte ihn, nach einem gekünstelten Lächeln in Dianas Richtung, den Gang entlang.

Am liebsten hätte Diana den Jungen aus dem Griff der Frau befreit, nahm aber an, dass er dann nur noch mehr Ärger mit ihr kriegen würde.

»Hey?«, erklang es hinter ihr.

Diana drehte sich zu Linus' Stimme um.

»Worum ging es denn?« Er deutete dorthin, wo die Frau und Dustin gerade in den nächsten Gang einbogen.

Diana zupfte an ihren Fingern. »Oh. Hallo. Ich wusste nicht, dass du hier bist. Äh …« Sie überlegte, wie sie am unverfänglichsten erklären könnte, worum es gegangen war – allerdings wusste sie es selbst nicht so genau. Steckte der kleine Junge wie sie in einer Zeitschleife fest? War das überhaupt möglich? Andererseits – war überhaupt irgendwas von all dem hier möglich?

»Du erzählst Kindern, dass morgen Weihnachten ist?«

»Nein.« Rasch schüttelte Diana den Kopf. »Natürlich nicht.

Er hat *mir* gesagt, dass morgen Weihnachten ist. Ich habe ihm nur irgendwie recht gegeben.«

Linus runzelte verwirrt die Stirn. »Warum das denn?«

Wieder schüttelte sie den Kopf. »Egal. Du weißt doch, dass ich nicht gut mit Kindern umgehen kann. Das habe ich dir immer gesagt.«

Linus griff nach ihrer Hand. »Man muss einfach nur ein bisschen Zeit mit ihnen verbringen, dann ergibt sich das von selbst. Es ist ein erworbenes Talent. Mach dir keine Sorgen. In meiner erweiterten Verwandtschaft tummeln sich Horden von Kindern. Mit denen kannst du üben. Und eines Tages haben wir dann eigene. Hoffe ich«, fügte er leise hinzu.

Diana fühlte sich etwas auf dem falschen Fuß erwischt. Linus hatte schon früher das Thema Kinder aufs Tapet gebracht, aber noch nie von *gemeinsamen* Kindern gesprochen.

»Weißt du«, fuhr er fort, »in letzter Zeit habe ich mir sogar gedacht, es könnte vielleicht nett sein, ein Pflegekind aufzunehmen, oder auch zwei Pflegekinder, bevor wir uns selbst um Nachwuchs bemühen. Es gibt viele Kinder, die jemanden brauchen, der sie liebt.«

Diana verspürte ein schmerzliches Ziehen in der Brust. Sie hätte als kleines Mädchen jemanden gebraucht, der sie liebte. Ein Mann, der sagte, was Linus gerade gesagt hatte, war ein Mann, den sie auf ewig lieben konnte. Sie drückte seine Hand. »Du würdest das großartig machen.«

»Kinder lieben?«

Sie nickte. »Ja.«

»Nun, du auch. Du weißt es nur noch nicht.« Er küsste sie auf die Wange. »Eines Tags. Wir haben alle Zeit der Welt.«

Sie legte den Kopf schräg. »Sagtest du nicht, für immer und ewig sei ein Mythos?«

»Wann soll ich das gesagt haben?«, fragte er erstaunt.

»Gestern Abend.«

»Hmm. Das war ein Spruch von meinem Großvater.« Er grinste. »Für manche mag für immer und ewig ja tatsächlich ein Mythos sein, aber nicht für uns.«

Ihr wurde ganz warm ums Herz. »Das klingt sogar noch poetischer.«

In diesem Moment hörten sie im Nachbargang einen kleinen Jungen weinen, zweifellos aus Kummer, weil morgen nicht wirklich Weihnachten war. Oder vielleicht hatte seine Pflegemutter ihm weh getan. Sie hatte den dünnen Arm vor ein paar Minuten wie ein Schraubstock umklammert.

»Du hast mir noch nicht gesagt, warum du hier bist«, bemerkte Linus. »Ist alles in Ordnung?«

»Ja. Ich habe gerade mit Rochelle auf ihren Geburtstag angestoßen und hatte danach Zeit, daher beschloss ich herzukommen.«

»Du hast getrunken und bist gefahren?«, fragte Linus besorgt.

»Nein, ich habe nicht mal ein Glas getrunken, nur einen Anstandsschluck. Ich kann dich ohne Probleme nachher nach Hause fahren.« Sie lächelte gezwungen.

»Das ist nicht nötig. Ich habe mein Rad hier.«

»Ich weiß, aber mit dem Fahrrad zu fahren, ist nicht sicher.« So langsam kam Diana sich vor wie eine gesprungene Schallplatte.

Linus lachte. »Seit wann denn das?«

»Seit es kalt und eisig ist. Außerdem ist es nachher, wenn du hier zumachst, schon dunkel.«

»Du bist heute seltsam drauf«, erwiderte Linus kopfschüttelnd. »Hast du wirklich nur ein Glas mit Rochelle getrunken?«

»Nicht mal eines. Ich bin voll zurechnungsfähig.«

Die Glocke am Verkaufstresen bimmelte. Linus wandte sich zum Gehen. »Ich habe Kunden. Fahr schon mal nach Hause, ich komme bald nach. Dann erzählst du mir, wie es heute bei dir gelaufen ist. Ich möchte alles hören.«

»Ich bleibe hier«, rief Diana ihm nach.

Er schaute über die Schulter zurück. »Wie du willst.« Er zwinkerte ihr zu. »Du kannst ja noch ein bisschen üben, mit Kindern zu reden«, fuhr er leiser fort. »Wie gesagt, das ist ein erworbenes Talent.«

Tatsächlich würde Diana gern noch mal mit Dustin sprechen. Sie wanderte durch den Laden und hielt Ausschau nach dem kleinen Jungen, doch er und die Frau waren offenbar bereits gegangen. Um Zeit totzuschlagen, begutachtete Diana notgedrungen erneut das Warenangebot. Mr. Powell hatte an jenem ersten vierten Dezember mit seiner Bemerkung, dass Zeit relativ war, ziemlich ins Schwarze getroffen. Denn das stimmte wirklich. Je nach Situation wünschte Diana sich, die Zeit möge schneller vergehen – oder sehr viel langsamer.

Als sie keine Lust mehr hatte, sich über neue Spielsachen zu informieren, ging sie ins Hinterzimmer und ließ sich auf einen Stuhl fallen. In den Anfängen ihrer Beziehung hatten sie und Linus hier drin oft rumgeknutscht. Diana hatte selbst kaum fassen können, dass sie so schnell bis über beide Ohren verknallt gewesen war. Noch erstaunlicher war ihr allerdings die Tatsache erschienen, dass er genauso verliebt in sie war wie sie in ihn.

Nach nur sieben Wochen waren sie zusammengezogen, eine stürmische Liebesgeschichte, wie sie im Buche stand. Und vergangenen Sommer hatte er sie dann gefragt, ob sie ihn heiraten wollte. Natürlich hatte sie seine Eltern kennengelernt, aber es war ihr irgendwie gelungen, der restlichen Verwandtschaft auszuweichen – jedenfalls bis vor ein paar Wochen, als Linus darauf bestanden hatte, dass sie Thanksgiving im Kreis der Familie bei den Grants verbrachten.

»Schließlich wollen wir nicht, dass du sie alle an unserem Hochzeitstag zum ersten Mal triffst«, lautete seine scherzhafte Begründung.

Sie war einverstanden gewesen, weil er natürlich recht hatte, ohne allerdings zu ahnen, was sie an jenem Donnerstagnachmittag erwartete. Linus hatte immer von seiner »recht großen« Familie gesprochen, trotzdem erwischte es sie kalt, als sie sah, dass in drei unterschiedlichen Räumen für das Gemeinschaftsessen eingedeckt werden musste, um alle unterzubringen. Es gab Tanten und Onkels, Cousins und Cousinen, Nichten und Neffen. Diana war an Thanksgiving immer allein mit Grandma Denny gewesen. Sie hatten Putenfleischsandwiches gegessen und im Fernsehen Wiederholungen von Dennys Lieblingswestern angeschaut.

Als sie und Linus abends wieder zu Hause gewesen waren, hatte sie nicht mehr gewusst, wo ihr der Kopf stand.

»Meine Verwandten waren begeistert von dir«, hatte er versichert, ohne etwas von ihrer stummen Panikattacke mitzubekommen. Es war nicht seine Schuld. Diana hatte ihn nicht an ihrem inneren Tumult teilhaben lassen. Bis zu jenem Thanksgiving mit der kompletten Grant-Gang war ihre Verlobung für sie irgendwie unwirklich gewesen. Doch nun war klar: Seine Familie würde auch ihre Familie sein. Und jeder einzelne dieser Menschen hatte das Potenzial, Diana tief zu enttäuschen.

Was hatte sie sich bloß gedacht? Sie wusste nicht, wie sie in Linus' Welt bestehen sollte. Ja, in der winzigen Welt, die sie sich zusammen mit ihm eingerichtet hatte, da schon. Aber nicht in seiner anderen Welt, in der dreißig Leute gleichzeitig redeten und Diana ständig umarmen wollten.

Am Thanksgiving-Wochenende hatte Linus begonnen, wegen eines Hochzeitstermins zu drängen. »Warum warten? Es muss keine große Angelegenheit werden«, hatte er gesagt. Aber er war auch nicht der Meinung gewesen, dass Thanksgiving mit seiner Familie eine große Sache war.

Diana hatte versucht, das Thema nach Möglichkeit abzuschmettern. »Ich habe jetzt keinen Kopf für Hochzeitspläne«, hatte sie argumentiert. »Nicht jetzt, wo es im Job um meine Beförderung geht.« Daraufhin ließ Linus das Thema ein paar Tage lang auf sich beruhen, sprach es aber danach erneut an. Wieder und wieder. Diana wiederum hatte sich immer vehementer auf ihre Ausrede mit der Beförderung gestürzt und sich dadurch langsam, Schritt für Schritt, von ihm entfernt.

»Hey.« Linus steckte den Kopf durch die Tür. »Hier bist du also. Ich dachte schon, du bist vielleicht doch nach Hause gefahren.«

»Keine Chance. Ich sitze hier einfach nur und denke über so einiges nach.«

Er lehnte sich an den Türrahmen und verschränkte die Arme vor der Brust. »Worüber denn genau?«

»Dich. Mich. Uns. Hast du den Laden geschlossen?«

»Ja, gerade eben. Bist du bereit zum Aufbruch?«

Etwas in Dianas Brust zog sich flatternd zusammen. Sie kam sich vor, als ob sie in eine Achterbahn stieg, ohne zu wissen, wohin die Fahrt ging. Es konnte gut sein, dass sie gleich erneut aus der Bahn fliegen würde. Nein, sie war überhaupt nicht bereit. »Ja, auf geht's.«

Linus kam ins Zimmer und reichte ihr die Hand. Als sie sie ergriff, breitete sich eine Wärme in ihr aus. Von dem Moment an, in dem sie zum ersten Mal seine Hand genommen hatte, fühlte sie sich sicher und zu Hause. In den vergangenen drei Wochen ohne ihn war sie völlig verloren gewesen. Sie brauchte ihn mehr, als sie je geahnt hatte. Sie musste heute Abend unbedingt diese Zeitschleife reparieren und ihn bei sich behalten. Jetzt, da sie wusste, wie es war, wenn man geliebt wurde, wollte sie nie wieder ohne diese Liebe leben müssen.

Gemeinsam gingen sie nach draußen, und Linus schnallte sein Fahrrad auf das Gestell an ihrem Auto. Dann stiegen sie ein, und Diana startete den Motor. Wieder bog sie rechts vom Parkplatz ab und nahm die längere Route nach Hause.

»Wie war dein Treffen mit Mr. Powell?«, erkundigte Linus sich.

»Frag nicht«, antwortete Diana stöhnend.

»Wirklich so schlimm? Bestimmt lief es besser, als du glaubst.«

Diana fuhr übervorsichtig, fünf Meilen langsamer als erlaubt, und ließ den Blick hektisch von rechts nach links wandern, um nach versteckten Monstern am Straßenrand Ausschau zu halten – einem Lieferwagen, einem Hund, einem

Reh –, die nur darauf warteten, sich vor den Wagen zu werfen. Innerlich geriet sie mehr und mehr in Panik. Diesmal musste sie alles richtig machen. Es gab keinen Raum für Fehler. »Na ja, ich habe mich mit Kaffee übergossen, geflucht wie ein Seemann und mich dann durch die Antworten auf Mr. Powells Fragen gestammelt.«

»Du machst Witze, oder?«, fragte Linus.

Diana atmete zischend aus. »Schön wär's.«

Er berührte ihren rechten Arm, eine Geste, die sie vom ersten Moment an stets geerdet hatte. »Alles nicht so schlimm. Vielleicht ist eine Managementtätigkeit ja auch einfach nicht so dein Ding. Du bist eine phantastische Physiotherapeutin, Di. Deine Patienten brauchen dich.«

»Das hat Rochelle auch gesagt. Und ich weiß, dass sie es nur gut gemeint hat, warum also fühlt es sich für mich so an, als ob ihr beide mich kritisiert, wenn ihr so etwas äußert? Glaubst du nicht, dass ich eine gute Führungskraft wäre?« Unwillkürlich schaute sie zu Linus, bevor sie ihren Blick ruckartig wieder nach vorn richtete. *Nicht unaufmerksam werden.* Heute Abend würden sie es nach Hause schaffen, mit einem gesunden Linus, und morgen wäre dann wirklich Weihnachten.

Linus zog seine Hand zurück. »Das ist es nicht. Natürlich könntest du das. Du wirst immer wundervoll sein, egal, was du machst.«

Diana schluckte. Seine tröstliche Berührung fehlte ihr. Gerade jetzt hätte sie sie so bitter nötig gehabt. »Warum sagst du dann, dass es nicht so mein Ding wäre?«

»Möglicherweise ja aus reinem Egoismus. Vielleicht befürchte ich einfach, dass du nach einer Beförderung weniger Zeit für mich hast.«

Verblüfft starrte sie ihn an. »Was?«

Linus deutete nach vorn. »Augen geradeaus. Ich möchte heute gern unversehrt nach Hause kommen.«

»Klar.« Sie fixierte wieder die Straße. »Wie meinst du das, was du gerade gesagt hast?«

»Ich weiß, es klingt wahrscheinlich schrecklich, aber du hast nie mehr richtig Zeit für uns beide. Immer arbeitest du, studierst Ratgeber, liest Fachartikel. Es kommt mir vor, als wärst du erst überglücklich über unsere Verlobung gewesen und hättest dich dann mehr und mehr zurückgezogen. Du verschließt dich und redest nicht mehr so viel mit mir wie früher. Am Anfang hast du mir immer alles erzählt, und nun habe ich das Gefühl, dass du mir etwas vorenthältst. Ich mache mir Sorgen um dich, Di«, fügte er zärtlich hinzu und berührte erneut ihren Arm.

Dianas Augen brannten. Sie musste sich bewusst daran erinnern zu atmen. »Nur deshalb, weil ich nach einem bestimmten Ziel strebe?«

»Nein, sondern weil es sich für mich so anfühlt, als ob du nach etwas greifst, das dich weiter von allem entfernt. Das dich von uns entfernt.«

Diana schluckte an dem Kloß, der sich plötzlich in ihrer Kehle bildete, und krallte ihre Finger fester ins Lenkrad. Abrupt entzog sie Linus' ihren Arm.

»Siehst du?«, murmelte er. »Genau das meine ich.«

Als sie sich ihm zuwandte, um zu antworten, sah sie, wie seine Augen sich weiteten. Entsetzt starrte er durch die Windschutzscheibe.

Verdammt! Nicht schon wieder.

Metall krachte auf Metall, es klang wie Donner in der Nacht. Diana riss das Lenkrad so weit herum, wie sie konnte, dann wurde, einmal mehr, alles schwarz.

14. Kapitel

Aller guten Dinge sind vier

Diana rührte sich in ihrem Bett. War es schon Morgen? Sie wollte noch nicht aufwachen. Sie fühlte sich, als wäre sie gestern einen Marathon gelaufen.

Oder als wäre sie zum zweiten Mal hintereinander in einen Lieferwagen gekracht. Diana öffnete die Augen und drehte sich auf die andere Seite. Linus lag neben ihr. Einen langen Moment starrte Diana ihn einfach nur an, dann streckte sie eine Hand aus, um sein Gesicht zu berühren und sicherzustellen, dass er echt war.

Er bewegte sich unter ihrer Berührung, öffnete ebenfalls die Augen, blinzelte ein paarmal schläfrig und schoss dann leise fluchend hoch. »Ich habe verpennt.« Hastig sprang er aus dem Bett und stolperte zum Kleiderschrank.

War heute Weihnachten oder die nächste Wiederholung des vierten Dezembers? Diana fürchtete die Antwort.

»Welches Datum haben wir?«, fragte sie misstrauisch.

»Der vierte Dezember. Du solltest jetzt auch aufstehen.« Er drehte sich kurz zu ihr um. »Ich treffe mich gleich mit einem

Lieferanten, und du hast heute dieses wichtige Meeting mit deinem Chef.«

»Nicht schon wieder.« Stöhnend vergrub Diana ihr Gesicht in den Händen. Allein die Vorstellung, ein weiteres Mal die Ereignisse dieses Tages abspulen zu müssen, war erschöpfend.

Geistesabwesend kratzte Linus sich über die unrasierte Wange. »Alles okay? Warum stehst du nicht auf?«

Seufzend rappelte sie sich hoch und schwang die Beine über die Bettkante. »Tue ich ja. Gleich.«

»Bist du immer noch sauer wegen gestern?« Er kam zu ihr und setzte sich neben sie. »Ich habe mich die ganze Nacht gewälzt, weil ich so ein schlechtes Gewissen hatte wegen dem, was ich gesagt habe. Wenn du mich dieses Jahr nicht heiraten willst, dann heiraten wir eben nächstes Jahr. Oder übernächstes. Tut mir leid. Vergibst du mir?«

Diana beugte sich vor und küsste ihn auf den Mund, schwelgte in dem Gefühl dieses Kusses. Wenn es etwas Gutes an diesem Wiederholungstag gab, dann war es die Tatsache, dass sie ihn wieder küssen konnte. Sie konnte sein Lächeln sehen und seinen warmen Atem an ihrer Wange spüren. »Es gibt nichts zu verzeihen. Ich bin einfach nur froh, dass du hier bist.«

Er runzelte die Stirn. »Im Unterschied zu wo? Dachtest du etwa, ein alberner Streit würde mich dazu bringen, meine Koffer zu packen und abzuhauen?«

»Nein.« Aber am Vorabend des ersten vierten Dezembers hatte sie womöglich tatsächlich ein wenig über dieser Möglichkeit gebrütet.

»Gut. Denn so schnell wirst du mich nicht los.« Er stand auf und verschwand im Bad. Als sie an den anderen beiden

Tagen aufgewacht war, war er bereits dort gewesen. Während sie darauf wartete, dass er wieder herauskam, zog sie sich an. »Soll ich dich zum Geschäft fahren?«, bot sie an, als er ins Schlafzimmer trat, und reichte ihm den Schlips mit den Hunden.

Er schaute sie merkwürdig an. »Woher wusstest du, dass ich den heute tragen will?«

»Gut geraten, nehme ich an. Soll ich dich fahren?«, fragte sie noch einmal.

»Nein danke. Ich nehme den Pick-up.«

»Hattest du nicht erwähnt, dass der Tank so gut wie leer ist?«

»Hatte ich das? Ich kann mich nicht erinnern.« Er schnappte seine Schlüssel und küsste Dianas Wange. »Bis heute Abend.«

Diana nickte. »Ja.« Es war sinnlos, eine gemeinsame Mittagspause vorzuschlagen oder anzuregen, die Arbeit zu schwänzen und den Tag zusammen zu verbringen. »Bis heute Abend.«

»Viel Glück bei deinem wichtigen Meeting«, rief er über die Schulter.

»Danke.« Diana schaute ihm hinterher, wartete einen Moment und ging dann zur Wohnungstür, um Linus aus seinem Pick-up steigen zu sehen. Er wirkte perplex.

»Er springt nicht an«, erklärte er, als er wieder hereinkam. »Woher wusstest du das?«

»Du hast es mir erzählt. Möchtest du also gefahren werden? Es macht mir nichts aus, dich mitzunehmen.«

Linus überlegte kurz, schüttelte dann aber den Kopf. »Schon okay. Ich nehme das Rad. Bewegung tut gut. Außerdem will ich nicht, dass du dich bei deinen Patienten verspätest. Was zwingend passieren wird, wenn du jetzt nicht aufbrichst.«

»Stimmt. Ich liebe dich.«

»Ich liebe dich auch.« Er musterte sie forschend. »Ist alles in Ordnung mit dir?«

»Mm-hmm. Ich bin nur müde.« Um ihre Aussage zu bekräftigen, täuschte sie ein Gähnen vor. »Und ich bin ein bisschen nervös wegen meines Gesprächs mit Mr. Powell.«

»Dazu besteht überhaupt kein Anlass. Du wirst dich großartig schlagen. Du hast so hart für diese Beförderung gearbeitet, du verdienst sie einfach«, versicherte er, ganz der loyale Verlobte, den sie kannte. Doch nach dem Wortwechsel gestern Abend im Auto wusste Diana, dass er nicht daran glaubte, dass sie den Job tatsächlich wollte. Da war er sich mit Rochelle einig.

Linus ging zu seinem Fahrrad, das im Flur an der Wand lehnte, und rollte es nach draußen. Dann schwang er sich auf den Sattel und winkte ihr noch einmal zu, bevor er auf die Hauptstraße einscherte. Damit nahm die Wiederholung desselben grauenhaften Tages einmal mehr ihren Lauf. Diana stieß einen tiefen Seufzer aus. Warum passierte das? Warum schaffte sie es einfach nicht, Linus zu retten?

»Guten Morgen, Diana«, rief Mrs. Guzman ihr zu. Die alte Dame kam mit Leonardo an der Leine an der geöffneten Apartmenttür vorbei.

»Guten Morgen«, erwiderte Diana. Ob ihre Nachbarin wohl noch irgendetwas von ihren gestrigen und vorgestrigen Gesprächen wusste? Nein, natürlich nicht. Sie war die Verursacherin dieses ganzen Chaos und konnte sich nicht mal daran erinnern, was sie getan hatte.

»Ziemlich frisch heute, was?«, bemerkte Mrs. Guzman.

Zum ersten Mal heute nahm Diana das Wetter zur Kenntnis. Ja, es war kalt, wie gestern, aber vielleicht ein, zwei Grad wärmer. Zumindest gab es keinen Schneeregen.

»Vielleicht kriegen wir ja doch noch weiße Weihnacht«, fuhr Mrs. Guzman fort.

»Weihnachten? Das ist doch erst in drei Wochen«, erwiderte Diana. Zwar hatte Linus das aktuelle Datum bereits bestätigt, doch sie wollte Mrs. Guzmans Reaktion einschätzen.

»Also noch reichlich Zeit, um Ihnen ein Geschenk zu besorgen. Mögen Sie Wein?«

Nun spürte Diana doch einen Anflug von Enttäuschung. Mrs. Guzman erinnerte sich nicht an den Zauber, den sie über die Schneekugel gelegt hatte und auch nicht an ihre gestrige Diskussion mit Diana. »Ja, ich trinke gern Wein. Und jetzt muss ich zur Arbeit. Heute ist ein wichtiger Tag für mich. Ich habe ein Bewerbungsgespräch für eine Beförderung.«

»Wie schön. Ich hoffe, Sie bekommen die Stelle. Sofern Sie sie überhaupt wollen.«

Was für eine seltsame Bemerkung, dachte Diana. »Ich würde mich ja wohl kaum um eine Position bewerben, die ich gar nicht will, oder?«

Mrs. Guzman wiegte den Kopf. »Manchmal kennen wir unsere eigenen wahren Herzenswünsche nicht. Manchmal jagen wir irgendwelchen Dingen nur deshalb nach, weil wir glauben, dass wir es tun sollten. Wie mein Leonardo hier, der jeden Tag aufs Neue den Eichhörnchen hinterherhetzt.

Sollte er jemals eins erwischen, wüsste er nicht, was er damit anfangen sollte – weil er in Wahrheit gar keins will.« Sie lachte trocken auf. »Bis später, meine Liebe.«

Nachdem ihre Nachbarin weitergegangen war, blieb Diana noch eine Weile nachdenklich auf der Türschwelle stehen. Plötzlich fiel ihr siedend heiß Maria ein. *O Mist!* Rasch ging sie ins Apartment zurück, griff nach ihrem Handy und wählte die Nummer ihrer Patientin. Ungeduldig lauschte sie dem Klingeln in ihrem Ohr. »Geh ran, geh ran, geh ran.«

Maria nahm nicht ab. Diana wählte die Nummer ein zweites Mal.

»Hallo?«, antwortete die alte Dame schließlich. Sie klang außer Atem.

»Maria! Hier ist Diana. Holen Sie gerade Kisten vom Dachboden?«

Maria hustete. »Woher wollen Sie das wissen?«

»So eine Ahnung. Lassen Sie das bitte bleiben. Ich helfe Ihnen gleich, wenn ich bei Ihnen bin.«

»Oh, das müssen Sie nicht«, wehrte Maria ab.

»Hören Sie«, sagte Diana streng. »Kein Kistenschleppen vom Dachboden! Sie werden sich den Knöchel brechen.«

Diesmal schnaubte Maria ergeben. »Na schön. Ich habe zwar keine Ahnung, woher Sie wussten, was ich mache, aber ich warte, bis Sie da sind, um mir zu helfen.«

»Gut.« Hastig machte Diana sich fertig, zog die Apartmenttür hinter sich zu und lief zum Parkplatz. Unterwegs steckte sie eine Dollarnote in die Spendendose des Weihnachtsmanns. Pünktlich wie es sich für eine pflichtbewusste Physiotherapeutin gehörte, kam sie bei Maria an.

»Kommen Sie schnell rein«, begrüßte ihre Patientin sie. »Sie müssen ja völlig durchgefroren sein.«

Diana trat ein und musterte die alte Frau nachdenklich. Kein gebrochener Knöchel. Warum konnte sie erfolgreich Marias Schicksal zum Besseren wenden, aber nicht dasselbe für Linus erreichen? Das ergab keinen Sinn und war auch nicht fair. »Wie geht es Ihrem Arm heute?«, erkundigte sie sich, so wie sie es normalerweise tun würde.

»Oh, er ist steif. Muss am Wetter liegen.«

Diana deutete auf das Bett in der Wohnzimmerecke. »Dann werde ich ihn jetzt mal ordentlich dehnen, und anschließend hole ich Ihnen die Kisten vom Dachboden.«

»Sie sind so ein liebes Mädchen.« Maria schlurfte zum Bett, legte sich hin und schloss die Augen, während Diana sich dem steifen Arm widmete.

Während sie eine Serie von Dehnübungen durchführte, zeigte ihre Patientin sich redseliger als sonst. Doch Diana hörte nur mit halbem Ohr hin. In Gedanken war sie bei den nächsten Schritten der Therapiesitzung und des restlichen Tages. Wie würde sie ihre Beförderung unter Dach und Fach kriegen? Was konnte sie tun, um zu verhindern, dass Linus heute Abend in der Notaufnahme landete?

»Tut mir leid, dass ich so viel quassele«, entschuldigte Maria sich. »Aber ich bekomme nicht oft Besuch.«

Diana fiel wieder ein, dass die alte Dame das auch gestern gesagt hatte. Es gab Verwandte hier in der Gegend, aber zu denen hielt sie keinen Kontakt. »Das macht mir nichts aus. Ich erfahre gerne etwas aus Ihrem Leben. Ich würde gern mehr davon hören«, erwiderte Diana ausweichend. Sie war keine Psychologin wie Rochelle. Ihre Aufgabe war der Körper ihrer Patienten, nicht die Seele. »Ihre Tochter muss viel um die Ohren haben, wenn sie Sie nicht häufiger besucht«, sagte sie schließlich, in der Hoffnung, einen Ansatzpunkt gefunden zu haben.

»Woher wissen Sie, dass ich eine Tochter hier in der Nähe habe?«

Gute Frage. »Ich glaube, Sie haben sie mal erwähnt.«

»Hmm. Wahrscheinlich hat sie viel um die Ohren. Sie hat selbst eine Tochter, stellen Sie sich vor. Ich bin Großmutter. Meine Enkelin spielt Basketball. Das weiß ich nur, weil ein netter Nachbar meine Tochter einmal für mich über die sozialen Medien gecyberstalkt hat.«

Auch diese Geschichte kannte Diana bereits. »Ich will ja nicht neugierig sein, aber ich verstehe nicht, warum eine Tochter sich von einer Mom wie Ihnen abwenden sollte.«

Maria setzte sich langsam auf die Bettkante. »Es gibt Fehler im Leben, die kann man nicht gutmachen.« Sie zögerte, nahm den Faden ihrer Erzählung aber nach einem tiefen Seufzer wieder auf. »Als meine Tochter zwei Jahre verheiratet war, haben die beiden mich über die Feiertage besucht, und ihr Ehemann Blaine hat irgendwas gemacht, um mich zu verärgern. Es war kein Geheimnis, dass ich ihn nicht leiden konnte, aber meine Tochter hatte ihn sich ausgesucht, daher sagte ich nie etwas gegen ihn. An jenem Tag jedoch ...« Reuevoll schüttelte Maria den Kopf, und die Falten auf ihrer Stirn und um ihre Augen vertieften sich. »Ich konnte mich einfach nicht mehr zurückhalten. Es war, als ob ein Damm gebrochen wäre.«

»Was ist passiert?«

»Ich hielt meiner Tochter vor, sie dürfe nicht so mit sich

reden lassen, wie Blaine mit ihr sprach. Dass er respektlos, verwöhnt und kindisch war. Ich sagte ihr, dass sie etwas Besseres haben könnte als einen Mann wie ihn, und dass ich die Verbindung missbilligte.«

»Autsch«, murmelte Diana. »Ich vermute mal, dass das nicht allzu gut ankam.«

»Überhaupt nicht. Es war nicht gerade mein bester Moment.« Maria starrte auf ihre im Schoß gefalteten Hände. »Nun ja. Jedenfalls hat Blaine alles mitgehört. Meine Tochter war offensichtlich aufgebracht. Und er gab ihr das Gefühl, sie müsste sich zwischen dem Mann, den sie liebte, und mir entscheiden. Die beiden hatten ein Kind zusammen. Was konnte sie schon tun? Also hat sie mich aus ihrem Leben verbannt. Wir haben seit zwölf Jahren nicht mehr miteinander gesprochen.« Hilflos zuckte sie mit den Achseln. »Aus Liebe macht mal wohl verrückte Sachen.«

»Das tut mir so leid.« Tröstend legte sie ihre Hand auf Marias. »Zwölf Jahre sind eine lange Zeit. Sie sollten versuchen, sich mit ihr zu versöhnen.«

»Das habe ich. Oft sogar.« Maria zuckte mit den Achseln. Dabei bewegten ihre Schultern sich asymmetrisch. Die kräftige hob sich fünf Zentimeter höher als die geschwächte. »Sie hat kein Interesse, sich mir wieder anzunähern. Das verstehe ich.«

»Aber Sie sind Ihre Mutter. Sie liebt sie. Das muss so sein«, beharrte Diana. Schließlich hatte Maria sich nicht bewusst dafür entschieden, ihre Tochter zu verlassen, anders als Jackie Merriman. Maria war eine fürsorgliche Mutter, die ein einziges Mal allzu emotional reagiert hatte. Das war nur menschlich. »Ich finde das nicht in Ordnung.«

»Es ist, wie es ist«, sagte Maria bedrückt.

»Nein.« Diana schüttelte den Kopf. »Wie heißt Ihre Tochter? Ich werde nach ihr suchen und sie kontaktieren.« So etwas würde Diana normalerweise niemals tun. Zumindest nicht die Diana von vor dem vierten Dezember. Sie bestand auf Professionalität, und dies hier war eindeutig eine Grenzüberschreitung.

Überrascht starrte Maria sie an. »Nein, Sie werden sie nicht kontaktieren. Ich weiß wirklich zu schätzen, dass Sie mir helfen wollen, aber ich muss selbst mit meiner Situation klarkommen. Ich achte Cecilias Wünsche, indem ich mich aus ihrem und dem Leben meiner Enkelin heraushalte. Ich habe Addy nicht mehr gesehen, seit sie ein kleines Mädchen war.«

»Addy?«, wiederholte Diana. Die Welt schien sich plötzlich langsamer zu drehen, gerade langsam genug, um Diana Zeit zu geben, die Puzzleteile zusammenzufügen. »Cecilia Pierce? Mrs. Pierce ist Ihre Tochter?«

Maria musterte sie eindringlich. »Sie kennen sie?«

Diana wusste kaum, wie ihr geschah. Ja, Snow Haven war eine Kleinstadt, aber trotzdem. Wie konnte sie regelmäßig zwei Patientinnen direkt nacheinander behandeln, ohne zu bemerken, dass es sich um Großmutter und Enkelin handelte?

»Ja. Addy ist meine Patientin.« Erschrocken zuckte sie zusammen und legte eine Hand vor ihren Mund. »Aber das hätte ich Ihnen gar nicht sagen dürfen, wegen meiner Schweigepflicht.« Noch nie hatte Diana dagegen verstoßen. Die Schweigepflicht zu brechen, war ein riesiges Tabu. Sie könnte dafür gefeuert werden oder sogar ihre Lizenz verlieren. »Vergessen Sie es ganz schnell wieder.«

»Addy ist eine Ihrer Patientinnen?« Maria legte die linke Hand an ihre Brust. »Warum sollte ein so junges Mädchen Sie brauchen? Sie therapieren doch Leute, die ans Haus gefesselt sind, nicht wahr?«

Diana konnte nicht glauben, wie sehr sie diesen neuen Tag bereits vermasselt hatte. Mittlerweile war sie dermaßen desorientiert, dass nichts, was ihr widerfuhr, sich noch real anfühlte. Sie hatte den vierten Dezember nun schon dreimal durchlebt. Vielleicht war sie ja in einem Traum gefangen. Oder vielleicht steckte sie buchstäblich in dieser albernen Schneekugel fest, die Linus ihr zu Weihnachten schenken wollte.

»Es tut mir leid, ich darf Ihnen nicht mehr sagen, Maria. Ich kann nicht fassen, dass mir das eben herausgerutscht ist.«

Flehentlich streckte Maria den linken Arm nach ihr aus. »Geht es ihr gut? Geht es Cecilia gut? Bitte. Ich muss das wissen.«

Diana wollte ihr nicht zu viel verraten, aber wie hätte sie die verzweifelte alte Dame abweisen können? »Den beiden geht es den Umständen entsprechend gut. Es ist schwierig für sie im Moment, aber bald wird alles wieder gut sein.«

Maria schien auf weitere Informationen zu warten.

»Mr. Pierce ist offensichtlich aus ihrem Leben verschwunden. Ich habe ihn nie getroffen, und sie erwähnen ihn nie.«

»Dann macht Cecilia das alles allein durch?«, fragte Maria entsetzt. »Was immer *das* ist?«

»Das weiß ich nicht. Aber Sie schlagen sich auch ganz allein mit den Folgen Ihres Schlaganfalls herum. Und das sollte nicht der Fall sein. Nicht, wenn Sie und Ihre Tochter einander haben. Und füreinander da sein könnten.« Noch während sie sprach, kam Diana sich vor wie eine Heuchlerin. Schließlich hatte sie in den drei Wochen seit Linus' Unfall auch alles allein mit sich abgemacht. Rochelle, die Grants und sogar ihr neuer Vorgesetzter William Davis hatten versucht, für sie da zu sein, aber sie hatte alle weggestoßen und ihre Gefühle in sich verschlossen, so, wie Grandma Denny es von ihr verlangt hätte.

Sie stand auf. »Ich hole Ihnen jetzt diese Kisten vom Dachboden.«

Maria schlurfte hinter ihr her. »Mir ist immer noch schleierhaft, woher Sie heute morgen wussten, dass ich das vorhatte, aber ich weiß Ihren Einsatz zu schätzen. Vielen Dank.«

»Ich bin froh, dass ich Ihnen helfen kann.« Mechanisch ging Diana die Treppe zum zweiten Stockwerk hoch, zog die Leiter zur Dachluke herunter, kletterte sie hoch und zog eine Kiste nach der anderen hervor, die sie anschließend nach unten ins Wohnzimmer brachte, um sicherzustellen, dass Maria keine Gelegenheit bekam, sich den Knöchel zu brechen.

»Jetzt muss ich los«, sagte sie dann.

»Zu Cecilia und Addy?« Wenn Maria so wie jetzt lächelte, nahmen ihre braune Augen einen helleren Bronzeton an.

Wieder stieg bittere Reue ob ihrer gravierenden Pflichtvergessenheit in Diana auf. Ihre einzige Rettung war, dass Maria alles, was sie heute von ihr erfahren hatte, morgen wieder vergessen haben würde. Es sei denn, Diana knackte die Zeitschleife. Dann könnte die alte Frau sich womöglich erinnern, und das wäre ein Riesenproblem. Es war eine Sache, den Tag zu wiederholen, um ihn besser zu machen. Die Ausgangssituation für sich selbst und alle anderen zu verschlimmern, stellte sich deutlich bedenklicher dar.

»Könnten Sie ihnen sagen …« Maria unterbrach sich. »Nein. Cecilia will nichts von mir wissen. Ich möchte ihre Bürde nicht noch vergrößern.«

»Sie sollten aber keine Bürde für sie sein«, widersprach Diana. »Es ist nicht fair, wenn ein einziger Fehler das Verhältnis zu Ihrer Tochter für immer zerstört.«

»Es liegt nie nur an einem einzigen Fehler«, bemerkte Maria weise. »Aber es ist der eine, der das Gleichgewicht zum Kippen bringt. Danke, dass Sie sich um meine Familie kümmern.« Sie ließ sich Zeit damit, Diana zur Haustür zu bringen. »Ich halte mich nicht so sehr über die Vorkommnisse in der Stadt auf dem Laufenden, wie ich sollte. Hätte ich es getan, dann hätte ich vielleicht auch mitgekriegt, dass meine Enkelin so krank war.« Entschuldigend schaute sie Diana an. »Es ist nur … wenn ich Anschluss suchen würde, dann würden die Leute mich fragen, wie es Cecilia geht, und ich müsste zugeben, dass ich es nicht weiß. Oder sie würden mir von ihr erzählen, was mir umso schmerzlicher vor Augen führen würde, dass ich sie nicht mehr kenne. Ich kenne meine eigene Tochter nicht. Das ist fast nicht zu ertragen.« Aufgewühlt schüttelte sie den Kopf. »Aber ich habe Ihnen genug Kummer gemacht. Und ich werde Sie jetzt auch nicht länger aufhalten. Bitte lassen Sie mich wissen, ob es etwas gibt, das ich für die beiden tun kann. Ich werde es tun, und Cecilia müsste nichts davon erfahren.«

»Das mache ich. Muten Sie sich heute nicht mehr zu viel zu. Wenn Sie wollen, dann komme ich morgen vorbei und helfe Ihnen, den Baum aufzustellen und zu schmücken.«

»Aber morgen haben Sie doch gar keinen Termin mit mir«, wandte Maria ein, genau wie gestern.

»Das stimmt. Aber ich habe Zeit, Ihnen zu helfen.«

Marias Gesichtsausdruck war unbezahlbar, und Diana wurde ganz warm ums Herz.

Die alte Frau schlurfte zum Tisch neben der Haustür, ergriff ein paar der einzeln abgepackten Scheiben Früchtebrot, die dort lagen, und drückte sie Diana in die Hand. »Ein Stück für meine Cecilia und Addy und zwei für Sie und Ihren Verlobten.«

Auch diese freundliche Geste weckte ein wohlig warmes Gefühl in Diana. Und dann machte Maria etwas, das sie an den anderen beiden Tagen nicht getan hatte. Sie beugte sich vor und umarmte Diana.

»Ich hätte mir natürlich niemals einen Schlaganfall gewünscht, aber immerhin hatte das Ganze ein Gutes – Sie kommen regelmäßig zu Besuch. Mit Ihnen ist mein Leben etwas weniger einsam.« Maria trat einen Schritt zurück und lächelte Diana strahlend an.

Das plötzliche Brennen in ihren Augen führte Diana darauf zurück, dass ihre Schleimhäute von der kalten Winterluft ausgetrocknet waren. Was anderes konnte es nicht sein, schließlich war sie gut darin, ihre Emotionen zu unterdrücken. Zumindest war das bis vor kurzem so gewesen.

»Dann bis morgen, Maria.« Sie öffnete die Haustür und ging zu ihrem Auto.

Nachdem sie eingestiegen war und das Früchtebrot auf den Beifahrersitz gelegt hatte, blieb Diana einen Moment einfach hinterm Lenkrad sitzen. Noch immer brannten ihre Augen, und in der Herzgegend verspürte sie ein schmerzliches Ziehen. Sie machte nun schon seit Wochen Hausbesuche bei Maria Harris, und bis zu dieser Zeitschleife war ihr nie aufgefallen, wie einsam die alte Frau sich fühlte oder dass sie mit den Pierces verwandt war. William hätte das vermutlich mitgekriegt. Wahrscheinlich hätte er Maria schon bei der ersten Therapiesitzung über ihr Leben ausgefragt und jedes noch so kleine Detail erfahren. Bisher hatte Diana ein solches Verhalten immer als aufdringlich und unangemessen empfunden, doch nun dachte sie, dass Mr. Powell wohl recht hatte: Die Firma war wie eine große Familie, und das war gut für Menschen wie Maria.

Sie warf den Motor an und fuhr zum Haus der Pierces.

»Wie schön, Sie zu sehen, Diana«, sagte Mrs. Pierce.

Diana schlüpfte aus ihrem Wintermantel und biss sich auf die Zunge, um Maria nicht zu erwähnen. Das ging sie nichts an. »Gleichfalls. Wie geht es Addy heute?«

»Sie ist ein launischer Teenager. Aber das ist normal, stimmt's?«

Obwohl sie diese Bemerkung nun schon zum vierten Mal hörte, lachte Diana. »Ich glaube schon, ja.«

»Was ist das nur mit Mädchen und ihren Müttern? Entweder sie halten zusammen wie Pech und Schwefel oder sie gehen aufeinander los wie Hund und Katze.«

Diana dachte an ihre eigene Mutter. Die verkorkste (oder vielmehr komplett fehlende) Beziehung zu Jackie war allein deren Schuld. Selbst wenn Jackie sich jetzt dazu aufraffen könnte, mehr Einsatz zu zeigen, wäre das zu wenig, um die Kluft zwischen ihnen zu überwinden. An diesem Punkt im Leben wollte Diana das Verhältnis zu ihrer Mutter nicht mehr bereinigen. Vielleicht empfand ja Mrs. Pierce – Cecilia – genauso in Hinsicht auf Maria.

»Ich gehe dann mal zu Addy«, sie wandte sich zum Gehen, drehte sich aber noch mal um. »Äh, hier.« Sie reichte Mrs. Pierce das Früchtebrot. »Das ist für Sie.« Sie verriet nicht die Herkunft des Gebäcks, die blieb vermutlich besser im Dunkeln.

»Oh, wow.« Mrs. Pierce lächelte erfreut. »Wir lieben Früchtebrot. Vielen Dank.« Sie deutete Richtung Addys Zimmer. »Dann zaubern Sie mal los. Viel Glück.«

Das würde Diana auch brauchen. Sie wollte nichts Falsches sagen und Addy noch wütender machen, als sie ohnehin schon war, aber es wäre eine schöne Veränderung dieses Tages, wenn sie ausnahmsweise mal die richtigen Worte finden würde. Sie klopfte an Addys Tür.

»Herein«, rief eine gedämpfte Stimme.

Als Diana eintrat, lag Addy bäuchlings auf dem Bett, das Gesicht in ein großes, fluffiges Kissen gepresst. »Hi, Addy. Alles okay?«

»Nein. Mein Leben ist schrecklich, und das liegt nicht daran, dass ich Krebs habe.« Sie hob den Kopf und rollte sich auf den Rücken. Die Abdrücke auf ihren Wangen und ihrer Stirn zeigten, dass sie das Gesicht eine ganze Weile ins Kissen gedrückt hatte.

»Möchtest du darüber reden?« Diana setzte sich neben Addy auf die Bettkante. Sie wusste, dass es nicht viel brauchte, um den Teenager dazu zu bringen, sich die Last von der Seele zu reden. »Wie wär's mit einem Deal? Ich erzähle dir, was mich bedrückt, und du erzählst mir, was dich bedrückt.«

Erstaunt starrte Addy sie an. »Wirklich? Sie erzählen mir doch nie irgendwas.«

»Nun, heute biete ich dir im Austausch für deine Geschichte ein paar brisante Details.«

Das Mädchen wirkte skeptisch. »Okay. Sie zuerst. Was bedrückt Sie?«

Diana zögerte. Sie könnte sich mit irgendeiner trivialen Anekdote aus der Affäre ziehen, zum Beispiel wieder sagen, dass ihre Heizung kaputt war, aber dann würde sie sich fühlen wie eine Drückebergerin. »Ich mache mich gerade ziemlich verrückt, weil ich nicht sicher bin, ob ich mich in eine Familie integrieren kann. In die Familie meines Verlobten, um genau zu sein.«

Verdutzt zog Addy die Stirn kraus. »Wie meinen Sie das?«

»Ich bin bei meiner Großmutter aufgewachsen«, erklärte Diana. »Aber wir haben uns nicht wirklich wie eine Familie verhalten. Wir lebten im selben Haus, das war's dann auch schon. Um ehrlich zu sein, drehe ich durch bei der Vorstellung, an Feiertagen zu großen Familienzusammenkünften zu gehen. Und der Gedanke an eine große Hochzeit versetzt mich in Panik.«

Addy schien ihre Bekenntnisse förmlich aufzusaugen. »Meine Familie hingegen versucht, mich zu ersticken«, sagte sie. »Ich kann keinen Moment in Ruhe und Frieden verbringen, ohne dass meine Mom reingestürmt kommt, um sicherzustellen, dass ich noch unter den Lebenden weile.«

»Sie liebt dich.« Diana fühlte sich seltsam verwundbar. Noch nicht mal Rochelle kannte die Einzelheiten, die sie eben offenbart hatte. Vor allem deshalb, weil Diana wusste, dass ihre beste Freundin tonnenweise gute Ratschläge parat hätte, die nichts an der Situation ändern würden.

»Ich weiß, und ich denke, ich bin tatsächlich ein bisschen weniger sauer auf sie, nachdem Sie mir erzählt haben, dass

Ihnen früher solche Zuwendung gefehlt hat. Was werden Sie jetzt tun?«

»In welcher Hinsicht?«

»Na ja, heiraten Sie den Typ trotzdem? Denn Sie wissen schon, dass Sie dann seine Familie mitheiraten, oder?«, gab Addy zu bedenken. Sie klang wie eine Mini-Erwachsene.

Diana hatte nie erwogen, Linus wegen seiner riesigen, erdrückenden Familie den Laufpass zu geben. Sie liebte ihn. Natürlich würde sie ihn nicht verlassen, weil er im Unterschied zu ihr in einem idealen, liebenden, fürsorglichen familiären Umfeld groß geworden war.

»Das stimmt, aber ich komme schon irgendwie klar damit. Ich werde mich einfach daran gewöhnen müssen, eine Familie zu haben. So schwer kann das ja wohl nicht sein, oder?«

Addy lachte kurz auf, aber es klang nicht sehr fröhlich.

»O doch, sehr schwer.« Sie starrte auf ihre Hände, entdeckte eine Stelle, an der ihr Nagellackt abgesplittert war, und begann, noch mehr Lack abzuknibbeln. »Das ist der Grund, warum ich meine Grandma nie sehe. Sie hat sich nicht mit meinem Dad verstanden, als der noch hier war.«

»Ach?« Unwillkürlich fragte Diana sich, warum dieser Aspekt im Leben von Maria und den Pierces nie zuvor aufgekommen war.

Addy nickte. »Jup.«

»Aber das ist es nicht, was dir heute zu schaffen macht, stimmt's?« Diana schaute ihre Patientin auffordernd an. »Es geht um einen Jungen, hab ich recht?«

Ruckartig hob Addy den Kopf. »Woher wissen Sie das?«

»Ich war auch mal ein Teenager.«

Das brachte Addy zum Grinsen. »Komische Vorstellung, dass Sie jemals Kind waren.«

»Warum das denn?«, fragte Diana leicht defensiv.

»Weil Sie immer so schrecklich ernst sind.«

Diese Einschätzung brachte Diana ins Grübeln. Linus war immer noch ein großes Kind, während sie zu ernst war, um jemals Kind gewesen zu sein? Es hieß ja, Gegensätze ziehen sich an, aber waren sie vielleicht *zu* gegensätzlich? Zwar war Diana vom ersten Moment an sicher gewesen, dass Linus der Eine für sie war. Doch ein Teil von ihr hatte die ganze Zeit latent darauf gewartet, dass ihm klarwurde, wie wenig sie zusammenpassten. Tief in ihrem Inneren flackerte die leise Furcht, dass er sie eines Tages verlassen würde. »Was ist denn das Problem mit dem Jungen?«

Addy stieß einen leisen Seufzer aus. »Mein Freund Jay hat mich offenbar vergessen. Und jetzt höre ich, dass er was mit meiner besten Freundin Sierra hat.«

»Wenn das stimmt, dann ist er nicht der Richtige für dich.« Normalerweise scheute Diana davor zurück, anderen Menschen persönliche Ratschläge zu erteilen, erst recht, wenn es sich um ihre Patienten handelte. Doch nachdem sie diese Diskussion nun schon dreimal geführt hatte, konnte sie ihre Zunge nicht länger im Zaum halten. »Aber wer weiß? Vielleicht ist sein Verhältnis zu deiner Freundin ja ganz anders als du annimmst. Vielleicht irrt sich ja derjenige, der dir diese Information weitergegeben hat. Warum sprichst du nicht mal mit ihm – per Videoanruf?«

»Video? Gucken Sie mich doch mal an.« Verzweifelt deutete Addy auf ihren Kopf. »Meine Haare fallen aus. Meine Haut ist völlig ausgetrocknet.« Tränen schimmerten in ihren

Augen. »Ich sehe grässlich aus. Vielleicht ist er mit Sierra ja tatsächlich besser dran.«

»Hey.« Tröstend legte Diana eine Hand an Addys Rücken. »Das stimmt nicht. Du bist schön. Daran solltest du keinen Moment zweifeln.«

»Schön kahl, was?«, erwiderte Addy bitter.

»Ja, du verlierst deine Haare. Vorübergehend. Aber sie werden nachwachsen. Das Leben geht weiter, und vielleicht bist du dann diejenige, die entscheidet, dass dieser Typ deiner Aufmerksamkeit nicht wert ist.«

Addy senkte den Kopf. »Aber er ist wirklich nett.«

»Dann solltest du ihm vielleicht einen Vertrauensvorschuss geben und ihn anrufen. Gib ihm die Chance, dir zu beweisen, dass er nett ist.«

Addy schien sich den Vorschlag durch den Kopf gehen zu lassen. Doch plötzlich starrte sie Diana aus zusammengekniffenen Augen an. »Sonst blocken Sie doch jedes Gespräch über meine Gefühle ab. Warum hören Sie mir heute zu?«

War Diana vorher wirklich so schrecklich gewesen? »Ich versuche, mich normalerweise auf meine Aufgabe zu konzentrieren, die darin besteht, dir beim Aufbau von Kraft und Kondition zu helfen. Aber emotionale Kraft und Kondition ist ebenfalls wichtig für deine Genesung. Es tut mir leid, dass ich nicht früher auf deine Probleme eingegangen bin.« *Na toll, jetzt klinge ich wie Rochelle.*

Addy knibbelte weiter Lack von ihren Nägeln. »Und wenn er mich nun sieht und nichts mehr mit mir zu tun haben will?«

»Dann ist er ein Mistkerl«, befand Diana unverblümt.

»Dann rufst du mich an und ich komme mit einem Riesenbecher Eis vorbei.«

Ihre Patientin machte große Augen. »Das würden Sie wirklich tun?«

»Natürlich. Als Teil deiner Therapie.«

»Eistherapie. Die beste, die es gibt.« Addy grinste. »Okay. Vielleicht melde ich mich nach der Schule bei ihm.«

»Gut.«

»Diana? Vielen Dank, dass Sie mit mir geredet haben wie ein echter Mensch. Wie eine Freundin.« Sie beugte sich vor und umarmte Diana, so wie Maria vorhin. »Es ist irgendwie einsam hier in diesem Zimmer.«

Tränen brannten in Dianas Kehle. Nur mühsam schluckte sie sie herunter. Auch zu diesem Mädchen kam sie nun schon seit Wochen regelmäßig. Addy hätte sich niemals einsam fühlen dürfen, aber das war offensichtlich der Fall.

Diana wollte nicht kalt oder herzlos sein. Ihr war nicht mal klar gewesen, dass sie offenbar so rüberkam. Grandma Denny war genauso gewesen. Sie waren keine emotionalen Menschen oder zeigten es zumindest nicht. Sie waren unabhängig und baten niemanden um Hilfe, wenn auch eher notgedrungen als freiwillig. Wusste Linus eigentlich, worauf er sich mit ihr eingelassen hatte?

»Ich bin deine Freundin.« Sie löste sich aus der Umarmung und schaute Addy ins Gesicht. »Und ich bin auch deine Physiotherapeutin, daher sollten wir uns jetzt besser an die Arbeit machen.«

Pünktlich um fünf vor zwei stand Diana vor Leanns Rezeption im Powell Rehabilitation Center.

»Ich habe einen Termin mit Mr. Powell.«

Leann schaute auf die Uhr. »Setzen Sie sich. Er ist gleich bereit für Sie.«

Ein paar Minuten später führte sie Diana in Mr. Powells Büro.

Er stand auf, als sie hereinkam. »Schön, Sie zu sehen, Diana.«

»Gleichfalls, Todd«, erwiderte sie lächelnd.

»Möchten Sie Kaffee?«

»Nein!«, platzte sie etwas zu laut heraus. Kaffee hatte bereits zwei ihrer Gespräche ruiniert. Sie spürte, wie sie errötete. »Nein, vielen Dank«, fuhr sie in gemäßigterem Ton fort. »Ich hatte heute schon meine zwei Tassen.«

»Ah, okay. Nun, dann lassen Sie uns gleich zur Sache kommen.« Er stellte dieselben Fragen wie zuvor, doch Diana variierte ihre Antworten.

»Ich bin nicht ganz sicher, warum ich eine gute Führungskraft wäre. Vielleicht wär ich keine. Ich meine, ich führe meine Patienten, und ich dachte immer, dass ich einen guten Job mache, aber ein Patient besteht aus mehr als nur seinen Körperteilen, stimmt's? Wissen Sie, Patienten haben auch emotionale Bedürfnisse.« Sie schaute Mr. Powell direkt in die Augen. »Und ich habe auch welche.«

Seine Miene war hart. »Richtig.«

»Ich glaube, ich habe diese Bedürfnisse unbewusst vernachlässigt. Ich dachte immer, das sei professionell, aber vielleicht ist das falsch. Vielleicht ist es doch keine Zeitverschwendung, sich mit einem Patienten auf eine Tasse Tee zusammenzusetzen. Oder einer Patientin zu helfen, Kisten mit Weihnachtsschmuck vom Dachboden zu holen. Ich meine, wenn sie das vor einem Sturz bewahrt, bei dem sie sich weitere Verletzungen zuziehen könnte, dann gehört es doch auch zur Therapie, oder?«

»Ich schätze schon.« Jetzt wirkte Mr. Powell vollkommen verwirrt. Trotzdem saß sein perfektes Lächeln wie festgezurrt.

»Ich bin nicht so umgänglich wie beispielsweise William, auch wenn er mit dem privaten Austausch mit den Patienten etwas übertreibt. Meine Therapiesitzungen sind ein goldener Mittelweg zwischen umgänglich und professionell. Nicht, dass ich William kritisieren will. Er ist großartig.« Sie redete schnell und hektisch, und dieses Gespräch ging genau wie all die anderen zuvor den Bach runter. Wie sollte es auch anders sein.

Schließlich stand sie auf und schüttelte Mr. Powell die Hand, wobei sie sorgfältig darauf achtete, dass der Bilderrahmen stehen blieb.

»Ich melde mich«, sagte er zum Abschied, doch Diana war wenig optimistisch, als sie an Leann vorbei nach draußen ging. Diesmal weinte sie nicht im Auto, auch wenn sie es gern getan hätte. Diana hatte das Gefühl, langsam, aber sicher den Verstand zu verlieren, und dieser Tag in der Wiederholungsschleife schien von Mal zu Mal schlimmer zu werden.

Als Nächstes standen Drinks mit Rochelle auf dem Programm. Diana fuhr zu Sparky's Tavern.

»Herzlichen Glückwunsch.« Sie ließ sich auf ihren üblichen Stuhl fallen.

Rochelle schob ihr ein Glas zu. »Ich hab schon mal für dich bestellt.«

»Danke.« Diana trank einen Schluck. »Gibt's irgendwelche Neuigkeiten?«, fragte sie, als ihr wieder einfiel, wie begeistert Rochelle gestern von dem neuen Typ geschwärmt hatte, der in ihr Leben getreten war.

Einen Moment überlegte Rochelle, dann schüttelte sie den Kopf. »Nein. Immer dasselbe.«

»Vielleicht ein interessanter Mann?«, hakte Diana nach.

Rochelle schnaubte belustigt. »Schön wär's, aber nein. Ich bin immer noch so Single, wie der Tag lang ist.«

Und dieser Tag war sehr lang. »Du hast heute also keine Blumen bekommen?«

»Nein, warum?« Rochelle schaute sie verwirrt an. »Hast du mir welche geschickt?«

»Nein.« Aber gestern hatte sie es getan. Und das wiederum hatte Rochelles Traumprinz dazu angeregt, ihrer Freundin ebenfalls Blumen zu schenken. Und da Diana es heute versäumt hatte, einen Blumengruß zu schicken, war der Mann auch nicht auf den Gedanken gekommen, ihrem Beispiel zu folgen.

Seufz. Sie hatte so viele Bälle in der Luft. Galt das womöglich auch für normale Tage? Gab es womöglich für jede Sekunde jeder Stunde eines jeden Tages, der je existiert hatte, eine Million Wähle-dein-eigenes-Abenteuer-Optionen?

»Nein, aber du hast Geburtstag, und jede Frau verdient Blumen am Jahrestag ihrer Geburt.«

»Ooh. Wie süß von dir. Es ist der Gedanke, der zählt.« Sie beobachtete, wie Diana einen tiefen Schluck von ihrem Drink nahm. »Weißt du«, begann sie dann zögernd. »Ich mache mir ein bisschen Sorgen um dich. Du bist in letzter Zeit so ... distanziert.«

Das war derselbe Vorwurf, den Linus ihr am dritten Dezember gemacht hatte.

»Ich bin nicht distanziert. Ich sitze direkt vor dir. Nicht mal einen Meter entfernt.«

»Körperlich ja. Aber ich muss nur deine Verlobung ansprechen oder mich nach deinem Befinden erkundigen, und schon machst du dicht.« Auch sie trank von ihrem tiefroten Getränk.

»Was willst du denn von mir hören?«, fragte Diana verärgert. Der Frust baute sich in ihr auf wie ein langsam fortschreitender Hurrikan und wirbelte alle möglichen Gefühle auf, die sie bislang standhaft versucht hatte zu ignorieren. Sie war es leid, diesen dämlichen Tag zu wiederholen, der nichts anderes brachte, als ihr wieder und wieder vor Augen zu führen, was für ein Durcheinander ihr Leben war und dass sie die Schuld daran trug. »Willst du hören, dass ich wahnsinnige Angst habe, in Linus' riesige, umarmungsselige Familie einzuheiraten? Dass ich befürchte, Linus irgendwann so zu enttäuschen, dass er mich verlassen wird, so wie alle anderen Menschen in meinem Leben es getan haben?« Sie trank noch einen Schluck und knallte das Glas dann so heftig auf den Tisch, dass der Drink über den Rand schwappte. Sie blinzelte ihre aufsteigenden Tränen weg. »Oder dass ich es hasse, wenn du versuchst, mich dazu zu bringen, mich Dingen zu stellen, die ich mir nicht vor Augen führen will? Ich würde lieber mechanisch durch meinen Tag gehen und Eichhörnchen jagen.«

»Eichhörnchen?«, wiederholte Rochelle perplex.

»Ja, Eichhörnchen.« Diana stieß sich vom Tisch ab und stand auf. »Herzlichen Glückwunsch, Ro. Ich muss jetzt los.«

»Was? Warum? Bist du wegen irgendwas sauer?«

Diana schüttelte den Kopf. »Nein, ich brauche nur ein bisschen frische Luft. Ich rufe dich später an, okay? Morgen.« Weil morgen nicht mehr zu existieren schien.

Rochelle sah aus, als wollte sie fragen, ob alles mit Diana in Ordnung war.

»Mir geht's gut«, versicherte Diana.

»G-Wort-Alarm.« Rochelle lächelte versöhnlich.

Doch Diana war noch nicht bereit, Frieden zu schließen. Sie gab sich solche Mühe, und sie machte tatsächlich winzige Fortschritte an diesem scheußlichen Tag, aber es reichte nicht.

»Herzlichen Glückwunsch, Ro«, sagte sie noch einmal und stürmte nach draußen. Auf dem Weg zum Parkplatz atmete sie tief durch. Die kalte Luft brannte in ihrer Lunge. Als sie im Auto saß, ließ sie ihren Kopf auf das Lenkrad sinken. Dann brummte ihr Handy. Diana schaute aufs Display, aber sie wusste bereits, dass es Linus' Mutter war.

Warum ruft Joann mich dauernd an?

Vermutlich, weil sie eine engere Beziehung zu ihr aufbauen wollte. An Thanksgiving hatte Joann Diana sogar vorgeschlagen, sie Mom zu nennen. *Tut mir leid, Joann, aber nicht jeder hat positive Assoziationen bei dem Wort.*

Widerstrebend nahm Diana das Gespräch an. »Hi, Joann.«

»Diana. Ich wollte dir gerade eine Nachricht aufsprechen. Ich weiß ja, wie viel du zu tun hast.«

»Du hast mich wohl zur richtigen Zeit erwischt«, antwortete Diana, obwohl sie fand, dass es lausiges Timing war. Aber den richtigen Zeitpunkt gab es am vierten Dezember nicht. »Wolltest du etwas Bestimmtes?«

»O nein. Nur mal hören, wie es dir so geht und fragen, wie es um die Hochzeitspläne steht. Brauchst du vielleicht Hilfe bei irgendwas? Vielleicht könnten wir uns am Wochenende mal treffen und mit der Organisation beginnen.«

»Danke für das Angebot, Joann. Ich rede mit Linus.«

»Gut. Mach das bitte. Und lass mich auf jeden Fall wissen, ob ich dich unterstützen kann. Ich möchte mich wirklich so weit wie möglich einbringen. Du weißt ja, ich habe mir immer eine Tochter gewünscht.«

Ja, mittlerweile wusste Diana das. Und es berührte ihr Herz, dass Joann sie für gut genug hielt, diese Lücke in ihrem Leben zu füllen, während Dianas eigene Mutter keinen Hehl daraus gemacht hatte, dass ihr Kind für sie mehr Last als Segen war.

»Vielleicht können wir ja dieser Tage mal zusammen nach Kleidern schauen. Es sei denn, deine eigene Mom will das mit dir machen.«

Diana wand sich innerlich. Jackie Merriman würde sich nicht mal tot beim Kleiderkauf mit ihr erwischen lassen. Das hätte viel zu viel Ähnlichkeit mit einer echten Mutter-Tochter-Beziehung. »Ich gebe dir noch Bescheid, Joann«, sagte sie so freundlich wie möglich. Sie mochte Joann wirklich. Sie wollte nicht so distanziert sein. Konnten Menschen sie aus der Ferne lieben? Konnte sie sie wirklich zurücklieben? Tränen trübten ihre Sicht. »Ich muss jetzt aufhören. Ich bin bei der Arbeit, daher …« Sie beendete den Satz nicht.

»Natürlich. Ich wollte dich nur wissen lassen, dass ich an dich gedacht habe. Ich bin so glücklich, dass du zu unserer kleinen Familie stößt.«

Klein? Diana wusste nicht, ob sie lachen oder weinen sollte. »Danke.«

»Wir hören bald wieder voneinander, okay?«

»Mm-hmm. Tschüs.« Mit zitternden Fingern beendete

Diana das Telefonat. Was war bloß verkehrt mit ihr, dass eine schlichte Unterhaltung mit ihrer künftigen Schwiegermutter sie dermaßen mitnahm? Vielleicht verdiente sie es gar nicht, in die Familie Grant aufgenommen zu werden.

Als Nächstes fuhr Diana zum Spielzeugladen. Linus stand hinter der Kasse, wo er dieselbe Kundin wie gestern bediente. Er winkte Diana zu. Sie bummelte durchs Geschäft und entdeckte in einem der Gänge den kleinen Jungen, Dustin, der mit großen Augen die Spielsachen bewunderte.

»Hey«, begrüßte Diana ihn leise. »Erinnerst du dich an mich?«

Der Junge schaute zu ihr hoch und nickte. »Klar. Wir haben uns gestern unterhalten.«

Diana hüpfte regelrecht vor Freude. »Also stimmt es? Du wiederholst auch immer wieder denselben Tag?«

Dustin musterte sie neugierig. »Und morgen müsste eigentlich Weihnachten sein, aber das ist es einfach nie.«

Spontan setzte sie sich neben den Jungen auf den Fußboden. »Ich glaube, das liegt daran, dass wir diesen Tag völlig falsch angehen.«

Er bedachte sie mit einem wissenden Blick. »Wem sagen Sie das. Ich gebe mir solche Mühe, dass meine Frechdachsliste kürzer wird – so nennt meine Pflegemutter das –, aber sie wird jeden Tag länger. Egal, wie brav ich sein will, ich bin nie brav genug für den Weihnachtsmann. Am großen Tag gibt es bestimmt keine Geschenke für mich.«

»Hmm.« Diana nickte verstehend. »Ich mache die Erfahrung, dass der Versuch allein nichts bringt. In deinem Fall würde das bedeuten, du musst das lieb sein wirklich wollen. Nicht nur bis zum großen Tag, sondern auch danach.«

Dustin zupfte an seinen Fingern. »Denken Sie denn, dass ich aus diesem grässlichen Tag rauskomme, wenn ich echt nett bin?«

»Kann sein. Ich bin selbst noch dabei, mich daraus zu befreien«, räumte Diana ein. Allerdings wollte sie vorher ein paar entscheidende Veränderungen vornehmen. »Was steht denn überhaupt auf deinem Wunschzettel?«, erkundigte sie sich.

Dustin starrte auf seine Füße. »Es ist irgendwie blöd.«

»Das bezweifle ich.« Um seine Aufmerksamkeit zu erringen, klopfte sie mit einem Finger auf seine Schuhspitze.

Er schaute wieder zu ihr hoch.

»Ist es hier im Laden? Du verbringst viel Zeit im Puppengang. Magst du Puppen?«

Die Frage schien Dustin als beleidigend zu empfinden. »Nein. Aber meine Pflegeschwester mag sie.«

Diana musste lächeln. »Es ist lieb von dir, dass du an sie denkst. Also, raus mit der Sprache – was wünschst du dir? Ein Auto mit Fernsteuerung?«

Er schüttelte den Kopf. »Ich flüstere es Ihnen ins Ohr«, erklärte er sich schließlich bereit.

»Oh. Okay.« Sie beugte sich so zu ihm, dass ihr Ohr in der Nähe seines Mundes war.

»Eine Familie.« Dustin sprach so leise, dass Diana sich fragte, ob sie ihn richtig verstanden hatte.

Doch als sie sich wieder aufrichtete und die Verletzlichkeit in seinem Blick sah, wusste sie, dass sie richtig gehört hatte, und ihr Herz zersprang in eine Million kleine Teile.

»Sehen Sie? Es ist blöd. Habe ich Ihnen ja gesagt.«

»Nein«, versicherte Diana. »Es ist überhaupt nicht blöd. Es ist großartig.«

»Da bist du ja!« Dustins Pflegemutter kam in den Gang und funkelte Diana genauso finster an wie am Tag zuvor.

»Hi«, sagte Diana. Obwohl sie nichts getan hatte, fühlte sie sich irgendwie schuldig. »Wir haben uns nur, äh, unterhalten.«

Dustin ging zu der Frau. »Sie wiederholt auch immer wieder denselben Tag«, erzählte er ihr aufgeregt.

Diana spürte, wie ihre Wangen erglühten. »Ähm, oder vielleicht fühlt es sich auch nur so an. Es ist schwierig, geduldig auf Weihnachten zu warten.« Sie lachte nervös.

Die Frau wirkte nicht amüsiert. »Komm schon, Dustin. Lass uns nach Hause gehen. Wir hätten gar nicht erst hier reinkommen sollen. So, wie du dich in letzter Zeit aufführst, kannst du von Glück reden, wenn du überhaupt irgendwas bekommst.«

Während sie ihn zum Ausgang zerrte, drehte sich Dustin noch einmal zu Diana um. Diana sah, wie die beiden das Geschäft verließen. In diesem Moment bog Linus um das entgegengesetzte Ende des Gangs und kam auf sie zu.

»Warum bist du hier? Und warum sitzt du auf dem Fußboden?«

Sie hielt ihm eine Hand hin, um sich beim Aufstehen helfen zu lassen. »Ich habe meinen Termin mit Mr. Powell in den Sand gesetzt und mich mit Rochelle gestritten. Bislang war mein Tag ziemlich beschissen.«

Linus strich ihr über beide Arme. »Also hast du beschlossen, dein Glück mit mir zu versuchen?«, neckte er. »Sollen wir uns über irgendwas streiten?«

Diana lächelte. »Ich will nicht schon wieder mit dir streiten, ich will einfach nur ein bisschen mit dir zusammen sein. Vielleicht kann ich ja im Laden aushelfen? Oder …« Sie brach ab.

»Oder?«, hakte er nach.

»Vielleicht könntest du ja früher zumachen, und wir verbringen etwas Zeit miteinander.«

Er seufzte. »Du weißt, dass das nicht geht.«

»Warum nicht? Dir gehört der Laden. Draußen ist es eiskalt. Die Leute sollten jetzt ohnehin nach Hause gehen.« Sie stellte sich auf die Zehenspitzen und küsste ihn auf den Mund. »Wir könnten Dinge tun«, flüsterte sie.

»Dinge?«

»Dinge.« Sie wackelte vielsagend mit den Brauen, in der Hoffnung, dass die Botschaft bei ihm ankam.

»Oh, verstehe. *Dinge.*« Er grinste. »Das ist wirklich verlockend. In letzter Zeit warst du nicht allzu sehr an ›Dingen‹ interessiert. Ich fing schon an, es ein bisschen persönlich zu nehmen.«

Sie fragte sich, ob das stimmte. »Nun, jetzt bin ich interessiert.« Zumindest an einem der Dinge. »Sag ja. Schließ den Laden für heute. Das wären nur fünfzehn Minuten zu früh.«

»Warum dann die Eile? Kannst du dich nicht etwas gedulden?«

»Nein.« Energisch schüttelte sie den Kopf. Linus' Grinsen wurde breiter.

»Sobald diese Frau und der Junge weg sind, schließe ich ab.«

»Die sind schon gegangen. Gerade eben. Und du hast recht. Die Frau ist wirklich schrecklich.«

Linus bedeutete ihr, ihm hinter die Kasse zu folgen. »Wann habe ich das gesagt?«

Diana stöhnte innerlich. Er hatte es an einem der Tage gesagt, an die er sich nicht mehr erinnerte. »Oh, keine Ahnung, vielleicht hast du ja auch über wen anders gesprochen.« Sie räusperte sich. »Kommen die beiden oft her? Der Junge und seine Pflegemutter?«

»Normalerweise kommt Dustin allein. Er wohnt nicht weit entfernt. Und er schaut sich die Sachen gerne an, auch wenn er sie sich nicht leisten kann.«

»Wie traurig.«

»Ja, ich habe eigentlich nicht viel Sympathie für Langfinger, für ihn aber schon. Ich habe ihn ein paarmal dabei ertappt, wie er Spielzeug in seinen Taschen rausschmuggeln wollte.«

Diana setzte sich auf den Stuhl, den Linus für sie an den Tresen gezogen hatte. Ihre erste Begegnung mit Dustin schoss ihr durch den Kopf. Da hatte er etwas unter seinem Mantel versteckt. »O nein. Wirklich?«

»Beim ersten Mal habe ich seine Pflegemutter angerufen. Aber nachdem ich mitkriegte, wie sie ihn zusammengestaucht hat, habe ich sie nie wieder kontaktiert. Die Frau ist völlig ungeeignet, mit Kindern umzugehen.«

»Aber was hat sie dann heute hier gemacht, wenn sie so schrecklich ist? Kauft sie Geschenke für Dustin?«

Linus schnaubte spöttisch. »Von wegen. Sie hat eine Tochter, die sie mit Geschenken überhäuft. Kein Wunder, dass der Junge sich danebenbenimmt. Mit solchen Eltern braucht man keine Feinde.« Er verzog zerknirscht das Gesicht. »Tut mir leid, ist nur so eine Redensart.«

Er dachte an Dianas Eltern. »Schon okay. Es macht mir nichts aus.«

»Gut. Denn man munkelt, dass es in meiner näheren Zukunft *Dinge* geben wird. Und ich möchte meine Chancen nicht vermasseln.« Er zwinkerte ihr zu. »Also, treffen wir uns gleich zu Hause?«

Diana legte auffordernd den Kopf schräg. »Oder wir treffen uns … hier im Hinterzimmer.«

»Mit den Spielsachen? Das ist ein bisschen unheimlich, findest du nicht?« Er grinste. »Ich glaube nicht, dass ich kann, wenn Wetty Betty mich dabei anstarrt.«

Diana wollte jetzt einfach nicht auf die Straße. Die Straße war der Ort, wo immer alles außer Kontrolle geriet – buchstäblich. Andererseits konnte sie ja schlecht die Tür abschließen und Linus hier gefangen halten. Oder doch?

»Na schön. Aber wir schnallen dein Rad aufs Gestell, und ich fahre uns, sobald du hier fertig bist.« Wenn sie am Steuer saß, konnte sie auf die Geschwindigkeit achten. Sie konnte alles im Blick behalten. Sie konnte Linus und diesen grauenhaften Tag retten.

»Abgemacht«, sagte Linus.

Sie rang ihre Hände. »Und wir reden auf der Heimfahrt nicht. Kein einziges Wort. Ich muss mich konzentrieren.«

Linus runzelte kurz die Stirn, doch dann spielte ein winziges Lächeln um seine Lippen. »Okay. Nicht reden. Das gibt mir mehr Zeit, an all die *nicht* redenden Dinge zu denken, denen wir uns widmen, sobald wir zu Hause sind.«

15. Kapitel

Es war noch nicht dunkel. Diana hatte gute Sicht durch die Windschutzscheibe. Die Straßen waren eisfrei. Sie umklammerte das Lenkrad mit beiden Händen und blickte starr geradeaus.

»Erzähl mir von deinem Meeting«, sagte Linus.

»Pst. Nicht reden, schon vergessen?«

»Ich dachte, du machst Witze. Warum sollten wir nicht reden?«

»Weil ich mich konzentrieren muss.« Diana war übervorsichtig und achtete akribisch auf die Nebenstraßen und die linke Fahrspur. Es herrschte nicht viel Verkehr, und bis nach Hause waren es nur zehn Minuten. Heute nahm sie nicht die längere Strecke.

Linus legte eine Hand auf ihren Oberschenkel und ließ sie bis zu ihrem Knie gleiten.

»Was machst du da?«

»Dich necken. Nur noch zehn Minuten, dann sind wir ganz allein, oder?«

Diana blickte weiter geradeaus. »Ja, aber nur wenn du deine

Hände bei dir behältst und aufhörst zu reden.« Sie hob seine Hand von ihrem Schenkel und drückte sie weg.

Linus verlagerte sein Gewicht im Beifahrersitz. »Du benimmst dich heute sehr merkwürdig, Di. Und worüber hast du dich im Laden mit Dustin unterhalten?«

Diana hielt vor einem Stoppschild und schaute in beide Richtungen. Vor ihr fuhren Autos vorbei, daher gestattete sie sich endlich, Linus anzuschauen. »Er denkt, dass Santa nicht kommt, weil er kein braver Junge war. Und er hat mir erzählt, was er sich zu Weihnachten wünscht.«

»Und was ist das?«, fragte Linus interessiert.

Allein der Gedanke schnürte Diana die Kehle zu. »Eine Familie.« Sie schluckte und checkte erneut den kreuzenden Verkehr. Noch immer kamen Fahrzeuge von rechts und links. Plötzlich ertönten aus einiger Entfernung die Sirenen eines Rettungswagens. Unwillkürlich setzte Diana sich aufrechter hin. »Hörst du das?«

»Natürlich höre ich das. Er hat dir gesagt, dass er sich eine Familie wünscht?«

Diana nickte. »Es tut mir in der Seele weh, dass er bei dieser furchtbaren Frau lebt. Am liebsten würde ich ihn mit nach Hause nehmen.« Die Worte waren ihr über die Lippen gekommen, bevor ihr richtig klarwurde, was sie da sagte.

Grinsend griff Linus nach ihrer Hand. »Wir haben nie darüber gesprochen, Kinder zu haben. Ich finde es interessant, dich so reden zu hören.«

Tatsächlich hatten sie über Kinder diskutiert. Er erinnerte sich nur nicht mehr daran.

Die Sirenen wurden lauter, was Diana nervös machte.

»Wenn ich könnte, würde ich Dustin mit zu uns nehmen«,

fuhr Linus fort. »Vor allem jetzt, da ich weiß, dass du nichts dagegen hättest.«

Diana suchte seinen Blick. »Allerdings bin ich nicht sicher, ob ich es besser machen würde als diese Frau.«

»Nun, zum Glück bin ich sicher genug für uns beide.« Linus hob ihre Hand an seinen Mund und küsste sie.

Endlich kam der Rettungswagen in Sicht und schoss an ihnen vorbei. Er war nicht für Linus bestimmt. Diesmal war er nicht derjenige, der Hilfe brauchte. Diana atmete tief aus und nahm endlich den Fuß von der Bremse. »Fast zu Hause«, flüsterte sie und konzentrierte sich erneut auf die Straße.

»Ich weiß nicht recht, ob du dich darauf freust, nach Hause zu kommen, weil du so scharf auf mich bist oder weil du glaubst, die ganze Welt habe es auf uns abgesehen. Nach deinem Verhalten zu schließen, vermute ich eher Letzteres.«

Diana schaute kurz zu ihm hin. »Alles gut.«

Jemand hupte, und Diana blickte ruckartig wieder nach vorn.

»Das nächste Mal fahre ich«, verkündete Linus.

»Es wird kein nächstes Mal geben. Diesmal schaffen wir es.« Dianas Handflächen waren glitschig. Vor ihnen tauchte ihre Wohnanlage auf. Mit angehaltenem Atem fuhr Diana die letzten Meter. Sie bog auf den Parkplatz ein, stellte den Motor aus und stieß laut Luft aus. »Wir haben es geschafft! Ich kann nicht glauben, dass wir es geschafft haben!« Lachend drehte sie sich zu Linus, während ihr gleichzeitig die Tränen in die Augen stiegen. Es machte ihr nichts aus. Erleichterung und Freude überrollten sie regelrecht. »Endlich sind wir zu Hause!«

Perplex starrte Linus sie an. »Hast du jemals daran gezweifelt?«

Statt zu antworten, warf sie sich über die Mittelkonsole hinweg auf ihn, schlang ihre Arme um seinen Nacken und küsste ihn mit ihrer ganzen Leidenschaft. »Lass uns reingehen«, murmelte sie dann.

»*Jetzt* möchtest du also von mir angefasst werden«, neckte er. »Darf ich dann auch reden?«

Sie hob eine Braue. »Kommt drauf an, was du sagst.«

»Ich weiß zwar nicht, was hier gerade abgeht, aber es gefällt mir irgendwie.« Grinsend öffnete er die Beifahrertür. »Brr. Ich kann nicht fassen, wie kalt es dieses Jahr ist.«

Diana stieg ebenfalls aus. Die eisige Winterluft biss in ihre Wangen. Sie fühlte sich beschwingt wie noch nie. Nun, da er zu Hause war, würde Linus auf keinen Fall in einen Unfall verwickelt werden. Zusammen eilten sie am Weihnachtsmann vorbei, der immer noch auf dem Bordstein stand und seine Glocke läutete. Diana zog einen Fünf-Dollar-Schein aus ihrer Tasche und steckte ihn in die Spendendose.

»Ich wünsche Ihnen fröhliche Weihnachten«, sagte Santa.

»Gleichfalls!«, rief Diana, erfüllt von Festtagsstimmung. Morgen war Weihnachten. Das musste so sein, schließlich bestand der einzige Zweck dieses wiederholten vierten Dezembers darin, Linus zu retten, und heute war ihr das gelungen. Das musste wohl bedeuten, dass sie ihre Lektion gelernt hatte, worin auch immer die bestanden haben mochte. Falls es eine solche Lektion überhaupt gegeben hatte.

Sie schloss die Tür auf, trat über die Schwelle und zog Linus mit sich in die Wohnung. Seine Lippen senkten sich auf ihre, und sie küssten sich, eng umschlungen, bis sie keine Luft mehr bekamen. Dann trat Linus die Tür mit einem Fuß zu und folgte Diana zur Wohnzimmercouch.

»Hier?«, fragte er.

»Hier. Dort. Überall«, wisperte sie zwischen Küssen. Sie starrte in seine stürmisch blaugrauen Augen. »Ich habe dich so vermisst.«

»Eine Zeitlang warst du irgendwie reserviert, und auf einmal scheinst du, nun ja ... total scharf auf mich zu sein.« Seine Lippen verzogen sich zu einem trägen Grinsen, und mit einem Ruck zog er Diana mit sich auf die Couch. Er lehnte sich zurück, und sie presste ihren Körper an seinen.

»Ich nehme an, manchmal weiß man nicht, was man hat, bis es plötzlich nicht mehr da ist«, sagte sie – und meinte es bis in die tiefsten Tiefen ihres Seins. Nie wieder würde sie auch nur einen einzigen Moment mit diesem Mann als selbstverständlich betrachten.

»Ich war niemals weg. Ich war die ganze Zeit hier und habe auf dich gewartet.«

Diana schluckte. Wenn das doch nur wahr wäre. Doch nun spielte es keine Rolle mehr. Sie bekam eine neue Chance mit Linus. Und diesmal würde sie ihm nicht mehr ausweichen. Und nicht mehr vor Dingen wie ›für immer und ewig‹ oder riesigen, umarmungsfreudigen Familien davonlaufen. Noch immer war sie nicht sicher, ob sie bereit für ein richtiges Familienleben war, aber jetzt konnte sie Linus sagen, was sie umtrieb. Es wäre doch ein guter Anfang, wenn sie einen Hochzeitstermin für nächstes Jahr um diese Zeit festlegten.

»Hey? Wohin bist du gerade verschwunden?« Besorgt schaute Linus sie an.

Diana blinzelte. »Oh. In meinen Kopf, glaube ich.«

Er küsste sie zart auf den Mund. »Schon okay. Wir haben die ganze Nacht. Warum nimmst du nicht ein heißes Bad und machst deinen Kopf frei? Und deinen Körper.« Er wackelte anzüglich mit den Brauen. »Ich besorge uns was zu trinken und warte geduldig auf dich.«

Sie lächelte. Es war typisch Linus, ihre Bedürfnisse über seine zu stellen. Er war so rücksichtsvoll und fürsorglich.

Sie konnte mit ihm über alles reden, was in ihr vorging, und er würde sie niemals verurteilen. Das wusste sie.

»Ja. Das klingt tatsächlich wunderbar.« Sie setzte sich auf. »Ich liebe dich, Linus. Ich weiß, dass ich in letzter Zeit nicht die alleraufmerksamste Verlobte gewesen bin, aber an meinen Gefühlen für dich hat sich nichts geändert. Niemals.«

Er zog sie fest an sich.

Sie atmete ihn ein, unendlich erleichtert, dass sie es nach Hause geschafft hatten.

»Ich liebe dich auch, Di. Hier, dort und überall«, sagte er leise und drückte seine Lippen an ihre Schläfe. »So, jetzt geh in die Badewanne. Ich schenke den Wein ein.«

Diana atmete tief durch. Sie fühlte sich jetzt, da sie beide sicher in der Wohnung waren, wieder geerdeter. »Okay.« Sie erhob sich von der Couch. »Ich bin gleich wieder da.«

»Lass dir Zeit. Wir haben noch die ganze Ewigkeit.«

Ja, das hatten sie. Für immer und ewig war kein Mythos. Nicht mehr.

Diana machte die Badezimmertür hinter sich zu und ließ heißes Wasser in die Wanne laufen. Sie musste dringend den Kopf frei bekommen. Ihre Gedanken waren zu laut, als dass sie das Liebesspiel mit ihrem Verlobten genießen könnte. Gleichzeitig konnte sie es nicht erwarten, seine Arme wieder um ihren Körper zu spüren. Sie wollte ihn in sich aufsaugen, ohne die bange Frage im Hinterkopf, ob sie morgen am vierten Dezember oder am Weihnachtstag aufwachen würde.

Sie musste einfach daran glauben, dass Letzteres der Fall war. Schließlich hatte sie Linus gerettet. Sie hatte getan, was sie tun sollte. Und morgen würde das Leben wieder normal sein. Sie konnte kaum erwarten, dass es so weit war.

Doch heute Nacht … heute Nacht würden sie und Linus auf eine Weise zusammenfinden, wie sie es sehr lange nicht mehr getan hatten. Sie würden wieder das *Wir* sein, nach dem er sich an einem dieser Abende so gesehnt hatte. Jenes *Wir*, das eine Leere in ihr gefüllt hatte, als sie Linus kennenlernte. War das die Lektion, die sie aus all dem lernen sollte? Dass Menschen wichtiger waren als eine Beförderung im Job?

Sie zog sich aus und stieg ins heiße Wasser, ließ sich hineinsinken, schloss die Augen und lehnte sich zurück. Nie wieder würde sie sich von Linus entfernen. Von jetzt an hätte sie immer Zeit für ihn. Und sie würde sich auch mit seiner Familie Mühe geben. Und Rochelle eine bessere Freundin sein.

Nach fünfzehn Minuten zog Diana den Stöpsel der Wanne und stieg aus. Rasch trocknete sie sich ab und zog frische Sachen an. Sie fühlte sich jetzt sehr viel entspannter und mehr als bereit für ein Glas Wein. Ach was, sie brauchte keinen Wein. Alles, was sie wollte, war Linus.

Sie kam aus dem Bad und schaute sich nach ihm um. Die Wohnung war nicht groß, daher gab es nicht viele Möglichkeiten, wo er sein konnte. Doch er war nicht da.

»Linus? Wo bist du?«

Sie ging in die Küche und blieb abrupt stehen, als sie den Zettel auf dem Tresen entdeckte. Linus' krakelige Handschrift war immer etwas schwierig zu entziffern. Doch als sie die hingekritzelte Nachricht schließlich las, stockte ihr der Atem.

Wir hatten keinen Wein mehr, daher bin ich rasch noch mal raus, um eine Flasche zu kaufen. Bin gleich wieder da. Ich liebe dich hier, dort und überall.

Linus

Panik vertrieb die eben errungene Entspannung.

»Nein, nein, nein, nein, nein.« Er durfte nicht weg sein. Er war endlich hier und in Sicherheit. Sie rannte zur Wohnungstür, riss sie auf und blickte hektisch nach draußen. Vielleicht erwischte sie ihn noch, bevor er losfuhr. Doch sein Fahrrad war bereits weg. Der nächstgelegene Laden lag nur ein Stück die Straße runter. Vielleicht fünf Minuten mit dem Rad. Doch die Sonne war bereits untergegangen, und es war dunkel. Auf den Straßen würde sich Eis bilden und sie noch gefährlicher machen.

Diana presste eine Hand vor den Mund und schluckte aufsteigende Tränen herunter.

»Sie sehen aus, als hätten Sie ein Gespenst gesehen, meine Liebe. Ist alles in Ordnung?« Mrs. Guzman, die nach einer Runde mit Leonardo auf dem Rückweg zu ihrem Apartment war, trat neben Diana.

Die schaute ihre Nachbarin verzweifelt an. »Nein. Nichts ist mehr in Ordnung.«

Mrs. Guzman legte eine Hand an Dianas Arm. »Kann ich irgendwas tun?«

Diana schüttelte den Kopf und starrte an ihrer Nachbarin vorbei auf die Straße, hoffte inständig, Linus auf seinem Rad zu sehen. Plötzlich hing der unheilverkündende Ton von Sirenen in der Luft.

Mrs. Guzman ließ ihren Arm sinken und drehte den Kopf in die Richtung, aus der das Jaulen des Rettungswagens kam. »O nein! Ich hoffe, für die arme Seele.«

Tränen strömten über Dianas Wangen, und sie schüttelte mutlos den Kopf. Sie hatte keine Hoffnung mehr. Sie wusste, dass die arme Seele Linus war, und sie wusste auch, dass er nicht okay war.

16. Kapitel

Pah! Dummes Zeug!

Das Geräusch der laufenden Dusche weckte Diana. Leise stöhnend drehte sie sich vom Licht weg, dass durch die Rollläden ins Zimmer fiel. Als ihr Gehirn zu ihrem Körper aufschloss, riss sie die Augen auf.

Nicht schon wieder.

Sie konnte diesen entsetzlichen Tag nicht noch mal durchmachen. Nicht, wenn sie außerstande war, das verhängnisvolle Ende abzuwenden. Sie setzte sich im Bett auf und wartete darauf, dass Linus aus dem Bad kam. Als er es schließlich tat, bedachte er sie mit einem schiefen Lächeln.

»Guten Morgen, Schlafmütze.«

Am liebsten hätte sie losgeheult. Wie oft musste sie seinen Unfall noch miterleben? Das hier war die reinste Folter. Für sie beide.

»Was soll gut daran sein?«, murmelte sie.

Linus zog die Brauen hoch. »Da ist aber jemand mit dem falschen Fuß aufgestanden. Obwohl du ja eigentlich noch gar nicht richtig aufgestanden bist. Ich will mich heute Morgen nicht streiten, okay? Tut mir leid wegen gestern Abend.«

Diana schlug die Decke zurück. »Mir auch.«

»Das ist das Schöne an uns beiden. Wir können einander nicht lange böse sein. Das verheißt Gutes für unsere Ehe.« Er ging zu seinem Kleiderschrank.

Sie wusste bereits, dass er zum lavendelfarbenen Schlips mit den Hunden greifen würde. Sie wusste bereits, welches lavendelfarbene Hemd er raussuchen würde. Sie wusste alles, was heute passieren würde, und sie konnte es nicht ändern. Sie würde erst Maria treffen, dann Addy. Addy wäre unglücklich wegen eines Jungen. Nach ihrem Termin bei den Pierces hätte sie ein Bewerbungsgespräch, das sie komplett verhunzen würde, vermutlich noch schlimmer als gestern und vorgestern. Anschließend würde sie sich mit Rochelle treffen, und die würde versuchen, all ihre Gedanken und Aktionen zu analysieren.

Schließlich würde Diana zum Spielzeugladen fahren, um Linus zu sehen. Und der würde, ganz egal, was sie sagte oder unternahm, am Abend einen schrecklichen Unfall haben.

Das Herz sank ihr schwer wie eine Bleikugel in die Magengrube. Sie schaute zu, wie Linus sich vom Schrank wegdrehte, den lavendelfarbenen Schlips mit den Hunden in einer, das lavendelfarbene Hemd in der anderen Hand.

»Ich treffe mich heute Morgen mit einem Lieferanten«, erklärte er.

»Ja, ich weiß. Aber dein Pick-up springt nicht an, weil du gestern vergessen hast zu tanken. Daher wirst du das Fahrrad nehmen, obwohl ich dir anbiete, dich zur Arbeit zu fahren, mit dem Argument, dass die Bewegung dir guttut. Du solltest dich also besser beeilen, damit du nicht zu spät zu deinem Termin mit dem Lieferanten kommst. Und ich nehme an, ich sollte mich jetzt auch anziehen, damit ich Maria rechtzeitig erreiche und sicherstelle, dass sie sich nicht den Knöchel bricht.«

Linus starrte sie perplex an. »Du benimmst dich ziemlich …«

»Seltsam? Ja, ich weiß. Ich werde von Tag zu Tag seltsamer.« Was er natürlich nicht nachvollziehen konnte. Niemand konnte das, außer Dustin, den sie heute Nachmittag sehen würde. Das Kind, das nicht brav war, aber auf Santas Wohlwollen hoffte, weil es sich eine eigene Familie wünschte.

Diana frage sich, ob Dustin mehr Glück hatte, das Schicksal zu bezwingen. Doch die Vorstellung, erneut durch diesen Tag gehen zu müssen, um das herauszufinden, war ermüdend. Sie würde lieber im Bett bleiben und sich bis zum Abend unter der Decke vergraben. Andererseits würde sie dann morgen früh am selben entsetzlichen, grässlichen Tag aufwachen.

»Bist du okay?«, fragte Linus. Eine Frage, die unter normalen Umständen automatisch eine abwiegelnde Reaktion hervorrufen würde. *»Natürlich bin ich okay«*, würde sie normalerweise reflexartig antworten. *»Ich bin immer okay. Mir geht's gut.«* Heute jedoch antwortete sie etwas anderes.

»Nein, ich bin nicht okay. Ich bin diesen Tag so leid, dabei hat er gerade erst angefangen. Ich will nichts anderes als die nächsten zwölf Stunden mit dir zu verbringen, statt wie wild in der Gegend herumzurennen, um mich mit Dingen abzugeben, die mir möglicherweise nicht mal wichtig sind.«

Linus wirkte wie vor den Kopf gestoßen.

»Du liebst die Arbeit mit deinen Patienten. Wovon redest du?«

»Ja, ich arbeite gern mit meinen Patienten, aber ich habe

heute Nachmittag ein Bewerbungsgespräch, bei dem es um eine Beförderung geht. Und ich weiß nicht, ob ich es überhaupt führen will, weil ich möglicherweise doch keinen Job will, bei dem ich den ganzen Tag lang hinterm Schreibtisch sitzen muss. Vielleicht will ich lieber mehr Zeit für meine Patienten haben. Vielleicht will ich lieber mit dir zusammen sein.« Sie sprach schnell, und je mehr sie sagte, desto höher wanderten Linus Augenbrauen.

»Di, du bist einfach nur nervös wegen dieses Gesprächs. Du redest seit einiger Zeit über nichts anderes und bereitest dich akribisch darauf vor. Entspann dich einfach. Vielleicht solltest du dir heute Morgen ein paar extra Minuten für ein heißes Bad gönnen.«

Sie musste daran denken, wie er gestern Abend dasselbe vorgeschlagen hatte. »Nein! Ich brauche kein Bad! Ich werde nie mehr ein Bad wollen!«

Besorgt runzelte Linus die Stirn. »Soll ich Rochelle für dich anrufen?«

Hastig schüttelte Diana den Kopf. »Fahr einfach mit dem Rad zu deinem Meeting, und ich komme später im Laden vorbei.« Sie lächelte schwach. »Mit mir ist alles in Ordnung, ich schwöre.« Das war eine glatte Lüge, und sie nahm an, dass er sie durchschaute. Jemand, der denselben grauenhaften Tag in einer Zeitschleife wieder und wieder durchlebte, war so wenig okay, wie man nur sein konnte.

Linus nickte kurz und ließ dann seine Autoschlüssel klimpern. »Es ist eiskalt draußen. So gern ich mich körperlich betätigen würde, ich glaube, ich nehme heute besser den Pick-up.«

Diana sagte nichts. Er würde schnell genug merken, dass sein Wagen nicht ansprang.

Linus küsste sie und verschwand Richtung Flur. Sie wartete, bis sie die Wohnungstür zufallen hörte, und stand dann auf, um sich fertig zu machen, deutlich langsamer als am Tag zuvor.

Das Handy auf ihrem Nachttisch meldete den Eingang einer Textnachricht. Diana blieb stehen, um sie zu lesen.

Linus: Woher wusstest du das?
Diana: Zufallstreffer.
Linus: ODER du hast in der Nacht, während ich schlief, heimlich das Benzin aus meinem Tank gelassen. Sieht aus, als ob ich doch das Rad nehme. Ich liebe dich.

Mit Tränen in den Augen starrte Diana auf die Nachricht. Dann blinzelte sie energisch. Wer hatte schon Zeit zu weinen? Nun, sie offenbar. Diana hatte plötzlich tonnenweise Zeit, allerdings so gut wie keinen Spielraum, diese Zeit in ihrem Sinne zu manipulieren. Sie beantwortete Linus letzte Nachricht.

Diana: Ich liebe dich auch.

Dann bereitete sie sich weiter auf den Tag vor. Wie gestern und vorgestern. Sie rief Maria an und bat die alte Frau, auf sie zu warten, bevor sie irgendwas wegen ihrer Weihnachtsdekoration unternahm. Dann fuhr sie zu Maria und holte die Kisten vom Dachboden.

»So, und jetzt fangen wir an«, sagte sie dann. »Ihr Arm ist heute sehr steif, daher machen wir ein paar Dehnübungen.«

»Woher wissen Sie, dass er steif ist?«, fragte Maria verdutzt.

»Vermutlich wegen des Wetters.« Diana fühlte sich außerstande, ihren Verdruss zu verbergen. Sie mochte Maria wirklich. Aber heute ging ihr irgendwie alles auf die Nerven. Ja, sie konnte dafür sorgen, dass sich Maria heute weniger einsam fühlte, aber das wäre morgen alles wieder ausgelöscht. Es spielte keine Rolle, so wenig wie alles andere. Diana konnte nichts besser machen an diesem grässlichen Tag, außer anscheinend Marias Knöchel.

»Sie wirken bedrückt«, bemerkte die alte Dame nach einigen Minuten Dehnübungen. »Möchten Sie darüber reden?«

Diana schüttelte den Kopf. »Was soll reden denn bringen? Nichts. Nichts ändert irgendwas. Ich will diesen Tag einfach nur hinter mich bringen.« Sie schrie praktisch, und Marias Augen wurden immer größer.

Diana versuchte, tief durchzuatmen, doch die Luft schien ihre Lunge nicht zu erreichen. Hatte sie etwa eine Panikattacke? Das wäre kein Wunder, nachdem sie Abend für Abend miterleben musste, wie ihr Verlobter schwer verunglückte.

Maria entzog Diana ihren Arm und setzte sich mühsam auf.

»Was machen Sie denn?«, fragte Diana.

»Sie haben einen schlechten Tag, daher werden wir uns heute mal nicht auf mich, sondern auf Sie konzentrieren.« Sie erhob sich vom Bett und schlurfte zur Küche. »Ich mache Ihnen Tee.«

»Das ist nicht nötig, Maria. Ich bin für Sie hier. Für Ihre Therapie.«

»Manchmal ist es eine gute Therapie, anderen zu helfen«, erwiderte Maria. »Kommen Sie. Setzen Sie sich. Möchten Sie ein Stück Früchtebrot?«

Diana folgte ihrer Patientin in die Küche. »Nein. Vielen Dank.« Sie hatte diese Woche genug Früchtebrot bekommen. Und sie sollte vermutlich nicht mit Maria Tee trinken, statt sie zu behandeln, denn das wäre unprofessionell. Ihr Job war es, sich auf Marias Probleme zu fokussieren, nicht auf ihre eigenen.

Maria schaltete den Wasserkocher an und holte zwei Tassen aus dem Schrank. »Möchten Sie darüber reden?«, fragte sie noch einmal.

»Nicht wirklich.«

»Das ist in Ordnung. Worüber *möchten* Sie reden?« Sie warf einen Teebeutel in jede Tasse.

»Über Sie«, erwiderte Diana. »Sie sagten, es sei Ihre Schuld, dass Ihre Tochter nicht mehr mit Ihnen redet, und dass das einer der Gründe für Ihre Einsamkeit ist. Ich finde, Sie sollten versuchen, sich ihr wieder anzunähern.«

Maria goss heißes Wasser über die Teebeutel. Erst trug sie eine Tasse zum Tisch und stellte sie vor Diana ab. Dann schlurfte sie zurück zum Tresen, um ihre eigene zu holen, mit der sie sich schließlich Diana gegenüber setzte.

»Woher wissen Sie das mit meiner Tochter?«

»Sie haben es mal erwähnt«, schwindelte Diana. Sie wusste, dass Maria ihr das abnehmen würde, weil sie es beim letztem Mal auch getan hatte.

»Hmm«, machte die alte Frau.

»Hmm?«

»Meine Tochter hat mir gesagt, dass sie nie mehr etwas mit mir zu tun haben möchte. Was kann ich da tun?«

»Sie sind Ihre Mutter. Sie sollten tun, was Sie können, um ihr zu zeigen, dass Ihnen etwas an ihr liegt.« Diana musste an ihre eigene Mutter denken, die sich immer nur an Weihnachten hatte blicken lassen. Das war nicht genug gewesen. »Ansonsten sind Sie wirklich eine so schlechte Mutter, wie Sie glauben.«

Maria starrte sie sprachlos an.

Diana verzog das Gesicht und schüttelte den Kopf über sich selbst. Okay, *das* war wirklich kurz angebunden und ziemlich kalt rübergekommen.

»Wissen Sie was? Es tut mir leid. Es steht mir überhaupt nicht zu, so etwas zu sagen.« Sie trank einen Schluck von ihrem Tee und schob dann die Tasse weg. »Ich komme morgen wieder, Maria. Ich weiß, wir haben dann keinen Termin, aber ich schulde Ihnen eine Behandlung. Und ich werde Ihnen auch helfen, den Baum aufzustellen und zu schmücken.« Diana sprang auf und rannte förmlich zur Haustür. Sie brauchte dringend frische Luft. »Ich finde allein raus.«

»Passen Sie auf sich auf, Diana«, rief Maria ihr nach.

Es war unhöflich, ohne Antwort zu verschwinden, aber Maria würde bald alles vergessen, genau wie jeder andere.

Kaum saß sie im Auto, startete sie den Motor. So, wie die Dinge bereits liefen, sollte sie den Rest des Tages vermutlich einfach sein lassen, doch stattdessen fuhr sie zu den Pierces. Mit einem kurzen Gruß schob sie sich an Mrs. Pierce vorbei, ging den Flur entlang zu Addys Zimmer und hämmerte an die Tür.

»Herein«, rief das Mädchen.

Diana betrat das Zimmer und zog die Tür hinter sich zu. »Okay, mein Vorschlag ist, dass du aufhörst, hier eingeschnappt herumzuschmollen und den Stier bei den Hörnern packst. Wenn dieser Typ dich nicht mehr mag, dann ist er es nicht wert, dass du deine Zeit und deine Gedanken an ihn verschwendest.«

Addy hob den Kopf aus dem Kissen, in das sie ihr Gesicht gepresst hatte, und rollte sich auf den Rücken. »Halten Sie bloß nicht mit Ihrer Meinung hinterm Berg«, sagte sie sarkastisch. »Und woher wissen Sie überhaupt, dass ich unglücklich wegen eines Jungen bin?«

»Das ist eine lange Geschichte, die du mir ohnehin nicht glauben würdest. Das ist auch der Grund, warum ich sie dir nicht erzählen werde. Es liegt nicht daran, dass ich keine privaten Dinge mit dir teilen möchte. Das werde ich schon noch tun, aber ein anderes Mal. Jetzt, in diesem Moment, will ich dir sagen, dass du schön und schlau bist und nicht verdienst, so mies behandelt zu werden.«

Addy setzte sich auf und stieß einen verzweifelten Seufzer aus. »Das Problem ist, dass meine Freundin Sierra offenbar ebenfalls in den Typ verknallt ist. Die beiden gehen zusammen mittagessen und schreiben sich Nachrichten und solche Sachen.« Sie starrte auf ihre im Schoß verschränkten Hände. »Jay hat immer gesagt, dass er nicht auf sie steht, aber, keine Ahnung, jetzt, da ich außen vor bin, sieht er das vielleicht anders.«

»Diese Sierra klingt nicht nach einer echten Freundin.« Diana nahm heute kein Blatt vor den Mund.

Addy zuckte zusammen. Die Wahrheit tat manchmal weh. »Na ja, Sie wissen ja, wie Freundinnen so sind.«

»Ich weiß, wie meine sind.« Diana wünschte, sie könnte ein paar deutliche Worte mit Sierra reden. *Das ist in der Tat gar keine schlechte Idee.* »Hast du sie in deinen Kontakten?«

»Na klar.«

Diana nahm Addys Handy vom Nachttisch und reichte es dem Mädchen. »Entsperre es für mich.«

Argwöhnisch runzelte Addy die glatte Stirn. »Warum?«

Ungeduldig deutete Diana mit dem Kopf auf das Telefon. »Mach es einfach.«

Addy gehorchte. Diana griff nach dem Handy und rief die Kontakte auf. »Sierra Reynolds?«

»Genau.« Addy streckte eine Hand nach ihrem Telefon aus.

Diana wich zurück, bis sie außer Reichweite ihrer Patientin war und tippte auf den Kontakt.

»Was machen Sie da?« Panisch riss Addy die Augen auf. »Rufen Sie sie etwa an? Bitte sagen Sie ihr nichts.«

Diana lauschte auf den Klingelton, bis eine Mädchenstimme antwortete.

»Hallo?«

»Hi, spreche ich mit Sierra Reynolds?«

»Äh, ja. Wer sind Sie? Und warum rufen Sie von Addys Handy an?«, fragte Sierra. »Ist sie okay?«

»Ja, es geht ihr gut. Ich rufe dich an, um dir zu sagen, dass man sich nicht an den Typ seiner besten Freundin heranmacht, wenn die zwischenzeitlich außer Gefecht ist. Und, ehrlich gesagt, auch sonst nicht. Freundinnen sollten immer füreinander da sein.« Rochelle war immer für Diana da gewesen, allerdings hatte Diana das vielleicht nicht immer in gleicher Weise erwidert.

»Diana …«, jammerte Addy. Sie stand jetzt auf ihrem Bett und reckte sich nach dem Handy.

Diana wandte ihr den Rücken zu und redete weiter. »Du solltest froh sein, so einen tollen Menschen wie Addy in deinem Leben zu haben.«

»Wovon reden Sie eigentlich?«, fragte Sierra aufgebracht. »Spionieren Sie mir nach, oder was?«

»Wenn ich das täte, würde ich dann sehen, wie du Addys Freund anbaggerst?«

Am anderen Ende der Leitung herrschte einen Moment Schweigen. »Wir hängen einfach nur zusammen rum, okay?«, erwiderte Sierrc schließlich. »Sonst läuft da nichts, ich schwöre. Wir unterhalten uns meist nur darüber, wie sehr wir Addy vermissen.«

Diana drehte sich wieder zu Addy um, die nah genug war, um mitzuhören, was Sierra gesagt hatte, und überließ ihr das Telefon.

»Stimmt das?«, fragte Addy.

»Natürlich stimmt das«, hörte Diana das andere Mädchen antworten. »Du hast zu Jay und mir den Kontakt abgebrochen, das schweißt uns wohl zusammen. Ich meine, abgesehen von der Tatsache, dass wir dich beide lieben. Das ist dann aber auch alles, was Jay und ich gemeinsam haben. Wenn du mich fragst, ist er ansonsten ziemlich nervig.«

Beinahe zu Tränen gerührt, schüttelte Diana den Kopf. Das Ganze war nur ein Missverständnis? Der Auslöser von Addys schlechter Laune, die sie tagelang hatte über sich ergehen lassen, beruhte auf reiner Einbildung? »Ihr zwei sprecht euch jetzt aus«, sagte sie ruhig. »Ich glaube, meine Arbeit hier ist für heute erledigt.«

Addy schenkte ihr ein winziges Lächeln, während sie weiter mit Sierra redete. »Das ist meine Physiotherapeutin«, erklärte sie. »Sie ist ziemlich cool. Und vielleicht ein bisschen seltsam.«

Diana winkte ihr zu und ging hinaus. Sie verließ das Haus, ohne sich noch mit Mrs. Pierce zu unterhalten, wie sie es normalerweise tun würde. Es spielte keine Rolle. Sie steckte ohnehin in einer endlosen Zeitschleife dieses Tages fest.

Wieder im Auto, holte sie ihr Handy aus der Tasche und rief den Blumenhändler an. Weil sie das gestern versäumt hatte, war Rochelles Schwarm nicht auf den Gedanken gekommen, ihrem Beispiel zu folgen, und Diana mochte eine lausige Vertraute sein, aber sie konnte ihrer besten Freundin zumindest einen Blumenstrauß zum Geburtstag schicken.

Nachdem sie die Bestellung aufgegeben hatte, startete sie den Motor. Nächster Stopp des Tages war Mr. Powells Büro.

Sie fuhr direkt zum Rehabilitationszentrum. Diesmal war sie nicht mal nervös, und sie würde gewiss nicht zwischendurch nach Hause flitzen, um sich aufzubrezeln. Nicht nach den letzten paar Debakeln. Am liebsten würde sie den Termin ganz ausfallen lassen, aber dann hätte sie das Gefühl, die letzten paar Monate verschwendet zu haben. Schließlich hatte Diana ihre ganze Zeit und Energie aufgewendet, sich darauf vorzubereiten, eine Führungsposition einzunehmen, die Erfolgsleiter zu erklimmen und etwas aus sich zu machen.

Fünfzehn Minuten später bog sie auf den Firmenparkplatz ein. Die anderen Male war sie vor dem Gespräch mit Mr. Powell vor Aufregung förmlich außer sich gewesen, doch diesmal blieb sie vollkommen ruhig. Statt sich verrückt zu machen, griff sie zum Telefon und begann, eine Nachricht an Linus zu tippen.

Diana: Hey, ich wollte dich nur wissen lassen, dass …

Was wollte sie ihn wissen lassen? Sie hatte sich, wenn sie ihn in den vergangenen drei Wochen im Krankenhaus besuchte, so sehnlichst gewünscht, er möge die Augen öffnen und sie anschauen. Es gab so vieles, was sie ihm sagen wollte, aber wenn sie es konkret formulieren sollte … war sie plötzlich unsicher. »*Ich liebe dich*« erschien ihr zu simpel. Zu klischeehaft. Aber etwas Bedeutungsvolleres konnte man nicht sagen, in keiner Sprache der Welt.

Sie liebte ihn so sehr, dass die Möglichkeit, er könnte nie wieder aus diesem Koma erwachen, zu zerschmetternd war, um sie auch nur in Betracht zu ziehen. Doch noch schlimmer war die Vorstellung, dass Linus Tag für Tag tragisch verunglückte. Wie oft konnte sie ihn verlieren? Erlitt er bei jedem dieser Unfälle dasselbe Trauma? Wahrscheinlich schon, schließlich spürte *sie* den Schmerz ebenfalls, von Mal zu Mal schlimmer und tiefer.

Und mit jeder vergehenden Stunde wurde ihr klarer, dass ein Extratag in Wahrheit kein Geschenk war. Nicht, wenn es sich um diesen Tag handelte. Es war eher ein Fluch.

17. Kapitel

Leann schaute lächelnd auf, als Diana vor der Rezeption stehen blieb.

»Ich habe einen Termin mit Mr. Powell.« Ungeduldig trommelte Diana mit den Fingern, während die Empfangsdame den Kalender prüfte.

»Ja. Setzen Sie sich bitte, und …«

»Sie lassen mich wissen, wenn Mr. Powell bereit ist.« Diana nickte. »Verstanden. Aber da er in ungefähr dreißig Sekunden bereit sein wird, lohnt es sich nicht wirklich, Platz zu nehmen. Ich bleibe einfach hier stehen und warte.«

Leanns Lächeln erstarb. »Oh. Okay. Nun, dann sage ich ihm eben Bescheid, dass Sie da sind.« Sie nahm den Telefonhörer ab und sprach leise hinein, ohne Diana aus den Augen zu lassen. Dann legte sie auf und erhob sich. »Er erwartet Sie.«

Diana fühlte sich ein bisschen neben der Spur, was vermutlich nicht die beste Voraussetzung für ein wichtiges Bewerbungsgespräch war. Aber das war egal. Dieser Tag spielte nicht die geringste Rolle, genauso wenig wie der gestrige oder der davor. Sie folgte Leann in Mr. Powells Büro, ging direkt auf ihren Chef zu und reichte ihm die Hand. »Sie brauchen mir keinen Kaffee anzubieten, Todd. Lassen Sie uns gleich zur Sache kommen.« Damit setzte sie sich hin und schlug die Beine übereinander.

Mr. Powell setzte sich ebenfalls wieder. Er wirkte leicht verwirrt. »Perfekt.« Er stellte dieselben Fragen wie gestern, und Diana antwortete mechanisch, bis er wissen wollte: »Warum glauben Sie, dass Sie eine gute Führungskraft wären?«

Sie schüttelte den Kopf. »Tatsächlich glaube ich das gar nicht. Ich habe keine Ahnung, ob ich eine gute Führungskraft wäre.«

»Oh?« Überrascht zog Mr. Powell die Brauen hoch.

»Ich meine, Sie wollen doch absolute Ehrlichkeit, nicht wahr? Und das ist meine ehrliche Antwort. Vielleicht bin ich in Wahrheit gar nicht geeignet für diese Beförderung. Ich weiß nicht mal, warum ich eigentlich hier bin.« Sie ignorierte Mr. Powells langsam verblassendes Lächeln. »Im Grunde verschwende ich gerade Ihre und meine Zeit. Dieses Gespräch wird nicht gut laufen, egal, was ich mache, also werde ich jetzt aufstehen und gehen und uns beiden meine unbehaglichen Versuche ersparen, Sie davon zu überzeugen, dass ich besser für den Job geeignet bin als William.« Abrupt erhob sie sich und hielt Mr. Powell die rechte Hand hin.

Einen Augenblick war er sprachlos. »Sie gehen?«, fragte er schließlich. »Ich fand gar nicht, dass wir so einen schlechten Start hatten.«

»Ach, mit der Zeit hätte ich das Gespräch schon in den Sand gesetzt. Aber *ich habe* keine Zeit.« Von Sekunde zu Sekunde fühlte sie sich weiter neben der Spur. Dieser ganze Tag war wie ein entgleister Zug, der seinem tragischen Ende entgegenpreschte. »Oder vielmehr, ich habe zu viel Zeit, aber nicht für Dinge, von denen ich mir nicht mal sicher bin, ob ich sie überhaupt will.«

Endlich ergriff Mr. Powell ihre ausgestreckte Hand. »Nun, dann danke ich Ihnen, dass Sie hier waren, Diana«, sagte er höflich.

Als sie ihre Hand zurückzog, stieß sie absichtlich das Foto von seinem Schreibtisch und schaute zu, wie der Glasrahmen zu ihren Füßen zersplitterte, genau wie dieser komplett verunglückte Tag. Aber das spielte keine Rolle. Sie würde morgen ohnehin wieder hier sein. »Ich danke *Ihnen*«, erwiderte sie, drehte sich auf dem Absatz um und marschierte aus dem Büro, vorbei an der Rezeption und hinaus in den kalten Nachmittag. Sie weinte nicht, als sie wieder in ihrem Auto saß. Tatsächlich fühlte sie sich etwas benommen.

Ihr Handy brummte. Eine Textnachricht. Die musste von Rochelle sein. Diana schaute aufs Display.

Rochelle: Du hast mir Blumen geschickt?!
Diana: Das ist das mindeste, was eine lausige Freundin an deinem Geburtstag tun kann.
Rochelle: Du bist keine lausige Freundin. Danke. Aber du sagst unsere Drinks nicht ab, oder?
Diana: Nein. Tatsächlich kommen mir jetzt ein paar Drinks sehr gelegen. Bis gleich.

Diana wollte ihr Telefon gerade wieder ablegen, als es klingelte. »Hallo, Joann«, meldete sie sich, ohne auf das Display zu sehen.

»Oh, Diana. Ich bin froh, dass ich dich erwischt habe. Störe ich?«

»Nun, ich bin bei der Arbeit.« Diana ließ ihren Blick über den Parkplatz schweifen, auf dem mehrere Autos standen. Das Rehabilitationszentrum spezialisierte sich nicht nur auf häusliche Betreuung, es bot auch Physiotherapie vor Ort an. »Aber ich kann eine Minute erübrigen, um dir Gelegenheit zu geben, mich und Linus fürs Wochenende zum Dinner einzuladen.«

»Äh, ja«, stammelte Joann. »Genau das wollte ich gerade vorschlagen. Wir haben uns wirklich gefreut, dich an Thanksgiving hier zu haben, und hoffen, dass wir uns künftig öfter sehen. Wir könnten auch damit anfangen, eure Hochzeit zu planen.«

»Das ist wirklich ein netter Vorschlag, Joann. Unsere Antwort wird allerdings davon abhängen, ob Linus und ich es heute Abend heil und gesund nach Hause schaffen.«

Joann lachte nervös. Vermutlich dachte sie, dass Diana Witze machte. Doch dem war nicht so.

»Ich werde das mit Linus besprechen«, fügte Diana hinzu.

»Bitte mach das. Und vielleicht können wir ja auch demnächst zusammen nach einem Brautkleid schauen. Ich, du und deine Mutter.«

Nur mühsam unterdrückte Diana einen lauten, schmerzerfüllten Seufzer.

»Meine Mom ist nicht wirklich in mein Leben involviert, Joann. Sie wird wahrscheinlich nicht mal zur Hochzeit kommen.«

»Oh.« Einen Moment schwieg Joann. Vermutlich hatte Linus seiner Mutter nie von Dianas Familienverhältnissen erzählt. »Nun, das macht nichts«, fuhr sie schließlich fort. »Ich habe mir immer eine Tochter gewünscht. Ich weiß, dass ich nicht deine echte Mutter sein kann, Diana, aber ich werde dich lieben, als wäre ich es.«

Diana schluckte heftig, und ihr quälender Unmut über den Wiederholungstag schien sich für einen Moment zu legen. Doch sie konnte sich nicht auf Joanns Versprechen verlassen, auch wenn es ganz gewiss ernst gemeint war und von Herzen kam. Denn morgen würde Joann diese komplette Unterhaltung vergessen haben, und Diana würde es umso schlechter gehen, weil sie sich daran erinnerte. »Ich muss jetzt aufhören.«

»Natürlich. Rede mit Linus und gib mir dann Bescheid.«

»Das mache ich. Tschüs.« Diana beendete die Verbindung und holte tief Luft. Die nächste Station des Unglückszugs war Sparky's Tavern.

Schwer seufzend ließ Diana sich auf ihren Stuhl fallen.

Rochelle hatte einen Teller mit Pommes und zwei Cocktails vor sich stehen. Sie schob Diana eins der Gläser zu. »Hier. Ich hab schon mal für dich bestellt.«

»Weil du eine großartige Freundin bist. Und ich eine ganz miese.«

Rochelle wurde ernst. »Gibt es was, worüber du reden möchtest?«

Einen Moment lang musterte Diana ihre Freundin. »Ja«, sagte sie dann. »Ich mag es nicht, wenn du mir gegenüber die Psychologin raushängen lässt. Du bist nicht meine Therapeutin. Du bist meine Freundin.«

»Das ist ungefähr dasselbe«, gab Rochelle neckend zurück. »Aber da ich nun mal einen Abschluss in Psychologie habe, bin ich besser darin als der Durchschnitt.«

Diana nahm einen tiefen Zug aus ihrem Glas. Dabei überlegte sie, ob Rochelle vielleicht diejenige war, die ihre Probleme lösen könnte. Maria konnte es nicht. Addy und Mr. Powell konnten es auch nicht. Aber Rochelle?

»Also gut, wenn du mich so verzweifelt therapieren willst, dann hör zu. Ich bin in einer Zeitschleife gefangen und muss diesen Tag, den vierten Dezember, wieder und wieder durchleben, wie eine gesprungene Schallplatte. Heute ist der vierte Dezember. Aber eigentlich müsste Weihnachten sein, und außer mir weiß das keiner, außer diesem kleinen Jungen in Linus' Laden.«

Rochelle schaute sie seltsam an. »Wie meinst du das, heute müsste Weihnachten sein?«

»Ich meine, dass gestern der vierundzwanzigste Dezember war, und wir beide uns hier für unsere traditionellen Heiligabenddrinks getroffen haben.« Sie seufzte. »Linus lag im Koma, ich war traurig und ...«

Rochelle hob eine Hand, um Diana zu unterbrechen. »Moment. Linus lag im Koma?«

»Genau. Am vierten Dezember – also, am ursprünglichen vierten Dezember – ist er auf dem Heimweg vom Geschäft mit seinem Fahrrad verunglückt. Eine Woche lang lag er im Krankenhaus auf der Intensivstation, dann haben sie ihn zum hoffnungslosen Fall erklärt und in die New Hope Langzeitbetreuung verlegt.«

Rochelle starrte sie aus geweiteten Augen an. »Soll das ein

Scherz sein oder hast du gerade einen mentalen Zusammenbruch?«

»Keins von beiden. Es passiert wirklich. Pass auf, meine Nachbarin, Mrs. Guzman, hat bei mir eine Schneekugel entdeckt, die Linus mir geschenkt hat. Sie sagte mir, dass ich sie schütteln und dabei an den Menschen denken soll, den ich geliebt und verloren habe, und dass ich dann einen Extratag mit diesem Menschen bekommen würde. Also habe ich geschüttelt und dabei an Linus gedacht, und nun bin ich in diesem drei Wochen zurückliegenden Tag gefangen. Aber da es der Tag ist, an dem Linus den Unfall hatte, hoffe ich, dass ich ihn davor bewahren kann, ins Koma zu fallen, wenn es mir gelingt zu verhindern, dass er von diesem Lieferwagen angefahren wird.«

Rochelle zeichnete mit dem rechten Zeigefinger einen Kreis in die Luft. »Okay, falls – und es handelt sich um ein *fettes Falls* – das hier die Wiederholung eines vergangenen Tages ist, dann gehst du davon aus, dass dieser Tag den anderen, der bereits passiert ist, überschreiben wird? Und ihn damit effektiv aus dem Ablauf der Geschichte streicht?«

»Ganz genau.« Diana atmete erleichtert aus. »Endlich spricht jemand meine Sprache.«

»Oder …« Rochelle unterbrach sich und zog eine Pommes durch den Ketchupklecks.

»Oder?«, hakte Diana ungeduldig nach.

»Oder dieser Extratag ist einfach nur die Chance, Linus noch einmal zu sehen und dich von ihm zu verabschieden.« Rochelle biss in ihre Pommes und kaute nachdenklich. »Damit will ich nicht sagen, dass ich diese Geschichte glaube, denn das tue ich nicht. Schon allein deshalb, weil der vierte

Dezember mein Geburtstag ist und ich, wenn ich ihn wiederhole, irgendwie ein Jahr älter werden würde, und damit bin ich ganz und gar nicht einverstanden.«

Diana blinzelte verwirrt, fokussierte sich dann aber auf das, was Rochelle zuerst gesagt hatte.

»Ich will mich nicht von Linus verabschieden. Wir wollen zusammen alt werden. Wir wollen eine Familie haben und Haustiere. Wir haben doch bislang noch nicht mal einen Hund.« Tränen stiegen ihr in die Augen. »Wir habe noch nicht mal einen Hochzeitstermin festgelegt.« Was natürlich allein ihre Schuld war. »Nein, ich muss positiv denken. Ich fahre zum Spielzeugladen, bevor er schließt.«

Rochelle lachte entgeistert. »So langsam bekomme ich das Gefühl, dass du diese verrückte Geschichte wirklich glaubst.«

»Weil ich es tue.« Diana nahm sich eine von Rochelles Pommes, steckte sie in den Mund und kaute. »Aber lass gut sein. Es spielt ohnehin keine Rolle.«

»Das ist wieder typisch für dich.«

»Wie meinst du das?«, fragte Diana angespannt. Sie leerte ihr Glas und bedeutete der Kellnerin, ihr ein zweites zu bringen, was vermutlich keine gute Idee war. Diana hatte noch nie viel Alkohol vertragen. Aber das war ihr inzwischen egal. Wenn sie morgen früh wieder am selben Tag aufwachte, hieß das, dass sie keinen Kater haben würde.

»Ich meine, dass du dir niemals gestattest, andere Menschen an dich ranzulassen. Denn wenn du das tätest, dann würden wir vielleicht erkennen, dass du dein Leben nicht im Griff hast. Nun, stell dir vor, Diana, niemand hat sein Leben im Griff. Keiner von uns. Und das ist vollkommen okay. Wir müssen es auch nicht. Aber was überhaupt nicht geht, ist, alle anderen auszuschließen. Ich versuche nicht, dich zu analysieren. Ich versuche, dir eine gute Freundin zu sein, aber du lässt mich nicht. Und du lässt Linus auch nicht so nah an dich heran, dass er wirklich dein Verlobter sein kann. Und weißt du, was eines Tages passieren wird? Du wachst auf und stellst fest, dass diese Mauern, die du um dich herum errichtet hast, zu deinem Gefängnis geworden sind. Tut mir leid. Das mag harsch klingen, aber es ist wahr.«

Die Kellnerin brachte den frischen Cocktail. Ohne nachzudenken, griff Diana zum Glas und trank in tiefen Zügen. »Du willst mir erzählen, dass mein Leben den Bach runtergeht, weil ich wegen all der Ungerechtigkeiten, die mir widerfahren sind, nicht jammere, mich beschwere, heule und Wutanfälle kriege? Dass es die Welt retten würde, wenn ich alles rauslasse und mir einen riesigen Zusammenbruch gönne?«

Rochelle rollte mit den Augen.

»Im Prinzip schon.« Sie zuckte mit den Schultern. »Zumindest würde es *deine* Welt retten.«

Diana leerte ihr Glas. Der Geschmack von Alkohol in ihrem Mund löste Schwindel und Übelkeit aus. »Ich versuche nicht, mich zu retten. Ich versuche, Linus zu retten, und es gelingt mir nicht.« Ihre Stimme brach.

Mitfühlend schaute Rochelle sie an. »Ich weiß nicht, wovon du sprichst, Diana. Wirklich nicht. Aber ich weiß, dass Linus sich nichts sehnlicher wünscht, als dass du ihn an dich heranlässt. Er liebt dich. Wenn du gerade irgendetwas Schlimmes durchmachst, dann erzähl es ihm.«

Heiße Tränen brannten in Dianas Augen. Sie starrte in ihr leeres Glas, und ihr wurde noch schlechter. Sie spürte, dass irgendwo in Rochelles Worten eine Wahrheit lag, aber ihr war zu übel, um sie herauszufiltern. »Wie spät ist es?«

»Höchste Zeit für dich, mit dem Trinken aufzuhören. Ich fahre dich nach Hause.«

»Nein, ich kann jetzt nicht nach Hause. Ich muss in den Spielzeugladen.«

»Als ich sagte, du sollst mit Linus reden, meinte ich nicht, mit zwei Cocktails im Bauch. Warte, bis du wieder nüchtern bist, okay?«

Diana stieß sich vom Tisch ab und stand schnell auf. Das Blut schoss ihr in den Kopf, und der Raum begann, sich zu drehen.

»Hey, mach langsam. Ich trage dich nicht hier raus, Diana.«

»Ich muss zu ihm. Er wird diesen Unfall haben«, lallte Diana. Wie viel Alkohol war in diesen beiden Drinks gewesen? Offenbar reichlich. Hatte sie heute überhaupt schon was gegessen? Vielleicht war es keine so tolle Idee gewesen, auf leeren Magen Cocktails zu trinken.

»Schon klar. So, wie er auch in den letzten paar Tagen immer einen Unfall hatte. Ich bringe dich nach Hause. Dafür bist du mir was schuldig, denn eigentlich wollte ich mich mit diesem Typ zum Dinner treffen. Ich würde an meinem Geburtstag sehr viel lieber ein Steak essen als dir die Haare zu halten, während du dich übergibst.«

Diana lehnte sich schwer gegen Rochelle. »Der Typ arbeitet im selben Bürogebäude wie du und bringt dir manchmal die Post vorbei. Heute hat er die Blumen gesehen, die ich dir geschickt habe, mitgekriegt, dass du Geburtstag hast …« Diana verzog das Gesicht, als ihr brennende Magensäure in die Kehle stieg, und schluckte krampfhaft. »Und dann ist er runter zum Blumenladen gegangen und hat dir einen noch größeren Strauß besorgt. Weil er dich mag.«

Rochelle blinzelte verblüfft. »Das habe ich dir nicht erzählt.«

»Doch. Du hast es mir gestern erzählt. Nein, nicht gestern, weil ich da vergessen hatte, dir die Blumen zu schicken. Es war vorgestern.« Sie schaute ihre Freundin flehend an. »Ich verliere nicht den Verstand. Das ist real. Und Linus wird heute Abend mit dem Rad nach Hause fahren und von einem Lieferwagen angefahren werden. Und wenn er nicht das Rad nimmt und mit dem Auto fährt, wird er trotzdem verunglücken, weil das Universum grausam und unerbittlich ist.«

Unschlüssig schüttelte Rochelle den Kopf. »Beinahe glaube ich dir.«

»Beinahe?« Diana platzte fast der Schädel. Sie vertrug einfach nichts. Warum hatte sie bloß diese Cocktails in sich reingeschüttet?

Rochelle zögerte. »Betrunken wie du bist, kann ich dich nicht in den Spielzeugladen bringen.«

»Dann fahr uns hin, und du gehst rein. Rede mit dem kleinen Jungen, den du im Gang mit den Puppen triffst. Er heißt Dustin und macht sich Sorgen, dass er nicht brav genug für den Weihnachtsmann war. Und alles, was er sich zu Weihnachten wünscht, ist eine eigene Familie.« Diana spürte, wie ihr eine Träne übers Gesicht lief. *Verdammt.* Seit wann war sie eine Heulsuse?

Seufzend hakte Rochelle sich bei ihr unter und half ihr zum Ausgang. »Na schön. Ich fahre dich zum Spielzeugladen. An meinem Geburtstag. Statt mit einem heißen Typ, der mir

Blumen geschenkt hat, zu Abend zu essen. Und ich werde mit diesem Jungen reden. Falls er überhaupt dort ist.«

»Er wird dort sein«, versicherte Diana, während sich alles um sie drehte.

Als sie nach draußen in die Kälte traten, atmete sie tief durch. Plötzlich zog ihr Magen sich zusammen und entlud sich im Strahl über Rochelles Stiefel.

Rochelle kreischte entsetzt auf. »Nun ja, herzlichen Glückwunsch an mich«, murmelte sie dann.

Diana stöhnte beschämt. »Tut mir leid.«

»Na los.« Rochelle zog sie zum Auto. »Aber wenn du in meinem Wagen spuckst, kündige ich dir die Freundschaft.«

Diana klammerte sich am Türgriff fest, während Rochelle ärgerlicherweise eine Meile unter dem Tempolimit fuhr. »Mach schneller«, drängte sie.

»Damit du dich in mein Auto übergeben kannst? Ich liebe dich wirklich, aber alles hat seine Grenzen.«

»Er wird einen Unfall haben.« Sie kniff die Lider zusammen, um ihre Übelkeit zu unterdrücken.

Entnervt atmete Rochelle aus. »Er schließt nicht vor sechs, oder? Jetzt haben wir Viertel vor. Uns bleibt also noch reichlich Zeit.«

Eine Sekunde öffnete Diana ihre Augen und sah, wie Rochelle abwehrend mit einer Hand wedelte.

»Nicht, dass ich dir glaube«, sagte sie.

Eine Viertelstunde. Das reichte. Bis zum Laden brauchten sie nur zehn Minuten. Sie hatten also fünf Minuten Puffer, außerdem brach Linus nie direkt auf, nachdem er das Geschäft geschlossen hatte. Er musste erst noch Kassensturz machen und aufräumen.

Diana zog ihr Handy aus der Tasche.

»Was hast du vor?«, fragte Rochelle. »Betrunken Nachrichten zu verschicken, ist nie eine gute Idee.«

»Beim eigenen Verlobten sollte das kein Problem sein.« Dianas Magen hob sich, als Rochelle links abbog.

»Du trinkst nur, wenn du dich mit jemandem streitest. Das ist ein Zeichen, dass deine Gefühle dir nicht geheuer sind. Anstatt dich ihnen zu stellen, trinkst du sie weg.«

Diana starrte ihre Freundin finster an. »Hast du etwa vor, diesen Typen, den du magst, auch so zu analysieren? Denn das wird nicht gut ankommen.«

»Nur dich«, erwiderte Rochelle.

Diana konnte kaum geradeaus sehen, geschweige denn eine Nachricht tippen, also drückte sie auf »Anruf« und wartete, dass Linus sich meldete. Nach einigen Sekunden landete sie auf der Mailbox. Sofort rief sie wieder an. Vor Nervosität wurde ihr die Brust so eng, dass sie kaum atmen konnte.

»Wahrscheinlich bedient er gerade einen Kunden. Wir sind gleich da. Entspann dich.« Rochelle hatte kaum ausgeredet, als in einiger Entfernung die Sirenen eines Rettungswagens ertönten.

»Hörst du das?« Diana setzte sich aufrechter hin.

»Das kann irgendwen betreffen. Linus ist noch im Geschäft. Es ist nicht mal sechs.«

Eine Hand vor die Brust gepresst, zwang Diana sich, tief durchzuatmen, aber die Luft schien ihre Lunge nicht zu erreichen. Rochelle hielt hinter dem Stau, der sich vor der Unfallstelle gebildet hatte.

»Es ist nicht irgendwer. Es ist Linus.« Ohne auf Rochelles Ruf zu achten, stieß Diana die Beifahrertür auf und lief in Richtung der Sirenen, ohne auf das Hämmern in ihrem Kopf und das flaue Gefühl in ihrem alkoholgeplagten Magen zu achten. Es war, als hätte das Schicksal gewusst, dass sie versuchte, rechtzeitig vor Ladenschluss herzukommen, und Linus dazu bewogen, früher aufzubrechen. Sie konnte und konnte diesen verfluchten Tag nicht stoppen.

Diana sah den Lieferwagen. Er war umgeben von flackernden roten und blauen Lichtern. Sie rannte weiter, die Kälte brannte auf ihren Wangen. »Linus? Linus!«

»Zurückbleiben, Ma'am«, befahl eine tiefe Stimme.

Sie ignorierte die Warnung und lief weiter. Erst, als sie Linus' Fahrrad auf der Straße liegen sah, blieb sie stehen. Das Vorderrad und der Lenker waren völlig verdreht. »Linus!«, schrie sie. Er war nicht bei seinem Rad. Wo war er?

»Ma'am?« Die tiefe Stimme gehörte einem Mann in blauer Uniform. Officer Crane. Er war am ersten vierten Dezember zu ihrer Wohnung gekommen, um sie über den Unfall zu informieren.

Sie wirbelte zu Officer Crane herum. »Das Fahrrad gehört Linus. Wo ist er?«

Er schaute sie mitfühlend an. »Er ist im Rettungswagen, Diana.«

Sie erreichte das blinkende Fahrzeug in dem Moment, in dem der Notfallsanitäter Anstalten machte, die hintere Tür zu schließen. »Warten Sie! Das ist mein Verlobter! Ich muss bei ihm bleiben! Bitte!«, flehte sie. »Ich will nicht, dass er allein ist. Er kann das nicht allein durchmachen.« Und sie konnte es auch nicht.

Der Sanitäter öffnete die Tür wieder und half ihr beim Einsteigen. »Wir müssen uns beeilen«, sagte er und deutete auf eine schmale Bank neben der Bahre. »Setzen Sie sich.«

Ohne den Blick von Linus abzuwenden, ließ Diana sich auf das Bänkchen sinken und nahm seine Hand. Sie war kalt. Diana umschloss sie mit ihren beiden Händen, versuchte, etwas von ihrer eigenen Körperwärme auf ihn zu übertragen.

»Ich bin hier, Linus. Halt durch. Ich bin hier.« Tränen liefen über ihre Wangen.

Linus rührte sich, und seine Lider flatterten, öffneten sich einen Spalt. »Di?«

Sie schnappte nach Luft und beugte sich über ihn. »Hey, ich bin's. Du hattest einen Unfall. Wir bringen dich ins Krankenhaus. Bleib bei mir, okay? Halt die Augen offen. Bitte.« Vielleicht gelang es ihr ja, ihn davon abzuhalten, in diesen Abgrund seines Unbewussten abzudriften, aus dem er nicht zurückkehren konnte. »Bleib bei mir. Geh nicht weg.«

»Di?«, sagte er noch einmal. Sein Blick war nicht mehr fokussiert, er starrte an ihr vorbei ins Leere.

Ihr fiel wieder ein, was Rochelle gesagt hatte. Dass Diana zu verschlossen war und niemanden an sich heranließ. Sie versuchte, alles allein zu regeln, und so funktionierten Beziehungen nicht.

»Ich kann dieses Leben nicht ohne dich bewältigen, Linus. Ich weiß nicht, ob ich es dir je gesagt habe, aber ich brauche dich. Du musst bei mir bleiben, weil wir heiraten wollen, weißt du. Ich war zu verängstigt. Zu dumm. Zu sehr in meinem eigenen Kopf. Aber ...«

»Di?«, murmelte Linus wieder.

Sie hörte auf zu reden und schaute ihm ins Gesicht. »Ja? Was ist?«

Seine Lider schlossen sich.

»Nein! Linus, öffne die Augen! Wach auf! Verlass mich nicht!« Sie drückte seine Hand. »Bitte«, schluchzte sie. »Bitte geh nicht. Ich heirate dich morgen. Oder an jedem anderen Tag, den du willst, wenn du nur hierbleibst.«

Doch er öffnete die Augen nicht. Er war weg, wieder einmal.

18. Kapitel

»Hier bist du«, sagte Rochelle.

Diana schaute zu ihr hoch. Sie saß mit mehreren von Linus' Verwandten im Wartezimmer des Krankenhauses. Diana hatte Joann von Linus' Bett aus angerufen, bevor die Ärzte und Schwestern sie aus dem Zimmer vertrieben hatten. »Hey.«

Rochelle setzte sich auf den Stuhl neben Diana. »Wie geht es ihm?«

»Er wird gerade operiert. Sie haben es mir noch nicht gesagt, aber er kommt durch.« Tränen schwammen in ihren Augen. »Er hat einen gebrochenen Oberschenkel und mehrere angeknackste Rippen. Das Schlimmste ist die Kopfverletzung.«

Rochelle drückte ihr fest die Hand. Die Geste sollte tröstlich sein und brachte Diana fast zum Weinen. Doch sie wollte nicht zusammenbrechen. Nicht hier. Nicht vor Linus' versammelter Familie, auch wenn seine Tante Ruby auf der anderen Seite des Raums laut vor sich hin schluchzte. Linus hatte ihr gesagt, dass Ruby etwas theatralisch war. Damit lag er nicht falsch. »Willst du mir immer noch erzählen, dass du diesen Tag schon mal durchlebt hast?«, fragte Rochelle leise.

Diana nickte. Sie ließ ihren Blick über eine Stuhlreihe voller Cousins und Cousinen gleiten. Alle hatte ihre Telefone in der Hand und schrieben emsig Textnachrichten. Aus Mr. Grants Jackentasche ragte ein Pop-Tart, von dem er verstohlen immer wieder ein Stück abbrach und sich in den Mund steckte, als ob es ein Verbrechen wäre, in einer Situation wie dieser zu essen.

»Ja, es stimmt wirklich.« Diana schluckte. »Und ich glaube nicht, dass ich es länger ertrage, diesen Tag wieder und wieder durchzumachen. Es ist die schlimmste Erfahrung meines Lebens, ihn so leiden zu sehen. Und ich kann es nicht verhindern. Ich kann es nicht reparieren, egal, wie sehr ich mich bemühe.«

Wieder drückte Rochelle ihr die Hand. »Es tut mir so leid, Diana. Ich weiß nicht, was ich sagen soll.«

Erstaunt hob Diana die Brauen. »Was? Du willst mir nicht erklären, wie irrational ich mich verhalte? Dass ich die Hoffnung nicht aufgeben darf?«

Rochelle schüttelte den Kopf. »Nein. Ich will hier einfach nur mit dir sitzen, wenn du es mir erlaubst.«

Diana schaute auf Rochelles Hand in ihrer. Sie war nicht sicher, ob ihre Freundin ihr jemals die Hand gehalten hatte. Es fühlte sich an wie eine Rettungsleine, an die sie sich klammern konnte. »Bitte geh nicht weg. Ich möchte, dass du bei mir bleibst. Auch wenn es mir leidtut, dass ich deinen Geburtstag ruiniere.«

»Das spielt keine Rolle. Es ist nur ein Tag.«

Diana schnaubte verbittert. »Und du wirst morgen ja wieder Geburtstag haben.«

»Mrs. Grant?« Ein Chirurg kam ins Wartezimmer und blickte sich suchend um.

»Ja?«, sagten Diana und Joann wie aus einem Munde.

Die beiden Frauen wechselten einen Blick. Ach ja. Diana war noch keine Grant.

Der Arzt schaute zwischen ihnen hin und her.

»Ich bin seine Mutter«, erklärte Joann. »Wie geht es ihm?«

»Nun, Ihr Sohn ist ein Kämpfer, das steht fest. Die Operation hat er überstanden. Nun können wir nur abwarten, ob er aufwacht.«

Joann nickte. »Können wir zu ihm?«

»Natürlich. Allerdings nur einer nach dem anderen. Wollen Sie jetzt hinein?«

»Du solltest ihn als Erste sehen«, sagte Joann zu Diana. »Wenn irgendwer Linus aufwecken kann, dann bist du es.«

Diana erhob sich zittrig. »Danke.« Sie schaute Rochelle an. »Bist du hier, wenn ich zurückkomme?«

»Natürlich«, versicherte Rochelle. Sie wirkte überrascht, dass Diana zugab, sie zu brauchen. »Wenn du mich hier haben willst.«

Diana nickte fast unmerklich. »Bitte.«

»In dem Fall«, Rochelle lehnte sich im Stuhl zurück und schlug die Beine übereinander, »bleibe ich die ganze Nacht.«

Um fünf Minuten vor Mitternacht saß Diana auf einem Stuhl neben dem Krankenhausbett, in dem der Mann, den sie liebte, hilflos lag. Im Besuchersessel neben dem Fenster schlief Rochelle. Linus war vor ein paar Stunden in ein Zimmer verlegt worden, das mehr als einem Besucher Zutritt erlaubte. Dafür war Diana dankbar, denn sie wollte nicht allein sein – auch wenn ihre Unterstützung gerade leise in der Ecke schnarchte.

Diana konnte nicht schlafen. Hellwach verfolgte sie, wie die Sekunden Richtung Mitternacht verrannen. Das einzig Positive, das sie der aktuellen Situation abgewinnen konnte, war die Aussicht, in fünf Minuten aufzuwachen, als wäre all das hier nur ein Traum – was es definitiv nicht war –, und Linus zu sehen. Seine Augen würden geöffnet sein, seine Lippen würden lächeln, und seine Stimme würde die Stille durchbrechen, mit einem geflüsterten »Hallo, Schlafmütze.«

Darauf wartete Diana. »Linus, es tut mir so leid«, wisperte sie. »Ich bin der Grund, warum du immer wieder diesen grauenhaften Tag durchmachen musst. Es ist alles meine Schuld.« Sie schluckte an dem Kloß vorbei, der sich in ihrer Kehle gebildet hatte und immer weiter anschwoll. »Ich wollte nur noch einmal mit dir zusammen sein. Das ist alles. Aber ich verdiene nicht mal das, denn als ich dich noch bei mir hatte, lebendig und gesund, hatte ich nie genug Zeit für dich.« Sie wischte sich eine Träne von der Wange. »Ich hatte zu viel Angst. War zu verschlossen. Zu distanziert. Und noch vieles mehr.«

Sie fuhr zusammen, als Linus ihre Hand drückte, blinzelte die Tränen weg und starrte ihm eindringlich ins Gesicht. »Du hast meine Hand gedrückt. Bist du hier? Kannst du mich hören? Linus?«

Sie beobachtete seine Hand. Er hatte gedrückt. Das hatte sie sich nicht eingebildet. Hastig schaute sie zur Uhr. Noch drei Minuten bis Mitternacht. Sie schüttelte Linus' Hand, beugte sich über ihn. »Linus, wach auf! ... Komm schon, komm schon.«

Wieder bewegten sich seine Finger in ihrer Hand.

Diana lachte laut auf.

»Was ist los?«, fragte Rochelle schlaftrunken.

»Linus wacht auf. Diesmal fällt er nicht ins Koma. Vielleicht schaffen wir es doch heil und ganz aus diesem Tag heraus.« Wäre das nicht ein echtes Weihnachtswunder?

Rochelle stand aus ihrem Sessel auf und kam näher, um einen Blick auf Linus zu werfen.

Seine Augen waren noch immer geschlossen.

»Er hat meine Hand gedrückt. Zweimal«, erzählte Diana aufgeregt. »Er hat gehört, was ich zu ihm gesagt habe.«

»Was hast du ihm denn gesagt?«

Diana versuchte, sich zu erinnern. »Dass es mir leidtut. Dass ich wünschte, ich wäre vor dem Unfall mehr für ihn da gewesen. Dass ich so viel Zeit verschwendet habe, die wir miteinander hätten verbringen können.« Sie schaute Linus an und drückte seine Hand. »Ich werde keine Sekunde mehr vergeuden, wenn du jetzt sofort aufwachst.« Sie würden so schnell wie möglich einen Termin für ihre Hochzeit festlegen. Vielleicht könnten sie ja schon morgen heiraten.

Wieder blickte sie auf die Uhr. Noch dreißig Sekunden. »Jetzt sofort, Linus! Bitte! Mach die Augen auf!«, drängte sie. »Wach auf!«

19. Kapitel

Schlittenfahrt durch die Schneekugel

»Aufwachen, Schlafmütze.«

Als Diana die Augen öffnete, sah sie Linus fix und fertig angezogen neben dem Bett stehen, inklusive der lavendelfarbenen Krawatte mit den Hunden. »Was?«

»Du hast verschlafen. Ich hätte dich geweckt, hab aber angenommen, dass du rechtzeitig von selbst hochkommst.« Er lächelte aufmunternd. »Wenn du dich nicht beeilst, kommst du zu spät zu deinem ersten Patiententermin.«

Diana blinzelte benommen. »Verschlafen?« Stöhnend fasste sie sich an die Stirn. »Ich habe Kopfschmerzen.«

Linus lachte leise. »Wenn ich es nicht besser wüsste, würde ich sagen, du hast einen Kater.«

Diana setzte sich auf, das Gesicht immer noch in ihren Händen vergraben. Sie hatte gestern Abend in der Tat ziemlich viel getrunken, aber das sollte jetzt eigentlich ausgelöscht sein.

»Allerdings weiß ich ganz sicher, dass du gestern Abend nichts getrunken hast«, fuhr er fort. »Stattdessen bist du wortlos ins Bett entschwunden.«

Sie senkte die Hände. »Ist immer noch der vierte Dezember?«

Linus schaute sie irritiert an. Dann beugte er sich über sie und küsste sie zärtlich auf die Stirn. »Ja, und ich habe gleich ein wichtiges Meeting mit einem Lieferanten. Und du hast heute Nachmittag dein entscheidendes Gespräch mit Mr. Powell.« Er richtete sich wieder auf. »Ich hoffe, es läuft alles gut für dich. Du verdienst diese Beförderung. Hol sie dir.«

»Eher hole ich mir eine fette Abfuhr«, murmelte Diana.

»Hmm?« Linus drehte sich stirnrunzelnd zu ihr um. »Hast du gerade gesagt, ich sehe in dieser Hose fett aus?« Er grinste jungenhaft.

Trotz ihrer Beklemmung musste Diana laut loslachen. »Das ist die absurdeste Frage, die ich je gehört habe. Du musst deinen Gürtel bis ins vorletzte Loch schnallen, damit die Hose überhaupt auf deinen Hüften hält.«

Er zwinkerte ihr zu. »Bedeutet dein Lachen, dass du mir verzeihen hast, was ich gestern Abend sagte?«

»Da gibt es nichts zu verzeihen. Du hast nur deinen Gefühlen Ausdruck verliehen. Wohingegen meine Patientin zu glauben scheint, ich hätte keine. Weil ich eine Elsa bin.«

Linus schob die Hände in die Hosentaschen. »Nun, die Königin von Arendelle ist dieses Jahr sehr populär auf den Wunschzetteln, genau genommen sogar schon seit vielen Jahren. Was ist das bloß mit kleinen Mädchen und Königinnen und Prinzessinnen?«

»Sie wollen alle selbst Prinzessin sein. Oder Königin.«

»Wolltest du das auch?«

»Nein.« Diana senkte den Blick auf ihre im Schoß verschränkten Hände. »Meine Großmutter hielt nichts davon, ein Kind mit solchen Phantasien aufwachsen zu lassen. Sie hatte es lieber, wenn ich Lehrerin oder Ärztin spielte.«

»Und schau an, was aus dir geworden ist. Nach dem Gespräch heute wirst du dieses Rehabilitationszentrum praktisch leiten.«

»Nicht direkt.« Müde schwang Diana die Beine über die Bettkante. Sie war es so leid, diesen Tag durchzuspielen. »Du solltest jetzt besser aufbrechen. Sonst kommst du zu spät.«

Linus schaute auf seine Armbanduhr. »Ich habe noch reichlich Zeit.«

»Nicht, wenn du mit Byron zum Laden radelst.«

Er schnaubte belustigt. »Ich nehme ja liebend gern das Rad, aber heute ist es ein bisschen zu kalt dafür, findest du nicht?«

»Dann solltest du besser deinen Mantel anziehen«, schlug Diana vor. Sie war unendlich erschöpft, fühlte sich wund und angeschlagen. War es womöglich sie, die Abend für Abend von einem Lieferwagen angefahren wurde?

Linus lachte, offenbar hielt er ihre Worte für einen Scherz. Dann wandte er sich zum Gehen. »Heute Abend feiern wir deine Beförderung«, rief er ihr über die Schulter zu. »Ich besorge den Wein!«

Sie hörte das Klimpern seines Schlüssels, als er ihn vom Tresen nahm. »Ich liebe dich«, rief sie durch die geöffnete Schlafzimmertür.

»Ich dich auch. Für immer und ewig. Viel Glück heute.«

Die Wohnungstür fiel ins Schloss. Diana stand auf und schleppte sich ins Bad. Ja, sie hatte einen Kater, aber nicht von den Drinks, die sie bei Sparky's gekippt hatte. Dieser Wiederholungstag war eine endlose Quälerei für Linus und sie. Das musste aufhören, aber offenbar lag es nicht in Dianas Macht, die Zeitschleife zu durchbrechen.

Nachdem sie sich fertig gewaschen und angezogen hatte, schnappte Diana sich ihre Tasche und den Wohnungsschlüssel und ging nach draußen. Es kam ihr einen Hauch weniger eisig vor als gestern. Die Wintersonne schien hell und wärmte trotz der kalten Luft Dianas Wangen.

»Guten Morgen«, grüßte Mrs. Guzman, die mit Leonardo unterwegs war.

»Guten Morgen, Mrs. Guzman.«

»Ich habe Linus gerade auf dem Fahrrad wegfahren sehen.«

Diana nickte. »Sein Pick-up hat kein Benzin mehr.«

»Ah. Nun, es ist etwas wärmer als gestern, aber dieser plappernde Wettermensch im Fernsehen hat trotzdem für heute Nachmittag Schnee angekündigt. Bei dem Wetter wird Linus kaum mit dem Fahrrad nach Hause kommen können.«

Es war egal. Diana wollte diesen Tag nicht ein weiteres Mal durchspielen. Sie hatte den Plan, Linus zu retten, aufgegeben. Sie wollte nur noch eins – verhindern, dass er erneut verletzt wurde. »Mrs. Guzman?«

Die alte Dame drehte sich noch einmal zu ihr um. »Ja?«

»Ich weiß, Sie können sich nicht daran erinnern, aber Sie haben meine Schneekugel verhext – Entschuldigung, ich meine verzaubert –, und ich habe sie geschüttelt und dafür einen Tag bekommen, den ich wiederholen kann. Diesen grässlichen Tag. Ich dachte, dass es das war, was ich wollte, aber jetzt will ich meinen Wunsch einfach nur zurücknehmen. Ich will die Schneekugel un-schütteln und meinen Wunsch ungeschehen machen.«

Mrs. Guzman schien von Dianas Worten nicht im Geringsten überrascht zu sein. »Hmm, ich nehme an, das ist mit dem Spruch gemeint, dass man vorsichtig sein soll, was man sich wünscht.«

»Aber ich will diesen Tag nicht mehr. Kann ich meinen Wunsch zurücknehmen?« Diana schaute nach rechts und links, um sich zu vergewissern, dass niemand in Hörweite war.

Ihr Nachbar Mr. Zitnik winkte ihnen im Vorbeigehen zu.

»Natürlich können Sie das, meine Liebe«, erwiderte Mrs. Guzman.

»Tatsächlich?« Ein Hoffnungsschimmer erwachte in Dianas Seele. Sie war zu allem bereit. »Wie?«

»Genau wie Sie sagten«, entgegnete die alte Dame so beiläufig, als sei es die offensichtlichste Sache der Welt. »Sie müssen die Schneekugel einfach nur umdrehen und schütteln. Beziehungsweise un-schütteln.«

»Die Schneekugel umdrehen und schütteln?«, wiederholte Diana. »Das ist alles?«

Mrs. Guzman lächelte. »Nun, Sie können irgendwas dazu murmeln, sofern Ihnen das ein besseres Gefühl gibt. Wenn es sich reimt, macht es mehr Spaß, aber notwendig ist es nicht«, fügte sie sachlich hinzu.

Diana stutzte. »Dann waren also all diese Dinge, die Sie über meiner Schneekugel gesprochen haben, gar nicht nötig?«

Mrs. Guzman kicherte. »Es geht nicht um die Worte, Diana. Es geht immer nur um das, was man im Herzen trägt.« Sie tippte mit einem Finger gegen Dianas Brust.

Kopfschüttelnd versuchte Diana, die Informationen, die sie gerade bekommen hatte, zu verarbeiten. »Sie sagen also, um die Zeitschleife zu durchbrechen und in die reale Gegenwart zurückzukehren, muss ich nur die Schneekugel auf den Kopf drehen und schütteln?«

»Ganz genau.« Zitternd zog Mrs. Guzman den Mantel enger um sich. »Ich muss jetzt reingehen und mich mit einer Tasse Tee aufwärmen. Möchten Sie auch eine, meine Liebe?«

»Vielleicht ein anderes Mal.« Der Hoffnungsschimmer in Dianas Seele wurde zu einer kleinen Flamme. »Ich muss meine Schneekugel suchen.« Sie ging in ihre Wohnung.

»Viel Glück«, rief Mrs. Guzman ihr nach. »Übrigens, welches Datum hätten wir in der realen Gegenwart?«

Diana schaute über ihre Schulter. »Den fünfundzwanzigsten Dezember. Weihnachten.«

Ihre Nachbarin riss die Augen auf. »Ach, du meine Güte. Dann sollte ich besser meine Geschenke besorgen. Mögen Sie Wein?«

Diana war nicht sicher, ob sie jemals wieder ein Geschenk von Mrs. Guzman annehmen würde. Auf gar keinen Fall würde sie sich auf einen weiteren Zauber einlassen.

»Sie brauchen mir nichts zu schenken. Kommen Sie Weihnachten einfach zum Dinner zu uns.« Natürlich würde es dann kein *Uns* geben. Linus würde nicht mehr aus seinem Koma erwachen. Das musste Diana akzeptieren, und sie musste sich von ihm verabschieden.

Mrs. Guzman erlaubte Leonardo, sie zu ihrer eigenen Wohnungstür zu ziehen. »Weihnachtsessen klingt großartig. Ich komme gern.«

So schnell ihre Füße sie trugen, rannte Diana ins Schlafzimmer. Vor Linus' Kleiderschrank blieb sie schwer atmend stehen. Alles, was sie brauchte, um zu verhindern, dass er jeden Tag aufs Neue verunglückte, war die Schneekugel, die er ihr zu Weihnachten schenken wollte. Sobald sie sie geschüttelt hätte, wären sie beide aus der Zeitschleife erlöst. Diana streckte die rechte Hand durch den Vorhang aus Krawatten, doch ihre Finger tasteten ins Leere, statt auf die Schachtel mit der Schneekugel zu treffen. *Was?* Panisch riss sie die Schlipse herunter, doch die in Geschenkpapier eingeschlagene Box war nirgends zu sehen. Wo war sie?

Plötzlich kam ihr der Gedanke, dass Linus die Schneekugel womöglich noch gar nicht gekauft hatte. Theoretisch hätte er sie erst im Laufe des ersten vierten Dezembers besorgen können, um sie dann irgendwann vor seinem Unfall im Schrank zu verstecken. Dazu hätte er allerdings zwischendurch nach Hause kommen und den Laden sich selbst überlassen müssen, schließlich hatte Jean sich mit Kreislaufproblemen krankgemeldet. Und das war so gut wie ausgeschlossen.

Hektisch durchforstete Diana alles um die Krawatten herum. Was sollte sie tun, wenn das Päckchen nicht aufzufinden war? Sie brauchte die Schneekugel, um aus dieser entsetzlichen Zeitschleife auszubrechen. Andernfalls würden sie und Linus im vierten Dezember steckenbleiben, und Linus würde immer wieder verunglücken und leiden müssen, jeden grässlichen Tag aufs Neue.

Energisch schluckte sie die aufsteigenden Tränen hinunter und zermarterte sich das Hirn, wo Linus hingehen würde, um so eine charmante Kleinigkeit zu erwerben. Wenn sie das herausfand, konnte sie die Schneekugel einfach selbst kaufen. Ja! *Denk nach, Diana, denk nach.* Snow Haven war eine sehr übersichtliche Stadt. Der einzige lokale Laden, in dem man derlei niedlichen Schnickschnack finden konnte, war »Eloise's Trinkets and Gifts«. Dort musste Linus die Schneekugel gekauft haben.

Sie rannte förmlich zum Parkplatz, stopfte im Vorbeilaufen hastig ein paar Dollarscheine in die Spendendose des Weihnachtsmanns und hörte, wie er ihr »fröhliche Weihnachten« nachrief. Während der Motor warmlief, wählte sie Marias Nummer.

»Es tut mir leid«, sagte sie, sobald die alte Frau sich meldete. »Ich muss unseren Termin heute absagen. Ich fühle mich nicht gut. Aber was immer Sie tun, bitte versuchen Sie nicht, die Kisten mit dem Weihnachtsschmuck vom Dachboden zu zerren. Wir holen unseren Termin morgen nach, und dann hole ich die Kartons für Sie nach unten. Versprochen.« Auch wenn der morgige Tag, wenn es nach Diana ging, wieder in den realen Zeitablauf einscheren würde.

»Woher wissen Sie, dass ich heute auf den Dachboden steigen wollte?«, fragte Maria.

Mittlerweile konnte Diana praktisch jedes Wort aus dem Mund ihrer Patientin mitsprechen. »Nur so eine Ahnung. Keine Kisten, okay?«

Maria lachte leise. »Sie sind eine gute Therapeutin, Diana. Sie kümmern sich wirklich rührend um mich.«

»Weil Ihr Wohlbefinden wichtig ist. *Sie* sind wichtig. Vielleicht sollten Sie heute einfach Ihre Tochter anrufen.«

»Woher ...«

»Sie haben es mal erwähnt. Ich glaube, Sie würde sich wirklich freuen, von Ihnen zu hören, Maria. Einen Versuch ist es auf jeden Fall wert, finden Sie nicht?« Diana konnte nicht anders. Sie wollte, dass diese Zeitschleife zumindest für einen Menschen etwas zum Besseren wendete.

Maria zögerte. »Vielleicht haben Sie recht.«

»Großartig. Wir sehen uns morgen, und dann schmücken wir gemeinsam Ihren Baum.«

»Wow. Ja. Darauf warte ich gern«, erwiderte die alte Dame. Diana hörte ein Lächeln in ihrer Stimme.

Als Nächstes rief sie Mrs. Pierce an, um Addys Termin abzusagen. »Bitte sagen Sie ihr, dass es mir leidtut, unsere Sitzung zu verpassen.«

»Sie hat sich darauf gefreut, Sie zu sehen«, antwortete Mrs. Pierce. »Zu ihren Mitschülern hat sie keinen Kontakt mehr. Sie sind dieser Tage ihre engste Freundin.« Sie lachte verlegen. »Das war ein Scherz. Ich weiß, dass Sie beide nicht wirklich Freundinnen sind.«

»Doch, das sind wir. Ich kann sowohl ihre Physiotherapeutin als auch ihre Freundin sein. Das würde mir sogar gut gefallen.« Bei den letzten Worten brach Dianas Stimme ein wenig.

»Sind Sie okay?«, fragte Mrs. Pierce besorgt.

»Ja. Oder vielmehr nein. Nicht wirklich. Meine Freundin Rochelle sagt immer, dass ich aufhören soll, meine Gefühle zu verbergen, und auch mal um Unterstützung bitten, statt immer alles allein lösen zu wollen.«

»Das ist ein guter Rat. Gibt es irgendwas, wobei ich Ihnen zu Seite stehen kann? Sie haben mir und Addy so viel geholfen.«

Diana wollte schon verneinen, doch dann kam ihr ein Gedanke. »Ja, in der Tat. Sie werden heute einen Anruf erhalten, den Sie wahrscheinlich nicht annehmen wollen und wenn ja, dann werden Sie der Person am anderen Ende nicht zuhören wollen. Tun Sie es trotzdem. Versuchen Sie es zumindest. Das Leben ist zu kurz für Groll und Unversöhnlichkeit.«

»Ich fürchte, ich kann Ihnen nicht folgen.«

»Das ist nicht schlimm. Sie werden es später verstehen. Jetzt muss ich aufhören. Grüßen Sie Addy von mir.«

Nachdem sie ihr Handy verstaut hatte, fuhr Diana zu Eloise's Trinkets and Gifts. Der winzige Laden war schwach erleuchtet von Lichterketten, die von einem Ende der Wand zum nächsten reichten. In jeder Ecke und jedem noch so kleinen Winkel fanden sich interessante und einmalige Dinge. Diana hätte hier stundenlang stöbern können, ohne sich zu langweilen. Doch sie hatte keine Stunden zur Verfügung. Wie hatte Mrs. Guzman mal gesagt? Wenn einem Menschen klarwurde, dass Zeit nicht unbegrenzt war, verschoben sich die Prioritäten.

»Herzlich willkommen bei Eloise'!«, rief die Frau, die hinter dem Tresen stand.

Diana ging zu ihr. »Hallo. Vielleicht können Sie mir ja helfen. Ich suche nach einer ganz bestimmten Schneekugel, mit einem winzigen Modell von Snow Haven im Inneren. Haben Sie so etwas?«

Eloise war eine kleine Person mit pechschwarzem Haar und knallrotem Lippenstift. Sie war jünger, als Diana bei dem altmodischen Namen vermutet hätte. »Ja, so eine hatte ich«, sagte sie. »Aber die habe ich gestern verkauft.«

»Mit gestern meinen Sie den dritten Dezember?«

Eloise zog die dunklen Brauen zusammen. »Ich denke schon.«

»Können Sie sich vielleicht erinnern, an wen Sie die Kugel verkauft haben?«

»Äh, ja. Es war ein Mann. Er war groß. Wie er heißt, weiß ich nicht, aber ich glaube, er hat hier irgendwo in der Gegend ein Spielzeuggeschäft. Jedenfalls hat er mir, um den Preis für die Schneekugel auf zwanzig Dollar runterzuhandeln, einen Gutschein gegeben, mit dem ich dort Geschenke für meine Tochter kaufen kann. Erst zögerte ich, darauf einzugehen, aber sein Gutschein ist mehr wert als der Nachlass, den ich ihm auf die Kugel gegeben habe.«

»Das ist Linus«, rief Diana. »Mein Verlobter.« Wie viele Männer konnte es schon geben, die einen Spielzeugladen in Snow Haven betrieben? »Sie haben die Schneekugel meinem Verlobten verkauft?«

»Höchstwahrscheinlich.« Eloise lachte. »Ich glaube allerdings, dass er sie Ihnen zu Weihnachten schenken möchte. Daher sollten Sie sich wohl besser so verhalten, als wüssten Sie von nichts. Möchten Sie vielleicht etwas für ihn aussuchen, wenn Sie schon mal hier sind?«

»Nein, vielen Dank. Ich habe es etwas eilig heute, aber ich komme ganz bestimmt wieder. Sie haben einen wunderschönen Laden.« Sie wandte sich zum Gehen.

»Oh, mir fällt gerade noch etwas ein«, rief Eloise ihr nach.

Diana drehte sich zu ihr um. »Was denn?«

»Der Mann sagte, dass er mit der Schneekugel eine Sammlung für Sie anlegen möchte. Sie hätten noch nie irgendwas gesammelt, und er wolle diesen schändlichen Missstand, wie er es nannte, beheben. Er sagte, jeder Mensch sollte irgendwas sammeln.«

Einen Moment lang erstarrte Diana. Sie hatte Linus einmal erzählt, dass Grandma Denny nichts davon gehalten hatte, irgendwelche Objekte zu horten. Sie fand, dass Sammlungen dekadent und teuer waren und zu viel Platz wegnahmen. Und dass die Leute alberne Gefühle für Dinge entwickelten, die letztlich keinerlei praktischen Wert hatten. Aber natürlich war in Dennys Augen so gut wie alles dekadent gewesen. »Er legt eine Schneekugelsammlung für mich an?«

Eloise lächelte. »Er sagte, dass er nächstes Jahr Weihnachten die nächste kauft. Und nun habe ich sein Geschenk vollkommen ruiniert, stimmt's? Tun Sie überrascht, okay?«

Diana nickte. »Mache ich. Vielen Dank.« Sie hatte den Ausgang schon fast erreicht, als ihr etwas ins Augen fiel. Sie wandte sich einer Auslage mit farbenfrohen Batikschals zu. Eins der Tücher in leuchtendem Gold-Violett schrie förmlich Addys Namen.

»Haben Sie doch noch etwas entdeckt?«, erkundigte Eloise sich hoffnungsvoll.

»Ja, ich glaube, so ein Schal wäre genau das richtige Geschenk für eine meiner Patientinnen.« Sie ging damit zurück zum Verkaufstresen und reichte ihn Eloise, die das Preisschild einscannte.

»Diese Schals werden hier in der Stadt handgefertigt. Ich versuche, mich ausschließlich von Einheimischen beliefern zu lassen.«

Diana hielt ihre Kreditkarte ans Lesegerät. »Die Schneekugel stammt auch aus Snow Haven?«

»Ja. Mein Mann stellt die Kugeln her. Die, die ich Ihrem Verlobten verkauft habe, ist ein Unikat.« Eloise steckte den Schal in eine pinkfarbene Papiertüte. »So, bitte schön. Danke, dass Sie hier waren, empfehlen Sie uns bitte an all Ihre Freunde weiter.«

»Das werde ich.« Diana winkte der Ladeninhaberin kurz zu und ging nach draußen. Im Auto schaute sie auf die Uhr. Viertel vor zwei. In fünfzehn Minuten hatte sie ihr Gespräch mit Mr. Powell. Kein Problem. Alles würde klappen, solange sie die Schneekugel in die Finger kriegte, bevor Linus heute Abend das Geschäft schloss. Sie brauchte eine Chance, sich von ihm zu verabschieden. Einzig darum würde es heute Abend gehen – ein letztes Lebewohl.

Nach einem Blick in den Rückspiegel verzog Diana das Gesicht. Sie griff zu einem Haargummi, das auf dem Armaturenbrett lag, und band sich einen straffen Pferdeschwanz, um ihre wettergekräuselte Mähne zumindest etwas zu zähmen. Dann fuhr sie zügig zum Rehabilitationszentrum und baute sich vor Leanns Rezeption auf. »Hi, ich habe um zwei einen Termin mit Mr. Powell.«

Die Uhr an der Wand hinter Leann zeigte fünf vor zwei. Diana war also überpünktlich. Selbstbewusst lächelte sie der Rezeptionistin zu. Diesmal war sie kein bisschen nervös, wahrscheinlich, weil sie dieses Gespräch schon zu oft hinter sich gebracht hatte.

»Ja. Setzen Sie sich bitte. Ich gebe Ihnen Bescheid.«

Ein paar Minuten später folgte sie Leann zu Mr. Powells Büro. Sie ging direkt auf ihren Chef zu, eine Hand ausgestreckt. »Hallo, Todd. Schön Sie mal wieder zu sehen.«

Er schüttelte ihr die Hand und lächelte sein perfektes Lächeln. »Ganz meinerseits. Möchten Sie einen Kaffee?«

»Nein, danke. Ich hatte heute schon meine zwei Tassen.« Und sie wollte diesmal tunlichst vermeiden, sich selbst oder ihren Boss mit dem Heißgetränk zu überschütten.

Mr. Powell setzte sich wieder hinter seinen Schreibtisch.

»Nun, dann wollen wir gleich zur Sache kommen. Ich muss zugeben, dass ich etwas überrascht war, als Sie sich um die Beförderung beworben haben.«

»Ich habe mich selbst damit überrascht«, erwiderte Diana. »Aber ich glaube, ich habe als Führungskraft viel einzubringen. Immerhin bin schon seit fast zehn Jahren für diese Firma tätig. Ich kenne die Abläufe aus dem Effeff, und es wäre mir eine Freude, meine Erfahrungen mit anderen zu teilen. Damit will ich nicht sagen, dass es mir keine Freude bereitet, mit meinen Patienten zu arbeiten, aber ich bin bereit für ein neues Abenteuer.«

Wow. Diana war beeindruckt, wie selbstsicher sie rüberkam. Sie beantwortete Mr. Powells Fragen, noch bevor er sie gestellt hatte. Und im Gegensatz zu gestern fühlte sie sich nicht neben der Spur oder außer Kontrolle. Bei ihrem gestrigen Ausbruch hatte sie etwas Dampf ablassen können, heute hatte sie ihre Emotionen im Griff. »Nehmen Sie beispielsweise William Davis, den ich, seit er hier angefangen hat nach Kräften unterstütze. Auch nach zwei Jahren hat er noch einiges zu lernen, und ich bin erfahren genug, es ihm beizubringen.« *Das war gut ausgedrückt, ohne William dabei anzuschwärzen.*

Mr. Powell runzelte die Stirn. »Oh? Mir war nicht klar, dass William noch etwas zu lernen hat.«

»Nun, tun wir das nicht alle? Selbst nach zehn Jahren lerne ich noch dazu.« *Bescheidenheit ist eine Zier.*

»Wohl wahr.« Mr. Powell faltete die Hände vor sich auf dem Tisch. »Warum wollen Sie ins Management wechseln, Diana?«

Sie schluckte. Ihre Antwort auf diese Frage hatte sich

im Laufe der Wiederholungen verändert. Anfangs wollte sie die Beförderung, weil sie fand, dass sie ihr zustand. Sie hatte hart dafür gearbeitet, und es war der nächste logische Karriereschritt. Zumindest redete sie sich das ein.

Doch in Wahrheit war der Hauptgrund, warum sie sich überhaupt für die Position interessierte, dass sie dadurch einen Vorwand gehabt hatte, sich nicht auf die Hochzeitsplanung zu fokussieren. Sie wusste, dass sie ihr Leben mit Linus verbringen wollte, doch sobald der Ring an ihrem Finger gesteckt hatte, waren Millionen Ängste in ihr aufgestiegen. Sie war nie Teil einer echten Familie gewesen, und bei Linus drehte sich alles um die Familie. Und weil Diana ihn nicht enttäuschen oder verlieren wollte, hatte sie begonnen, ihn von sich wegzustoßen, auch wenn das absolut keinen Sinn ergab.

»Diana?«, sagte Mr. Powell, was Diana daran erinnerte, dass ihr Chef ihr immer noch gegenübersaß und auf eine Antwort wartete.

»Ich möchte die Führungsposition, weil … Nun, der Grund ist …« Sie brach ab. »Es ist …« Bislang war das Gespräch so gut gelaufen, doch plötzlich fehlten ihr die Worte. »Tut mir leid.« Sie stand auf, achtete akribisch darauf, nicht den Bilderrahmen umzustoßen, und begann, im Büro auf- und abzulaufen.

»Sind Sie okay?«, fragte Mr. Powell.

»Ja«, erwiderte Diana aufrichtig. »Es geht mir gut. Ich meine, es geht mir nicht gut. Es wird mir nie wieder gut gehen, aber das ist okay.« Sie blieb stehen und schaute Mr. Powell in die Augen. »Ich glaube, mir ist gerade klargeworden, dass ich doch keinen Schreibtischjob möchte. Ich bin gerne draußen bei meinen Patienten. Ich liebe es, sie näher kennenzulernen, und es macht mir sogar Freude, in ihre Teenagerdramen verwickelt zu werden.«

Mr. Powell lächelte. »Ihre Patienten lieben Sie ebenfalls, Diana.« Er deutete auf seinen Laptop. »Darf ich Ihnen etwas anvertrauen?«

»Äh, ja.« Zögernd kam sie näher.

»Maria Harris hat mir heute eine E-Mail geschickt. Sie wollte sicherstellen, dass die Firma all Ihre Bemühungen zu schätzen weiß.«

»Tatsächlich?«, erwiderte Diana überrascht. »Was hat sie geschrieben?«

Mr. Powell setzte eine Brille auf und begann vorzulesen.

Sehr geehrte Damen und Herren,
nach meinem Schlaganfall bin ich in ein tiefes Loch gefallen. Ich konnte viele Dinge, die mir Freude machen, nicht mehr tun, und wurde depressiv. Dann begannen die Besuche von Diana Merriman. Sie ist regelmäßig zu mir gekommen und hat Übungen mit mir gemacht, die dafür sorgten, dass es mir wieder besser ging. Und sie hat mir Hoffnung gegeben, etwas, das man in keinem Geschäft dieser Erde kaufen kann. Mehr noch, sie hat mir zugehört. Wirklich zugehört. Ich bin eine alte Frau, und die meisten meiner Freunde sind es leid, sich meine Geschichten anzuhören. Sie haben sie bereits Hunderte Male gehört. Aber Diana kannte sie noch nicht, und sie schien sie wirklich zu genießen. Ich schätze mal, sie gab mir nach langer Zeit endlich mal wieder das Gefühl, tatsächlich wahrgenommen zu werden. Und das ist es wert, krank zu werden. Manche Dinge passieren aus einem bestimmten Grund, und der Grund für meinen Schlaganfall

war, dass er Ihre Therapeutin Diana Merriman in mein Leben gebracht hat.
Ich weiß nicht, ob es einen Preis oder so etwas gibt, mit dem Sie Ihre Angestellten auszeichnen, aber wenn dem so ist, dann verdient sie ihn.
Mit freundlichen Grüßen,
Maria Harris

Mr. Powell nahm die Lesebrille ab und schaute Diana ins Gesicht. »Maria Harris hält sehr viel von Ihnen.«

Tränen trübten Dianas Blick, eine davon löste sich und rollte ihr über die Wange. Rasch wischte sie sie weg. Sie kam sich dumm vor. Es war nicht ihre Art, vor anderen emotional zu werden, schon gar nicht vor ihrem Chef.

»Tut mir leid.«

»Sie brauchen sich nicht zu entschuldigen. Als ich das zum ersten Mal gelesen habe, sind mir auch die Augen feucht geworden. Sie sind eine gute Therapeutin, Diana. Vielleicht wären Sie ja auch eine gute Vorgesetzte.«

Verblüfft blinzelte Diana die Tränen weg. *Wie bitte?*

»Sie könnten immer noch ein paar Patienten behandeln, wenn Sie das wollen. Es wäre kein kompletter Schreibtischjob. Denken Sie darüber nach.«

»Das werde ich. Danke, dass Sie mich in Betracht ziehen, Todd.«

»Gern geschehen. Ich melde mich im Laufe der Woche.«

Diana schüttelte seine Hand, wiederum sorgsam auf die Sicherheit des Bilderrahmens bedacht, verließ das Büro und ging durch die Lobby nach draußen. Die Luft war kalt, aber nicht zu kalt, und am Himmel hingen dicke graue Wolken, die aussahen, als könnten sie jeden Moment aufbrechen. Es sah mehr und mehr danach aus, dass es schneien könnte.

Einen langen Moment blieb Diana reglos hinterm Lenkrad sitzen. Dieses Gespräch war tatsächlich vielversprechend verlaufen. Aller guten Dinge sind fünf? Vielleicht würde sie diese Beförderung ja doch bekommen. *Falls* sie sie wollte. Aber wie auch immer es ausging, Linus würde nicht da sein, um mit ihr zu feiern.

Tief seufzend schaute sie auf die Uhr. Sie hatte noch ein paar Stunden Zeit, bevor der Spielzeugladen schloss. Wenn sie sich beeilte, konnte sie die Schneekugel finden und noch einmal zum Laden fahren und Linus sehen, bevor sie die Kugel – Mrs. Guzmans Anweisungen folgend – umgekehrt schüttelte.

Ihr Blick fiel auf den Schal, den sie für Addy gekauft hatte. Falls heute wirklich der eine Tag sein sollte, der hängenblieb wie die erste Schneeflocke einer weißen Weihnacht, dann wollte sie auch für Addy ein paar Dinge zurechtbiegen.

20. Kapitel

Diana hielt in der Einfahrt der Pierces, schnappte sich den Schal vom Beifahrersitz und stieg aus. Sie rannte praktisch zur Haustür, drückte auf den Klingelknopf und hüpfte auf der Stelle, um warm zu bleiben. Sie war zu sehr in Eile, um sich die Zeit zu nehmen, ihren Mantel anzuziehen. Der Rest des Nachmittags musste ablaufen wie eine gut geölte Maschine.

»Diana? Ich dachte, Sie kämen heute nicht«, begrüßte Mrs. Pierce sie, nachdem sie endlich die Tür geöffnet hatte. Sie trug eine Schürze mit diversen Spritzern vom Kochen und hatte die Haare zu einem nachlässigen Dutt hochgesteckt. Sie winkte Diana aus der Kälte ins Haus und schaute auf den Schal in Dianas Hand. »Was ist das?«

»Ein Geschenk für Addy. Ich bin nicht dazu gekommen, es einzupacken. Könnte ich wohl rasch zu ihr gehen und es ihr geben?«

»Aber sicher. Sie hat einen schwierigen Tag. Hat wohl irgendwas mit einem Jungen tun, nehme ich an, aber sie redet nicht mit mir.« Mrs. Pierce' Miene war angespannt. »Ich koche gerade ihr Leibgericht, um sie aufzumuntern. Sie isst zwar momentan wie ein Vögelchen, aber ich hoffe, dass sie vielleicht ein bisschen mehr zu sich nimmt, wenn es ihre Lieblingsspeise ist.«

»Gute Idee«, bekräftigte Diana, schon auf dem Weg zu Addys Zimmer. »Ich bleibe nur eine Minute. Ich hab's ziemlich eilig.« Sie war schon halb den Flur entlanggelaufen, als sie sich noch einmal umdrehte. »Haben Sie zufällig schon diesen Anruf erhalten?«

Mrs. Pierce schüttelte den Kopf. »Nein. Wer soll mich eigentlich anrufen?«

»Ach, nicht so wichtig«, erwiderte Diana ausweichend. Vielleicht würde Maria ihrem Vorschlag ja doch nicht folgen, dann hätte sich diese Chance auf Wiedervereinigung erledigt. Sie klopfte an Addys Tür und trat ein, ohne auf Antwort zu warten.

Addy, die offenbar gerade ein Nickerchen gemacht hatte, blinzelte schlaftrunken zu Diana hoch. »Was machen Sie denn hier?«

Diana hielt ihr den Schal hin. »Fröhliche Weihnachten.«

Langsam setzte Addy sich auf und betrachtete den Schal. Um ihre dünnen, blassen Lippen spielte ein Lächeln. »Aber es ist doch erst der vierte Dezember.«

»Glaub mir, das weiß ich.« Diana setzte sich auf die Bettkante. »Aber ich wollte dir den Schal schon jetzt geben. Ich hab ihn in einer Boutique entdeckt und fand, dass er an dir wirklich hübsch aussehen würde.«

Addy nahm ihr Geschenk entgegen und strich über den seidigen Stoff. »Der ist wirklich schön. Das sind meine Lieblingsfarben.«

»Das hab ich mir irgendwie gedacht.« Diana deutete auf

Addys Tapeten und Dekoration. »Du kannst ihn dir um den Kopf knoten. Ich glaube, die Farben betonen deine Augen.«

Jetzt schenkte Addy ihr ein breites Grinsen. »Ich kann nicht fassen, dass Sie das für mich gekauft haben. Vielen Dank.«

»Gern geschehen. Leider kann ich nicht lange bleiben. Ich habe noch was zu erledigen.«

»Was denn?«

Diana fiel wieder ein, wie viel es Addy an einem dieser Tage bedeutet hatte, dass sie ein paar private Dinge mit ihr teilte. »Eine wichtige Diskussion mit meinem Verlobten. Ich habe das lange hinausgezögert, aber wenn ich dieses Gespräch noch weiter vor mir herschiebe, werden wir es nie mehr führen.«

»Das kling ernst. Vermutlich Erwachsenenprobleme, die ein Teenie wie ich nie verstehen würde.«

»Du kriegst jede Menge Reifepunkte, weil du in den letzten Monaten so toll warst.«

Addy machte große Augen.

Diana lachte und streckte auffordernd die rechte Hand aus. »Gib mir das Teil. Ich helfe dir dabei, es umzubinden.«

Addy reichte ihr den Schal, stieg aus dem Bett und ging langsam zum angrenzenden Badezimmer. Vor dem Spiegel blieb sie stehen und stützte sich mit beiden Händen aufs Waschbecken.

Wie jeden Tag zog Diana einen Stuhl für das Mädchen heran. »Wir wollen doch mit deiner Kraft haushalten. Spar dir deine Energie lieber für die wichtigen Dinge auf.«

»Zum Beispiel?« Addy legte sich den Schal über den Kopf.

»Zum Beispiel mit Jay reden.«

Addy suchte im Spiegel Dianas Blick. »Woher wissen Sie von Jay?«

»Lange Geschichte. Vertrau einfach darauf, dass ich weiß, wovon ich rede.«

Addy senkte den Kopf. »Das haben mir die Ärzte und Schwestern auch gesagt. Ich schätze, es geht mir wieder besser, daher hat es sich wohl gelohnt, auf ihren Rat zu hören.«

»Siehst du. Dann wirst du Jay also gleich anrufen?«

Abrupt schaute Addy wieder auf. »Das kann ich nicht«, rief sie entsetzt.

»Gib mir einen Grund, warum nicht.«

Ein paarmal öffnete und schloss Addy den Mund, brachte aber kein Wort heraus. »Was ist, wenn er mich nicht mehr mag?«, fragte sie schließlich.

»Dann ist es sein Pech. Aber ich finde, du solltest ihm zumindest einen Vertrauensvorschuss gewähren. Deine Mom sagt, dass Jay und deine beste Freundin versucht haben, dich anzurufen.« Das war nur eine winzige Notlüge, aber ausreichend, um Diana einen Argumentationsvorteil zu verschaffen.

Addy starrte auf ihre Hände. »Es gibt nichts mehr, was wir uns zu sagen hätten. Wir haben nichts gemeinsam.«

»Doch, das habt ihr.« Diana drückte die Schulter des Mädchens, damit es wieder aufschaute. Dann half sie Addy, den Schal um ihrem Hinterkopf zu binden. »Du siehst sensationell aus«, sagte sie und lächelte ihr im Spiegel zu.

Addy lächelte ebenfalls. »Der Schal ist wirklich hübsch.«

»Nein, du bist hübsch. So, und jetzt ruf Jay per FaceTime an, damit du aus erster Hand erfährst, wie es um seine Gefühle steht.«

Widerstrebend stand Addy auf und ging zurück zu ihrem Bett. »Aber Sie bleiben doch hier, oder?«

Diana schaute auf den Wecker, der auf Addys Nachttisch stand. Vier Uhr. Noch blieb ihr etwas Zeit, bevor Linus den Laden für heute zumachte. »Na klar. Wenn du das möchtest.«

»Ja, möchte ich.« Addy griff nach ihrem Telefon und hielt es mit zitternden Händen fest. »Ich bin so nervös. Er hat mich seit Beginn meiner Chemo und Bestrahlung nicht mehr gesehen.«

»Aber er hat es versucht?«

»Ja.« Addy nagte an ihrer Unterlippe. »Am Anfang. Eines Abends bin ich rangegangen und habe ihm gesagt, er soll mich in Ruhe lassen. Und dass ich ihn nicht mehr sehen will.«

Erstaunt schaute Diana sie an. Das war eine neue Information. »Dann hast also du mit ihm Schluss gemacht?«

»Ich hab's nicht so gemeint. Und ich meinte gewiss nicht, dass er anfangen soll, mit Sierra rumzuhängen.« Addy seufzte unglücklich. »Sollten Typen nicht eigentlich um einen kämpfen?«

Diana schüttelte den Kopf. »Wenn du ihnen sagst, sie sollen dich in Ruhe lassen, dann sollten sie deinen Wunsch respektieren. Jungs können keine Gedanken lesen, weißt du.«

Unschlüssig schürzte Addy die Lippen. Dann strich sie über ihr Display.

Diana vermutete, dass sie Jays Kontaktdaten aufrief. »Bist du sicher, dass du mich dabeihaben willst?«

»Nur ein paar Minuten. Falls er mir sagt, dass er mich nicht mehr mag und nicht mit mir reden will.«

»Das wird nicht passieren. Nun ruf schon an.«

Addy atmete tief durch, tippte auf ihr Handy und hielt es sich ans Ohr.

Als Diana das Piepen hörte, das die erfolgreiche Verbindung anzeigte, hielt sie unwillkürlich die Luft an, inständig hoffend, dass dieser Junge Addys Herz nicht in noch mehr Stücke brechen würde, als er es schon getan hatte.

»Addy?«, sagte eine männliche Stimme. »Hey?«

»Hi, Jay. Äh, wie geht es dir?« Addys blasse Wangen hatten sich gerötet.

»Ich habe dich vermisst«, sagte er. »Und zwar sehr.«

»Wirklich? Ich habe dich auch vermisst.« Verlegen schaute Addy zu Diana. »Aber … Ich höre, das du jetzt mit Sierra rumhängst. Dass ihr zusammen etwas unternehmt.«

»Ja. Wir haben uns ein paarmal getroffen. Um über dich zu reden. Wir vermissen dich beide, Addy.«

»Ihr habt über mich geredet?« Addy zog die Beine an und lehnte das Telefon so gegen ihre Knie, dass sie in die Kamera schauen konnte. Diana war stolz auf das Mädchen.

»Ja, aber nicht, um zu lästern. Wir haben uns Gedanken über ein Weihnachtsgeschenk für dich gemacht. Oder vielmehr eine Weihnachts-Gute-Besserung-Karte. Das Projekt ist aber noch nicht vollendet.«

Eine Welle der Erleichterung überrollte Diana. Dieser Junge würde Addy nicht das Herz brechen. Er klang, als ob er sie wirklich mochte.

»Wow. Das ist cool«, antwortete Addy.

»Mir gefällt dein Schal«, sagte er. »Der steht dir wirklich super. Du siehst echt toll aus.«

Wieder schaute Addy zu Diana, ein dankbares Lächeln auf den Lippen.

Diana deutete zur Tür und winkte dem Mädchen zum Abschied zu, bevor sie sich zurückzog. Addy würde vermutlich lieber ungestört mit ihrem Freund telefonieren, und Diana musste den nächsten Punkt auf ihrer Liste abhaken: die Schneekugel in Linus' Schrank finden und *un*-schütteln.

21. Kapitel

»Du hast mir Blumen geschickt?« Diesmal hatte Rochelle nicht getextet, sondern angerufen.

»Ja, habe ich. Herzlichen Glückwunsch.«

»Damit versuchst du aber nicht, dich um unsere Geburtstagsdrinks zu drücken, oder?«

Diana antwortete nicht gleich. Die ersten paar Male hatte sie nicht versucht, sich um das traditionelle Treffen bei Sparky's zu drücken, doch diesmal konnte sie wirklich keine Minute dafür erübrigen. »Tut mir echt leid. Bitte sei nicht böse. Ich mach es wieder gut.«

»Du versetzt mich?«, fragte Rochelle ungläubig. »Ich hoffe, du hast eine gute Ausrede.«

»Habe ich.«

»Okay, ich höre.«

»Ich durchwühle gerade meine Wohnung, um das Geschenk zu finden, das Linus mir zu Weihnachten besorgt hat.«

Am anderen Ende der Leitung entstand eine bedeutungsschwangere Pause. »Ich sagte eine *gute* Ausrede«, sagte Rochelle dann. »Du solltest eigentlich warten, bis er dir das Geschenk tatsächlich gibt, Diana. An Weihnachten.«

»Ich weiß. Aber es handelt sich um eine besondere Situation. Und bevor du fragst, lass mich einfach sagen, dass du mir ohnehin nicht glauben würdest, wenn ich es dir erzähle.« Gestern allerdings hatte Rochelle ihr irgendwie geglaubt. »Hey, ich weiß, diese Absage ist ziemlich mies von mir, aber du sollst trotzdem wissen, dass du die beste Freundin bist, die ich mir je wünschen könnte.« Sie dachte daran, wie Rochelle ihr gestern die Hand gehalten hatte und die ganze Nacht bei ihr im Krankenhaus geblieben war. »Ich weiß nicht, was ich ohne dich täte.«

»Okay, was ist los? Du wirst mir gegenüber nie sentimental. Stirbst du etwa?« Rochelle klang jetzt ernsthaft besorgt.

»Nein, zumindest glaube ich das nicht. Mir ist nur gerade klargeworden, dass die Zeit, die uns zur Verfügung steht, endlich ist und man sie verschwendet, wenn man die Menschen, die man liebt, von sich wegschiebt, statt ihnen zu sagen, wie viel sie einem bedeuten. Oder Träumen nachjagt, die nicht wirklich die eigenen sind.« Diana blieb vor Linus' Kleiderschrank stehen. Den hatte sie zwar bereits durchgeschaut, aber vielleicht war die Kugel ja in dieser Zeitachse irgendwo anders versteckt als hinter dem Krawattenhalter. Womöglich hatte sie nicht gründlich genug gesucht.

»Irgendwas ist definitiv los mit dir. Wenn ich jetzt vor dir stünde, wäre es nicht ausgeschlossen, dass ich dich umarme.«

»Und ich würde dir das möglicherweise gestatten. Oh, stell die Blumen, die ich dir geschickt habe, bitte so auffällig auf deinen Schreibtisch, dass dein Büronachbar sie nicht übersehen kann, wenn er dir die Post vorbeibringt.«

»Warum das denn?«

»Ach, ich finde, Blumen sollten einfach gezeigt werden.«

»Und woher weißt du von meinem Büronachbarn?«, fragte Rochelle argwöhnisch.

»Du hast ihn schon mal erwähnt.«

»Das glaube ich nicht. Tatsächlich bin ich sogar ziemlich sicher, dass ich ihn nie erwähnt habe.«

»Hmm.« Diana wechselte hastig das Thema. »Auf jeden Fall herzlichen Glückwunsch, Ro. Ich melde mich später noch mal.« Sie legte auf, bevor Rochelle weitere Fragen stellen konnte, und wandte sich wieder Linus' Schrank zu. Ihr Blick fiel auf den Krawattenhalter. Diesmal hatte er ihn nicht als Versteck benutzt. Warum nicht? Sie wusste von Eloise, dass er die Schneekugel schon besorgt hatte. Also musste sie hier irgendwo sein.

Beim Durchstöbern seiner Hemden in verschiedenen Blau-, Rosa- und Lilatönen fiel ihr eine Kiste ins Auge, die auf dem Drahtgestell über den zahlreichen Sportjacken stand. Sie wusste, dass Linus darin ein paar Erinnerungen an seine Kindheit aufbewahrt. Diana stellte sich auf die Zehenspitzen, wuchtete den Karton vom Regal auf den Fußboden und hob den Deckel ab. Und tatsächlich, zwischen alten Fotos und Briefen, Auszeichnungen aus der Grundschulzeit und einer abgerissenen Kinokarte von ihrem ersten Date entdeckte sie ein in Weihnachtspapier eingeschlagenes Paket mit einem versiegelten Umschlag, auf dem ihr Name stand.

Bingo.

Mit zitternden Händen trug sie die Box zum Bett, zögerte aber, das Papier aufzureißen. Denn natürlich hatte Rochelle recht. Das hier war nicht in Ordnung. Wer ein Geschenk öffnete, bevor es offiziell überreicht worden war, landete ganz schnell auf der schwarzen Liste des Weihnachtsmanns, so wie Dustin. Andererseits würde Linus, wenn das hier so weiterging, niemals die Chance bekommen, es ihr zu geben. Sie musste es öffnen. Aber erst war der Umschlag dran. Der war beim ursprünglichen Geschenk nicht dabei gewesen. Zumindest etwas hatte sich also in diesem Universum verändert.

Sie riss den Umschlag auf und zog die gefaltete Karte heraus. »Verzeih mir, Linus«, murmelte sie, bevor sie anfing zu lesen.

Meine Liebste,
das hier ist der erste Beitrag zu einer hoffentlich einmal sehr reich bestückten Schneekugelsammlung. Es ist okay, sein Herz an etwas zu hängen und mehr davon zu wollen. Klein anzufangen und dann weiter zu wachsen. Das klang in meinem Kopf so gut, aber wenn man es aufschreibt, kommt es ziemlich sentimental rüber, was? Aber das macht nichts. Ich schlage dennoch vor, dass wir beide zusammen noch eine zweite Sammlung anlegen. Lass uns all die winzigen gemeinsamen Momente sammeln – die guten, schlechten und langweiligen –, auf dass sie sich zusammenfinden wie die Schneeflocken in dieser Kugel und zum Symbol für unsere immerwährende Verbindung werden. Ich verspreche Dir, dass ich, wann immer es darauf ankommt, für Dich da sein werde. Ich verspreche, dass ich Dich niemals verlassen werde. Du kannst darauf zählen, dass ich Dich immer lieben werde, egal, was auf uns zukommt.
Für immer und ewig,
Dein Linus
P.S. Ein kluger Mensch hat mal gesagt, die Welt sei seine Auster. Ich würde sagen, die Welt ist eine Schneekugel.

Diana blinzelte die Tränen weg und zog die Box zu sich heran. Langsam entfernte sie das Papier, sorgfältig darauf bedacht, es nicht zu zerreißen, für den Fall, dass sie die Spuren ihres Verbrechens verbergen musste. Doch wenn das, was Mrs. Guzman gesagt hatte, stimmte, dann war morgen Weihnachten. Ein einsames Weihnachten ohne Linus.

Ihr Blick fiel auf die Karte. Gerade hatte er ihr versprochen, immer für sie da zu sein, egal, was passierte, aber er würde nicht da sein. Es lag in der Natur eines Versprechens, gebrochen zu werden. Jedenfalls ihrer Erfahrung nach.

Mit einem Finger hob sie den Deckel der Schachtel an. Dann starrte sie auf die Schneekugel mit dem winzigen Snow Haven darin. So lächerlich es auch klang, offenbar musste sie nichts weiter tun, als die Kugel umzudrehen und zu schütteln – oder zu un-schütteln –, um wieder in die reale Zeit zurückzukehren.

Noch einmal las sie die Karte. Linus wollte eine Schneekugelsammlung für sie anlegen. Er wollte, dass sie ihr Herz an etwas hängte. Eine Verbindung einging. Für immer und ewig. Alles Dinge, die Diana nicht leichtfielen. Dafür hatte Grandma Denny gesorgt.

»Verlass dich nie auf einen anderen Menschen, wenn du es vermeiden kannst. Und lass nicht zu, dass andere sich auf dich verlassen. Dann tut das Leben am wenigsten weh.«

Warum hörte sie noch immer auf den Rat von Grandma Denny? Die hatte zwar im Rahmen ihrer Möglichkeiten das Beste für ihre Enkelin getan, aber inzwischen konnte Diana selbst Entscheidungen treffen. Andere Entscheidungen. Sie wollte sich auf Linus verlassen, auf ihre Freunde zählen und ihr Leben mit anderen teilen. Sie wollte ihr Herz an ihre Patienten hängen und auch an eine alberne Schneekugelsammlung. Und sie wollte die Zukunft, die Linus ihr angeboten hatte, für immer und ewig.

Sie ließ das Geschenk in der Schachtel. Bevor sie die Kugel schüttelte, musste sie Linus sehen. Wenn dieser Wiederholungstag wirklich der letzte war, dann war es an der Zeit, Lebewohl zu sagen.

Diana nahm die Box an sich, schnappte ihre Schlüssel und brach auf. Vor der Tür stieß sie fast mit Mrs. Guzman zusammen. Die Schachtel mit dem Geschenk schwankte gefährlich und wäre ihr beinahe aus der Hand gerutscht, doch es gelang Diana, sie im letzten Moment an ihren Bauch zu pressen.

»Sie haben es aber eilig«, bemerkte Mrs. Guzman. »Wohin geht es denn?«

»In den Spielzeugladen, zu Linus.«

»Ist das die Schneekugel, nach der Sie mich gefragt haben?«

Diana drückte die Box noch fester an sich. »Ja.«

»Ach, du meine Güte. Dann ist morgen wohl Weihnachten. Ich hoffe, mein zukünftiges Ich hat alle Einkäufe erledigt.«

»Ich bin sicher, dass alles in Ordnung sein wird.«

»Das ist es letztlich immer. Aber Sie sollten sich beeilen. Es schneit gleich.« Noch während die alte Dame redete, traf etwas Feuchtes Dianas Arm.

Sie starrte auf den kristallisierten Tropfen. »Ich glaube, das war eine Flocke.« Dann hob sie den Blick zum Himmel und lachte leise. »Es schneit!«

Mrs. Guzman lächelte herzlich. Sie wirkte nicht überrascht. »Ich hoffe, es bleibt liegen. Vielleicht kriegen wir doch noch weiße Weihnachten.«

»Vielleicht. Tut mir leid, Mrs. Guzman, ich muss jetzt weiter.«

»Natürlich, meine Liebe. Wir sehen uns morgen. An Weihnachten.«

Diana hastete am bimmelnden Weihnachtsmann vorbei zum Parkplatz. Behutsam legte sie die Schneekugel auf den Beifahrersitz. Dann schaute sie auf ihrem Handy nach der Uhrzeit. Noch eine Stunde, bis Linus Feierabend machte. Reichlich Zeit, um ihn noch im Laden zu erwischen, aber viel zu wenig, um ihm alles zu sagen, was sie ihm sagen wollte. Sagen musste.

Ihr Telefon brummte. Ach ja. Joann.

»Hallo, Joann«, begrüßte sie die Anruferin. Es fiel Diana immer leichter, Gespräche mit Linus' Mom anzunehmen. Immerhin das war ein Fortschritt. Vielleicht konnten sie ja Freundinnen bleiben, wenn der vierte Dezember endgültig vorbei war, auch wenn Diana niemals in die Familie Grant einheiraten würde.

»Oh, Diana. Du bist rangegangen.«

»Du klingst erstaunt.«

»Nun, ich weiß ja, dass du viel zu tun hast. Ich wollte dich und Linus nur fürs Wochenende zum Dinner einladen. Meinst du, du kannst zwei Stunden erübrigen, um deine künftigen Schwiegereltern zu besuchen?«

Diana drückte die freie Hand an ihre Brust. Plötzlich verspürte sie den heftigen Wunsch, dass die Grants tatsächlich ihre Schwiegereltern sein würden. Womöglich könnten sie ja die Lücke füllen, die ihre eigenen abwesenden Eltern in ihrem Leben hinterlassen hatten.

»Das klingt nett, Joann. Wir kommen«, versicherte sie,

wohl wissend, dass das besagte Wochenende höchstwahrscheinlich niemals stattfinden würde. Linus würde bis dahin im Koma liegen, und all ihre Herzen wären unwiederbringlich gebrochen. »Meine Mom war nie wirklich in mein Leben involviert«, sagte sie unvermittelt.

»Oh? Das tut mir leid zu hören, Diana. Das wusste ich nicht.«

Diana starrte durch die Windschutzscheibe und beschloss, das Drehbuch zu ändern. »Aber ich habe mir immer eine Mutter wie dich gewünscht.«

Einen Moment lang schwieg Joann. »Nun, ich habe niemals daran geglaubt, dass Blut dicker ist als Wasser«, erwiderte sie schließlich. »Es sind andere Dinge, die eine Familie ausmachen. Und damit müssen wir nicht bis zur Hochzeit warten, meine Liebe.«

Dianas Augen schwammen in Tränen. »Das bedeutet mir viel. Danke, Joann.«

»Kein Problem.« Sie schniefte ein bisschen. »Rede mit Linus. Wir sehen uns dieses Wochenende, okay?«

»Okay. Bis dann.«

Sie warf das Telefon in ihre Tasche und fuhr los. Linus würde sie vermutlich angucken, als wäre ihr ein zweiter Kopf gewachsen, aber das war ihr egal. Es war ihr auch egal, ob seine Kunden dachten, sie hätte den Verstand verloren. Diana wollte jede Sekunde, die von diesem Tag übrig war, mit dem Mann verbringen, den sie liebte. Es spielte keine Rolle, ob sie sich stritten, küssten oder einander einfach nur in die Augen schauten. Sie wollte nichts anderes, als sein Lächeln in sich aufzusaugen, sein Gesicht, seine Stimme. Sie wollte sich all das an ihm einprägen, was sie in den vergangenen drei Wochen so schmerzlich vermisst hatte.

Unwillkürlich trat sie fester aufs Gaspedal. Plötzlich konnte sie es nicht mehr erwarten, zu Linus zu kommen. Tränen brannten hinter ihren Augen, während sie sich innerlich für den Abschied wappnete. Für das letzte Lebewohl. Was für eine Art Gabe sollte Mrs. Guzmans Zauber eigentlich sein? Für sie oder Linus hatte dieser Wiederholungstag jedenfalls nichts Positives gebracht. Ja, ihre Nachbarin hatte ihr vorab erklärt, dass sich durch die geschenkte Zeit nichts ändern würde, aber woher wollte sie das so sicher wissen? Immerhin war es Diana gelungen, Marias und Addys Schicksal zum Besseren zu wenden.

Trotz ihrer Eile blieb Diana noch einen Moment im Auto sitzen, nachdem sie vor dem Geschäft geparkt hatte. Das war es dann also, dachte sie. Ihr blieb gerade noch eine Stunde mit der Liebe ihres Lebens.

Sie sah Dustin aus dem Laden kommen. Er trug eine Tüte.

Hastig stieg Diana aus, um den kleinen Jungen noch zu erwischen. »Hey«, rief sie ihm nach.

Dustin blieb stehen. »Hallo.«

»Wie läuft es mit deiner Mission, brav zu bleiben?«, fragte sie. Beim Sprechen bildete ihr Atem weiße Wölkchen. Die Luft schien kälter und feuchter zu sein als vorhin.

»Nicht besonders gut. Ich bin einfach ein böses Kind, also kann ich mir die Mühe auch sparen.«

Diana kam näher. »Du bist kein böses Kind … Was ist in der Tüte?

Dustin drückte seinen Einkauf fester an sich. »Eine Puppe. Aber ich habe sie nicht gestohlen.«

»Wenn du sie gestohlen hättest, dann wäre sie wohl kaum in einer Tüte, oder?« Sondern unter seinen Mantel gestopft, so wie das Diebesgut, das er bei ihrer ersten Begegnung aus dem Geschäft geschmuggelt hatte.

»Der Mann da drinnen hat sie mir gegeben. Mr. Linus.«

»Oh?«

Dustin lächelte zaghaft. »Ich schenke sie meiner Pflegeschwester. Sie wünscht sich so eine. Ich hätte sie mir nie leisten können, aber Mr. Linus hat gesagt, dass er manchmal gerne Santa spielt.«

Diana lachte, weiße Dampfwölkchen ausstoßend. »Das klingt ganz nach ihm. Deine Pflegeschwester wird sich bestimmt riesig freuen. Aber hättest du nicht lieber was für dich selbst ausgesucht?«

Dustin zuckte unbehaglich mit den Schultern.

»Ich glaube, du bist viel braver und besser, als du denkst, Dustin. Soweit ich das beurteilen kann, bist du tatsächlich ein ganz großartiges Kind.«

Die Kinnpartie des Jungen verkrampfte sich. »Meine Pflegemutter findet das nicht. Sie kann es gar nicht erwarten, mich loszuwerden. Ich habe gehört, wie sie das zu jemandem am Telefon gesagt hat. Sie will nur noch warten, bis Weihnachten vorbei ist, um Jacy nicht die Feiertage zu verderben. Das ist meine Pflegeschwester. Danach schickt sie mich zurück ins Heim.«

Entsetzt starrte Diana ihn an. »Oh, Dustin. Das tut mir so leid.«

»Ich würde weglaufen, wenn ich nicht wüsste, dass ich morgen früh wieder da bin, wo ich war. Es gibt keinen Ausweg aus diesem dummen Tag.«

Diana rang sich ein Lächeln ab. »Nun zumindest an der Front gibt es gute Neuigkeiten. Die Zeitschleife hört heute auf. Ich beende sie.«

Dustin wischte eine Schneeflocke aus seinen Wimpern. »Das können Sie?«

»Ich glaube schon. Jedenfalls hoffe ich es. Und dann ist Weihnachten, wenn du morgen früh aufwachst.«

Der Kleine sah trauriger aus, als ein Kind je sein sollte. Doch Diana erinnerte sich noch gut, wie traurig sie als Kind bei Grandma Denny gewesen war. Sie sah sich selbst in Dustin.

»Für einen Jungen wie mich ist niemals Weihnachten.« Er blinzelte, und eine Träne rollte ihm übers Gesicht.

Am liebsten hätte Diana ihn umarmt. Sie war noch dabei, es in Erwägung zu ziehen, als Dustin ihr für einen kurzen Moment die Arme um die Taille schlang.

»Wenigstens beenden Sie diesen Tag«, sagte er, nachdem er sich wieder von ihr gelöst hatte. »Und ich kriege die Chance zu versuchen, bei einer neuen Familie brav zu sein. Falls mich jemals wieder wer nimmt. Glauben Sie, dass ich ein guter Junge sein kann?«

Die kleinlaute Frage brach Diana das Herz. Sie wusste noch genau, wie bang sie sich gefragt hatte, ob ihre Mom vielleicht bei ihr bleiben würde, wenn sie ein interessanteres Kind wäre. Wenn sie immer nur Bestnoten aus der Schule mit nach Hause brächte, die sie ihrer Mom bei deren jährlichen Besuchen zeigen könnte. »Es spielt keine Rolle, wie brav oder gut du bist.«

Dustin ließ den Kopf hängen. »Ich dachte schon.«

Sie tippte ihm auf die Schulter, damit er sie wieder anschaute. »Es spielt keine Rolle, weil du nicht brav oder böse oder irgendwas sonst sein musst. Du musst einfach nur du selbst sein. Du bist gut genug, so, wie du bist.«

Der Junge schluckte ein paarmal. Dann presste er die Tüte aus dem Spielzeugladen erneut an seinen Körper. »Wenn heute wirklich aufhört, dann sollte ich das jetzt Jacy geben. Es ist etwas Besonderes.«

Diana nickte. »Komm gut nach Hause.« Die Wortwahl ließ sie innerlich zusammenzucken. Sie wusste ja, dass Dustin den Ort, zu dem er unterwegs war, nicht als Zuhause betrachtete.

Er wandte sich zum Gehen, drehte sich noch einmal zu ihr um und rannte dann los.

Diana schaute ihm nach, bis er nicht mehr zu sehen war. Dann ging sie auf die Ladentür zu. Noch immer fragte sie sich, wie sie dem Mann Lebewohl sagen sollte, der dazu bestimmt war, die Ewigkeit mit ihr zu verbringen.

22. Kapitel

»Diana? Was machst du denn hier?«, fragte Linus, als sie zu ihm an den Tresen trat.

»Ich will dich sehen, was sonst?« Sie schaute sich im Laden um und stellte fest, dass die Gänge menschenleer waren. »Bin ich die einzige Kundin?«

»Im Moment ja. Und bei dem Wetter wird das wohl auch so bleiben.«

»Schnee in Snow Haven. Unglaublich, oder?«

Linus grinste. Dann beugte er sich über den Tresen und küsste sie auf den Mund. Diana widerstand dem Drang, ihn an sich zu ziehen und festzuhalten.

»Vielleicht schneien wir ja heute Nacht ein«, sagte Linus. »Und müssen morgen den ganzen Tag zu Haus im Bett bleiben.«

»Mm. Klingt himmlisch. Können wir das machen? Bitte?« Denn das wäre definitiv ein Tag, der es wert war, wiederholt zu werden.

»Komm, setz dich zu mir. Ich hole noch einen zweiten Stuhl.«

Sie ging hinter den Verkaufstresen und setzte sich auf den

bereits vorhandenen Stuhl, während Linus einen anderen für sich holte. Seite an Seite starrten sie durchs Schaufenster auf den immer dichter fallenden Schnee. »Vielleicht schneien wir ja hier ein und verlassen den Laden nie mehr«, träumte sie laut vor sich hin. Doch dann würden sie weiter in der Zeitschleife stecken bleiben, und das war nicht gut, weder für sie noch für Linus oder Dustin.

»Wie ist dein Bewerbungsgespräch gelaufen?«, erkundigte sich Linus.

»Wie es aussieht, könnte ich den Job tatsächlich kriegen.« Sie seufzte beklommen.

»Nun überschlag dich mal nicht gleich vor Begeisterung«, sagte Linus ironisch. »Das ist es doch, was du wolltest, oder?«

»Das dachte ich zumindest. Aber vielleicht kann ich mehr Gutes bewirken, wenn ich weiter in Vollzeit Patienten behandle. Oder vielleicht will ich gar nicht mehr in der häuslichen Krankenpflege arbeiten. Sondern mit Kindern.«

Linus machte große Augen. »Das wäre aber ein ziemlicher Sprung. Hast du denn schon jemals mit Kindern gearbeitet?«

»Nicht wirklich. Nur mit Addy. Aber ich glaube, ich könnte gut mit Kindern umgehen. Eventuell. Wie du sagtest, es ist ein erworbenes Talent.«

»Egal, was du machst, du wirst das großartig hinkriegen«, versicherte Linus. »Ich glaube an dich.« Er stieß sie mit dem Ellbogen an.

Diana drehte sich so, dass sie ihm direkt ins Gesicht schauen konnte. »Vielleicht würde ich mich auch lieber darauf konzentrieren, die Hochzeit zu planen und dich zu heiraten. Und deine Frau zu sein.«

Linus' Grinsen wurde breiter. »Du weißt aber schon, dass

du dich nicht zwischen mir und deiner Arbeit entscheiden musst? Du kannst uns beide haben.«

»Ja, das weiß ich. Die Arbeit war immer meine Ausrede, und zwar eine ziemlich schwache. Tut mir leid.«

»Wie meinst du das?«

Diana holte tief Luft. »Deine Familie macht mir Angst«, sagte sie dann. »Oder vielmehr, sie hat mir Angst gemacht. Du hast eine Menge Grants im Schlepptau.«

Er griff nach ihrer Hand und drückte sie. »Daran kann ich nicht wirklich was ändern.«

»Und das würde ich auch niemals von dir verlangen. Langsam erwärme ich mich für den Gedanken, eine Adoptivfamilie zu haben. Ich wünschte, ich könnte Teil des Grant-Clans sein. Mehr als alles auf der Welt.«

»Das kannst du. Heirate mich.«

Diana erwiderte seinen Händedruck. »Du hast mir doch schon einen Antrag gemacht. Und ich habe ja gesagt, was du hoffentlich nicht vergessen hast. Und ich bereue es kein bisschen, falls du dich das fragen solltest.«

»Dann lass uns an diesem Wochenende heiraten. Wir suchen uns irgendeinen Friedensrichter oder sonst wen, der eine Trauung vollziehen kann. Es muss keine große Angelegenheit sein. Ich muss nicht mal jemanden aus meiner Familie dabeihaben.«

Doch Diana schüttelte den Kopf. Ihr war klar, dass eine heimliche Hochzeit nicht das war, was er wirklich wollte. Linus war sentimental. Er lebte für die besonderen Momente mit seinen Liebsten. »Lass uns am Weihnachtsabend heiraten, nach den Geschenken und dem ausgiebigen Festmahl.

Dann sind alle bereits versammelt. Das wäre der perfekte Zeitpunkt.«

Linus' Augen glänzten vor Freude. »Wir hätten schon den Baum und die Lichter. Weitere Dekorationen wären nicht nötig.«

»Und das Essen und deine Familie wären auch schon da.«

»Und deine Familie«, ergänzte er nachdrücklich.

Nachdenklich biss Diana sich auf die Unterlippe. Sie hatte niemanden außer Jackie Merriman, die sich nach wie vor nur einmal im Jahr blicken ließ. Aber womöglich hatte Joann ja recht, und es war nicht das Blut, das eine Familie ausmachte. Rochelle war Dianas Familie. Vielleicht gehörten sogar Maria und Addy dazu. »Alles würde passen«, sagte sie leise.

»Aber was ist mit der Hochzeitsreise? Wenn du diese Beförderung annimmst, hättest du sicher erst mal keine Zeit.«

»Du stehst an erster Stelle. *Wir* stehen an erster Stelle.«

»Ich liebe dieses *Wir*«, murmelte er zärtlich.

»Ich auch.«

Linus küsste sie, lange und innig, und danach schaute er sie so eindringlich an, als wollte er sich ihre Züge für alle Ewigkeit einprägen, genau wie sie es gerade mit ihm machte. »Ich schließe den Laden, und dann können wir aufbrechen, was hältst du davon? Heute kommen ohnehin keine Kunden mehr, und wenn wir schon einschneien, dann besser zu Hause, wo es was zu essen gibt.« Er zwinkerte ihr zu und stand auf.

Ein Anflug von Panik stieg in Diana hoch. Letztes Mal, als sie die Schneekugel geschüttelt hatte, war ihr Wunsch erst am nächsten Morgen in Erfüllung gegangen. Und wenn es diesmal nun genauso wäre? Ein weiterer Abend, an dem

Linus tragisch verunglückte, war zu viel. Das durfte sie nicht zulassen. Sie würde es nicht zulassen.

Linus klimperte mit seinem Schlüssel. »Bist du bereit? Ich bin wirklich froh, dass du hergekommen bist. Bei dem Schnee kann ich unmöglich mit dem Rad nach Hause fahren.«

Auf zitternden Beinen folgte Diana ihm zum Ausgang, trat in den verschneiten Abend hinaus und wartete, während Linus abschloss.

Er drehte sich zu ihr um. »Wollen wir?«

»Linus«, flüsterte sie.

»Ja?«

Sie wusste nicht, was sie sagen sollte. Was *konnte* sie sagen? Schneeflocken sammelten sich an ihren Wimpern. Sie blinzelte sie weg, ohne den Blick von Linus abzuwenden. »Es tut mir so schrecklich leid.«

»Was denn?« Besorgt runzelte er die Stirn.

Den Tränen nahe zuckte sie mit den Schultern und schüttelte gleichzeitig den Kopf. »Alles.«

»Sei nicht albern. Lass uns lieber aufbrechen, bevor du erfrierst.« Er nahm Diana bei der Hand und zog sie sanft zum Auto.

»Leg dein Rad in den Kofferraum«, wies sie ihn an. »Ich fahre. Nein. Du solltest wohl besser fahren.« Denn jedes Mal, wenn sie am Steuer gesessen hatte, waren sie verunglückt.

»Alles klar.«

Diana ließ sich auf den Beifahrersitz sinken und beobachtete Linus im Rückspiegel. Das Herz schlug ihr bis zum Hals. Ihre Hände zitterten. Tief durchatmend nahm sie die Schneekugel, drehte sie um und schüttelte sie. Als nichts passierte, schüttelte sie noch einmal. Und noch einmal.

»Was machst du denn da?« Linus stieg auf der Fahrerseite ein.

»Ich wünsche mir was.« Sie schüttelte weiter die umgedrehte Schneekugel, so, wie Mrs. Guzman es ihr geraten hatte.

»Du hast dein Geschenk jetzt schon geöffnet?«, fragte er, als er sah, was sie in der Hand hatte. »Und ohne mich?«

»Tut mir leid, aber es musste sein.« Sie schüttelte heftiger.

»Hör auf damit, Diana! Du wirst es noch zerbrechen.« Linus umfasste ihren Unterarm und drückte ihn leicht. »Diana?«

Als er seine Hand zurückzog, entglitt ihr aus Versehen die Glaskugel und zerschellte auf der Mittelkonsole zwischen ihnen.

Leise nach Luft schnappend, starrte Diana auf die glitzernde Flüssigkeit und die Scherben. Dann schaute sie Linus an. Sie hatte das Gefühl, gleich in ebenso viele Stücke zu zerbrechen wie die Schneekugel. »Jeder in meinem Leben hat mich verlassen, Linus. Ich vertraue darauf, dass es bei dir anders ist. Verlass mich nicht auch noch«, flehte sie mit bebender Stimme. »Was immer du tun musst, komm bitte zurück zu mir, bitte, tu es einfach. Du hast mir die Ewigkeit versprochen, und ich glaube an dich. Für immer und ewig ist kein Mythos. Ich will all die winzigen Momente mit dir haben, über die du in deiner Karte geschrieben hast – die guten, die schlechten, die langweiligen. Sie alle zusammen stehen für eine Zukunft, die ich mir mehr wünsche als alles andere.«

Er griff nach ihrer Hand. »Ich weiß zwar nicht, worüber du dich so aufregst, aber sei unbesorgt. Du entkommst mir nicht. Ich werde in absehbarer Zeit nirgendwohin verschwinden.« Er schaute auf das Chaos hinunter, das sie angerichtet hatte. »Auch wenn du deine Weihnachtsgeschenke zu früh auspackst, ohne mich, und dann in deinem Auto zertrümmerst.«

Sie schniefte leise. Ihr Herz hämmerte schnell – zu schnell. Sie atmete flach – zu flach. Wie konnte sie den einen Menschen gehen lassen, der je mit dem Versprechen, bedingungslos bei ihr zu bleiben, in ihr Leben getreten war? Selbst Grandma Denny hatte Diana stets klargemacht, dass sie nicht für immer da sein würde. Dass ihre Beziehung ein Verfallsdatum hatte.

»Diana?« Vorsichtig berührte er ihren Arm.

Sie schloss die Lider, zählte bis zehn und versuchte, Luft zu bekommen, doch irgendwie schienen ihre Atemzüge gar keine Atemzüge zu sein. Je tiefer sie einatmete, desto weniger Luft schien in ihrer Lunge anzukommen. Diana hyperventilierte, und die Welt schien sich plötzlich um sie herum zu drehen.

»Di? Alles in Ordnung?«

Sie liebte es, wie er sie ansah, wenn ihr Verhalten keinen Sinn ergab – die Stirn tief gefurcht, der Blick eindringlich. Sie liebte die Art, wie er sie küsste, erst sanft und dann wie ein verliebter Mann.

»Di?«, fragte er wieder.

»Es geht mir g…g…« Doch es ging ihr nicht gut. Sie öffnete die Augen und schaute Linus an. »Pass auf«, begann sie. »Wir werden auf dem Heimweg einen Unfall haben, und du wirst verletzt.«

Die Furchen über seiner Nasenwurzel wurden noch tiefer. »Was meinst du damit?«

»Du wirst ins Koma fallen, und je länger du bewusstlos

bleibst, desto geringer wird die Wahrscheinlichkeit, dass du jemals wieder aufwachst. Ich habe versucht, das zu ändern, zu reparieren. Aber ich glaube, manche Dinge sind einfach schicksalhaft und lassen sich nicht in andere Bahnen lenken.« Tränen schwammen in ihren Augen, doch sie blinzelte sie weg und fokussierte sich weiter auf Linus' Gesicht. »Ich weiß, dass du das nicht verstehst, aber du sollst wissen, wie unendlich leid es mir tut, dass ich dich nicht retten konnte.« Nun ließ sie ihren Tränen freien Lauf. Sie konnte sie nicht länger zurückhalten. »Linus, es tut mir so, *so* leid, dass ich dich enttäuscht habe.«

»Di, ich habe keinen Schimmer, wovon du gerade redest.« Zärtlich strich er eine Haarsträhne zurück, die ihr an der Wange klebte. »Aber du hast mich gerettet. Bevor ich dich kannte, wusste ich nicht, warum ich überhaupt auf dieser Erde bin. Das Spielzeuggeschäft habe ich nur übernommen, weil mein Dad es nach seinem Herzinfarkt nicht mehr führen konnte. Aber ich war unsicher, fühlte mich verloren, ohne jeden Anker. Dann bist du in den Laden gekommen, und ich wusste von dem Moment an, in dem du ›hallo‹ sagtest, dass du der Grund bist, aus dem ich atme.«

Forschend blickte Diana in seine blaugrauen Augen. Sie hatte bei ihrer ersten Begegnung ganz dasselbe empfunden. Obwohl er ihr an jenem Tag die grässlichsten Puppen für die Tochter ihrer Kollegin empfohlen hatte. »Warum ich?«

»Weil du etwas an dir hast, was mir das Gefühl verleiht, ich könnte alles tun, alles erreichen.«

Sie tat ihr Bestes, nicht hier auf dem verschneiten Parkplatz schluchzend zusammenzubrechen. »Wenn das so ist, dann versprich mir, dass du, egal, was zwischen hier und zu

Hause passiert, zu mir zurückkehren wirst. Schwöre es mir, Linus.«

Er hielt ihren Blick fest. »Solange ich auf dieser Erde lebe, werde ich immer zu dir zurückkehren Di. Dieses Versprechen werde ich niemals brechen.«

23. Kapitel

Verzauberte Weihnachten

Diana öffnete die Augen und blinzelte zur Decke. Dann blickte sie auf den leeren Platz neben sich im Bett. Schließlich drehte sie sich so, dass sie das Bad sehen konnte. Die Tür stand offen, und das Licht war aus.

»Linus?« Sie setzte sich auf und ließ ihren Blick suchend schweifen, als könnte ihr Verlobter im Schrank abgetaucht sein, um eine Krawatte zu holen. Doch dem war nicht so. »Linus?«

Sie nahm ihr Telefon vom Nachttisch und rief das Datum auf.

Der fünfundzwanzigste Dezember.

Es war Weihnachten. Ein Wirbel aus Emotionen stieg in ihr auf. Er war nicht hier. Der vierte Dezember war endlich vorbei, und sie hatte Linus nicht gerettet. Sie schluckte ihre aufsteigenden Tränen hinunter und ging langsam ins Bad. Wenn sie fertig war, würde sie sich einen Kaffee machen und darauf warten, dass ein paar Textnachrichten eintrudelten.

Diana war nicht sicher, in welcher Weise all die Versionen des vierten Dezembers den heutigen Tag verändert – oder nicht verändert – hatten. War sie befördert worden? Hatte Maria sich den Knöchel gebrochen? Hatte Maria Kontakt zu Mrs. Pierce aufgenommen? Und was war mit Addy? Redete sie wieder mit Jay und Sierra? Es gab so viele offene Fragen. Diana wusste nur eins hundertprozentig: Linus lag im Koma und würde vielleicht nie mehr aufwachen.

Die Kaffeemaschine erledigte gurgelnd ihren Job. Diana schenkte sich eine Tasse des aromatischen Gebräus ein. Nachdem sie den ersten Schluck getrunken hatte, meldete ihr Handy den ersten Weihnachtsgruß des Tages.

Rochelle: Ho, ho, ho! Fröhliche Weihnachten!

Diana musste trotz allem lächeln.

Diana: Gleichfalls.
Rochelle: Bist du okay?
Diana: Leider hat Santa mir nichts gebracht.

Das war eine kapitale Untertreibung.

Diana: Wie läuft es mit dir und dem neuen Typen?
Rochelle: Tatsächlich ... ist Brian gerade bei mir.
Diana: Echt? Ihr verbringt Weihnachten zusammen?
Rochelle: Und ob, ich nehme ihn mit zu meinen Eltern.

Verdutzt blinzelte Diana auf ihr Display hinunter. Der heiße Typ aus dem Nachbarbüro hatte sich gehalten! Diana war sich nicht sicher, was in den Tagen seit dem vierten Dezember passiert war, aber irgendwas hatte sich für Rochelle verändert.

Zumindest in *ihrem* Leben hatte die Zeitschleife etwas verbessern können.

Diana: Das ist sensationell, Ro! Ich freue mich so für dich.
Rochelle: Deine Einladung zu meinen Eltern steht immer noch. Falls deine aktuellen Pläne sich zerschlagen sollten.

Unschlüssig nagte Diana an ihrer Unterlippe. Sie hatte keine Ahnung, was heute für sie anstand.

Diana: Was genau sind denn meine aktuellen Pläne?

Ihr Telefon klingelte, und Rochelles Name poppte auf dem Display auf.

»Hey«, sagte Diana.

»Das war eine komische Nachricht, daher wollte ich mich vergewissern, dass du nicht betrunken bist oder als Geisel festgehalten wirst und mir kryptische Botschaften schickst.«

Diana lachte kurz auf. Ihre beste Freundin konnte sie selbst an ihrem tiefsten Tiefpunkt aufheitern. »Keins von beidem. Es ist eine lange Geschichte, aber wenn du mir verraten könntest, was genau ich heute vorhabe, wäre mir das eine große Hilfe.«

»Zu Linus' Eltern gehen. Sie haben dich eingeladen, und du hast zugesagt.«

»Wirklich?«

»Ja, wirklich, ich bin auch überrascht. Und stolz auf dich.«

»Wann soll ich denn dort sein? Weißt du das zufällig?«

Rochelle hüstelte. »Du bist heute Morgen echt seltsam drauf.«

»Ich weiß. Ich hatte noch keinen Kaffee.«

»Was auch immer. Ich glaube, du sagtest was von Mittagessen bei den Grants. Aber vorher wolltest du Linus besuchen.«

Dianas Herz sank. »Im New Hope?«

»Wo sollte er denn sonst sein? Brauchst du Hilfe, Diana? Ich meine das ernst.«

»Nein, mir geht's gut«, erwiderte sie reflexartig.

»G-Wort-Alarm«, gab Rochelle zurück. »In zehn Minuten bin ich bei dir.«

»Nein. Bleib, wo du bist. Ich bin okay, wirklich. Genieß den Morgen mit deinem Typen. Seid ihr jetzt fest zusammen?«

Rochelle räusperte sich. »Ich melde mich später noch mal, um sicherzugehen, dass wirklich alles in Ordnung ist, denn du benimmst dich, als hättest du dir den Kopf angeschlagen oder so was.«

»Vielleicht habe ich das ja. Also? Seid ihr zusammen?«

Rochelle lachte leise. »Ja. Schon seit zwei Wochen. Hast du unter einem Stein gelebt, Diana? Wo warst du?«

Diana nippte an ihrem Kaffee. »Keine Ahnung«, erwiderte sie aufrichtig. »Wir reden später noch mal, okay? Fröhliche Weihnachten.«

Rasch stand sie auf, ging ins Schlafzimmer und zog sich an. Sie musste sich beeilen, wenn sie vor dem Mittagessen noch ins New Hope wollte. Die Vorstellung, dass Linus wieder dort in dem schrecklichen Bett lag, war merkwürdig. Sie hatte ihn erst gestern Abend gesehen, wach und glücklich. Sie waren übereingekommen, Weihnachten zu heiraten, wenn seine ganze Verwandtschaft vor Ort war. Endlich hatten sie einen Termin festgelegt! Und Diana fühlte sich dadurch kein bisschen bedroht oder verängstigt. Sie hatte es sogar für eine großartige Idee gehalten.

Sie wünschte sich so sehr, dass dieser Plan Wirklichkeit werden könnte. Doch Linus lag wieder im Koma. Sie hätte ihn unmöglich in diesem grauenvollen Tag festhalten können, dazu verdammt, einen Unfall nach dem anderen zu erleiden. Wie hätte sie das zulassen können und gleichzeitig sagen, dass sie ihn liebte? Sie konnte es nicht. Doch er hatte ihr versprochen, dass er für sie kämpfen würde, und sie glaubte ihm, auch wenn jeder andere Mensch in ihrem Leben sie verlassen hatte. Wenn es einen Weg zu ihr zurück gab, dann würde Linus ihn finden. Er würde nicht aufgeben.

Sie nahm ihre Schlüssel und ging nach draußen. Der bimmelnde Weihnachtsmann war verschwunden. Vermutlich feierte er heute mit seiner eigenen Familie, falls er eine hatte. Oder er schlief sich gründlich aus, nachdem er heute Nacht um die ganze Welt geflogen war, um den Kindern Geschenke unter die Christbäume zu legen.

Der wahre Santa war Linus. Das wusste Diana, und die Tatsache, dass er gestern Dustin die Puppe gegeben hatte, war der Beweis. Unwillkürlich fragte sie sich, was Dustin an diesem Morgen wohl machte. Hatte er Geschenke unterm Baum gefunden? Hatte er überhaupt einen Baum? Diana würde gern glauben, dass seine Pflegeeltern gute Menschen waren. Aber wenn das, was Dustin ihr erzählt hatte, stimmte, dann waren sie nicht die Richtigen für ihn. Er war ein süßer, netter Junge. Und die Frau, mit der Diana ihn in Linus' Geschäft gesehen hatte, hatte verbittert und herzlos gewirkt.

Je mehr sich Diana dem New Hope näherte, desto enger wurde ihr die Brust. Ihr letzter Besuch lag erst wenige Tage zurück, doch es kam ihr vor wie eine Ewigkeit. Der SUV mit der Rentier-Rudolph-Verzierung stand nicht an der üblichen Stelle auf dem Parkplatz der Einrichtung. Die meisten Leute waren an diesem Vormittag wahrscheinlich zu Hause bei ihren Lieben.

Sie stellte den Motor aus, schnappte ihre Tasche und wappnete sich gegen die Kälte draußen. *Brrr.* Mit schnellen Schritten lief sie zum Eingang und atmete erst wieder durch, als die Wärme der Lobby sie umfing, zusammen mit dem Duft nach Zimt und Reinigungsmitteln. Der gigantische Christbaum stand noch immer in der Ecke, sogar noch größer, als sie ihn in Erinnerung hatte. Ihr Blick fiel auf den Eisstielstern mit Linus' Namen. Er sah aus, als ob ein Kind ihn gebastelt hatte.

»Diana! Fröhliche Weihnachten!«, wünschte Ernest, der mit seinem Wischmopp unterwegs war.

»Ebenfalls fröhliche Weihnachten. Sie haben nicht mal am fünfundzwanzigsten Dezember frei?«

Er lachte. »Das hier ist mein Zuhause. Ich würde gar nicht woanders sein wollen. Grüßen Sie Linus von mir.«

»Das mache ich.« Sie ging weiter Richtung Schwesternstation, wo ein paar Angestellte zusammenstanden und über ihre Pläne für den Tag plauderten.

Oberschwester Meeka blickte auf, als Diana vorbeikam. »Hey, Diana! Frohe Festtage!«

»Gleichfalls.« Diana hielt kurz inne. »Wie geht es Linus?«

»Oh, er ist attraktiv wie immer«, erwiderte sie fröhlich.

Da lag sie nicht falsch. Selbst im Koma war Linus immer noch der attraktivste Mann, den Diana je kennengelernt hatte. Aber ohne seinen lavendelfarbenen Hundeschlips war er nicht wirklich Linus. Und auch nicht ohne sein schiefes Lächeln, seine Schlagfertigkeit und seinen ironischen Humor.

Während sie sich seinem Zimmer näherte, konnte Diana nicht anders als sich ihren Phantasien hinzugeben. Sie stellte sich vor, dass er aufrecht im Bett saß. Schließlich hatte er ihr gestern Abend versprochen zurückzukommen. Konnte er sich daran erinnern? War er wirklich dort gewesen? Vielleicht waren diese letzten paar Tage ja nur ein Traum gewesen. Doch dann wäre Rochelle heute morgen nicht mit ihrem neuen Freund aufgewacht.

Vor Linus' Tür blieb sie einen Augenblick stehen, schloss die Lider und malte sich aus, dass er im Bett saß und Götterspeise aß. Dann öffnete sie die Augen wieder, holte tief Luft und drehte den Türknauf. Das Herz sank ihr bis in den leeren Magen. Er saß nicht aufrecht und aß auch nichts. Sie zog die Tür hinter sich ins Schloss und ging zum Bett. »Hey.« Sie setzte sich auf ihren üblichen Stuhl und nahm seine Hand. »Erinnerst du dich an mich?«

Kein Muskel regte sich in seinem Gesicht. Kein einziger.

»Fröhliche Weihnachten.« Sie drückte seine Hand und wartete darauf, dass er den Druck erwiderte. Als das nicht geschah, redete sie weiter. »Wir hatten ein paar interessante Tage, stimmt's? Also, zumindest ich hatte sie. Der vierte Dezember wird nie mehr dasselbe für mich sein, so viel steht fest. Auch wenn ich noch nicht entschieden habe, ob es ein guter oder ein schlechter Tag ist. Es war definitiv ein seltsamer Tag.«

In ihrer Brust wucherte der Schmerz wie ein Unkraut, das gejätet werden musste. »Ein paar Dinge haben sich verändert. Rochelle hat jetzt einen neuen Freund. Und ich glaube, dass ich vielleicht diese Beförderung in der Tasche habe. Vermutlich sollte ich mich darüber freuen, aber ohne dich …« Sie brach ab und musterte sein Gesicht. »Bevor das alles passiert ist, wusste ich nicht, was ich hatte. Ich bin durchs Leben geschlafwandelt und habe zugelassen, dass all meine Ängste und Sorgen mich daran hindern, einfach nur im Moment zu sein. Jeder Tag besteht aus einer Million kleiner Momente, jeder davon scheinbar so unwichtig, aber wenn man sie nicht mehr hat, bedeuten sie die Welt. Schneekugeln sind großartig, aber es sind diese winzigen, wundervollen Momente, die ich sammeln möchte«, flüsterte sie.

Jemand öffnete die Tür, und Diana blinzelte hastig ihre Tränen weg. Dann drehte sie sich um, in der Erwartung, Meeka zu sehen. Doch stattdessen stand Joann auf der Schwelle, in einem schweren Wollmantel und mit einem rot-weiß gestreiften Schal um den Hals.

»Diana. Du bist früh dran.«

Diana erhob sich, um Linus' Mutter zu begrüßen. Sie hatte nur eine kurze Umarmung im Sinn, doch Joann schlang ihre Arme um Diana und ließ sie eine ganze Minute lang nicht mehr los. Diana hatte keine Erinnerung an die Phase zwischen dem fünften und dem vierundzwanzigsten Dezember in dieser Zeitachse, aber nach der Umarmung zu urteilen, waren sie und Joann einander nähergekommen.

Joann löste sich von ihr und betrachtete einen langen Moment lang ihren reglosen Sohn. »Ich würde ihn am liebsten schütteln, weißt du? Der Junge, den ich großgezogen habe, würde niemals am Weihnachtsmorgen schlafen.« Verlegen schaute sie Diana an. »Nichts hätte ihn an dem Tag im Bett gehalten. Einmal hatte er an Weihnachten die Grippe, und trotzdem war er der Erste, der wach war. Zugegeben, beim Öffnen der Geschenke musste er sich übergeben.« Sie lachte leise und senkte kurz den Blick. Dann schaute sie wieder Diana an. »Wie lange bist du schon hier? Möchtest du, dass ich gehe, damit ihr beide ungestört seid?« Kaum waren ihr die Worte über die Lippen gekommen, errötete Joann. »Ich meine, ich weiß, dass ihr keine ungestörte Zeit miteinander braucht. Jedenfalls nicht *die*, nach der es geklungen hat.«

Zum ersten Mal fiel Diana auf, dass Joann dazu neigte, unter bestimmten Umständen nervös zu plappern. Das war ein liebenswerter Zug, der sie an Linus erinnerte. »Du musst nicht gehen. Ich wollte ohnehin nicht lange bleiben.«

»Nun, keine von uns beiden kann sich leisten, heute allzu viel Zeit hier zu verbringen, stimmt's? Nicht, wenn wir heute Nachmittag was zu essen auf dem Tisch haben wollen. Du hast doch immer noch vor zu kommen? Du bist meine Helferin. Ich brauche dich.«

»Oh. Ja. Äh, was sollte ich noch mal gleich tun?«, fragte Diana. So langsam kam sie sich vor wie diejenige mit der Kopfverletzung.

»Kochen natürlich. Die Verwandtschaft schlägt pünktlich um halb drei auf, und ich habe das Essen bei ihrer Ankunft immer fertig. Normalerweise bestehe ich darauf, dass ich keine Unterstützung benötige, aber in diesem Jahr, nach allem, was passiert ist, bin ich dankbar für dein Angebot. Ich bin nicht zu stolz, Hilfe anzunehmen. Nicht mehr.« Sie ergriff Dianas Hand und drückte sie.

Offenbar hatte der letzte vierte Dezember Dianas Verhältnis zu Joann deutlich verbessert. An jenem Tag hatte Diana sich der älteren Frau gegenüber geöffnet, von ihrer

Mutter erzählt und bekannt, dass sie sich immer nach einer liebevollen Mom wie Joann gesehnt hatte. Und jetzt schienen sie einander näher zu sein, als Diana sich je hätte vorstellen können. Was war sonst noch in den zurückliegenden drei Wochen passiert? Diana wünschte, sie könnte sich daran erinnern. »Natürlich helfe ich dir in der Küche.« Sie schüttelte den Kopf. »Ich bin nur noch nicht ganz da. Ich hatte heute noch keinen Kaffee.« Das war sogar beinahe die Wahrheit. Ihre erste Tasse hatte sie nicht ausgetrunken, und jetzt könnte sie definitiv eine zweite vertragen.

»Du bist ohne Kaffee aus dem Haus gegangen?«, fragte Joann erschüttert. »Ich weiß nicht, wie du es überhaupt schaffst, dich aufrecht zu halten.«

Diana lächelte. Sie mochte Joann wirklich. Sie könnten, wenn schon nicht Familie, doch wenigstens Freundinnen sein.

Joann richtete ihre Aufmerksamkeit auf Linus. Sie trat an sein Bett, beugte sich über ihn und küsste seine Wange, wobei sie einen burgunderroten Lippenstiftabdruck hinterließ. »Ich liebe dich, mein Sohn. Ich vermisse dich. Fröhliche Weihnachten.« Einen Moment lang betrachtete sie ihn still, dann drehte sie sich zu Diana um. »Was sonst kann man in dieser Situation sagen? Ich rede immer dasselbe, jeden Tag, wenn ich herkomme. Vermutlich kommt es ihm vor, als ob er immer wieder denselben Tag erlebt.«

Ein Gefühl, das Diana bestens nachvollziehen konnte. Sie schaute jetzt ebenfalls Linus an. »Ich wüsste so gern, was er denkt.«

Joann deutete auf den Stuhl neben dem Bett. »Stört es dich, wenn ich hier sitze?«

»Nein. Ich wollte ohnehin aufbrechen. Ich habe noch ein paar Dinge zu erledigen, bevor ich bei dir auftauche.«

»Pünktlich um zwölf.« Joann hob einen Zeigefinger.

»Ehrensache«, versicherte Diana. Sie eilte hinaus. Als sie an der Schwesternstation vorbeikam, winkte Meeka ihr zu. Auf dem Vorplatz beugte Diana sich vor, stützte die Hände auf die Knie und saugte keuchend kalte Luft in ihre Lunge. Sie fühlte sich, als ob sie entweder gleich umkippen oder sich übergeben würde. In diesem Moment brummte das Telefon in ihrer Handtasche. Diana atmete noch ein paarmal tief ein und aus, dann zog sie das Handy heraus. Die Textnachricht stammte von einer unbekannten Nummer.

Unbekannt: Er ist bereit, sobald Sie hier sind. Die Adresse lautet: 105, Sandy Run Road.

Verblüfft starrte Diana aufs Display, las den Text ein zweites Mal. Wer war bereit? Seufzend machte sie sich auf den Weg zu ihrem Auto. Sie würde es vermutlich herausfinden, wenn sie die angegebene Adresse erreichte.

24. Kapitel

Langsam fuhr Diana die Sandy Run Road entlang, bis sie zum Briefkasten mit der Hausnummer 105 kam. Sie bog in die Einfahrt ein, noch immer grübelnd, was sie wohl erwartete. Natürlich könnte es sich bei der Nachricht schlicht um einen Irrläufer handeln. Doch da Diana sich nicht daran erinnerte, was in den vergangenen zwanzig Tagen passiert war, konnte es genauso gut sein, dass die Aufforderung tatsächlich ihr galt.

Vor dem kleinen, einstöckigen Haus lag ein Kinderfahrrad am Boden. Eins der Fliegengitter vor den Fenstern war zerrissen und hing schlaff herunter. Diana stieg aus und ging auf die schmale Veranda zu. An der Eingangstür hing kein Weihnachtskranz. Es gab auch keine Fußmatte auf der »Herzlich Willkommen« stand. Dafür entdeckte Diana ein Schild mit der Warnung »Achtung, bissiger Hund«.

Allerdings hörte sie im Haus kein Hundegebell. Stattdessen schrie eine Frau. Diana erstarrte kurz. Doch die Frau klang nicht so, als sei sie in Gefahr. Es war kein Hilfeschrei, wie ihn Maria am ursprünglichen vierten Dezember ausgestoßen hatte. Dies hier war eher ein wütendes Brüllen. Wer immer da drin war, erlebte bislang kein besonders fröhliches Weihnachten.

Mit einem mulmigen Gefühl im Magen stieg Diana die paar Stufen zum Eingang hoch und drückte auf den Klingelknopf. Das Geschrei brach abrupt ab. Schwere Schritte näherten sich, dann schwang die Tür auf, und eine Frau erschien auf der Schwelle. Sie sah aus wie Ende dreißig, vielleicht Anfang vierzig. Ihr Gesicht war noch immer rot vor Zorn, doch sie versuchte, es mit einem Lächeln zu überspielen.

Diana erkannte die Frau aus dem Spielzeuggeschäft. Dustins Pflegemutter.

»Ihr Timing ist perfekt.« Die Frau bückte sich nach einer Tasche, die auf dem Boden stand, und schob sie in Dianas Richtung. »Hier, bitte sehr. All seine Besitztümer sind da drin.«

Blinzelnd starrte Diana auf die schwarze Reisetasche mit den aufgebügelten Superhelden. *Was passiert hier?* Als sie den Blick wieder hob, stand Dustin hinter der Frau, die Augen angstvoll aufgerissen. »Tut mir leid. Könnten Sie mir einen kleinen Hinweis geben, was das alles soll?«, bat Diana nicht zum ersten Mal an diesem Morgen.

»Oh, verstehe.« Das Lächeln der Frau erstarb, und sie verschränkte die Arme vor der Brust. »Sie wollen sich wohl drücken, was? Sie reden sich den Mund fusselig, aber wenn es so weit ist, den Worten Taten folgen zu lassen, dann kriegen Sie kalte Füße, stimmt's?«

»Nein. Ich brauche nur … Ich brauche nur einen Fingerzeig.« Diana hob die Tasche auf. Sie war schwer. Was war da drin?

»Na, dann kommt hier Ihr Fingerzeig. Dustin gehört jetzt

Ihnen. Der Eilantrag wurde gestern genehmigt, als er schon im Bett lag. Sie sagten, Sie würden ihn heute Morgen gleich abholen.«

»Eilantrag?«, wiederholte Diana, für die das Ganze immer noch keinen Sinn ergab.

»Glückwunsch. Sie sind eine frischgebackene Pflegemutter. Alles, was dem Jungen gehört, befindet sich in dieser Tasche«, bekräftigte sie noch einmal.

Diana klappte die Kinnlade runter. Sie suchte Dustins Blick. Der Kleine wirkte noch immer verängstigt, und sie verspürte den plötzlichen Drang, ihn auf den Arm zu nehmen und von hier wegzubringen. Konnte er sich an die vergangenen zwanzig Tage erinnern oder war er genauso verloren wie Diana?

»Es ist Weihnachten«, erwiderte sie. »Wo sind seine Geschenke?«

Als wäre das die absurdeste Frage der Welt, lachte die Frau trocken auf. »Der Weihnachtsmann kommt nicht zu Kindern, die sich so unartig aufführen wie er.« Sie bedachte Dustin mit einem finsteren Blick. Wie konnte man bloß ein Kind hassen? Dieser Frau bereitete es offenbar keine Probleme. »Wer sich so benimmt wie du, der wird aus dem warmen Haus geworfen, in das er aufgenommen wurde und in dem man ihn ernährt hat. Pass nur auf, irgendwann werden sich keine Leute mehr finden, die bereit sind, dir eine Chance zu geben.« Ihr Ton war harsch.

»Dustin?«, sagte Diana.

Er schaute an der Frau vorbei zu ihr hin. »Ja?« Er sprach so leise, dass Diana ihn kaum hörte.

»Komm her. Wir gehen.«

Die Furcht in seinem Gesicht wich der Erleichterung. Zaghaft kam er zu Diana auf die Veranda.

»Ist das sein Fahrrad da auf dem Rasen?« Diana fühlte sich nicht bemüßigt, zu lächeln oder auch nur eine freundliche Miene aufzusetzen. Sie konnte diese Frau nicht ausstehen, und das Gefühl schien auf Gegenseitigkeit zu beruhen.

»Nein. Das bringen wir morgen als Erstes in den Secondhandladen. Sie sollten mir dankbar sein, dass ich es ihm nicht mitgebe. Mit diesem Ding war er in der ganzen Stadt unterwegs, um Unsinn zu treiben.«

Diana legte eine Hand an Dustins Schulter. »Na los, Kumpel. Wir haben heute noch viel vor.« Sie führte den Jungen zur Beifahrerseite ihres Autos und öffnete ihm die Tür. Dann warf sie seine Tasche auf den Rücksitz. Sobald sie neben ihm im Wagen saß, musterte sie ihn eindringlich.

»Sieht so aus, als ob du jetzt zu mir gehörst, was?«

Er nickte mit gesenktem Kopf.

»Ist das in Ordnung für dich?« Plötzlich war Diana besorgt, dass dieses neue Arrangement nicht in seinem Sinne sein könnte. Schließlich war sie nicht gerade die Familie, die er sich zu Weihnachten gewünscht hatte.

Wieder nickte er. »Ja, das ist in Ordnung für mich«, murmelte er.

»Kannst du dich an die letzten paar Wochen erinnern?«, fragte sie hoffungsvoll.

Endlich schaute er sie an. »Du hast gesagt, dass du alles tun würdest, um mich mit nach Hause nehmen zu können.« Offenbar hatte er irgendwann zwischen dem letzten vierten Dezember und jetzt aufgehört, sie zu siezen. »Ich habe nicht wirklich geglaubt, dass du das ernst meinst. Bis eben.« In seinen Augen glitzerten Tränen, die er offenbar nur mühsam zurückhielt. »Ich habe zu Weihnachten genau das bekommen, was ich mir wünsche. Danke, Diana.«

Nun war sie ebenfalls den Tränen nahe. Sie wusste zwar nicht, was genau passiert war, um sie an diesen Punkt zu bringen, aber was auch immer es gewesen sein mochte, sie bedauerte nichts.

Sie warf den Motor an und fuhr rückwärts aus der Ausfahrt. »Du verdienst mehr als nur mich zu Weihnachten.« Ihr kam eine Idee, und sie lächelte Dustin aufmunternd zu. »Und du wirst auch mehr bekommen.« Sie lenkte den Wagen in Richtung ihres nächsten Ziels. »Die weißt also tatsächlich, was in den vergangenen Wochen los war?«

»So ungefähr. Du bist mir eines Tages nach Hause gefolgt, und Mrs. Keller hat mich angeschrien. Du sagtest ihr, dass du eine Freundin hast, die dir helfen würde, meine Pflegemom zu werden.«

Rochelle?

»Wir beide haben denselben Tag wiederholt, wieder und wieder. Erinnerst du dich?«

Aus dem Augenwinkel sah sie Dustin nicken. »Aber Mrs. Keller hat mir nie geglaubt.«

»Ich kreide ihr ja ziemlich viel an, aber das kann ich ihr dann doch nicht verübeln. Die Geschichte ist wirklich ziemlich abgefahren. Was hältst du davon, wenn sie unser Geheimnis bleibt?«

Wieder nickte Dustin. »Ich habe wirklich versucht, braver zu werden. Ich dachte, das würde helfen. Mr. Linus hat mir eine Puppe gegeben, und die habe ich Jacy mitgebracht. Aber Mrs. Keller dachte, ich hätte sie gestohlen, und hat sie weggeworfen, damit es keine Beweismittel gibt. Sie sagte, ich wäre durch und durch verdorben.«

Es zerriss Diana das Herz. »Das tut mir leid, Dustin.« Sie parkte vor dem Toy Peddler. Drinnen brannte kein Licht. Der Laden war heute am Feiertag geschlossen. Diana ging davon aus, dass Linus' Mitarbeiterin Jean das Geschäft in den vergangenen drei Wochen am Laufen gehalten hatte. »Lass uns reingehen. Schließlich ist Weihnachten. Ich kann zwar nicht sicher beurteilen, ob du brav warst oder nicht, aber ich weiß, dass du etwas Gutes verdient hast.«

Dustins Augen leuchteten. »Ich darf mir ein Spielzeug aussuchen?«

Lachend stieg Diana aus. Sie ging auf die Beifahrerseite, öffnete die Tür und beugte sich zu Dustin. »Du darfst dir zehn Spielsachen aussuchen und ein neues Fahrrad. Wie klingt das?«

Der Junge jauchzte beglückt auf und sprang aus dem Auto.

Und warum auch nicht, dachte Diana. Linus hätte dasselbe getan. »Ich habe in meiner Wohnung nichts für Kinder, daher müssen wir uns wohl einen Vorrat anlegen, oder?« Gemeinsam gingen sie zum Eingang des Geschäfts.

Aufgeregt hüpfte Dustin auf und ab, so wie jedes Kind es am Weihnachtstag tun sollte. Diana wurde warm ums Herz.

Sie schloss mit dem Ersatzschlüssel auf, den sie stets bei sich hatte, und machte das Licht an. »Fröhliche Weihnachten, Dustin.«

Er stieß noch einen Juchzer aus und rannte los, um zwischen den Gängen herumzustöbern. Diana beobachtete ihn mit tränentrübem Blick. Wenn Linus doch jetzt hier bei ihr sein könnte. Er liebte es, Kindern bei der Suche nach dem perfekten Spielzeug zuzuschauen. Und Diana verstand jetzt, was er daran so mochte. Es war einfach und unschuldig, und sie liebte es ebenfalls. Es war ein wundervolles Gefühl, ein Kind zu haben, das sie mit in diesen Laden nehmen konnte.

Diana war jetzt eine Pflegemom. Ausgerechnet sie, die unter allen möglichen Vorwänden die Hochzeit mit Linus hinausgezögert hatte, weil sie nicht sicher war, ob sie Teil einer Familie sein konnte. Und nun war sie die Ersatzmutter eines kleinen Jungen und würde den Weihnachtstag bei den Grants verbringen. Seit jenem ersten vierten Dezember war wirklich viel passiert, und auch wenn Linus noch immer im Koma lag, hatte sich einiges im Leben gewandelt, manches sogar zum Besseren.

Um kurz nach zwölf drückte Diana auf die Klingel am Haus der Grants. Dustin hatte gar nicht mehr aufgehört zu lächeln, seit sie den Laden verlassen hatten. Er hatte sich zehn Spielsachen und ein Fahrrad ausgesucht und Diana zwischendurch mindestens ein Dutzend Mal umarmt.

Joann öffnete. »Da seid ihr ja! Gerade noch rechtzeitig. Und das muss Dustin sein.« Sie schaute auf den Jungen herunter.

Vermutlich hatte Diana sie also bereits irgendwann über ihre Pläne ins Bild gesetzt. »Ja, das ist er. Ich bin jetzt offiziell Pflegemutter.«

Joann breitete die Arme aus und wackelte einladend mit den Fingern. »Komm her, mein Junge, drück mich mal.«

Zögernd trat Dustin in Joanns Umarmung und verschwand fast in ihren Kleidungsschichten.

»Herzlich willkommen in unserer Familie, Dustin.« Sie gab den Jungen frei. »Hilfst du uns beim Kochen?«

Unsicher schaute Dustin zu Diana. »Ich soll keinen Herd mehr anfassen, weil ich einmal etwas in Brand gesetzt habe. Aber ich schwöre, es war keine Absicht.«

Joann lachte laut und herzlich. »Das ist meinem Sohn Linus auch mal passiert.« Sie legte Dustin einen Arm um die Schultern und führte ihn ins Haus. »Heute bin ich ja bei dir, daher darfst du ruhig den Herd anfassen.«

Diana wartete einen Moment, bevor sie ebenfalls eintrat und die Eingangstür hinter sich zuzog. In der Küche reichte Joann erst ihr eine Schürze, dann Dustin.

»Die gehörte meinem Sohn, als er in deinem Alter war, Dustin. Du kannst sie tragen. Ich bin sicher, dass er sie dir gern überlassen würde.«

In den nächsten Stunden bereiteten sie Süßkartoffelauflauf, Brötchen, Winterkürbis, gefüllte Eier, Schinken, Pasteten und Kekse zu. Langsam begannen Linus' Tanten, Onkels, Cousinen und Cousins einzutrudeln. Gegen drei Uhr nachmittags war das Haus voller Menschen, die zu Linus gehörten, nicht zu Diana. Zumindest war es ihr noch an Thanksgiving so vorgekommen. Doch jetzt empfand sie anders, fühlte sich mit jeder Umarmung ein bisschen mehr integriert. Doch sie merkte, dass Dustin noch nicht ganz so weit war. Er verhielt sich still und blieb während des Gebets und der Mahlzeit eng an ihrer Seite.

»Wacht Mr. Linus irgendwann wieder auf?«, fragte er, nachdem sie abgeräumt hatten.

»Ich hoffe es sehr.«

»Wird er dann sauer sein, dass ich bei dir eingezogen bin?« Er klang kleinlaut und bekümmert. Diana, die als Kind nie das Gefühl gehabt hatte, irgendwo hinzugehören, konnte seine Sorgen nachvollziehen. Selbst Grandma Denny hatte sichergestellt, dass das Opfer, das sie brachte, indem sie ihre Enkelin bei sich aufnahm, nicht unbemerkt blieb. Diana und Dustin hatten viel gemeinsam.

»Nein, Mr. Linus würde sich riesig freuen, wenn er wüsste, dass du bei uns bist«, versicherte sie. Tatsächlich war Linus derjenige gewesen, der davon gesprochen hatte, eines Tages ein Pflegekind anzunehmen. Spontan stand Diana auf und streckte Dustin die rechte Hand hin. »Ich hatte heute morgen nicht viel Zeit mit Linus. Möchtest du ihn jetzt mit mir besuchen? Dann kannst du dich für die Spielsachen bedanken, die wir aus seinem Laden geholt haben.«

Der Junge nahm ihre Hand und stand ebenfalls auf. Doch plötzlich wirkte er beklommen. »Haben wir das Spielzeug gestohlen?«

Diana schüttelte den Kopf. »Nein, natürlich nicht. Ich habe sie dir gegeben, und damit ist es okay. Ich habe für alles bezahlt. Es sind Geschenke.«

Dustin atmete hörbar aus. »Okay. Dann lass uns zu ihm gehen. Vielleicht wacht er ja auf, während wir dort sind«, fügte er optimistisch hinzu.

Diana bewunderte diesen Optimismus. Sie beneidete ihn darum. »Ja, vielleicht.«

25. Kapitel

Dustin stieß die Tür auf und rannte vor Diana her zu Linus' Bett. Erneut hatte Diana sich der Phantasie hingegeben, ihren Verlobten aufrecht sitzend und Götterspeise essend vorzufinden.

Dustin berührte Linus' Arm. »Hey, Mr. Linus?«

Diana war auf der Türschwelle stehen geblieben. Sie brauchte einen Moment, um sich zu fangen. Der eine Extratag (in fünffacher Ausführung) war nicht wirklich hilfreich gewesen. Tatsächlich fiel es ihr nun umso schwerer, Linus in diesem Zustand zu sehen.

»Mr. Linus, ich bin's, Dustin. Erinnern Sie sich an mich?«, fragte der Junge.

Endlich trat auch Diana ans Bett und drückte leicht Dustins Schulter. »Er kann nicht antworten«, sagte sie. »Aber er kann dich verstehen. Rede einfach weiter mit ihm.« Sie zog sich einen Stuhl heran und hörte zu, wie der Junge Linus vom Weihnachtstag bei den Grants erzählte.

»Ihre Mom ist so nett. Sie haben so ein Glück, dass sie Ihre Mom war, als Sie klein waren. Sie hat Kekse mit mir gebacken und mir erlaubt, einen davon zu essen, als er direkt aus dem

Ofen kam. Und Ihre Schwester war so cool. Sie hat Kinder in meinem Alter, und wir durften mit all den neuen Sachen spielen. Vielen Dank dafür, übrigens. Ms. Diana hat mich in Ihren Laden reingelassen, ich hoffe, das ist okay. Ich habe mir Legos ausgesucht und ein paar Superheldenfiguren. Und ein Fahrrad. Das war so cool! Das war mein bestes Weihnachten aller Zeiten. Ich wünschte nur, Sie hätten auch dabei sein können. Es tut mir leid, dass Sie im Koma sind.« Verlegen schaute er zu Diana hin, als fürchtete er, zu viel gesagt zu haben.

Sie lächelte ihm ermutigend zu. Wie war sie bloß an die Verantwortung für ein achtjähriges Kind gekommen? In welchem Universum befand sie sich gerade?

»Aber Ms. Diana sagt, dass Sie irgendwann wieder aufwachen. Das wäre cool«, fuhr Dustin fort. »Dann könnten Sie nächstes Jahr Weihnachten auch in dem Haus feiern, in dem wir waren. Ich meine, ich bin dann vielleicht nicht mehr da. Niemand behält mich lange, weil ich ein böser Junge bin.«

»Dustin«, tadelte Diana sanft. »So darfst du nicht reden, okay? Du bist nicht böse.«

Er wandte sich ihr zu. »Du hast mich doch gerade erst aufgenommen. Das ist noch die Flitterwochenphase. Nächste Woche bereust du bestimmt, dass du mich an der Backe hast.«

Sie versetzte ihm einen leichten Klaps auf den Arm. »Du und ich, wir könnten einander guttun. Ich habe im Moment niemanden, und du hast auch keinen.«

Das schien Dustin ins Grübeln zu bringen. »Das glaube ich nicht. Dass du keinen hast, meine ich. Beim Weihnachtsessen waren so viele Leute. Die hast du doch alle.«

»Ja, das stimmt wohl. Aber ich glaube, auf dich trifft das

jetzt auch irgendwie zu. Die Grants sind die Art Menschen, die einen nicht so schnell wieder gehen lassen.«

Das entlockte dem Jungen ein Lächeln. »Okay«, sagte er nur. Diana war nicht sicher, ob das bedeutete, dass er ihr tatsächlich glaubte oder ob er einfach nur nachgab. Dann gähnte er herzhaft.

»Bist du müde?« Diana hatte wirklich nicht die leiseste Ahnung von den Bedürfnissen eines Kindes. Doch auch für sie war es ein langer Tag gewesen. »Wir sollten jetzt besser aufbrechen.«

Noch einmal wandte Dustin sich an Linus. »Keine Angst, wir kommen morgen wieder. Dann sind Sie ja vielleicht aufgewacht.«

Diana beugte sich über Linus. »Wenn du das alles verstanden hast, bist du jetzt vermutlich ein bisschen verwirrt«, flüsterte sie so leise, dass nur er sie hören konnte – falls er sie hören konnte. »Er brauchte mich, und ich brauchte ihn. Wir warten auf dich, wenn du aufwachst.« Sie küsste ihn auf die Stirn und drehte sich zu Dustin um. »Komm. Wir gehen.«

Nachdem Dustin in ihrem Bett eingeschlafen war – sie würde es sich auf der Couch gemütlich machen –, zog sich Diana mit ihrem Handy ins Wohnzimmer zurück. Sie schrieb eine schnelle Textnachricht an Rochelle.

Diana: Danke, dass du mir mit Dustin geholfen hast.
Rochelle: Kein Thema. Wie ist der Tag heute gelaufen?
Diana: Das beste Weihnachten aller Zeiten. Oder wäre es gewesen, wenn Linus hätte mit dabei sein können. Und dein Tag?

Rochelle: Das beste Weihnachten aller Zeiten.
Diana: Was soll ich mit Dustin anstellen, wenn ich morgen zur Arbeit gehe? Ich kann ihn nicht einfach allein in der Wohnung lassen.
Rochelle: Wovon redest du?

Verdattert starrte Diana auf die Frage. Offenbar fehlte ihr noch ein weiteres Teil des Puzzles.

Diana: Ich kann Dustin ja wohl schlecht mit zur Arbeit nehmen.
Rochelle: Warum nicht?
Diana: Weil ich Patienten in deren Zuhause behandle. Da kann ich nicht mit einem Kind auftauchen.
Rochelle: Stimmt alles mit dir?
Diana: Ja. Warum?
Rochelle: Weil du vor zwei Wochen gekündigt hast.

»Wie bitte?«, sagte Diana laut. Warum hätte sie das tun sollen?

Diana: Ich weiß, das klingt jetzt seltsam, aber wo arbeite ich jetzt?
Rochelle: …
Rochelle: …
Rochelle: Du hast recht. Das klingt seltsam. Bist du sicher, dass mit dir alles in Ordnung ist?
Diana: Besser als das. Es war nur ein langer Tag. Oder vielmehr ein langer Monat.
Rochelle: Du hast bei Powell Rehabilitation aufgehört. Du

warst befördert worden, hast aber nach einer Woche festgestellt, dass du eigentlich nie eine Führungskraft sein wolltest.
Diana: Nein? Was will ich denn?
Rochelle: Du willst Spielzeug verkaufen. Zumindest im Moment. Du schmeißt Linus' Laden. Und ich glaube, dabei kann Dustin dir prima helfen.

Also hatte sie ihre Beförderung bekommen und war fünfzehn Physiotherapeuten für häusliche Krankenbetreuung vorgesetzt gewesen – um dann zu beschließen, dass sie lieber ein Spielzeuggeschäft betrieb?

Rochelle: Du sagst immer, dass du nur die Stellung für Linus hältst. Aber ich sehe, wie glücklich du mit der neuen Tätigkeit bist. Es gefällt dir, den Laden zu schmeißen. Du fühlst dich Linus dadurch näher. Das ist gut.

Es *war* in der Tat gut für Diana. Sie liebte ihre Patienten, aber wenn sie wirklich über ihr Leben nachdachte, wünschte sie sich Veränderung. Und die Position einer Führungskraft bei Powell Rehabilitations war augenscheinlich nicht das Richtige. Den größten Teil ihres Lebens hatte Diana ihre Emotionen tief in sich verschlossen, doch nun wollte sie sie fühlen, alle miteinander, auch die chaotischen. Und dafür gab es wohl keine bessere Voraussetzung als sich mit Kindern zu umgeben.

Diana: Das klingt jetzt ebenfalls seltsam, aber … ist sonst noch etwas in den vergangenen drei Wochen passiert, über das ich Bescheid wissen sollte?

Rochelle: Du meinst, abgesehen davon, dass du eine Pflegemutter geworden bist und deinen Job gekündigt hast, um ein Spielzeuggeschäft zu führen?
Diana: Ja, genau.
Rochelle: Ich glaube, das ist genug Veränderung für einen Monat. Hast du gerade einen Anfall von Amnesie, oder was soll das Ganze?
Diana: Ja, so was Ähnliches.
Rochelle: Na, dann vergiss bitte nicht unser Silvestertreffen. Das ist Tradition. Und für den Fall, dass dein Gedächtnis auch hier versagt – Linus' Mom passt in der Nacht auf Dustin auf.
Diana: Danke. Ich werde da sein.
Rochelle: Das will ich dir auch geraten haben!

26. Kapitel

Leise rieselt der Schnee

Die Glocke über dem Eingang des Spielzeugsladens läutete.

Diana schaute von ihrem Platz hinter der Kasse auf und kam eilig nach vorn, um die Neuankömmlinge zu begrüßen. »Addy! Mrs. Pierce! Was verschafft mir das Vergnügen?«

»Oh, wir sind gerade dabei, uns die Angebote nach den Feiertagen anzugucken, und Addy wollte kurz reinkommen und hallo sagen«, erklärte Cecilia Pierce.

»Wie läuft es denn mit dem neuen Therapeuten?«, erkundigte sich Diana.

Addy rollte mit den Augen. »Er geht mir auf die Nerven.« Sie trug heute den violett-goldenen Schal, den Diana für sie bei Eloise gekauft hatte. »Ich vermisse Sie. Zum einen ist William ein Typ und hat keinerlei Sinn für Mode. Außerdem versucht er, mein bester Freund zu sein, und es tut mir leid, aber das ist er einfach nicht. Sierra ist meine beste Freundin.«

Es tat gut zu hören, dass Addy William als Physiotherapeuten weniger schätzte, als sie Diana geschätzt hatte. Allerdings musste Diana auch einräumen, dass William ein anständiger

Vorgesetzter war. Sein übertriebenes Bedürfnis, es allen recht zu machen, sorgte für ein angenehmes Arbeitsumfeld.

Trotzdem hatte Diana nicht vor, in ihre alte Firma zurückzukehren. Während ihrer Arbeit im Spielzeugladen war ihr bewusst geworden, dass sie sich nach einem anderen Rhythmus sehnte, einem beruflichen Tempowechsel. Sie hatte gehört, dass im neuen Jahr an Dustins Grundschule eine Physiotherapiestelle frei wurde. Vielleicht sollte sie sich darauf bewerben. Durch die Erfahrungen mit Dustin und Addy war ihr klargeworden, dass sie Kinder mochte. Außerdem würden ihre Arbeitszeiten sich mit Dustins Stundenplan decken. Sie könnte ihn zur Schule bringen und abholen und den Tag über ein Auge auf ihn haben.

»Nun, du wirst nicht mehr lange eine Therapie brauchen«, sagte sie zu Addy. »Wann gehst du wieder zur Schule?«

»Direkt nach den Weihnachtsferien.« Addy strahlte förmlich. Sie sah glücklich aus. Und gesund.

»Da werden deine Freunde sich bestimmt freuen.« Diana achtete sorgfältig auf Addys Reaktion.

»Ganz sicher! Tatsächlich treffen wir uns später am Abend bei uns für eine kleine Silvesterfeier. Jay und Sierra kommen und noch ein paar andere.«

»Das ist wirklich toll.«

»Kommen Sie vorbei, wenn Sie mögen«, bot Mrs. Pierce an. »Wenn Sie schon all meine Einladungen zum Dinner ausgeschlagen haben. Oder wie wär's mit morgen? An Neujahr mache ich immer Erbsen mit Mangold, das soll Glück bringen.«

Früher hatte Diana solche Einladungen immer rasch ausgeschlagen, aus Gewohnheit und dem Bedürfnis heraus, all ihre zwischenmenschlichen Beziehungen ordentlich in Schubladen abzulegen, damit die Leute erst gar keine Gelegenheit bekamen, sie womöglich zu verletzen. Doch in letzter Zeit war sie risikobereiter. »Darf ich meinen Pflegesohn mitbringen?«

»Natürlich dürfen Sie das. Wir würden ihn liebend gern kennenlernen. Wie heißt er doch gleich?«

»Dustin. Aber ich muss Sie warnen, er ist ein sehr lebhafter kleiner Junge. Aber trotzdem ein gutes Kind. Sogar ein ganz großartiges.«

»Ach, sind nicht alle Kids lebhaft?« Mrs. Pierce klang neuerdings sehr viel entspannter. Diana hatte munkeln hören, dass Addys Mom und Maria sich nun fast täglich trafen und ihre Mutter-Tochter-Beziehung langsam wieder aufleben ließen. Was doch alles in ein paar kurzen Wochen passieren konnte. »Dann sehen wir uns morgen?«, vergewisserte sich Mrs. Pierce. »So gegen zwölf?«

»Klingt perfekt. Vielen Dank, dass Sie vorbeigeschaut haben.«

Addy sah sich noch einmal im Geschäft um. »Es ist so cool, dass Sie jetzt einen Spielzeugladen führen.«

»Nur vorübergehend, aber es macht sehr viel Spaß. Und ich fühle mich meinem Verlobten nahe«, bekannte Diana.

Ihre ehemalige Patientin schaute sie mitfühlend an. Das war genau die Art Blick, die Diana früher immer gemieden hatte. Dann kam das Mädchen näher und zog sie in eine feste Umarmung. Derlei Bekundungen war Diana ebenfalls immer ausgewichen, doch mittlerweile hatte sie erkannt, dass Umarmungen helfen konnten. Unterstützung von anderen zu akzeptieren, machte sie nicht schwach oder verwundbar, sondern sogar stärker.

Als Nächste schloss Mrs. Pierce sie in die Arme. Dann verabschiedeten Mutter und Tochter sich mit einem freundlichen Winken.

»Bis morgen«, rief Addy ihr im Weggehen zu.

»Viel Spaß nachher mit deinen Freunden«, erwiderte Diana. Nachdem die Tür hinter den Pierces ins Schloss gefallen war, wandte Diana sich wieder den vielen Regalen mit Spielzeug zu. Viele der Sachen hatte Linus eigenhändig zusammengebaut. Er hatte ihr mal erzählt, dass er als Kind gern nach der Schule ins Geschäft gekommen war, um seinen Dad zu besuchen, und dass er damals schon gewusst hatte, dass er später mal gern hier arbeiten würde.

Linus war beständig. Er zweifelte nicht an dem, was er wollte, hielt an seinen Plänen fest. Vermutlich war diese Art Selbstsicherheit das Ergebnis eines stabilen häuslichen Umfelds und einer Familie, die ihn unterstützte. Grandma Denny hatte für ihre Enkelin getan, was sie konnte, das wusste Diana, und sie war dankbar dafür. Jetzt war sie wild entschlossen, ebenfalls ihr Bestes für Dustin zu geben. Aus diesem Grund hatte sie auch endlich Rochelles Rat befolgt und eine Psychotherapie begonnen. Ihr Bestes konnte nur besser werden, wenn sie ein paar mentale Stolpersteine beseitigte.

»Diana?« Dustin kam aus dem Hinterzimmer gestürmt. »Wann holt Grandma Joann mich ab?«

»Grandma Joann?«, wiederholte Diana fragend.

»Sie hat gesagt, dass ich sie so nennen soll.« Dustin zuckte betont beiläufig mit den Schultern. »Keine Angst, ich gewöhne mich schon nicht zu sehr an sie.«

Liebevoll umfasste Diana seine Schultern. »Es ist völlig

okay, sich an Leute zu gewöhnen. Keiner von uns verschwindet einfach so aus deinem Leben. Sie ist zwar nicht deine echte Großmutter, aber du kannst sie als Granny adoptieren, wenn ihr das beide wollt.«

»Adoptieren?« Er machte große Augen. »Und was ist mit dir? Kann ich dich auch adoptieren?«

Diana drückte ihn an sich. »Offiziell läuft das umgekehrt, kleiner Mann. Und als Single bin ich keine so attraktive Kandidatin für eine Adoption wie ein Paar, das dich als Sohn annehmen könnte.«

Dustin ließ den Kopf hängen. »Aber mich wird kein Paar als Sohn nehmen.«

»Im Moment bist du bei mir, und da bleibst du auch«, versicherte Diana.

Der Junge schaute wieder auf, einen Hoffnungsschimmer in den Augen. »Vielleicht könnt ihr mich ja adoptieren, wenn Linus aufwacht.«

Je mehr Zeit verging, desto unwahrscheinlicher wurde es, dass Linus jemals wieder aufwachen würde. Vom Verstand her wusste Diana das. Doch in diesem Fall dachte sie mit dem Herzen, und ihr Herz sagte ihr, dass er zurückkommen würde. Er hatte es ihr versprochen, und Linus Grant brach keine Versprechen, wenn er es irgendwie vermeiden konnte. »Ja, das ist eine gute Idee.«

»Glaubst du, er wäre einverstanden?«

»Ich glaube es nicht, ich weiß es.«

Dustin strahlte übers ganze Kindergesicht und hüpfte begeistert auf und ab.

Die Türglocke läutete, und Joann kam herein.

»Grandma Joann!«, schrie Dustin und stürzte sich regelrecht auf Linus' Mutter.

Joann öffnete die Arme und fing ihn auf. »Ich gehe mit ihm ins Kino und nehme ihn dann mit nach Hause«, rief sie Diana zu. »Du kannst also den ganzen Abend mit deiner Freundin verplanen.«

»Ganz lieben Dank, Joann!«

»Gehst du zu Linus, wenn du hier fertig bist?«

»Ja, klar.«

»Gibst du ihm bitte einen Kuss von mir? Ich war jetzt ein paar Tage nicht dort und habe ein ganz schlechtes Gewissen deswegen.«

»Ich bin sicher, er versteht das. Ich küsse ihn für dich.« Sie holte Dustins kleine Reisetasche hinterm Tresen hervor und reichte sie ihm. »Benimm dich«, befahl sie ihm gespielt streng.

»Versprochen«, erwiderte Dustin. »Oder ich verspreche zumindest, es zu versuchen.«

Diana grinste. »Danke. Viel Spaß mit deiner Adoptivoma.« Sie wechselte einen Blick mit Joann.

Die hob leicht die Schultern und schaute dann auf den Jungen herunter. »Wir werden so viel Spaß zusammen haben«, erklärte sie munter. »Ich kann's kaum erwarten.«

Dustin strahlte jetzt wie ein Honigkuchenpferd. Er wirkte von Minute zu Minute glücklicher. »Tschüs, Diana.«

»Tschüs. Ich hab dich lieb.« Sie wandte sich an Joann. »Ruf an, wenn du etwas brauchst. Und danke noch mal.«

Joann ließ den Jungen los und nahm Diana fest in die Arme. »Auch wenn du und Linus noch nicht verheiratet seid, nehme ich für mich den Schwiegermutterstatus in Anspruch.« Sie trat einen Schritt zurück und schürzte nachdenklich die

Lippen. »Auch wenn der ›Schwieger‹-Teil mir immer irgendwie negativ besetzt vorkommt«, fuhr sie dann lächelnd fort. »Wie wär's, wenn wir einfach sagen, ich bin deine zweite Mom?«

Diana schluckte einen Schwall aufsteigender Emotionen herunter. »Klingt gut, finde ich.«

Dustin packte Joann bei der Hand und zerrte sie ungeduldig zum Ausgang. Diana winkte den beiden nach, ging dann zum Schaufenster, um das Schild auf »geschlossen« zu drehen. Nachdem sie sich um die Kasse gekümmert und den Boden gewischt hatte, zog sie ihren schweren Wintermantel über und schnappte sich Handtasche und Schlüssel.

Draußen blieb sie einen Moment stehen, um die winzigen Schneeflocken zu betrachten, die durch die Luft tanzten. Dann streckte sie eine Hand aus, um ein paar der zerbrechlichen Kristalle aufzufangen. Wie zart und hübsch sie aussahen. Weihnachten war der Schnee nicht liegen geblieben, aber vielleicht wäre ein weißes Neujahr ja ein gutes Omen.

Die Straßen waren glatt, daher fuhr Diana langsam und vorsichtig zum New Hope. Sie parkte auf ihrem gewohnten Platz neben dem SUV, auf dessen Kühlerfigur noch immer eine rote Rudolph-Nase prangte. Der große Weihnachtsbaum in der Lobby war mittlerweile weggeräumt worden, die Ecke wirkte seltsam kahl ohne ihn. Jetzt stand dort ein kleiner Tisch mit Visitenkarten verschiedener Geschäfte und Unternehmen der Stadt.

»Hi, Diana.« Heute trug Ernest einen schlichten blauen Kittel und eine Hose mit Schneeflockenmuster. »Schneit es draußen noch?«

»Ja. Wir kriegen wohl ein weißes Neujahr.«

Leise lachend schob Ernest seinen Wischmopp weiter. »Es ist schon ein kleines Wunder, dass es hier überhaupt mal Schnee gibt. Erst Weihnachten und jetzt auch noch Silvester.«

»Hoffentlich bleibt er diesmal wenigstens einen Tag lang liegen.« Sie nickte ihm zu und ging weiter Richtung Schwesternstation.

Meeka schaute von ihrem Computer auf und winkte ihr zu, wirkte aber sehr beschäftigt, daher blieb Diana nicht stehen, um mit ihr zu plaudern. Sie wollte ohnehin nur möglichst schnell zu Linus. Vor Zimmer vierzehn gab sie sich kurz ihrer üblichen Phantasie hin, dass er aufrecht sitzen und Götterspeise essen würde, nur um erneut enttäuscht zu werden, als sie eintrat. Er saß nicht und aß nicht oder machte irgendetwas anderes, als in seiner üblichen Position im Bett zu liegen.

»Hi, ich bin's.« Sie schloss die Tür hinter sich, ging zu ihm und küsste ihn auf die Stirn. »Der ist von deiner Mom«, flüsterte sie. Dann küsste sie seinen Mund, ließ ihre Lippen dort einen Moment verweilen und stellte sich eine Art Dornröschen-Szenario vor, in dem ihr Kuss ihn wecken würde. Doch nichts dergleichen passierte. »Und der ist von mir. Davon gibt's noch viel mehr, wenn du die Augen aufmachst.«

Diana setzte sich auf den Stuhl neben seinem Bett und nahm seine Hand, die sich weich und warm anfühlte. Sie erzählte ihm vom Geschäft und von Dustins jüngstem Unsinn, der aber nicht wirklich schlimm war. »Er nennt deine Mom ›Grandma‹, auf ihren ausdrücklichen Wunsch hin. Die Frau sehnt sich nach Enkelkindern, sage ich dir, für den Fall, dass du das nicht wusstest.«

Sie erzählte ihm auch von Addy und von ihrem Telefonat

mit Maria heute Morgen. »Es geht ihr gut. Sie kann wieder Auto fahren, was eine große Erleichterung für sie ist. Sie und Addys Mom haben sich angenähert, ich hoffe, sie können ihre Beziehung reparieren. Maria ist so nett, und jeder Mensch braucht eine Familie.« Sie drückte Linus' Hand, wünschte, er würde dieses eine Mal zurückdrücken, würde sich rühren und aufwachen, und sei es auch nur für einen kurzen Moment. Sie vermisste den Blick seiner blaugrauen Augen. »Ich dachte immer, dass ich keine Familie brauche, aber das war ein Irrtum. Egal …«

Diana brach ab und zerbrach sich den Kopf, was sie jetzt noch sagen könnte. Es war nicht einfach, eine einseitige Konversation am Laufen zu halten. »Ich muss jetzt los, ich treffe mich gleich mit Rochelle, um wie jedes Jahr auf Silvester anzustoßen. Du kennst uns ja. Wir nutzen jeden Vorwand, um Cocktails zu trinken.« Sie stand auf und beugte sich über Linus, küsste seine Lippen noch einmal, atmete ihn ein. Früher mal hatte er nach Kiefernnadeln geduftet. Jetzt roch er nach Desinfektionsmittel und Franzbranntwein. Sie richtete sich auf und ließ seine Hand los. »Bis morgen, Schlafmütze.«

Dann wandte sie sich zum Gehen, so versunken in ihre Gedanken, dass sie das schnelle Einatmen und leise Stöhnen hinter sich fast überhört hätte. Alles in ihr erstarrte, sogar ihr Herz, aber sie drehte sich nicht um. Sie war es leid, sich mit Phantasien abzulenken, in denen Linus aufwachte, auch wenn sie ihn nicht aufgeben wollte und konnte. Niemals würde sie das tun.

Wieder vernahm sie dieses Geräusch, lauter diesmal.

Langsam schaute Diana hinter sich und starrte in Linus' geöffnete Augen. Unwillkürlich schnappte sie nach Luft. Er schien ebenfalls erschrocken über ihre Anwesenheit. Diana rannte zum Bett, packte seine Hand und beugte sich über ihn. »Linus? Linus, bist du wach?«

»Diii.« Die Töne kamen tief aus seiner Brust, aber seine Lippen bewegten sich noch nicht. Sein Blick fokussierte sich auf ihr Gesicht, und sie sah im stürmischen blaugrauen Ozean seiner Augen das Flackern des Erkennens. Er war noch immer da. Ihr Linus war immer noch da.

»Linus?« Sie drehte den Kopf zur Tür. »Meeka?«, rief sie über ihre Schulter. »*Meeka!* Oder irgendwer!« Beschwörend schaute sie Linus an. »Bleib hier. Beweg dich nicht.«

Um seine Mundwinkel zuckte etwas, das ein kleines Lächeln sein könnte.

Sekunden später stürzte Meeka ins Zimmer. »Alles in Ordnung?«

»Er ist wach! Linus ist aufgewacht!«, schrie Diana, halbblind vor heißen Tränen, die ihr über die Wangen liefen.

Meeka kam ans Bett, um nach Linus zu sehen – und schnappte ebenfalls nach Luft. Das war der Beweis. Diana hatte sich das alles nicht nur eingebildet. »Sie sind *wirklich* wach. Linus, können Sie mich hören?«

Er runzelte die Stirn, als wollte er ihnen auf seine Linus-Art zu verstehen geben, dass sie sich merkwürdig aufführten. »Jaaa«, krächzte er.

»Ich hole Dr. Romani«, rief Meeka. »Bin gleich wieder da.« Sie flitzte aus dem Zimmer.

Linus starrte immer noch Diana an. Er versuchte, sich aufzusetzen. »Nein, lass das«, sagte sie. »Du musst dich ausruhen.«

Wieder zog er die Brauen zusammen. »Wie lange?«, fragte er heiser.

»Hmm?«

»Wie lange … bin ich … schon hier?«

Sie zögerte, es ihm zu sagen. Immerhin hatte er einen ganzen Monat verpasst – allerdings einen, der sich wie ein einziger langer Tag angefühlt hatte.

»Seit Anfang Dezember«, erwiderte sie schließlich. »Nun ja, die ersten zwei Wochen warst du im Krankenhaus, dann erst bist du hierher verlegt worden.«

Linus' Blick wanderte zu dem winzigen geschmückten Baum auf dem Nachttisch. Eigentlich hatte Diana ihn heute abräumen wollen, es aber dann vergessen. »Welcher Tag ist heute?«

»Der einunddreißigste Dezember. Silvester.«

Einen Moment sagte er nichts, doch seine Augen sprachen Bände. Diana konnte in Echtzeit verfolgen, wie ihm klarwurde, dass er ihr erstes gemeinsames Weihnachtsfest verpasst hatte.

»Wow«, murmelte er.

»Alles, was zählt, ist, dass du zurückgekommen bist. Du bist aufgewacht.« Vor Freude lachte sie laut auf. Sie konnte fast nicht glauben, dass es wahr war.

Er kniff die Augen zusammen. »Das habe ich dir versprochen, stimmt's? Dass ich zurückkomme?«

»Daran erinnerst du dich?«, fragte sie verwundert.

»Hmm.« Er stöhnte leise. »Ich erinnere mich an … alles.«

Bevor Diana herausfinden konnte, was genau er damit meinte, kam Dr. Romani ins Zimmer, gefolgt von Meeka. Er wirkte überrascht, als er Linus sah, als hätte er der Oberschwester nicht geglaubt.

»Mr. Grant, wie fühlen Sie sich?«, fragte er.

»Steif«, antwortete Linus, was alle zum Lachen brachte.

»Nun, Ihre Verlobte hat jeden Tag Ihre Arme und Beine gedehnt«, informierte Meeka ihn. »Sie verdient wirklich eine Medaille dafür, wie gut sie sich um Sie gekümmert hat.«

Linus schaute Diana an, und sie spürte einen Anflug von Unsicherheit. Was hatte er gemeint, als er sagte, dass er sich an alles erinnerte?

»Die Steifheit wird verschwinden«, versicherte Dr. Romani. »Allerdings werden Sie etwas Physiotherapie brauchen, um wieder richtig in die Gänge zu kommen.«

Diana hob eine Hand. »Ich glaube, ich kenne da jemanden, der den Job übernehmen kann.«

Linus schenkte ihr ein breites Lächeln. In diesem Moment wusste Diana Bescheid, auch wenn die Ärzte und Schwestern die nötigen Tests noch nicht durchgeführt hatten. Er war wieder da, voll und ganz, und würde bald vollkommen in Ordnung sein. Ach was, viel besser als nur in Ordnung. Genau wie sie.

27. Kapitel

Wundervoller Winter

Diana: Es tut mir schrecklich leid.
Rochelle: Was? Du versetzt mich heute Abend?
Diana: Ich habe eine gute Entschuldigung.
Rochelle: Das bezweifle ich. Welche denn?
Diana: Linus ist aufgewacht!
Rochelle: WAS?!? Ist das dein Ernst?
Diana: Absolut!
Rochelle: Dann verzeihe ich dir. Grüß ihn von mir.
Diana: Mach ich. Wir verschieben die Drinks einfach, okay?
Rochelle: Darauf kannst du Gift nehmen!

Eine Stunde später kam Joann ins Krankenzimmer gefegt, Dustin dicht auf den Fersen. »Linus! Oh, mein Sohn! Ich habe dich so sehr vermisst!«

»Hi, Mom. Wie geht es dir?« Linus' Stimme war in den letzten dreißig Minuten immer kräftiger geworden.

»Das sollte ich eigentlich dich fragen.« Joann nahm seine rechte Hand und umklammerte sie so fest, als wollte sie sie nie wieder loslassen. Das war wohl das Vorrecht einer Mutter, dachte Diana.

»Es ging mir schon mal besser.« Er schaute an ihr vorbei zu Dustin. »Hey, Kumpel. Ich höre, du bist bei uns eingezogen, während ich geschlafen habe.«

Diana stutzte. Das hatte sie Linus bislang noch nicht erzählt. Woher wusste er es?

»Ist das okay?«, fragte Dustin verlegen. Vorsichtig näherte er sich dem Bett. »Ich meine, muss ich wieder ausziehen, jetzt, wo Sie wach sind?«

Linus streckte dem Jungen seine freie Hand hin. Dustin zögerte, bevor er sie ergriff.

»Kommt gar nicht in Frage«, versicherte Linus. »Ich freue mich über einen neuen Mitbewohner. Und ich hörte auch, dass du ein paar Weihnachtseinkäufe bei mir im Laden erledigt hast.«

Auch das hatte Diana ihm nicht erzählt. Zumindest nicht, seit er wach war. »Woher weißt du das?«, fragte sie verblüfft.

»Du hast es mir erzählt.«

»Aber … du warst im Koma. Hast du etwa alles gehört, was ich zu dir gesagt habe?«

Nachdenklich zog Linus die dunklen Brauen zusammen. »Ich glaube schon. Es ist seltsam, im Koma zu liegen. Ich hatte diesen bizarren Traum.«

»Was füreinen Traum?«, wollte Joann wissen. Sie hatte sich zu ihrem Sohn auf die Bettkante gesetzt.

Linus starrte ins Leere, offenbar, um seine Gedanken zu sortieren. »Ich habe denselben Tag immer wieder durchlebt. Es war wirklich seltsam. Und am Ende bin ich jedes Mal von einem Lieferwagen angefahren worden.«

Unwillkürlich schlug Diana eine Hand vor ihren Mund. Sie musste sich bewusst daran erinnern zu atmen.

Verwundert schaute Joann sie an. »Was ist denn?«

Die Wahrheit konnte Diana ihnen nicht erzählen. Jedenfalls nicht die ganze Wahrheit. Verstohlen wechselte sie einen Blick mit Dustin, der fast unmerklich den Kopf schüttelte. Auch er würde nichts über den Wiederholungstag ausplaudern. Es war ihr kleines Geheimnis. »Es ist nur … ich hatte denselben Traum.« Plötzlich hatte sie einen Kloß im Hals, und ihre Augen brannten.

»Wie eigenartig«, bemerkte Joann lachend.

Diana schluckte an ihren Tränen. »Es war schrecklich.«

»Ich weiß nicht«, bemerkte Linus. »Es gab auch gute Momente.« Eindringlich schaute er sie an. »Nicht wahr?«

War er tatsächlich dort gewesen? War das überhaupt möglich? Andererseits, lag denn überhaupt irgendwas an dieser ganzen abstrusen Erfahrung im Bereich des Möglichen? »Ja, es gab ein paar gute Momente«, bestätigte sie. Nun stiegen ihr doch die Tränen in die Augen. Noch nie hatte sie so oft vor anderen geweint. Die Momente, aus denen die wiederholten Tage bestanden, hatten den Verlauf ihres und seines Lebens verändert. Den Verlauf ihres *gemeinsamen* Lebens.

»Während du hier warst, hat Diana den Laden für dich am Laufen gehalten«, erzählte Joann.

»Ja?« Linus versuchte, sich aufrechter hinzusetzen. Er war noch schwach, aber Diana wusste, dass seine Kräfte schnell zurückkehren würden. Sie würde ihm dabei helfen, Muskeln und Kondition aufzubauen. Schließlich musste er bald fit genug sein, um mit ihr vor den Traualtar zu treten. »Danke, Di.«

»Gern geschehen. Es hat mir tatsächlich Spaß gemacht, viel mehr als ich gedacht hätte.« Sie grinste. »Allerdings ging die Freude nicht so weit, dass ich bereit gewesen wäre, alberne Schlipse zu tragen.«

»Ach, wie ich meine Krawattensammlung vermisse.« Linus klang mehr und mehr wie sein altes Ich. »Bitte sag mir, dass du keinen meiner Lieblingsschlipse entsorgt hast.«

»Ich habe nichts angerührt«, versicherte Diana. »Höchstens das ausgeleierte Snow-Haven-Shirt, das du immer auf dem Boden liegen lässt.«

Mit gespieltem Entsetzen starrte er sie an. »Das hast du nicht getan!«

Lachend küsste sie ihn auf den Mund. »Möglicherweise habe ich es ein-, zweimal getragen, das ist alles.«

»Ah, dann ist ja alles gut. Dich in meinem alten T-Shirt zu sehen, könnte sogar meinen Genesungsprozess beschleunigen.«

Joann räusperte sich. »Okay, ich glaube, wir lassen euch beide mal allein. Sicher habt ihr viel zu besprechen.« Sie griff nach Dustins Hand. »Wir zwei gehen jetzt nach Hause und machen es uns dort gemütlich, was?«

Diana umarmte den Jungen. »Benimm dich bei Grandma Joann, okay?«

»Versprochen.« Dustin ging zu Linus und umarmte ihn ebenfalls. »Ich bin echt froh, dass Sie aufgewacht sind, Mr. Linus. Diana meinte, dass ihr mich vielleicht adoptieren könnt, wenn ihr verheiratet seid.«

Dianas Wangen begannen zu glühen. Das war eine schwerwiegende Entscheidung. Möglicherweise zu schwerwiegend für einen Mann, der gerade aus einem einmonatigen Koma erwacht war. »Oh, äh …« Sie schaute von Linus zu Dustin. »Darüber reden wir später, in Ordnung? Viel Spaß mit Grandma Joann.«

Dustin nickte, winkte ihnen noch einmal zu und verschwand nach draußen, wo Linus' Mutter bereits auf ihn wartete.

Sobald sie allein waren, griff Linus nach Dianas Hand. »Ich weiß nicht, was real ist und was nicht, aber ich weiß, dass es gut ist, hier bei dir zu sein. Und es wird noch besser, wenn ich erst zu Hause bin.«

»Ist es wirklich okay für dich, dass Dustin bei uns lebt?« Diana hoffte, dass sie sich nicht in ihm geirrt hatte. Für sie war es wundervoll, Dustin bei sich zu haben. Sie fühlte sich ihm mittlerweile verbunden wie eine Mutter ihrem Kind.

»Mehr als okay.«

»Falls es dich tröstet, ich habe auch den größten Teil dieses Monats verpasst«, sagte sie. »Ich erinnere mich eigentlich nur richtig an den vierten Dezember, den Tag deines Unfalls, und dann wieder an die Tage seit Weihnachten, als ich hier saß und darauf wartete, dass du aufwachst.«

»Wie kommt das denn?«

»Ich nehme an … ich nehme an, dass ich einfach verloren war ohne dich. Zumindest kann ich es nicht anders erklären.«

Zärtlich drückte Linus ihre Hand. »Nun, jetzt bist du ja wiedergefunden. Wir sind es beide. Wenn ich zu Hause bin, müssen wir Weihnachten nachfeiern. Aber jetzt bin ich müde.« Er schloss die Lider, riss sie aber gleich wieder auf. »Ich habe Angst, dass ich wieder in mein Komaversum abgleite, wenn ich zu lange die Augen zumache. Bleibst du heute Nacht bei mir?«

Sie erwiderte den Händedruck. »Ich bleibe für immer bei dir. Wie findest du das?«

»Klingt für mich wie ein Antrag«, murmelte Linus schläfrig blinzelnd.

Diana beugte sich über ihn und senkte die Stimme zu einem Flüstern. »Linus Grant, willst du mich heiraten?«

»Nenn mir Zeit und Ort, und ich werde da sein«, erwiderte er leise, bevor er die Augen endgültig schloss.

»So schnell es geht.« Diana lehnte sich in ihrem Stuhl zurück und grübelte eine Weile über all die Dinge nach, die sie unmöglich begreifen konnte. Dann gab sie den Versuch auf und schloss ebenfalls die Augen. Für Linus und sie war die Welt von nun an ihre Auster. Nein, viel besser – ihre Schneekugel.

Epilog

Der vierte Dezember. Ein Jahr später

»Aufstehen, Schlafmütze.«

Leise stöhnend rollte Diana sich auf die Seite, sie wollte nicht aufwachen.

Sie spürte, wie eine Hand sich unter ihren Arm schob. »Aufwachen«, flüsterte Linus und kitzelte sie sanft.

»Du bist gemein«, jammerte sie. »Wach kitzeln ist das Allerschlimmste am Morgen.«

»Oh, tut mir leid.« Er klang kein bisschen reumütig. Dann kletterte er über sie und ließ sich neben ihr ins Bett fallen, was die Matratze leicht zum Wippen brachte.

Endlich öffnete Diana die Augen, wenn auch nur, um herauszufinden, was hier eigentlich los war. Ganz offensichtlich hatte Linus es nicht eilig, zur Arbeit zu kommen. Normalerweise war er um diese Uhrzeit schon angezogen und drängte sie, sich ebenfalls für ihren Job in der Schule fertig zu machen, den sie Anfang des Jahres begonnen hatte. »Was ist denn los?«

Wieder schob Linus seine Finger in ihre Armbeuge, um

die nächste Kitzelattacke zu starten. Lachend schlug sie seine Hand weg. »Aufhören«, flehte sie. »Was machst du da?«

»Ich spiele mit dir.«

»Du bist ein großes Kind, Linus Grant. *Aufhööören* ... Musst du nicht zur Arbeit, irgendeinen Lieferanten treffen oder so?«

»Eigentlich schon.« Er rührte sich nicht vom Fleck. »Aber da gibt es ein winziges Problem, weißt du.«

Misstrauisch musterte sie ihn. »Nämlich?«

Er versuchte, sie erneut zu kitzeln, doch sie rollte aus seiner Reichweite. »Welches Problem?«, hakte sie nach.

»Es schneit«, flüsterte er ihr verschwörerisch zu.

»Ein bisschen Schnee sollte dich nicht aufhalten.«

»Es ist mehr als ein bisschen Schnee. Es hat heute Nacht heftig geschneit. Wir sind sozusagen eingeschneit.«

»Was?« Diana machte große Augen. »Im Ernst?« Sie sprang aus dem Bett und spähte durch die Rollläden nach draußen. Tatsächlich, Bordstein und Straße waren unter einer dicken weißen Decke verschwunden. Nicht mal der bimmelnde Weihnachtsmann mit der Spendendose war zum Dienst erschienen. »Ich glaub es nicht! Wie viel Schnee ist denn gefallen?« Sie drehte sich zu Linus um.

»Knapp ein Meter. Mindestens. Und es schneit immer weiter. Die Straßen sind nicht freigeräumt worden. Heute geht keiner irgendwo hin.«

»Das war nicht angekündigt.«

Linus streckte sich nach ihr und zog sie zurück ins Bett. »Die besten Dinge im Leben passieren manchmal ungeplant.«

Willig ließ sie sich zurück ins Bett locken, ein zufriedenes Lächeln auf den Lippen. Die Aussicht, einen Tag lang mit ihrem Ehemann einzuschneien, war verführerisch. Sie und Linus hatten direkt nach seiner Entlassung aus dem Krankenhaus geheiratet. Sein Großvater hatte wirklich recht gehabt. Für immer und ewig *war* ein Mythos. Garantiert war immer nur das Hier und Jetzt. Jeder weitere Moment mit Linus war ein Geschenk, und sie wollte so viele dieser Momente sammeln wie möglich.

»Lass uns den ganzen Tag so hier liegen bleiben«, schlug er vor.

»Hmm. Klingt perfekt.«

»Oder du bleibst so liegen, und ich mache mit dir, was ich will. Und ich rede nicht übers Kitzeln.«

Diana lachte. »Ich glaube, erst mal brauche ich einen Kaffee. Was ist mit dir?«

Linus seufzte ergeben. »Die Sucht nach diesem Zeug werde ich nie verstehen. Ich bleibe bei Tee. Und wenn ich schon mal dabei bin, werde ich mich auch gleich ums Frühstück kümmern.«

»Soll ich helfen?« Sie machte Anstalten aufzustehen.

»Nein. Du bleibst hier.« Er tätschelte ihren Oberschenkel, küsste sie auf die Schläfe und stand auf. »Heute serviere ich dir das Frühstück ans Bett. Und du kriechst wieder unter die Decke, wo es schön warm ist.«

Ohne Widerspruch vergrub sie sich wieder in ihren molligen Laken, allerdings nicht, ohne vorher ihr Handy zu schnappen. Die erste Nachricht des Tages ging an Rochelle.

Diana: Herzlichen Glückwunsch zum Geburtstag! Hast du dir den Schnee gewünscht?

Sie beobachtete die blinkenden Pünktchen auf dem Display, die signalisierten, dass Rochelle ihre Antwort tippte.

Rochelle: Ich bin in einem Winter Wonderland aufgewacht! Der einzige Wermutstropfen ist, dass wir auf unsere traditionellen Geburtstagsdrinks verzichten müssen.
Diana: Holen wir nach!
Rochelle: Wie verbringst du diesen unverhofften freien Tag?
Diana: Mit Linus.
Rochelle: Wo ist Dustin?
Diana: Bei Grandma Joann. Sie hat ihn über Nacht dabehalten.
Rochelle: Wie nett von ihr.
Diana: Die Frau verwöhnt ihn nach Strich und Faden. Jetzt weiß ich, warum Linus so ist, wie er ist.

Im Sommer hatten Diana und Linus den Jungen offiziell adoptiert. Alles, was er brauchte, waren Menschen, die bereit waren, ihn bedingungslos zu lieben.

Rochelle: Mit dem Ehemann einzuschneien, klingt himmlisch.

Sie schickte das GIF einer Frau, die anzüglich mit den Brauen wackelte. Lachend legte Diana das Handy zur Seite und schloss die Augen, um die Stille dieses Morgens auf sich wirken zu lassen. Sie freute sich auf einen langen, ungestörten Tag mit dem Mann, den sie liebte.

Als Linus mit zwei Tellern zurück ins Schlafzimmer kam,

war sie schon fast wieder weggedöst. »Aufwachen, Schlafmütze.«

»Mmm«, sie atmete das köstliche Aroma ein, das von dem Teller aufstieg, den er ihr reichte. »Wie habe ich so viel Glück bloß verdient.«

Grinsend setzte er sich neben sie auf das Bett. »Ich könnte dasselbe von mir behaupten.« Er biss in ein Stück Bacon.

»Hast du mir eigentlich schon jemals Frühstück ans Bett gebracht?« Das war keine rhetorische Frage. Denn vielleicht hatte er das ja tatsächlich mal getan, in irgendeiner Version ihrer gemeinsamen Tage, die sie komplett vergessen hatte. Die Zeit war erfahrungsgemäß eine ziemlich schlüpfrige Angelegenheit.

Nachdenklich runzelte Linus die Stirn. »Ich glaube nicht. Aber wir könnten ja eine neue Tradition daraus machen. Jedes Mal, wenn wir einschneien, bringe ich dir das Frühstück ans Bett.«

»Gute Idee, so eine Tradition gefällt mir.« Irgendwie hegte Diana den Verdacht, dass es zukünftig sehr viel mehr Schnee in Snow Haven geben würde. Etwas hatte sich bewegt in der Stadt, nicht nur für sie und Linus. Auch für Dustin und Maria. Für Addy. Für alle. An einem Tag konnte sich eine Menge verändern.

Sie frühstückten zusammen, lachten und redeten und waren das *Wir*, nach dem Linus sich in ihrer Zeitschleife so gesehnt hatte.

Linus ließ eine Hand an ihrem Arm entlanggleiten. »Könnte es nicht einfach immer so sein?«, sinnierte er.

Eine wohlige Gänsehaut legte sich prickelnd über ihre Haut. »Ja, von heute an jeden Tag.«

»Allerdings würden uns die Lebensmittel ausgehen«, gab er zu bedenken.

»Wir könnten von Luft und Liebe leben.«

Linus grinste, eine unwiderstehliche Kombination aus liebenswertem Nerd und sexy Spielzeugverkäufer. »Ich mag deine sentimentale Seite, Mrs. Grant.«

Sie aß ihren zweiten Streifen Bacon. »In dem Fall möchte ich noch hinzufügen, wie unendlich froh ich bin, dass wir einander gefunden haben. Ich weiß, dass ich keine Anwärterin auf den Titel Ehefrau des Jahres bin, aber ich liebe dich.«

»Du bist die unangefochtene Siegerin im Ehefrau-des-Jahres-Wettbewerb. Zumindest für mich. Und ich liebe dich auch.« Er stand auf und stellte seinen Teller auf den Nachttisch. »Okay, ich kann nicht bis heute Abend warten. Lass uns jetzt die Geschenke auspacken.«

Diana lachte. »Meinst du das ernst?«

»Ich meine selten etwas ernst. Aber das hier schon. Todernst.«

Sie schüttelte den Kopf. »Du bist wirklich ein großes Kind.«

»Schuldig im Sinne der Anklage.«

Auch Diana stellte nun ihren leeren Teller zur Seite. Dann stand sie auf, um sein Geschenk aus ihrer Dessousschublade zu holen. Derweil steckte Linus den Kopf in seinen Schrank. Vermutlich hatte er wieder den Vorhang aus albernen Krawatten als Versteck gewählt.

Als er mit einem würfelförmigen Paket in der Hand auf sie zukam, setzte Dianas Herz einen Schlag aus. Sie hatte Linus von der Schneekugel erzählt. Er wusste von Mrs. Guzmans Zauber, und er hatte die Zeitschleife miterlebt, während er im Koma lag. »Ist es das, was ich denke?«, fragte sie.

Er reichte ihr die Box. »Bitte nicht schütteln.«

Langsam entfernte Diana das Geschenkpapier, bis sie eine schlichte weiße Schachtel in der Hand hielt. Mit zitternden Händen hob sie den Deckel ab. »Eine Schneekugel.« Ein warmes Gefühl breitete sich in ihrer Brust aus. Sie schaute Linus an und dann wieder auf ihr Geschenk. Vorsichtig zog sie die Glaskugel aus der Verpackung und begutachtete das sorgfältig gefertigte Modell von Snow Haven. »Sie ist genauso schön, wie ich sie in Erinnerung habe.«

»Hm. Schneekugeln haben etwas Magisches an sich, weißt du?« Er klang genau wie Mrs. Guzman.

Diana war aufgeregt, gleichzeitig stieg Panik in ihr hoch. »Hast du keine Angst, dass wir erneut in einer Zeitschleife feststecken könnten?«

»Pass einfach nur auf, dass Mrs. Guzman diese hier nicht in die Finger kriegt.«

Lächelnd drückte Diana die Kugel an sich. »Abgemacht. Ich liebe die Schneekugel. Ich liebe dich.« Sie deutete mit dem Kopf auf sein Geschenk. »Und jetzt du.«

Er nahm das kleine Päckchen, das sie aufs Bett gelegt hatte, und schüttelte es.

Entsetzt schnappte Diana nach Luft. »Nicht! Es könnte zerbrechlich sein.«

»Ist es aber nicht. Ich weiß genau, was da drin ist.« Er riss das Papier ab, unter dem eine türkisfarbene Krawatte zum Vorschein kam, bedruckt mit winzigen Kätzchen, die Wollknäueln nachjagten.

»Du kannst sie an den seltenen Tagen umbinden, wenn du nicht den Hundeschlips trägst«, schlug Diana vor, plötzlich besorgt, dass er ihr Geschenk vielleicht nicht mochte. Was er ihr gegeben hatte, war etwas ganz Besonderes. Ein Unikat. Wohingegen ihr Geschenk aus einem Katalog stammte.

»Das ist perfekt.« Seine Freude wirkte aufrichtig. Der Mann konnte gar nicht anders als aufrichtig sein. »Vielen Dank.«

»Gern geschehen. Und nun? Wollen wir den Weihnachtsbaum aufstellen oder wieder ins Bett gehen?«

Linus überlegte. »Wir haben mehr als genug Zeit für beides. Und falls es doch knapp werden sollte, kannst du einfach deine neue Schneekugel schütteln und dir wünschen, den Tag noch mal von vorn zu beginnen.«

»Nein!«, sagte Diana sofort. »Definitiv nicht.«

»Und diesen Umständen«, Linus küsste sie zart auf den Mund, »plädiere ich dafür, zurück ins Bett zu gehen. Der Baum kann warten. Alles, was ich jetzt brauche, bist du.«

»Einverstanden.« Sie lächelte in seinen Kuss hinein und fügte damit ihrer Sammlung einen von noch vielen kommenden schönen Momenten hinzu. »Alles, was ich *jemals* brauche, bist du.«

Danksagung

Ich bin jedem, der dabei geholfen hat, dieses Buch zu ermöglichen, zutiefst dankbar. Es sind so viele, denen ich danken muss, und ein simples Dankeschön scheint nicht annähernd genug dafür, dass sie mir bei der Verwirklichung des Traums, meinen ersten Frauenunterhaltungsroman zu schreiben, so hilfreich zur Seite gestanden haben.

Mein erster Dank geht an Kensington Publishing, weil sie das Buch angenommen und zu den Leserinnen gebracht haben. Es ist mir eine Ehre, mit einem so großartigen Verlagshaus zusammenzuarbeiten. Ebenso danke ich meiner Lektorin Shannon Plackis. Es war mir ein Vergnügen, mit dir an diesem unserem ersten Projekt zu arbeiten.

Obwohl ich bereits mehrere Bücher veröffentlicht habe, fühlt sich dieser Roman für mich wie ein Debüt an, weil es mein erster Schritt ins Genre der Frauenunterhaltung war. Oft kam ich mir wie eine Anfängerin vor, weil ich so viel zu lernen hatte. Das war eine ebenso aufregende wie beängstigende Erfahrung, und ich werde den Menschen, die ihr Wissen mit mir geteilt haben, ewig dankbar sein.

Danke, Tif Marcelo! Zeit ist ein kostbares Geschenk, und du

hast mir die Zeit geschenkt, mit mir meine ersten Seiten durchzugehen. Rückmeldung von jemandem zu erhalten, den ich bewundere und respektiere, war unendlich wertvoll, Danke, danke! Ebenso möchte ich Laura Apgar danken, die ebenfalls ein Vorabexemplar gelesen hat, und deren Kommentare und Anregungen genau das waren, was ich brauchte, um mich in dieses neue Genre einzufühlen. Ich habe in der Vergangenheit stets gern mit dir gearbeitet und freue mich sehr, dass wir das fortsetzen konnten.

Ich darf meine wundervolle Feedback-Partnerin Rachel Lacey nicht vergessen, die (wie bei all meinen bislang veröffentlichten Büchern) eine meiner ersten Leserinnen war. Ich bin unglaublich froh, dass wir uns vor so vielen Monden auf diesem kleinen RWA-Treffen begegnet sind und Feedback-Partnerinnen wurden.

Wie immer danke ich meiner wunderbaren Agentin Sarah Younger, die an diese Idee geglaubt und mir dabei geholfen hat, ein Zuhause für meine Frauenunterhaltungsromane zu finden. Deine Unterstützung über die Jahre war ein Gottesgeschenk, ich bin wirklich gesegnet, dich in meinem Team und als Freundin zu haben.

Ein inniger Dank geht auch an meine #GirlsWriteNite Ladies: Tif Marcelo, Rachel Lacey, April Hunt und Jeanette Escudero. Ihr seid meine Schriftstellerfamilie, und ich weiß nicht, wie ich das alles ohne euch schaffen würde. Ich weiß allerdings, dass ich das gar nicht wollen würde. Ihr inspiriert und ermutigt mich, und wenn ich nicht die Wortzahl erreiche, die ich mir als Ziel gesetzt habe, dann holt ihr auch mal die virtuelle Peitsche raus.

Wie gesagt, Zeit ist ein kostbares Geschenk. Ich habe das

große Glück, eine Familie zu haben, die mir den Rücken stärkt und mir die Zeit gibt, die ich brauche, um die Geschichten meines Herzens zu schreiben. Nicht nur das, ihr unterstützt und ermutigt mich auch. Ich liebe euch alle so sehr, und ich weiß alles, was ihr tut, um mir auf allen Ebenen des Lebens zu helfen, wirklich zu schätzen. Auch wenn ich sicher bin, dass ich das ganze Ausmaß dessen, was ihr für mich gebt und opfert, gar nicht kenne. Wenn mein Leben ein Buch wäre, dann wärt ihr alle die Heldinnen und Helden der Geschichte. Ihr seid meine Heldinnen und Helden. Also noch einmal, aus tiefstem, bis zum Bersten gefülltem Herzen – danke.

Sue Moorcroft
Winterglücksträume

Winterglück, so glitzernd wie Schneeflocken
Als Sky ihren Job kündigt, ersteigert sie ein Haus in dem kleinen Middledip. In dem Dorf hat sie ihr schönstes Weihnachten erlebt. Sie freut sich auf ein ruhiges Fest. Doch die Bewohner stecken mitten in den Vorbereitungen für den Weihnachtslichterwettbewerb. Auch Sky muss ihr Haus und ihren Garten in einem glänzenden Lichtermeer erstrahlen lassen. Dabei bekommt sie Hilfe von dem attraktiven Daz, in dem sie bald mehr als einen freundlichen Nachbar sieht. Während die beiden sich näherkommen, taucht plötzlich Daz' Exfreundin auf. Wird sich im verschneiten Middledip für Sky ein Weihnachtsmärchen erfüllen?

Roman
Aus dem Englischen
von Tanja Hamer
464 Seiten, broschiert

Weitere Informationen finden Sie auf
www.fischerverlage.de

Kristin Emilsson

Ein Fest zum Verlieben

Ein unverhofftes Weihnachtsglück

Es gibt kaum etwas, das Julia noch weniger mag als Weihnachten. Und zum Feiern ist ihr dieses Jahr auch nicht zumute: In ihrer Familie richtet sie nur Chaos an, und ihre beste Freundin verbringt die Feiertage lieber mit ihrem Freund. Also entscheidet sich Julia für die Flucht nach vorn und meldet sich als Haussitterin auf Gotland. Aber da ihre Unterkunft doppelt vermietet wurde, steht plötzlich ein fremder Mann vor dem Häuschen. Petter und Julia können sich auf Anhieb nicht leiden. Als ein Schneesturm aufzieht, kann niemand die Insel verlassen, also müssen die beiden die Feiertage gemeinsam verbringen. Ob das gut geht?

Aus dem Schwedischen
von Stefanie Werner
352 Seiten, broschiert

Weitere Informationen finden Sie auf
www.fischerverlage.de

Zoe Allison

Dich hatte ich nicht auf dem Wunschzettel

Im glitzernden Schnee versteckt sich die zweite Chance für die Liebe

Dass Maya Bashir auf der Weihnachtsparty einer Freundin den Mann wiedersehen würde, der ihr vor einigen Jahren das Herz brach, hatte sie nicht erwartet. Dass er beinahe nackt Drinks serviert, erst recht nicht. Ihrer kurzen gemeinsamen Vergangenheit aus dem Weg zu gehen, war lange kein Problem. Doch jetzt hat Maya ihren Job verloren und zieht vorerst zurück in ihr Heimatdorf Glenavie, wo auch Sam lebt. Als sie auch noch vorübergehend seine Kollegin an der Ski-Schule wird, sind die beiden gezwungen, Zeit miteinander zu verbringen.

Roman
Aus dem Englischen
von Tanja Hamer
448 Seiten, broschiert

Weitere Informationen finden Sie auf
www.fischerverlage.de

Cornelia Härtl

Über allem leuchtet ein Stern

Ein Weihnachtswunder kann dir überall begegnen

Friede, Freude, Pfefferkuchen? Nicht für ein Dutzend Menschen, die aufgrund eines Schneesturms in einem kleinen Gasthof in den Bergen stranden – ausgerechnet an Weihnachten. Ganz unerwartet hat die Wirtin Elisabeth Mosler ein Haus voller Gäste, die sich sonst vermutlich nie begegnet wären. Als der Schnee draußen dichter wird, und die Menschen drinnen enger zusammenrücken, wird ihnen bewusst, dass ein Weihnachtswunder überall geschehen kann, selbst in einem kleinen Berggasthof.

Roman
288 Seiten, broschiert